FSC
www.fsc.org
MIX
Papier aus ver-
antwortungsvollen
Quellen
Paper from
responsible sources
FSC® C105338

AF397730

Weitere Informationen und Kurzgeschichten in der Welt von Galizina
unter https://www.galizina.de

Matthias Roth

# Manifestation des Grauens

Galizina-Chroniken

Band II

Historical Dark Fantasy

**Impressum**

Bibliografische Information der Deutschen Nationalbibliothek: Die Deutsche Nationalbibliothek verzeichnet diese Publikation in der Deutschen Nationalbibliografie; detaillierte bibliografische Daten sind im Internet über http://dnb.dnb.de abrufbar.

Die automatisierte Analyse des Werkes, um daraus Informationen insbesondere über Muster, Trends und Korrelationen gemäß §44b UrhG („Text und Data Mining") zu gewinnen, ist untersagt.

© 2025 Matthias Roth

Verlag: BoD · Books on Demand GmbH, Überseering 33, 22297 Hamburg, bod@bod.de

Druck: Libri Plureos GmbH, Friedensallee 273, 22763 Hamburg

ISBN: 978-3-8482-6344-8

Im gesamten Buch wird aus Gründen der einfacheren Lesbarkeit primär das generische Maskulinum verwendet. Dies schließt kontextbezogen auch andere Geschlechter mit ein.

Besonderer Dank gilt: Anja, für wertvollste Stil- und Coverberatung *"your thorns are the best part of you."*

*- Marianne Moore*

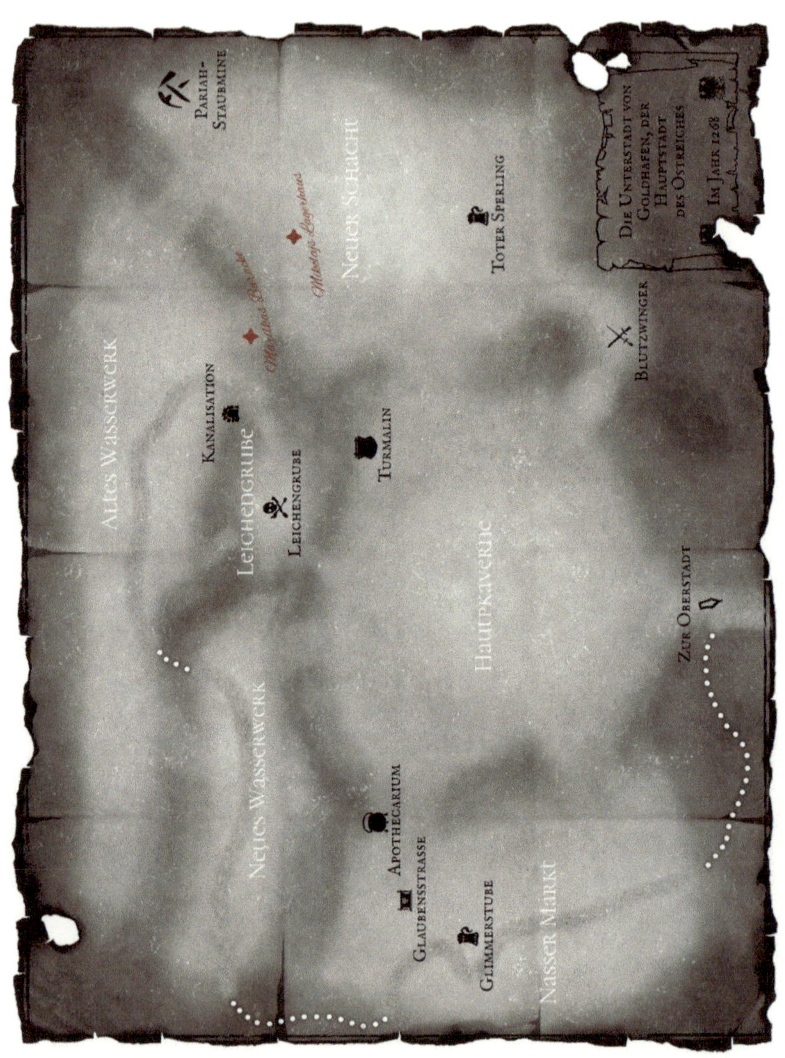


Karte der Unterstadt, gelagert im Archiv der Goldhafener Stadtwachen. Offenbar einmal im Besitz von Lieutnant Zenon Grajev gewesen.

# Akt I

# Kapitel I

## Goldebene



Paulina Katja Nowgoroda lächelte. Es war eine gute Entscheidung gewesen, nicht das teure Samtschuhwerk anzuziehen. Stattdessen schlenderte sie mit alten, festen und einfachen Lederstiefeln durch das galizinische Heerlager. Die vielen Pferde, Karren und genagelten Stiefelsohlen hatten den Boden weich werden lassen. Das nasse Herbstwetter hatte dann den Rest erledigt.

„Irgendwie hat das was, oder?", fragte Zenon Grajev, Lieutnant der Goldhafener Stadtwachen und Freund von Paulina, während er neben ihr herging.

„Was meint Ihr?", erwiderte Paulina, während sie zwei Soldaten beim Ballspiel beobachtete.

„Nun, das Ganze hier. Das Lagerleben. Ist dem Hafen der Hauptstadt gar nicht so unähnlich."

Paulina nickte. Er hatte Recht. Es war laut und dreckig, doch auch unheimlich spannend. Zumindest das Trosslager. Kesselflicker, Hufschmiede, Barbiere, Glücksritter, Betrüger, Huren, Tagelöhner, alle boten ihre Dienste an. Und jeder und jede einzelne davon hatte interessante Geschichten zu erzählen. Paulina ärgerte sich über die Kleidung, die sie trug. Ihr blaugoldenes Brokatwams schrie nach Zugehörigkeit zum Adel und das aufgestickte Zeichen der Galizinischen Handelsgilde wies sie zudem noch als Angehörige derselben aus. Die Männer und Frauen im Trosslager waren, genau wie die Soldaten, ihr gegenüber verschlossener, als wenn sie einfach ein schlichtes Lederwams getragen hätte.

Zenon und Paulina gingen weiter durch die Zeltreihen und Verschläge. Kurz blieben sie am Rand des improvisierten Weges stehen, um einen Trupp ostgalizinische schwere Infanterie passieren zu lassen, die ihre massigen Mordäxte schulterten.

„Dass die in den Rüstungen atmen können“, hörte Paulina eine westgalizinische Arkebusierin sagen. „Muss verdammt eng sein.“ Sie scherzte mit ihrem Kameraden darüber. „Nichts für ungut Medame“, fügte sie schnell hinzu, als sie merkte, dass Paulina sie beobachtete.

„Mir würde es auch schwerfallen darin zu atmen“, winkte Paulina lächelnd ab, was ihr ein Grinsen der Soldatin bescherte. „Die Zusammenarbeit klappt gut, oder?“, richtete Paulina das Wort wieder an Zenon, während sie gar nicht aufhören konnte all die Eindrücke des Lagers aufzunehmen.

„Ihr meint zwischen den Ost- und Westarmeen? Ich höre immer wieder kameradschaftliche Sticheleien und ich hörte auch von einigen Soldaten, die Prügeleien und Übergriffe anzettelten. Doch alles in allem…“ Der Lieutnant deutete auf eine ostgalizinische Arbalestenschützin, die sich ein Armdrücken mit einem westgalizinischem Pikenier lieferte. Eine ganze Meute schaute zu und feuerte an. „…scheint es ja zu funktionieren.“ Paulina nickte freudig. Es war gerade acht Jahre her, seit sich die beiden Reichsteile nach einhundertundzwölf Jahren der Trennung und des gegenseitigen Misstrauens wiedervereint hatten. Es war schön zu sehen, wie die Zusammenarbeit und der Zusammenhalt unter einer gemeinsamen Flagge funktionierte. Paulina nahm sich vor unbedingt mit Soldaten und Trossleuten der Westarmeen zu sprechen. Durch ihre Tätigkeit in der Handelsgilde hatte sie zwar öfter als die meisten Menschen aus der Hauptstadt mit Menschen aus dem Westreich zu tun, doch war das immer noch viel weniger, als sie es gerne gehabt hätte. Die lange Trennung hatte für eine ganz unterschiedliche Gesellschaft und Kultur im Westreich gesorgt. Das fing beim architektonischen Stil an und hörte bei der Religion auf. Eine Tatsache, die Paulina ungemein faszinierte.

Das ungeordnete Chaos des Trosslagers verebbte allmählich und wurde durch die weit geordneteren Strukturen des Lagers der 6. Galizinischen Armee ersetzt. Zeltreihe um Zeltreihe erstreckte sich über die sanften Hügel der Goldebene. Paulina und Zenon beobachteten eine Kompanie Landsknechte, die auf einer freien Fläche zwischen den Zelten Liegestütze machten, während ihr

Hauptmann sie motivierte. Die sechzig Männer und Frauen ächzten vor Anstrengung.

Das Heerlager, in dem die zwölftausend Soldaten und deren Trosse lebten, trainierten und schliefen, war in der Goldebene um das Dorf Pszenica errichtet worden. Die Zelte standen um die gemütlich und heimelig wirkenden Weiler, Gehöfte und Speicher herum und wirkten wie Fremdkörper, wie Pockennarben auf unreiner Haut. Die Getreidefelder, denen die Goldebene ihren Namen zu verdanken hatte, waren von tausenden Soldatenstiefeln zertrampelt und statt goldenen Ähren wuchsen schmutzige Zelte aus dem Boden. Paulina seufzte. Normalerweise liebte sie die Goldebene. Hügelige Landschaften, ewige Kornfelder, die nur von einigen wenigen zerfallenden Ruinen oder Baumgruppen unterbrochen wurden, riesige Speicher, Windmühlen, Gehöfte, Hofläden, Brauereien und Gewölbekeller. Der Oblast Litaunia, in dem die Goldebene lag, war Hauptlieferant für Getreide, Bier, Honig und andere landwirtschaftliche Erzeugnisse. Paulina war oft hier gewesen und obwohl sie in Goldhafen geboren und aufgewachsen war, fühlte sie sich hier mindestens genauso daheim. Jedes Mal, wenn sie über die weiten Felder blickte, spürte sie eine tiefe Ruhe und Geborgenheit. Jetzt allerdings, war von all der romantischen Schönheit nichts zu sehen. Auf den Feldern, würden die nächsten Wochen Kriegsgerät und deren Träger wachsen, keine wogenden Ähren. Die Bauern würden das gesamte Frühjahr damit beschäftigt sein den festgestampften Boden wieder zu lockern.

„Oh, jetzt folgt der weniger schöne Teil von Feldlagern", sagte Zenon scharfzüngig zu Paulina, als sie an den ausgehobenen Latrinen vorbeigingen. Sie beobachteten wie eine Soldatin und ein Soldat des Westreiches mit Schaufeln in Richtung der Grube gingen.

„Wusstest du, dass die Kaiserin ihr eigenes Scheißhaus mitgebracht hat?", hörte Paulina die Soldatin sagen.

Ihr Kamerad starrte sie an. „Du verarschst mich doch."

Die Soldatin schüttelte energisch den Kopf. „Nein, es ist wahr. Rafals Kompanie hat geholfen das Lager für die Mitreisenden der Kaiserin aufzubauen. Er hat es gesehen."

Ihr Kamerad lachte und knuffte ihr gegen die Schulter. „Red'
keinen Unsinn." Sie debattierten weiter, als sie an Paulina und
Zenon vorbeigingen.

Die beiden verließen die Zeltreihen und betraten die
gepflasterte Straße Richtung Pszenica. „Es stimmt", sagte Paulina
unvermittelt.

„Ich weiß", grinste Zenon.

„Findest du das witzig?", fragte Paulina den Lieutnant
ungläubig.

„Ja, irgendwie schon. Ist komisch, dass sie ein ganzes… eine
ganze Latrine aus Goldhafen hierher karren lässt." Zenon
kicherte leise. Paulina schüttelte den Kopf, musste aber ebenfalls
lächeln. Sie kannte Zenon erst seit wenigen Monaten. Sie hatten
gemeinsam zwei der Manifestationen, arkane Ungeheuer, die das
Reich seit einigen Monaten heimsuchten, bezwungen. Eine Tat,
die sie sofort zu Freunden hatte werden lassen. Ein Ereignis, dass
ein Band zwischen ihnen geflochten hatte, dass nur ein derart
schreckliches Ereignis flechten konnte. Allein beim Gedanken an
das Erlebte wurde es Paulina flau im Magen, doch hatte es sie
zusammengeschweißt. Sie, Zenon und die anderen Personen, die
daran beteiligt gewesen waren und die sie jetzt Freunde nannte.

Paulina war froh aus ihren Gedanken gerissen zu werden.
„Schau mal, das ist Stanislavas Hofladen." Sie deutete auf ein
hohes Holzgebäude mit Steinfundament. „Dort gibt es das beste
Brot überhaupt, so etwas hast du noch nicht gegessen."

Zenon verzog den Mund. „Das scheint sich
herumgesprochen zu haben." Vor dem Haus hatte sich eine lange
Schlange gebildet.

„Wir besuchen sie mal, wenn weniger los ist. Du wirst es nicht
bereuen."

Zenon nickte. Er konnte sich der Faszination der Goldebene
auch nicht gänzlich entziehen, das wusste Paulina, wo es ihm
doch eigentlich lieber war, wenn die Schatten von Stadtmauern
und Häuserzeilen auf ihn fielen. In dunklen Gassen fand er sich
eher zurecht als auf weiten Ebenen.

Pszenica kam in Sicht. Es wirkte weniger wie ein Dorf,
vielmehr setzte sich hier die landwirtschaftlich geprägte
Bebauung der Goldebene fort und verdichtete sich etwas. In der

Dorfmitte stand ein Gasthaus aus Fachwerk, welches normalerweise der Treffpunkt von Bauern, Tagelöhnern und Brauern war. Heute standen Drushinars, die kaiserliche Leibgarde, in ihren gelb-rot-purpurfarbenen Uniformen davor. Kaiserin Alessia Loretta Vyrkov von Goldhafen, Kaiserin des Ostreiches, hatte sich das Gasthaus als Unterkunft für die Dauer der Herbstmanöver ausgesucht. König Alexandr Woikow von Westheim, König des Westreiches, bewohnte das gegenüberliegende Haus des Dorfältesten. Auch davor standen mehrere Drushinars. Mitglieder der östlichen und westlichen Duma, wichtige Höflinge, Marschalls, Generäle, die Oberen des Arkanistenordens und Konfessoren der Kirche des Einen waren in anderen, angrenzenden Gebäuden untergebracht, die in keiner Weise ihrem Stand entsprachen. Paulina hatte erfahren, dass viele sich darüber beschwert hatten, nur gab es in der Goldebene nunmal keine Stadtschlösser, große Bürgerhäuser und Residenzen, die man beziehen konnte. Wenn Kaiserin und König die dörfliche Idylle aushielten, würden die niederen Würdenträger das auch tun müssen.

„Nun, seht mal wer sich blicken lässt", sagte Zenon schmunzelnd, als sie in Richtung Gasthaus gingen. Vor dem Gebäude, auf der steinernen Straße, stand Maelle Dorn, Apothecaria ersten Grades des Arkanistenordens und Freundin von Paulina und Zenon. Sie zankte sich mit einem Provocateur, einem Angehörigen einer der beiden anderen Divisios des Arkanistenordens. Paulina verstand nicht was gesprochen wurde, allerdings bot allein die Zugehörigkeit zu den beiden verschiedenen Divisios des Arkanistenordens, die gut an den unterschiedlich gefärbten Gewändern zu erkennen waren, genug Futter für Zwist. Apothecarii heilten, Provocatorii sorgten dafür, dass Leute geheilt werden mussten. Sie unterstützten häufig die Armeen des Ostreiches im Kampf. Paulina sah wie Maelle dem Provocateur auf die Brust tippte und auf ihn einredete. Noch bevor Zenon und Paulina ihre Freundin erreichten, nickte der Arkanist resignierend und verschwand die Straße hinab.

„Ihr scheint Euch Freunde zu machen. Wie immer", eröffnete Zenon als sie vor Maelle standen. Abschätzend betrachtete Maelle seine dargebotene Hand.

„Was soll das denn werden?“, sagte sie, schlug seine Hand beiseite und umarmte den zehn Jahre älteren Lieutnant, der daraufhin lachte.

Maelle löste sich und umarmte auch Paulina. „Maelle. Wir haben Euch auf dem Weg hierher vermisst.“

Maelle zuckte die Schultern. „Ach, der Arkanistenorden hielt es für nötig, getrennt von der Kaiserin und ihrem Hof zu reisen. Ich weiß nicht was der Erzarkanist damit beweisen wollte, aber scheinbar musste es sein.“

Paulina verdrehte die Augen, ob der lächerlichen Machtspiele bei Hof. „Naja, jetzt haben wir es ja geschafft. Wo seid Ihr einquartiert?“

Maelle deutete auf einen hohen Speicher. „Dort. Mir wurde gesagt, es sei eine Ehre so nahe bei Kaiserin und König zu nächtigen. Der Speicher ist wohl das Nobelquartier in Pszenica.“ Paulina und Zenon lachten.

„Ich schlafe auch dort“, sagte Paulina. „Es ist gemütlicher als es von außen aussieht. Die Bürgerinnen und Bürger von Pszenica haben sich wirklich Mühe gegeben.“

Maelle verzog aristokratisch das Gesicht. „Na, wenn es für die hochwohlgeborene Freundin der Kaiserin reicht, reicht es für mich auch.“

Zenon gackerte los, Paulina sah sie genervt an. „Maelle, ich habe mich gefreut Euch zu sehen, doch Ihr sorgt dafür, dass dem so langsam nicht mehr so ist.“

Maelle lachte und Paulina knuffte ihr in die Seite. „Ach kommt schon.“ Die Apothecaria hakte sich bei Paulina ein und führte sie Richtung Gasthaus. Sie hatte Recht, Paulina war gut mit Kaiserin Alessia befreundet. Nun, befreundet gewesen. Die letzten politischen Entscheidungen von der Kaiserin und das Verlieren ihrer politischen Identität, so dachte Paulina zumindest, belasteten ihre Beziehung. Auch die Geheimnistuerei über die Manifestationen, von denen das galizinische Volk auf kaiserlichen Erlass nichts wissen durfte, war nichts, was ihre Freundschaft zum Positiven beeinflusst hatte. „Sie will Euch übrigens sehen.“

„Wie ist ihre… nun, wie ist ihre Laune?“, fragte Paulina vorsichtig.

„Sonnig, wie immer", grinste Maelle. Sie schob Paulina an den Drushinars, die mit ausdrucksloser Miene in die Luft starrten, vorbei. Paulina öffnete die Tür zum Gasthaus und verschwand darin.

„Suchen wir uns etwas zu trinken und genießen diese wunderbare Gegend, Zenon?", fragte Maelle.

Zenon grinste. „Ihr meint die von tausenden Füßen zertrampelten Felder, die ausgehobenen Latrinen und die vielen, vielen Pferde und Wagen?"

Maelle grinste zurück. „Genau."


„Eure Majestät", begann Paulina und verbeugte sich. Kaiserin Alessia Loretta Vyrkov, Herrscherin über den Ostteil der vereinigten Doppelmonarchie, hatte ihr den Rücken zugekehrt und saß an einem der groben Holztische im Schankraum. Ihre sonst sehr ausladenden Kleider hatte sie diesmal gegen ein enganliegendes, purpurnes Kleid getauscht, welches nicht minder edel aussah. Bei ihr war die Kommandantin ihrer Drushinar, zwei Edelleute und Reichsmarschall Jan Bartoszek.

Die Kaiserin drehte sich um. „Ah, Paulina. Wir sind fertig, Mesers. Der König und ich werden morgen den Manövern beiwohnen." Der Reichsmarschall und die beiden Edelleute verbeugten sich und verließen das Gasthaus. Paulina machte einen Knicks als sie an ihr vorübergingen. „Tésarik, Ihr dürft ebenfalls gehen." Auch die Drushina verbeugte sich und folgte nach draußen. „Setz dich Paulina. Willst du etwas trinken?" Eine Antwort zu geben war nicht erforderlich, die Kaiserin grapschte schon nach einem Becher. Paulina setzte sich ihr gegenüber.

„Ist das… Met?"

Alessia nickte. „Pszenicaer Beerenmet."

Paulina lächelte. „Seit wann trinkst du denn Met? Ich dachte, du magst die lieblicheren Weine."

Alessia zuckte die Schultern ohne ihr Lächeln zu erwidern und goss Paulina ein. „Die gibt es hier nicht. Und ich komme so selten aus dem Palast, da dachte ich, probiere ich mal etwas Örtliches." Sie stieß mit Paulina an. Genüsslich nahm Paulina einen Schluck des kräftigen Getränks. Es schmeckte himmlisch.

Die Kaiserin verzog das Gesicht. „Ich hätte Wein mitnehmen sollen."

Paulina konnte sich ein Glucksen nicht verkneifen. Die Kaiserin sah sie kurz an. Ihre Miene blieb kalt. „Entschuldige", sagte Paulina schnell. „Ich wollte dich nicht…"

Alessias Gesichtszüge entspannten sich, sie deutete ein Lächeln an und winkte ab.

Paulina schluckte. Sie wusste nicht, was sie ihrer alten Freundin gegenüber noch sagen durfte und was nicht. Seit langem schon standen sie sich nicht mehr besonders nahe. Und vor allem dieser Tage, mit den erstarkenden Differenzen zwischen Ost und West, dem ewig währenden Zwist mit Levka, auch nach dem Friedensvertrag, und der Krise der arkanen Manifestationen, nahm sie alles sehr persönlich. „Gefällt es dir hier immer noch so gut wie früher?", fragte Kaiserin Alessia und nahm vorsichtig noch einen Schluck.

„Ja. Ich liebe es, die Häuser, die Landschaft, die Menschen. Es ist alles so einladend und freundlich."

Alessia legte den Kopf schief. „Naja. Viel passiert hier wohl nicht." Sie machte eine kurze Pause. „Du musst mich mal mitnehmen, wenn keine Manöver sind. Und die Ähren im Sommer zeigen, die dem Landstrich seinen Namen gegeben haben. Vielleicht komme ich ja auf den Geschmack."

„Das wäre schön", antwortete Paulina.

Die Kaiserin lächelte traurig. Genau wie Paulina musste sie wissen, dass es wohl nie dazu kommen würde. Die Kaiserin war zu beschäftigt um ohne guten Grund Ausflüge zu machen. Zu beschäftigt und zu wichtig sich diesem Risiko auszusetzen. Und es war nicht das Gleiche mit einer Armee an Drushinars und dem halben Hofstaat hier aufzutauchen.

Alessia stand auf und trat an das milchgläserne Fenster. „König Alexandr und ich werden morgen den Manövern beiwohnen. Deine Anwesenheit wird erwünscht."

Paulina horchte auf. „Von wem?"

Alessia Augen blitzten, als sie sie ansah. „Von mir."

Paulina stand ebenfalls auf. Sie senkte den Kopf. „Natürlich. Maelle, Zenon und ich werden…"

Alessia drehte sich zu ihr um. „Nein, das meinte ich nicht. Ich meine du sollst neben mir sein." Sie stockte kurz. „Bring Dorn und Grajev ruhig mit."

Paulina sah sie an. „Aber… ich gehöre nicht zum Militär und…"

Alessia wischte ihre Einwände beiseite. „Darum geht es auch nicht. Ich will dich neben mir haben, sonst halte ich das nicht aus."

Paulina nickte. „Natürlich." Sie hatte keine Lust. Es hatte ihr schon gereicht, dass die Kaiserin ihnen befohlen hatte überhaupt mit zu den Herbstmanövern zu kommen. Dennoch, als sie sich mit dem Gedanken angefreundet hatte, hatte sie sich sogar darauf gefreut mit Maelle und Zenon das Spektakel zu beobachten. Vielleicht mit einer Flasche Met und einigen Süßküchlein von Stanislava. Das ganze neben Kaiserin, König und Hofstaat zu betrachten klang weitaus langweiliger und förmlicher.

„Ich werde dich König Alexandr vorstellen. Er weiß über deine Taten und die von Dorn und Grajev bereits Bescheid. Er freut sich darauf dich kennen zu lernen."

Paulina schluckte. Wurde ja immer besser. Jetzt hatte sie auch ihre Begründung, weswegen sie mit auf die Manöver kommen sollten. Sie sollten vor dem König vorstellig werden. Alessia wollte mit ihnen prahlen. Mit der Beseitigung der beiden arkanen Manifestationen im Sommer. „Ich… ich verstehe."

Die Kaiserin ging zurück zum Tisch und trank den Rest ihres Beerenmets in einem Zug. Sie verzog angewidert das Gesicht. „Hervorragend. Dann bringen wir das Ganze hinter uns."

# Kapitel II

## Manöver



„Eure Majestät.", begrüßte Lieutnant Zenon Grajev die Kaiserin, als er den Feldherrenhügel betrat und sich verbeugte. Maelle tat es ihm gleich.

„Lieutnant Grajev, Apothecaria Dorn. Willkommen", sagte die Kaiserin und zwang sich zu einem Lächeln. Ihr war anzusehen, wie müde sie war. Ihre Zofe hatte sich zwar bemüht die Augenringe zu verdecken, doch ganz erfolgreich war sie damit nicht gewesen. Offensichtlich hatte sie nicht gut geschlafen.

„Es ist eine Ehre", entgegnete Maelle und verbeugte sich erneut. Die Kaiserin nickte ihr zu und widmete sich wieder dem Feld, auf dem sich Massen an Soldaten versammelt hatten. Paulina war überrascht, als Maelle auf sie zusteuerte. Die Apothecaria trug nicht ihre typischen Roben, welche sie als Vertreterin ihrer Zunft auszeichnete. Sie hatte sie durch ein edles, grün-weißes Kleid mit silbernen Bestickungen ausgetauscht.

Spielerisch knickste Maelle vor Paulina. „Guten Morgen, edle Medame."

Paulina unterdrückte ein Lachen. „Ihr seht fabelhaft aus, Maelle." Sie zwinkerte ihrer Freundin zu. „Ihr auch, Lieutnant." Der Lieutnant hatte sich ebenfalls herausgeputzt. Kriegerisch trug er eine stählerne Brustplatte mit seiner silbernen Amtskette darüber. Blau-weiße Pluderhosen und -ärmel trugen zu seinem edlen Aussehen bei. Seinen dunkelblonden Bart hatte er fein gestutzt. „Euch fehlt nur der Hut."

Der Lieutnant winkte ab. „So weit kommt es noch."

Maelle kicherte, was ihr einen bösen Blick von einer nahestehenden Hofdame einbrachte. Die Apothecaria funkelte böse zurück. „Heilige, hier ist Spaß wohl verboten."

„Medames, Mesers. König Alexandr Woikow von Westheim, Herrscher des Westreiches unseres heiligen vereinten Reiches von Galizina", verkündete der Herold der Kaiserin, noch bevor Paulina Maelle an die höfische Etikette erinnern konnte. Sämtliche Augenpaare drehten sich um, als der König, mitsamt Gefolge, den Hügel erklomm. Und auch Paulina reckte den Kopf. Sie kannte den König vor allem aus Beschreibungen von Alessia.

König Alexandr hatte sich eine stählerne Brustplatte mit goldenen Ziselierungen umgeschnallt, die von gold-schwarzen Pluderärmeln ergänzt wurde. Sein fast jugendlich wirkendes Haupt zierte eine schmale, goldene Krone. Neben ihm ging ein Gerüsteter, Alois de Fucík, der Reichsmarschall des Westreiches. Eine etwas weniger prunkvolle Brustplatte sorgte für Schutz, den er hier oben sicher nicht benötigen würde. Zusätzlich trug er stählerne Bein- und Armschienen. In einem breiten gold-schwarzen Stoffband steckte eine prunkvolle, silberne Radschlosspistole, die mit goldenen Stilisierungen verziert war. Er ließ sich einen wuchtigen, grauen Bart stehen, dem Reichsmarschall des Ostens gar nicht unähnlich. Zur Rechten des Königs ging ein Erzkonfessor, ein hoher Vertreter der Kirche des Einen, die Staatsreligion im Westen war und deren Abstinenz im Osten der Kirche und seinen Vertretern sauer aufstieß. Es folgten weitere, edel gekleidet und prunkvoll behangene, Personen. Genauso wie Kaiserin Alessia hatte König Alexandr seine eigene Leibwache aus Drushinars und seinen eigenen Hofstaat. Alle Anwesenden verbeugten sich tief. Alle außer Jaegar Raul, der Erzarkanist des Arkanistenordens des Ostreiches, der nur leicht seinen Kopf neigte und Kaiserin Alessia, die ein strahlendes Lächeln aufsetzte.

„Kaiserin Alessia!", rief König Alexandr freudig und ging auf seine Mitregentin zu.

„König Alexandr. Es ist viel zu lange her." Sie ergriff seine Hände mit beiden der ihren. Während Alessia und der König herzliche Worte tauschten, beäugten sich der Erzkonfessor des Westreiches und der Erzarkanist des Ostreiches misstrauisch. „Erzkonfessor Polyák", brach der Erzarkanist kühl das Schweigen zwischen den Männern.

„Erzarkanist Raul", antwortete der Konfessor mit kaum wärmerer Stimme.

„Lange ist es her", stellte Jaegar Raul fest.

„Eine Schande", meinte der Konfessor.

Lautes Lachen lenkte Paulinas Aufmerksamkeit von dem als Gespräch getarnten Schlagabtausch weg, den sich die beiden Vertreter der rivalisierenden Mächte des vereinten Reiches lieferten. „Bartoszek Ihr alter Hund", rief Reichsmarschall Alois de Fucík seinem Fachgenossen aus dem Osten zu und klopfte ihm lautstark auf die Rüstung.

Jan Bartoszek schlug grinsend in die angebotene Hand. „Ihr seid wohl hier um Euch die Macht der Ostarmeen anzuschauen, alter Freund?"

Dröhnend lachte der Westmarschall. „Ich bin hier um zu sehen, wie Ihr Euch beim Donner unserer Kartaunen einnässt."

Die beiden Grüppchen vermischten sich. Hofleute des Westens redeten mit Arkanisten des Ostens, Militärs des Ostens begannen zwanglose Gespräche mit Kirchenleuten aus dem Westen. Der Erzkonfessor stellte sich dem Reichsmarschall des Ostens vor. Bedienstete eilten zwischen den Personen hin und her und verteilten Erfrischungen und kleine Häppchen. Der Feldherrenhügel, wenn man die kleine Erhebung, die von einem eingefallenen Turm, von dem nur noch zwei Mauerseiten übrig geblieben waren so nennen konnte, war mittlerweile sehr voll. Für die beiden Herrscher der Doppelmonarchie waren zwei wuchtige Stühle bereitgestellt worden, die unbenutzt die Mitte der Zusammenkunft einnahmen. Ein Sonnensegel war in der Turmruine, in die Weinfässer hereingekarrt worden war, aufgespannt. Hölzerne Tische mit Karten und Aufstellungen befanden sich ebenfalls auf dem Hügel, vermutlich für taktische Besprechungen. Neben Kaiserin und König, Erzarkanist und Erzkonfessor und den beiden Reichsmarschalls waren etwa zwanzig weitere Personen anwesend.

Maelle, Zenon und Paulina hatten sich etwas deplatziert am Rande des Hügels postiert, bis Kaiserin Alessia sie herwinkte. Zenon ging festen Schrittes voraus, auf die beiden Herrschenden zu. Paulina bewunderte ihn, er war wie ein Fels in der Brandung. Er wirkte, als würde ihn nichts verunsichern können. Maelle nestelte nervös am Kragen ihres Kleides herum und auch Paulina war etwas aufgeregt, trotz, oder gerade wegen, ihrer Nähe zur Kaiserin.

„König Alexandr, Paulina Katja Nowgoroda der Galizinischen Handelsgilde, Apothecaria ersten Grades Maelle Dorn und Lieutnant Zenon Grajev der Goldhafener Stadtwachen."

Die drei wollten sich gerade auf ihre Knie fallen lassen, doch der König hielt sie davon ab. „Oh bitte, lasst das bleiben. Ihr müsst nicht Eure Garderobe schmutzig machen." Der König des Westens hatte eine warme, angenehme Stimme. Paulina schätzte ihn auf Mitte vierzig, doch wirkte er weit jünger. Sie hatte ihn sich anders vorgestellt. Früher, als sie sich noch nähergestanden hatten, hatte Alessia häufiger von ihm gesprochen. Sie hatte ihn als leicht beeinflussbaren, naiven Mann beschrieben, der zu gleichen Teilen an der Kette des Kardinals der Kirche und an ihren eigenen Rockzipfeln hing. Der Mann, der jetzt vor ihr stand, vermittelte ihr jedoch das Bild eines freundlichen, bedachten Herrschers. Zugegeben, sie kannte König Alexandr nicht, und Eindrücke konnten täuschen, jedoch wusste sie mittlerweile auch nicht mehr wie viel Wert sie dem Urteil ihrer alten Freundin beimessen konnte. „Es freut mich Euch kennen zu lernen. Es ist mir eine Ehre Menschen zu treffen, die sich so im Reich verdient gemacht haben."

„Wir sind geehrt, Eure Majestät", antwortete Lieutnant Zenon und senkte das Haupt.

Der König nahm sich eine Karpatka, die ihm von einem Bediensteten angeboten wurde. „Ich freue mich auf die Manöver. Ihr werdet beeindruckt sein von unseren neuen Kartaunen. Entschuldigt mich bitte, ich muss mit meinem Reichsmarschall sprechen." Lächelnd zog sich der König zurück. Paulina, Maelle und Zenon verbeugten sich.

Kaiserin Alessia verdrehte die Augen. „Er redet schon die ganze Zeit von seinen neuen Spielzeugen", raunte sie Paulina zu. Es scherte sie wohl nicht, dass auch Maelle und Zenon in Hörweite waren. Die beiden versuchten angestrengt woanders hin zu sehen. „Und später muss ich noch mit diesem Widerling Theodor Polyák reden. Dorn, geht ihm bloß aus dem Weg, wenn ihr keine Ohrenschmerzen bekommen wollt. Er kann Arkanisten nicht leiden."

Maelle wusste sichtlich nicht, was sie antworten sollte. „Ja, Majestät", sagte sie leise.

Das Verhältnis in der Doppelmonarchie, zwischen Ostreich und Westreich war nicht immer einfach. Die beiden Herrschenden waren offiziell gleichberechtigt, doch wurde der Kaiserin des Ostens weit mehr Macht über die Geschehnisse im Reich nachgesagt. Der König des Westreiches hielt sich mit seinen Meinungen und Entscheidungen oft an den Rat der Kaiserin, was nicht zuletzt daran lag, dass Kaiserin Alessia die treibende Kraft der Wiedervereinigung der beiden Reichsteile gewesen war, wofür sie im Osten wie im Westen als ‚Wiedervereinigerin' gefeiert wurde. Die Kirche des Einen im Westen stand dem Arkanistenorden im Osten gegenüber. Der Orden war keine religiöse Insitution, er war die Institution, die Arkanisten ausbildete. Arkanisten, deren Macht mitunter aus dem Arkanerz kam, welches in tiefen Minen gefördert wurde. Arkanerz, welches im Westreich vielmehr in Feuerwaffen zum Einsatz kam, als zur Verstärkung arkaner Kräfte, die im Westreich vor der Wiedervereinigung, und vielfach immer noch, als ketzerisch angesehen wurden.

Im Zuge der Wiedervereinigung hatte es auch einen Ausgleich des Glaubens gegeben. Der omnipräsente Glaube an den Einen im Westreich hatte irgendwie mit der Abstinenz eines sakralen Glaubens im Ostreich verbunden werden müssen. Im Ostreich wurden weltliche, längst verstorbene Arkanisten verehrt, denen großartige Taten und Wunder nachgesagt wurden. Während und nach der Wiedervereinigung der beiden Reichsteile war versucht worden, diese säkulare Verehrung mit dem sakralen Glauben des Westreiches in Einklang zu bringen. Die arkanen Heiligen wurden als Personifikation der Eigenschaften des Einen versucht zu interpretieren. Manche der Religiösen sahen sie auch als Aposteln, den Verkündern des Glaubens des Einen. Viele Konfessoren der Kirche, vor allem diejenigen, die der innerkirchlichen Fraktion der Radikalen angehörten, waren jedoch nicht zufrieden mit dieser Entscheidung. Der

Arkanistenorden und viele andere Institutionen des Ostreiches verachteten dagegen die Kirche als rückständig und fanatisch.

„Seht, es beginnt", rief der König auf einmal und stellte sich wieder neben die Kaiserin. Paulina schaute nun erstmals wirklich bewusst auf die Menschenmasse, die sich auf dem Feld unterhalb des Hügels erstreckte. Es war gewaltig. Die 6. und 10. Armee aus dem Ostreich und die 9. und 14. Armee aus dem Westreich hatten sich aufgereiht. Fast zeitgleich setzten sich die dreitausend Männer und Frauen der 6. Armee in Bewegung. Mehrere Karrees aus Arbalestenschützen und mit Hellebarden bewaffnete Landsknechte marschierten vor. Es war beeindruckend.

„Die 6. Armee. Lev hat mit ihr im Sezessionskrieg gekämpft", raunte Maelle Paulina zu.

Sie hatte Recht, wie Paulina überrascht gewahr wurde. Bevor Lev, der Söldnerführer der Schwarzen Reiter, dazu berufen worden war, mit ihnen die Manifestation von Trocnov zu beseitigen, waren er und die Schwarzen Reiter der 6. Armee angeschlossen worden. Paulina vermisste die ruhige Art des Kommandanten. Gleichzeitig hoffte sie, er würde seine verletzte Gefährtin in den Abteien auf Hel finden, zu denen er aufgebrochen war. In Trocnov war klar geworden, wie viel ihm die Frau bedeutete.

Reichsmarschall Jan Bartoszek drängte sich vor. Er sprach laut genug, dass seine dröhnende Stimme über den ganzen Hügel hallte. „Eure Majestäten. Die ostgalizinische 6. Armee. Eine traditionsreiche Armee, zuletzt errang sie Siege für Euch im Sezessionskrieg. Geführt wird sie von Generalin Krystina Csorba, der Löwin des Nordens." Ein Raunen ging durch die Menge. Die Löwin des Nordens war bekannt, sie galt als die beste galizinische Generalin. In beiden Reichsteilen. „Seht Ihr das gelbliche Banner? Das sind die Landsknechte aus Severnitok. Ihrer Standhaftigkeit haben wir die Verteidigung von Luzern zu verdanken." Murmeln und Raunen ging durch die Menge. Die Geräusche hunderter, tausender marschierender Stiefel, drang zu ihnen nach oben, gemischt mit dem Brüllen von Befehlen und dem deplatziert fröhlichen Klang von Marschflöten.

„Beeindruckend", meinte Kaiserin Alessia mit ausdrucksloser Stimme.

„Reichsmarschall, sind das nicht die Katowiczer Gassenhauer?“, fragte König Alexandr aufgeregt.

Der Reichsmarschall wandte sich ihm zu. „So ist es, Eure Majestät, Ihr habt ein gutes Auge. Die Katowiczer Gassenhauer sind eine berüchtigte Kompanie von Bihandkämpfern. Sie kennen keine Furcht.“

„Gassenhauer?“, fragte Maelle Zenon.

„Gassenhauer, Doppelsöldner.“ Er senkte die Stimme. „Je nachdem wen Ihr fragt auch ‚Verlorener Haufen‘. Sie preschen vor der eigentlichen Formation in die Reihen der Feinde und versuchen Lücken zu schlagen, in die die nachfolgende Infanterie oder Kavallerie stoßen kann. Daher Gassenhauer. Sie hauen sprichwörtlich Gassen in die Reihen der Feinde.“ Maelle sah ihn entgeistert an und blickte dann wieder, zunehmend angewidert, auf das Spektakel unter ihnen. Zwei tiefe Linien, bestehend aus sechs Kompanien Arbalestenschützen, formierte sich unter dem fröhlichen Pfeifen von Flöten und dem Klang vom rhythmischen Schlagen der Marschtrommeln. Ihre beiden Flanken wurden von Landsknechten aus je drei Kompanien vor imaginären Angriffen geschützt.

„Spannen!“, drang eine raue, weibliche Stimme entfernt an ihre Ohren. Das sehr laute Surren, das von den Winden verursacht wurde, die die Arbalestensehnen spannten, drang bis zum Feldherrenhügel hinauf. Fast zeitgleich verstummte es. „Feuer!“, hörten sie die Stimme wieder schreien.

Dreihundertundsechzig Arbalesten feuerten zeitgleich ihre befiederten Bolzen in einen Erdwall. Das Klacken der Abzüge und der Geschosse, die die Führungsschienen verließen, war ohrenbetäubend. Auf dem Hügel stießen mehrere der Anwesenden freudige Rufe aus oder klatschten.

„Seht“, nahm Bartoszek das Wort wieder auf und deutete auf das Feld. „Die schwere, flämische Infanterie übernimmt.“ Die Linie der Arbalestenschützen teilte sich geschickt an mehreren Stellen und machte so Platz für die Männer und Frauen in Vollpanzerung, die zielsicher und im Gleichschritt mit vorgestreckten Mordäxten vorrückten. Kurz bevor sie ihr Ziel, den Erdwall, den die Schützen zuvor beschossen hatten, erreichten, hielten sie an und machten Platz für Reiter, die aussahen, als wären sie in glänzende, silberne Spiegel gehüllt.

„Gothische Ritter", stieß ein Höfling des Westens überraschend aus. Die edlen Kavalleristen waren berühmt, sie verkörperten das Bild einer romantischen, lange verlorenen Ritterschaft. Ausschließlich Adelige aus Gotha, der Oblasthauptstadt von Visigothia, wurden in ihre Reihen aufgenommen. Von Kindesbeinen an lernten diese Reichsritter das Kämpfen. Ihre Erscheinung rührte von den hell polierten, fast silbernen Rüstungen, die durch ihre geschwungenen Spitzen, Ornamente und eingelegte Muster fast an Kathedralen im gothischen Baustil erinnerten. Einem Sturm gleich fegten sie mit vorgereckten Kavalleriehämmern über das Aufmarschfeld. Einer der Reiter reckte ein Banner in die Höhe, auf dem ein schwarzer, galizinischer Doppeladler auf gold-weißem Grund prangte. Patriotisches Raunen ging durch die Menge.

„Äußerst beeindruckend", meinte König Alexandr anerkennend. Die Armee bildete weiter Formationen, Paulina sah nur mit einem Auge zu. Sie nahm sich einen Beerenmet und Karpatka, auf die sie sich konzentrierte.

„Sind das die Schwarzen Reiter?", fragte Zenon auf einmal.

Paulinas Blick ruckte wieder auf das Gefechtsfeld. Tatsächlich. Etwa vierzig Reiter, weniger als eine Kompanie der ostgalizinischen Armee, ritten schnell über das Feld. Schneller als die schweren Gothischen Ritter zuvor. Auch wenn sie, im Gegensatz zu den meisten Einheiten, keine Flagge trugen, konnten sie sofort an den mattschwarzen, schlichten Rüstungen, die den kompletten Gegensatz zu den strahlenden Gothischen Rittern bildeten, erkannt werden. Auch sie ritten einen Angriff auf den Erdwall. Kurz bevor sie ihn erreichten, zogen sie ihre Radschlosspistolen aus den Sattelholstern, feuerten eine Salve aus dem Ritt und drehten wieder ab. Wieder raunte die Menge auf dem Hügel. Die Schwarzen Reiter waren berüchtigt, eine Söldnertruppe aus der freien Stadt Arnhem, die einen sehr guten Ruf hatte. Herrscher schmückten sich damit, sie in ihre Dienste zu stellen.

„Meint ihr Lev ist dort unten?", fragte Paulina.

Kauend winkte Maelle ab. Auch sie hatte sich an der Karpatka bedient. „Nein. Er hätte uns besucht. Außerdem wird er noch seine verletzte Kameradin aufsuchen." Sie hob grinsend eine Augenbraue. „Und wir alle wissen, was er mit ‚Kameradin' meint. Sein Stellvertreter wird sie anführen. Wie heißt er noch? Lev hat es uns erzählt."

„Lieven", antwortete Zenon. „Lieven heißt er."

„Besuchen wir ihn nachher?", fragte Maelle. „Vielleicht weiß er ja wo Lev gerade ist."

„Eure Majestät", drang die ruhige Stimme von Jaegar Raul an Paulinas Ohren. Sie stand direkt neben der Kaiserin, sie hörte, was für Alessia und den König bestimmt war. Der Erzarkanist hatte nicht in der Mehrzahl gesprochen, er sprach direkt den König an. „Ihr werdet nun eine Demonstration der Macht des Arkanistenordens begutachten können."

Der König nickte interessiert, als drei Provocatorii aus den Reihen der Kompanien der 6. Armee hervortraten. Alle drei trugen Fackeln und ließen die Arkanerzfläschen, die sie am Gürtel trugen, zerbrechen. Sie griffen in die Flammen der Fackeln, was bei einigen der Hofleute des Westens erschrockene Rufe auslöste. Sie sahen aus wie Töpfer, die aus dem Feuer Bälle formten. Zeitgleich, in perfekter Synchronisation, schleuderten sie die geformten Feuerbälle auf den Erdwall, aus dem durch die Einschläge große Mengen an Erde weit in den Himmel stießen. Ein staunendes Murmeln ging durch die Menge und wieder klatschten einige.

„Beeindruckend", hauchte König Alexandr. Paulina blickte zu Erzkonfessor Polyák. Er sah zornig aus. Paulina konnte deutlich sehen, wie sein Mund das Wort ‚Ketzer' formte, als er mit einem seiner Kirchenbrüder im Gespräch war. Sie fühlte sich ertappt, als er ihren Blick erwiderte. Schnell drehte sie sich weg.

„Pff, dazu muss man kein Provocateur sein", raunte Maelle leise, sodass es nur Paulina und Zenon hören konnten. Paulina trat ihr auf den Fuß und musste sich ein Lachen verkneifen. Maelle war Apothecaria, ihr Fachgebiet war das Heilen. Dennoch hatte sie bei ihrer Begegnung mit der Manifestation von Trocnov bewiesen, dass auch sie zu weit zerstörerischen Dingen in der Lage war.

„Ich hoffe Euch hat die Demonstration der Ostarmeen gefallen, König Alexandr", hörte Paulina die Kaiserin zuckersüß sagen.

Der König nickte aufgeregt. „Unbedingt! Diese Stärke, diese Perfektion. Sie passt so gut zu ihrer Kaiserin."

Alessia senkte den Kopf, was einer leichten, kaiserlichen Verbeugung nahekam. „Ihr seid zu freundlich, König."

Paulina schüttelte den Kopf. Sie wusste nicht, ob sie sich über den Vergleich mit einer Armee, die Tod und Zerstörung säte, freuen würde.

„Eure Majestäten, Medames, Mesers", drang nun die kraftvolle Stimme von Alois de Fucík über den Hügel. Schnaufend trat der Reichsmarschall näher an Kaiserin und König heran, wo im Jan Bartoszek einladend Platz machte. „Die 9. Galizinische Armee aus dem Westreich." König Alexandr klatschte aufgeregt in die Hände, Kaiserin Alessia nahm genervt einen Schluck des Beerenmets. Die 6. Armee hatte sich zurückgezogen und marschierend, unter Trommeln und Flöten, nahm die 14. Armee ihren Platz ein. Der Unterschied war sofort erkennbar. Bei den westgalizinischen Armeen waren Feuerwaffen wie Arkebusen und Radschlosspistolen bis hin zu den großen Kartaunen viel mehr verbreitet. Schwer gepanzerte Reichsritter gab es gar keine, Paulina sah nur vereinzelt leichte Husarenreiter, die mit Pistolen und Lanzen bewaffnet waren.

„Es ist beeindruckend", sagte König Alexandr. Er lehnte sich zur Kaiserin hin und deutete auf einen Artilleriezug, der sich gerade formierte. „Seht Ihr diese Kanonen? Das sind unsere neuen Kartaunen. Schwerer, größer, langsamer, doch in der Lage die dicksten Festungsmauern zu durchschlagen."

Der König war sichtlich stolz auf seine Armee. Doch wirkte das nicht… bedrohlich, erkannte Paulina. Er wollte vor seiner Mitmonarchin nicht protzen oder Machtverhältnisse ändern. Er hatte nur kindlichen Spaß an dem Kriegs- und Tötungsgerät. Anders als Erzkonfessor und Reichsmarschall, dachte Paulina. Die beiden hatten sicherlich Interesse daran, die Macht des Königs im Reich zu mehren und gleichzuziehen mit Kaiserin Alessia.

Die Kaiserin nickte nur und nippte an ihrem Glas. Einzelne Trommelschläge ertönten und es formten sich mehrere quadratische Formationen zu einem großen Rechteck. Außen standen Arkebusiere, innen Pikeniere, bewaffnet mit sechs Schritt langen Spießen. An den Ecken des Rechtecks formierten sich zusätzlich kleinere Quadrate an Soldaten. Drei dieser Formationen standen nun nebeneinander auf dem Manöverfeld. Dahinter waren die großen Kartaunen und die kleinere Kalverinen postiert worden.

„Haltet Euch lieber die Ohren zu, Medames und Mesers“, rief Reichsmarschall de Fucík in die Menge. Paulina wollte gerade Zenon ansprechen, als ein ohrenbetäubender Lärm den Hügel und das Manöverfeld erfüllte. Einige Anwesenden ließen erschrocken ihre Gläser fallen und pressten ihre Hände auf die Ohren. Paulina sah Rauch aus den Läufen der großen Kartaunen kommen. Eine Salve der etwas kleineren, doch immer noch wuchtigen Kalverinen folgte, die nicht weniger laut war.

„Beobachtet die Einschläge“, überschrie König Alexandr den Geschützdonner. Kaiserin Alessia war bleich geworden, sie nickte mit erschrockenem Gesichtsausdruck. Paulina betrachtete eine der Kartaunen genauer. Sie sah, wie Artilleristen die schwere Waffe luden. Ein Stock mit aufgesetzter Bürste wurde eingeführt und mehrfach gedreht. Anschließend steckte ein weiterer Artillerist einen Sack, der matt schimmerte, in das Rohr. Das musste das Arkanerz sein, dass für das Abfeuern des Geschosses verwendet wurde. Die schwere Eisenkugel folgte. Eine mit Zündstock bewaffnete Soldatin hob das glimmende Ende an die Pfanne des Geschützes und die gesamte Lafette wurde ruckartig nach hinten gerissen, als die Kartaune Feuer, Eisen und Rauch spuckte. Mehrere Schritt hoch spritzten Erdfontänen aus dem Wall.

Der Großteil der Anwesenden auf dem Feldherrenhügel hatte sich von seinem Schock erholt. Paulina beobachtete, wie viele der Adeligen begeistert klatschten und jubelten. Der Erzkonfessor grinste süffisant und der Reichsmarschall des Westens stemmte stolz die Hände in die Hüften.

„Ich hoffe die Demonstration hat Euch gefallen, Kaiserin Alessia“, sagte der König freundlich zur Kaiserin, als sich der

Geschützdonner langsam legte. Die Armee führte nun unter Trommelschlag mehrere Bewegungsmanöver durch. „Gemeinsam mit den Reichsrittern und der schweren Infanterie des Ostens werden wir eine unschlagbare militärische Macht sein." Kaiserin Alessia nickte nur. Sie sah aus, als hätte sie in einen sauren Apfel gebissen. Der König hob die Stimme und sprach auch die anderen Anwesenden an „Seht Euch das nur an, liebe Freunde. Die Banner der Westoblaste vereint mit den Bannern der Ostoblaste. Seht, was unsere gemeinsame Stärke ausrichten kann", rief er träumerisch. Die Anwesenden applaudierten ihm und der König wandte sich Gesprächen mit dem Erzarkanisten und den Reichsmarschalls zu.

„Es ist eine Beleidigung", spuckte Kaiserin Alessia Paulina leise vor die Füße, während sie weiter angestrengt auf das Manöverfeld starrte. Paulina merkte, wie wütend sie war, sie musste aufpassen was sie sagte.

„Meint Ihr wirklich Eure Majestät?" In der Öffentlichkeit sprach Paulina ihre alte Freundin immer mit ihrem offiziellen Titel an. „Für mich sah es so aus, als würde König Alexandr vor allem die Gemeinschaft aus Ost und West erfreuen."

Ruckartig wandte die Kaiserin ihr den Kopf zu. „Natürlich, weil er ein kindischer Trott…" Alessia atmete genervt aus und massierte sich die Schläfen. „Er ist auch nicht der, der uns beleidigt. Ich rede vom Erzkonfessor und dem Reichsmarschall. Sie wissen genau, welchen Eindruck ihre Armeen auf die Leute haben. Sie wollen die Macht des Königs stärken und das haben sie geschafft. Es ist eine politische Niederlage."

Paulina sah Alessia an. Natürlich wusste sie, dass es interne Machtkämpfe im Reich gab. Wer war der mächtigere der beiden Herrscher, wer hatte das meiste Vertrauen in der Bevölkerung, wer hatte die schlagkräftigste Armee. Paulina erinnerte sich an die Gespräche, die sie mit Alessia über den König des Westens geführt hatte. Darin hatte die Kaiserin ihn als naiv beschrieben, doch Paulina fand eher, dass er… nun, gutgläubig zu sein schien. Vertrauend. Seine Berater und seine Institutionen waren es aber offensichtlich nicht. Paulina hätte nicht vermutet, dass die Machtkämpfe so weit gingen. Galizina war ein Reich. Die Wiedervereinigung war die größte Errungenschaft seit hunderten von Jahren. Und Kaiserin Alessia, ‚die' Kaiserin, die dieses Wunder nach einhundertundzwölf Jahren der Teilung möglich gemacht hatte, wetterte gerade so, dass Paulina denken musste, dass für Alessia die Wiedervereinigung noch immer nicht abgeschlossen war. Sie bewunderte den politischen Erfolg der Kaiserin, ihrer alten Freundin ungemein. Doch wieso war sie so verbittert und… nunja, paranoid? Kam das unausweichlich mit so viel Macht? Und war es möglicherweise sogar berechtigt? Paulina bezweifelte es. „Kaiserin Alessia, das Ostreich und das Westreich sind vereint. Wir stehen doch auf derselben Seite, selbst wenn es Unterschiede gibt."

Kaiserin Alessia sah sie lange an. „Bist du wirklich so naiv Paulina?"

Bevor sie antworten konnte, wurden sie vom Herold der Kaiserin unterbrochen. „Medames und Mesers", sagte er laut mit fester Stimme. „Die Generalin der 6. Galizinischen Armee, Krystina Csorba. Die Löwin des Nordens."

Sämtliche Gespräche verstummten und drehten sich zur legendären Generalin um, die den Hügel in Begleitung eines Gothischen Ritters und des Bannerträgers der 6. Armee betrat. Das Banner zeigte den galizinischen Doppeladler auf safrangelbem Grund. Darunter waren allerlei Insignien der 6. Armee zu sehen. Die Generalin trug die Rüstung eines Gothischen Ritters über einem burgunderfarbenen Wams, welches unter der Rüstung hervorleuchtete. Ihr kurz geschnittenes, dunkles Haar, das ihre aristokratischen Züge einrahmte, lag ihr offen bis zum Hals. Sie musste erst Mitte oder Ende dreißig sein, dachte Paulina. Außer drei Prägungen auf Herzhöhe in ihren Brustpanzer, deutete nicht viel auf ihren Rang hin.

Ohne das Raunen, das durch die Menge ging zu beachten, ging sie geradewegs auf die Kaiserin zu. „Eure Majestät", sagte sie feierlich und ließ sich auf ein Knie sinken.

Die Kaiserin bedeutete ihr aufzustehen. Sie lächelte die Generalin an und legte ihr schwesterlich eine Hand auf die gepanzerte Schulter. „Löwin." Der Blick der Generalin blieb ernst. Pflichtbewusst drehte sie sich zu König Alexandr und beugte auch vor ihm das Knie. „Könnte doch noch ein Sieg werden“, hauchte Alessia Paulina zu und grinste.

Paulina schüttelte den Kopf. Sie sah Maelle an und merkte, dass sie ähnlich schockiert über das Denken und Handeln der Kaiserin war.

„Generalin Csorba, Löwin des Nordens. Es ist eine Ehre Euch kennen zu lernen. Eure Verdienste für das Reich sind legendär und unübertroffen.“

Generalin Csorba erhob sich und senkte den Kopf. „Ihr seid zu gütig Eure Majestät.“

Paulina, Maelle und Zenon beobachteten die nächsten Minuten wie König Alexandr die Löwin mit militärischen und taktischen Fragen beharkte. Csorba musste ausführlich über ihre Siege im Sezessionskrieg berichten. Kaiserin Alessia führte sie vor wie auf einer Parade. Paulina legte den Kopf schief. So wie die Kaiserin sie selbst vorgeführt hatte.

„Maelle, wie steht Ihr zu den Waffen des Westens?“, fragte Zenon unvermittelt die Apothecaria.

Maelle schob sich eine Traube in den Mund und zuckte die Schultern. „Um ehrlich zu sein ist mir das egal. Viele meiner Schwestern und Brüder im Arkanistenorden verteufeln diese Waffen. Aber ob Feuerbälle nun von Arkanisten oder Kartaunen abgefeuert werden, die Wirkung ist doch die Gleiche.“

Zenon blickte sie an. „Aber?“, fragte er.

„Kein Aber“, antwortete Maelle und strich sich eine ihrer braunen Haarsträhnen hinter das Ohr. „Ich verstehe das Argument, dass es bessere Anwendungszwecke für Arkanerz gibt und es nicht dazu verwendet werden sollte… nun, Eisenbälle möglichst weit weg zu schleudern. Doch könnte dasselbe Argument auch für Provocatorii zählen, die ihr Arkanerz ebenfalls für den Kampf einsetzen.“

Zenon fasste sich nachdenklich ans Kinn, Paulina schaltete sich ein. Sie fand die pragmatische und neutrale Haltung von Maelle faszinierend. Sie wusste nicht, ob sie, wenn sie Arkannutzende wäre, so neutral bleiben könnte. „Ich finde Eure Sicht spannend, Maelle. Aber denkt Ihr nicht…“

„Medame Nowgoroda, Medame Dorn, Lieutnant Grajev. Darf ich Euch Generalin Krystina Csorba vorstellen?“, hörte

Paulina auf einmal die Stimme des Herolds der Kaiserin. Alessia war scheinbar fertig mit dem Präsentieren ihrer Lieblingsgeneralin und musste sie nun irgendwo abstellen. „Medame Paulina Nowgoroda ist hohes und verdientes Mitglied der Handelsgile von Galizina. Medame Maelle Dorn ist Apothecaria ersten Grades und emsige Arkanistin im Apothecarium der Unterstadt in Goldhafen. Lieutnant Zenon Grajev ist… nun Lieutnant der Goldhafener Stadtwachen. Mit seinen herausragenden Leistungen trug er maßgeblich zur Sicherheit der Goldhafener Bürger bei, allen voran durch die Zerschlagung des Papierkartells im Jahre 1263.“ Der Herold verbeugte sich und ging. Generalin Csorba neigte angemessen tief das Haupt vor ihnen. Paulina war etwas überrascht und erwiderte die Geste. Normalerweise verbeugte sich der Rangniedere zuerst. Natürlich war ihr Stand nicht direkt vergleichbar, Maelle und Paulina waren keine Militärs, und auch Zenon nur bei großzügiger Definition des Begriffs und dennoch hatte Paulina gedacht, dass die Generalin einer renommierten Armee mehr Wert auf so etwas legte. Einen kurzen Moment standen sie wortlos voreinander. Zenon nippte an seinem Krug und Paulina räusperte sich leise. Sie wusste nicht, was sie mit der Löwin zu besprechen hatte. Außerdem hatte sie großen Respekt vor ihr, sie war eine Volksheldin.

Maelle brach schlussendlich das Schweigen. „Emsige Arkanistin? Was soll das denn heißen?“ Paulina sah sie an. Die Mundwinkel von Csorba zuckten.

„Und was heißt da, dass ich maßgeblich zur Sicherheit der Bürger beitrug?“, echauffierte sich Zenon. „Ich tue das immer noch.“ Paulina kicherte und auch die Löwin grinste.

„Mich wundert es, dass er Euch nicht wortreicher angekündigt hat, Generalin“, sagte Maelle unverblümt, immer noch grinsend.

Die Generalin winkte ab. „Ach, das ist immer so. Die Herolde sind der Meinung, dass es einen besseren Effekt hat mich nur mit meinem Namen und als ‚Löwin‘ anzukündigen. Macht wohl mehr Eindruck auf die Leute.“ Sie deutete auf einen kleinen Holztisch, auf dem eine Karaffe mit Beerenmet darauf wartete ausgetrunken zu werden. „Darf ich?“, fragte sie.

„Nur zu“, sagte Zenon. Die Generalin schenkte sich ein Glas ein.

„Gibt es dafür keine Bediensteten? Jetzt sind wir schon mal auf so einer edlen Veranstaltung und müssen uns auch noch selber Met eingießen?“, fragte Maelle in vorgegebener Entrüstung.

Die Generalin lachte. „Ihr würdet Euch gut im Hofstaat eines Herrschers machen, Medame Dorn.“

Maelle winkte lässig ab. „Das fasse ich als Beleidigung auf, Generalin.“ Beide lachten und Zenon und Paulina fielen mit ein. Die Generalin war anders als Paulina es sich vorgestellt hatte. Sie war nahbar. Sie hob ihren Kelch und sie stießen an.

„Es ist wohl angemessen auf das vereinte Reich zu trinken, denke ich“, sagte Paulina feixend.

„Darauf, dass wir das hier alle überstehen“, antwortete die Generalin und deutete heimlich auf die Menge an Adeligen hinter sich.

„Auf das uns der Met nicht ausgeht“, fügte Maelle hinzu. Sie tranken.

„Medame Dorn, Ihr seid im Apothecarium tätig?“ Die Löwin nippte an ihrem Kelch. „Ihr habt meinen tiefsten Respekt. Es muss eine erfüllende und zugleich schwere Aufgabe sein in der Unterstadt den Armen und Kranken zu helfen.“

Maelle nahm noch einen Schluck aus ihrem Kelch und nickte. „Man lernt damit umzugehen. Ich habe das Gefühl, dass meine Hilfe dort am dringendsten gebraucht wird, daher bin ich glücklich dort zu sein. Im Vergleich zu dem was Ihr leistet, ist es aber sicherlich nicht der Rede wert. Ach und bitte, nennt mich Maelle, Generalin.“

Die Löwin nickte ihr zu. „Krystina. Ich denke meine Stellung wird überhöht. Ich bin Generalin einer Armee. Ich habe den größten Respekt vor Leuten die andere heilen. In meinem Beruf sehe ich sonst eher das Gegenteil.“

„Generalin“, hörten sie den Gothischen Ritter rufen, der mit der Löwin auf den Feldherrenhügel gekommen war. „Ihr werdet gebraucht.“

Die Generalin seufzte und trank ihren Kelch aus. „Es hat mich sehr gefreut Euch kennen zu lernen." Zenon erwiderte dasselbe.

„Besucht uns doch mal. Gemeinsam ist es einfacher die Hofschranzen zu überleben", sagte Paulina lächelnd.

Die Löwin lächelte zurück. „Das Angebot nehme ich gerne an."

Gemeinsam mit dem Ritter verließ sie den Feldherrenhügel. „Sie wirkt sehr… nett. Anders als ich mir die legendäre Generalin vorgestellt habe", sagte Maelle als die Löwin des Nordens außer Sicht war.

Paulina nickte. Sie dachte das Gleiche.

Die drei wandten die ihren Blick wieder auf das Manöverfeld, auf dem gerade die 14. Galizinische Armee das Feld betrat.

# Kapitel III

## Elster

*Galizina, Halbinsel Hel, Abtei der heiligen Iulia, Herbst 1271*

Lev stand vor dem wuchtigen, grauen Torhaus der Abtei der heiligen Iulia, sein Pferd hielt er am Zügel. Auf seinem Weg über die Halbinsel Hel war er an mehreren dieser Abteien, Prioreien und anderen Niederlassungen des Arkanistenordens vorbeigekommen. Hel war ein Ort des Lernens und des Studierens. Er musste an Maelle Dorn denken. Ob auch sie hier studiert hatte? Er vermisste sie, genau wie Paulina und Zenon, doch hatte er diesen Moment, der sich ihm jetzt eröffnete, jahrelang herbeigesehnt. Er fragte sich, was ihn hinter den Mauern erwarten würde. Hatte sie ihn vermisst? Hatte sie überhaupt an ihn gedacht? Freute sie sich ihn zu sehen?

Zwei Protektoren, Wachen des Arkanistenordens, die vor dem Tor standen, sahen ihn argwöhnisch an, als Lev sein Pferd am Anbindepfosten neben dem Torhaus festmachte und auf die beiden Männer zuging.

„Name und Begehr?", fragte ihn einer und umklammerte seine Hellebarde fester. Lev wusste, dass seine Erscheinung durch die geschwärzte Rüstung und das geschlossene Visier einschüchternd war.

„Lev van Zanger. Ich hörte, dass sich hier eine verwundete Freundin aufhält."

Der Soldat sah ihn verwirrt an. „Das ist kein Hospiz, Meser. Hier studieren Novizen des Ordens."

Lev blinzelte ihn an. „Mir wurde gesagt, dass ich hier Est… nun, dass sich hier eine verwundete Soldatin aufhält."

Der Protektor schüttelte den Kopf. „Tut mir leid Meser, ich…"

Lev sah, wie im Innenhof der Abtei eine Arkanistin das Tor passierte. Sie blickte beschäftigt aussehend kurz durch die Öffnung und blieb abrupt stehen, als sie ihn sah. Mit eiligen

Schritten stürmte sie auf das Tor zu. „Lasst ihn durch", sagte sie den Protektoren mit fester Stimme. Die beiden Protektoren sahen sich an und fügten sich dann dem Befehl der Frau. Lev schluckte und ging dann hinein, vorsichtig auf die Arkanistin zu. Er war nervös, er war so nahe an seinem Ziel.

Das Tor öffnete sich in einen weiten Innenhof, in dem Lev einige Arkanisten mit schweren Folianten herumeilen sah. Vereinzelt gackerten auch Hühner über den Hof, was auf Lev seltsam wirkte. An einem solchen Ort hatte er keine Farmtiere erwartet. An der dem Tor gegenüberliegenden Seite wuchs ein größeres Gebäude in die Höhe, vermutlich die Versammlungshalle. Den Hof trennte eine dünne, geweißelte Mauer vom Rest der Abtei, wo Lev die Lehrräume, die Küche, die Lagerräume, die Bibliothek, die Übungshallen und die anderen Einrichtungen einer Abtei des Arkanistenordens vermutete. Er blieb vor der Arkanistin stehen und meinte bekannte Gesichtszüge in ihr zu erkennen. Zuordnen konnte er sie jedoch nicht direkt. Unentwegt blickte sie ihm in das behelmte Gesicht.

„Lev van Zanger?", fragte sie fast zögerlich.

Lev nickte ungläubig. Er erkannte die Stimme. „Rowina Chaekova?", fragte er. Mit dem Anflug eines Lächelns nickte die Arkanistin. „Ihr seht… anders aus." Lev hatte sie zuletzt vor etwa drei Jahren gesehen. Damals hatte sie nur die einfachen Gewänder einer Apothecaria getragen, nicht das wuchtige Gewand, das sie jetzt trug. Den Farben der Apothecarii war sie zwar treu geblieben, weiß und grün, jedoch lag über dem Gewand eine gold-grüne Stola und es sah teuer bestickt aus.

„Ich bin jetzt Magistra. Ich unterrichte die angehenden Arkanisten in dieser Abtei."

Sie sah älter aus. Reifer. Kleine Fältchen hatten sich um ihre Mundwinkel und auf ihrer Stirn gebildet. Lev meinte sogar einige silberne Strähnen in ihren Haaren zu erkennen. Auch sie hatte wohl entbehrungsreiche Jahre hinter sich. „Wie seid Ihr hier gelandet?"

Rowina seufzte. „Ihr erinnert Euch an den Tag, an dem Ihr uns verlassen habt? Im Sezessionskrieg?" Lev nickte knapp. Wie würde er diesen Tag jemals vergessen können. An dem Tag war das passiert, weswegen er jetzt hier war. Die Schlacht. Die Verwundung von ‚ihr‘. Und Lev war von Kaiserin Alessia nach Goldhafen kommandiert worden. „Kurz nachdem Ihr uns verlassen hattet, bin ich in die Abtei berufen worden“, fuhr Rowina fort. „Meine Dienstzeit im Feld war zu Ende und die Oberste Apothecaria hat mich zur Magistra ernannt. Ich bilde hier unsere Novizen aus.“

Lev sah sie lange an. Er traute sich fast nicht die Frage zu stellen, die ihm auf den Lippen brannte. „Ist sie… ist sie hier?“, krächzte er.

Die Magistra nickte.

„Ihr seid bis jetzt an ihrer Seite geblieben?“, fragte Lev ungläubig. Als ‚sie‘ verwundet worden war, hatte er Rowina Chaekova dazu gedrängt sie zu behandeln und nicht von ihrer Seite zu weichen. Doch das war, nun, drei Jahre her. Lev hatte gedacht, sie würde sie in wenigen Wochen oder Monaten gesund pflegen und damit wäre ihr Soll erfüllt gewesen.

Die Arkanistin nickte bitter. „Ihr habt mich ja darum… gebeten. Als ich Karenina verließ, habe ich es nicht über das Herz gebracht sie zurückzulassen. Ihr habt selbst gesehen, wie überfüllt die Lazarette waren und wie… nun, nur grundlegend die Verwundeten behandelt werden konnten. Außerdem ist sie uns seither eine große Hilfe in der Abtei.“ Auf der Stirn der Magistra bildeten sich Sorgenfalten. „Meser van Zanger… Ich… Sie wurde schwer verwundet. Sie konnte sich nicht von allen ihren Verwundungen erholen…“

„Wo ist sie?“, fragte Lev ruhig. Jetzt wo er ihr so nahe war, erfüllte ihn eine tiefe Ruhe. Wie ein Summen ging sie durch seinen Körper.

Rowina seufzte und rieb sich mit der Hand die Stirn. „Filip“, rief sie auf einmal einen vorbeieilenden Novizen herbei. „Nimm dir einen weiteren Novizen und bring die Sachen unseres Gastes in ein Gästegemach.“ Der junge Novize schaute Lev mit großen Augen an, als der ihm die wenigen Habseligkeiten überließ, die er am Körper trug. Das meiste befand sich auf dem Pferderücken. „Kommt mit.“ Rowina ging mit festen Schritten durch den Mauerbogen, der den Haupthof von dem länglichen anderen Teil der Abtei trennte. Vor einem kleinen Garten machten sie Halt.

Levs Nervosität stieg ins Unermessliche. Er konnte durch Bohnengestänge eine Person ausmachen, die mit einer Tonkanne die Pflanzen goss. „Elster", rief Rowina. Elster? Lev dachte erst, er hätte sich verhört. Wieso Elster? War das ihr Spitzname in der Abtei?

Die Gießende drehte sich langsam um und trat zwischen den Reihen hervor.

Lev hielt den Atem an. Tränen füllten seine Augen. Das kupferrote Haar von Esther de Vries leuchtete ihm entgegen. Wie eine untergehende Sonne strahlte es über den Abteihof.

Esther verharrte mitten in der Bewegung und starrte ihn an. Rissige Narben durchzogen schräg, über die ganze Länge, ihr Gesicht. Eines ihrer Augen war trüber als das andere.

Lev löste gedankenverloren, ohne den Blick von ihr abzuwenden, die Riemen seines Helmes und zog ihn sich vom Kopf. Das klirrende Geräusch der zerbrechenden Gießkanne, die Esther fallen gelassen hatte, hallte von den weiß getünchten Wänden wider. Als Esther wortlos, mit weit aufgerissenen Augen einige Schritte auf Lev zuging bemerkte er ihren Arm – oder das, was davon übrig war. Die hochgekrempelten Ärmel ihres Wamses offenbarten, dass er dort endete, wo ein Ellbogen hätte sein sollen. Ein stummer Schrei der Verwundung.

Lev riss erschrocken die Augen auf. Lievens Worte schossen ihm in den Kopf. Sein Korporal hatte ihn gewarnt, dass die Verwundung von Esther schwerwiegender war, als er es sich ausmalte. Lev wusste nicht, womit er gerechnet hatte. Damit jedenfalls nicht.

Esther griff sich an den Hals und zog an dem schlichten Lederband, das darum hing. Ein einfacher, schlecht geschmiedeter Rabenanhänger kam zum Vorschein. Sie hatte den Anhänger noch, den er ihr im Verwundetenzelt vor vier Jahren umgebunden hatte. Er wäre am liebsten in Tränen ausgebrochen, so sehr durchfuhr der Schmerz seinen Körper.

„L-L-Lev…?", fragte Esther vorsichtig. Lev lächelte durch den Tränenschleier und nickte. Ruckartig sprang Esther auf ihn zu und umarmte ihn. Er hörte sie leise schluchzen. Lev erwiderte die Umarmung und vergrub seinen Kopf in ihren Haaren. Er konnte nichts sagen. Er brachte kein Wort heraus. Auch Esther blieb stumm, also standen sie eine Weile lang nur eng umschlungen da. Lev hörte, wie Rowina einige Novizen verscheuchte, die stehen geblieben waren, um das Spektakel zu beobachten. Für sie war es sicher ein Kuriosum, wie ein schwer Gerüsteter die Gärtnerin der Abtei umarmte.

Langsam begann sich Esther aus der Umarmung zu lösen, hielt Lev jedoch fest am Arm fest, als könnte er davonschweben.

„Ich habe jeden Tag an dich gedacht Esther", brachte Lev mit zitternder Stimme hervor.

„I-i-ich…" Esther fiel ächzend auf die Knie. Sie schluchzte und Tränen liefen ihre Wangen herab. „I-ich habe vergessen d-dass… ich habe d-dich vergessen." Sie weinte.

Lev kniete sich ebenfalls hin. Er verstand nicht. Wieso hatte sie ihn vergessen? Was meinte sie damit?

Rowina Chaekova näherte sich ihnen. „Verzeiht. Vielleicht wäre es besser, wenn wir uns im Refektorium besprechen. Ich bin mir sicher, ihr habt euch Einiges zu erzählen."

Lev saß Esther gegenüber, die Magistra neben ihr. Das Refektorium, das sich in dem großen Gebäude, das Lev als Versammlungshalle identifiziert hatte, befand, war außer ihnen leer. Esther saß mit gesenktem Kopf am Tisch, Lev hatte sie noch nie so traurig erlebt.

„Elster… ich meine Esther hat Schwierigkeiten sich an gewisse Dinge zu erinnern", begann Rowina. Lev war nicht gut im Lesen von Gesichtsausdrücken und Gefühlsregungen, doch meinte er erkennen zu können, dass der Magistra das Gespräch schwerfiel. „Sie beschreibt es, als lägen manche Erinnerungen im Nebel. Als wäre…" Esther funkelte sie wütend an, was Rowina irgendwann auffiel. „Alles in Ordnung Elster?"

„I-ich kann das s-s-selbst erzählen."

Die Magistra legte ihr eine Hand auf den Arm. „Natürlich, bitte entschuldige."

„Es fühlt s-sich so an w-wie Nebel. A-als wäre i-i-ich immer kurz d-davor mich zu e-erinnern. Aber d-d-dann ist s-sie w-wieder w-w-weg."

Lev nickte. Er wusste nicht was er sagen sollte. Die letzten drei Jahre hatte er sich danach gesehnt Esther wiederzusehen. Und nun erinnerte sie sich an nichts und war so… verändert.

Esther lächelte auf einmal. Sofort zuckten Levs Mundwinkel ebenfalls nach oben. Er hatte dieses Lächeln so sehr vermisst. „A-als ich d-d-dich gesehen habe… mir ist manches w-wieder eingefallen. Wie w-w-wir in Ustrava am Feuer gesessen h-haben. O-oder wie du mir d-d-diesen Anhänger g-geschenkt hast." Sie deutete auf ihre Brust, an der der Rabenanhänger hing. „O-oder wie d-du mir geholfen hast i-in m-mein Zelt z-z-zu kommen a-als ich v-völlig b-betrunken war n-n-nach meiner A-a-a-aufnahme." Esther lachte glucksend.

Lev lächelte sie an. Egal wie verändert Esther wirkte, nirgendwo anders auf der Welt wollte er gerade sein.

Rowina streichelte den Rücken von Esther und stand auf. „Ich lasse euch alleine, ihr habt euch sicherlich viel zu erzählen. Lev, esst doch gemeinsam mit uns zu Abend."


„Wir wissen nicht woran es liegt." Lev sah die Arkanistin an. Nachdem er sich mehrere Stunden mit Esther unterhalten, sich gewaschen und umgezogen hatte, stand er in der Schreibstube von Magistra Chaekova. Das konnte nicht die abschließende Antwort sein. „Nach der Schlacht vor drei Jahren, habe ich sie stabilisiert. Nach etwa zwei Wochen hatten wir sie soweit, dass wir sie transportieren konnten. Ich trat meine Aufgabe als Magistra in dieser Abtei an und hielt es für das Beste, sie hierhin mitzunehmen. Wir bilden hier Apothecarii aus, einen besseren Ort für ihre Genesung hätte es also ohnehin kaum gegeben. Die Magister hier sind mit die fähigsten Apothecarii im ganzen Reich." Die Magistra lehnte sich gegen einen Schreibpult und kratzte sich an der Wange. „Wir behandelten ihre Wunden. In erster Linie die physischen. Ihr seht, dass wir nicht alles retten konnten." Magistra Chaekova seufzte schwer. „Ihr Arm… er war unrettbar verloren. Die Wunden im Gesicht sind gut verheilt, allerdings wird sie mit diesen Narben wohl leben müssen. Wir vermuten, dass in ihrem linken Auge, das milchigere, die Sehkraft schwächer ist. Genau können wir es aber nicht sagen und Elst… ich meine Esther kann oder will uns dazu keine Auskunft geben."

Lev verschränkte die Arme vor der Brust. Die Magistra atmete schwer aus. „Nun, was die seelischen Wunden und die Wunden an ihrem Geist betreffen… Ihr habt sie erlebt. Sie tut sich schwer sich auszudrücken. Manchmal entfallen ihr Worte oder sie kennt manche gar nicht. Das Verstehen von Gesagtem dauert bei ihr manchmal etwas länger oder sie benötigt Hilfe dabei." Die Magistra räusperte sich. „Ihre grundsätzlichen kognitiven Fähigkeiten scheinen aber voll zu funktionieren. Wie sie schon sagte, kann sie sich nur an sehr wenig erinnern. Anfangs, als sie aus ihrem Schlaf erwachte, wusste sie nicht wer sie ist, wo sie ist und was passiert war. Über die Zeit kamen immer mehr Erinnerungen zurück."

Lev wollte sich die Stirn reiben, ihm fiel jedoch rechtzeitig auf, dass er seinen Helm trug. „Wieso Elster?"

Rowina seufzte. „Sie kannte ihren Namen nicht, als sie aufgewacht war. Ich habe ihn ihr genannt, doch hatte sie zu Beginn Schwierigkeiten ihn auszusprechen. Es klang immer so wie Elster. Dabei blieb es dann."

Lev nickte. „Ist es heilbar?"

Die Magistra schüttelte langsam den Kopf. „Nein. Nun, ich weiß es nicht. Vielleicht… vielleicht wenn sie mehr sieht. Mehr aus ihrem Leben vor der Verwundung. Vielleicht erinnert sie sich dann daran. So wie Euer Anblick einige Erinnerungen weckte." Die Magistra hob hilflos die Hände. „Aber rechnet nicht damit. Auch ihre Sprachfähigkeiten. Sie werden nicht wiederkehren. Sie wird sich höchstens an einige Ereignisse erinnern können, ihr grundsätzlicher… Zustand wird allerdings so bleiben. Da bin ich sicher. Es tut mir leid."

Lev nickte. Er atmete tief ein und aus.

„Kommt, gehen wir ins Refektorium. Das Essen wartet." Die Arkanistin versuchte sich an einem Lächeln, scheiterte kläglich und ging gemeinsam mit Lev aus ihrer Schreibstube.


„E-e-es ist so s-schön ihn zu s-sehen", sagte Esther und ließ ihre Beine von dem weichen Bett baumeln. Sie befand sich im Zimmer von Oana, welches sich die Novizin, die Esthers Freundin geworden war, mit drei anderen Novizinnen teilte. Derzeit waren sie allein. „I-ich wusste nicht w-wie sehr ich ihn v-v-v-vermisst h-habe." Oana lächelte sie an als sie die Verschnürungen ihres Mieders verknotete. „W-w-weißt du w-was er gesagt h-hat? D-das er jeden T-t-tag an mich g-gedacht hat."

Oana lächelte nur noch mehr. „Das hat mir noch niemand gesagt."

Esther zog angestrengt ihre Augenbrauen zusammen. „U-und i-ich k-konnte mich n-nicht mal mehr an s-sein Gesicht e-e-erinnern." Esther spürte wie Wut in ihr hochkochte. Wut und Angst. Auf die Situation, auf sich selbst. Sie atmete tief durch und berührte nacheinander mit ihrem Daumen die Spitzen ihrer anderen Finger. Wie Rowina es ihr gezeigt hatte. Es half nicht, sie zu beruhigen. „I-ich k-kann mich j-j-jetzt nicht einmal d-daran erinnern w-w-woher genau i-ich ihn kenne." Ihre Stimme wurde zittriger und lauter. „U-und w-was ich f-früher g-g-gemacht habe."

Oana sah sie besorgt an. So hatte sie sie noch nie erlebt. „Elster, ich…"

„I-ich b-bin e-e-ein W-w-wrack", schrie Esther und sprang auf. „I-ich w-weiß, dass ich n-nicht gut i-i-im Denken b-bin. Oder i-im R-reden." Esther zitterte. Ihr liefen Zornestränen die Wangen hinunter.

Oana war erschrocken zurückgeschreckt. Noch nie hatte sie Elster schreien gehört. Langsam näherte sie sich ihr. „Elster… du bist kein Wrack."

Sie sah Oana verzweifelt an. „S-schau mich d-doch an." Sie deutete an sich hinunter. „I-ich b-b-bin entstellt. M-mein Körper ist e-eine Ruine. U-u-und mein G-geist auch."

Oana umarmte ihre Freundin vorsichtig. Ihr Zittern beruhigte sich etwas. „Das scheint dein Besucher aber anders zu sehen." Oana löste sich von ihr, lächelte und wischte ihr eine Träne aus dem Gesicht. „Komm schon, wir ziehen uns jetzt an und gehen dann zu ihm, ja?"

Esther sah Oana irritiert dabei zu, wie sie in ihrer Truhe kramte. Sie berührte erneut ihre Finger. Daumen-Zeigefinger, Daumen-Mittelfinger, Daumen-Ringfinger, Daumen-Kleiner Finger und von vorne. Langsam kühlten ihre Nerven ab.

„Schau mal was ich hier habe", eröffnete Oana strahlend. Sie hob Esther eine hellblau-weiße Gewandung unter die Nase. „Fühl mal."

Esther streckte ihre Hand nach dem Stoff aus. Er war wunderbar weich. Er fühlte sich wie Wasser an. Sie malte sich aus, wie es sich anfühlen musste, barfuß in der warmen Erde ihres Beetes zu stehen und diesen Stoff dabei zu tragen. Sie lächelte.

„Los zieh es an", sagte Oana.

„W-was?", fragte Esther irritiert.

„Das Kleid. Zieh es an."

Esther sah an sich hinab. Sie wusste nicht, was falsch an ihrer bisherigen Kleidung war. Sie hatte sie von Rowina geschenkt bekommen. Ein dunkelbraunes Kleid mit hellbeigem Besatz. Sie hatte sich an das leichte Kratzen des Stoffes auf ihrer Haut gewöhnt. Noch nie hatte sie etwas anderes getragen. Wenn Rowina ihr sagte, dass sie es waschen musste, tat sie es immer selbst am Bach hinter der Abtei. Sie wartete dann, bis es in der Sonne trocknete und zog es direkt wieder an. Einige der Novizinnen und Novizen schien das sehr zu interessieren, sie beobachteten sie manchmal, wie sie auf den warmen Steinen neben ihrem nassen Kleid lag. Esther musste schmunzeln. „I-ich habe n-noch nie etwas a-a-anderes getragen als mein b-braunes Kleid", sagte sie.

„Quatsch, du…", begann Oana, unterbrach sich aber. „Es wird dir stehen, glaub mir."

Esther ließ sich ihr braunes, gewohntes Kleid von Oana ausziehen und das neue, helle, weiche Kleid anziehen. „W-woher h-h-hast du d-das?" Esther hatte Oana bisher nur in der Kleidung der Apothecarii-Novizen gesehen.

„Meine Eltern sind Adelige aus Archangelsk. Sie haben mir dieses Kleid mitgegeben, als ich in den Arkanistenorden eintrat und nach Hel ging. Als ob ich es hier anziehen könnte." Oana schnürte die Lederbänder des Mieders zu. „Perfekt. Du siehst umwerfend aus."

Esther sah an sich hinab. Das Kleid war meerblau mit weißem Mieder. Der Stoff schmiegte sich an ihre Haut, es fühlte sich fast so an, als würde sie gar nichts tragen. „F-fühlt s-sich gut a-an", quittierte sie lächelnd.

„Und sieht wunderbar aus", antwortete Oana. „Er wird die Augen nicht von dir lassen können." Sie band ihr außerdem einen leichten Umhang um. Sie legte ihn so um Esthers Schultern, dass er ihren Armstumpf verdeckte. „Komm, lass uns ins Refektorium gehen. Ich will diesen Mann endlich kennen lernen."

„Meser van Zanger, das ist Oana Rodmistrova, angehende Apothecaria und gute Freundin von Els… Esther", stellte Rowina die Novizin vor. „Oana, das ist Lev van Zanger. Kommandant der Schwarzen Reiter und ehemaliger Kamerad von Esther." Der Gerüstete deutete eine Verbeugung an. Oana nickte ihm beeindruckt zu. Er bot eine gewaltige Erscheinung in dem schwarzen Plattenpanzer.

Sie saßen gemeinsam im Refektorium. Esther hatte an der Stirnseite eines der langen Tische Platz genommen, Lev und Oana jeweils neben ihr. Neben Oana auf der Bank saß Rowina. Draußen hatte es zu regnen begonnen und im Kamin war ein knisterndes Feuer entzündet worden. Das Refektorium war gut gefüllt, die Novizen und Magister aßen zu Abend. Lev bemerkte, wie ihn viele neugierige und zum Teil auch nervöse Blicke trafen. Ein gerüsteter, dunkler Soldat, eine Magistra und die eingeschränkte Gärtnerin, das musste für viele ein seltsamer Anblick sein. Lev schielte immer wieder zu Esther. Sie trug ein hellblaues Kleid, das ihr wunderbar stand, und hatte ihre kupferroten Haare zu einem dicken, lockeren Zopf geflochten, der ihr über der Schulter lag.

Oana dagegen starrte Lev an. „Ihr seid wirklich der Kommandant der Schwarzen Reiter?", fragte sie staunend.

Lev wandte ihr den Blick zu. Er nickte. „Ja, Medame Rodmistrova."

Oana winkte ab. „Einfach Oana", sagte sie fasziniert. „Das heißt…", begann sie vorsichtig und warf einen kurzen Seitenblick auf Esther, die gerade mit ihrem Zopf spielte und immer wieder, aus unerklärlichen, und für die anderen unverständlichen, Gründen das Gesicht verzog. „…dass Elster eine Schwarze Reiterin war?"

Lev nickte vorsichtig. „Ja.", sagte er knapp.

Esther sah irritiert auf als ihr Name fiel. „W-was i-ist eine S-s-schwarze Reiterin?“, fragte sie zerstreut. Lev verzog das Gesicht. Er hatte heute Mittag schon gemerkt, dass sie sich nicht mehr gut an ihre Zeit bei den Schwarzen Reitern erinnerte. Sie konnte zwar von ihrer Aufnahme bei denselben berichten, doch zu was sie aufgenommen worden war, war wohl nicht Bestandteil der Erinnerung. Lev hatte gehofft, dass sie sich wenigstens dunkel daran erinnerte, was sie waren. Was sie taten, womit sie ihre Kronen verdient hatten.

Er wollte gerade antworten, als Rowina einen dampfenden Topf auf den Tisch knallte. „Jetzt wird gegessen“, sagte sie bemüht lächelnd. Sie warf Lev einen ‚nicht-jetzt‘-Blick zu. Die Magistra füllte die Holzschalen, die vor ihnen standen mit dem Inhalt des Topfes.

„Bohnen-Eintopf mit Karotten, Kartoffeln und etwas Rindfleisch. Janosz hat sich selbst übertroffen“, fügte Oana hinzu. Esther sah begierig zu wie ihre Schüssel gefüllt wurde. „Elster ist ganz heiß auf grüne Bohnen“, erklärte Oana lächelnd.

Lev wandte den Blick Esther zu. „Das warst du früher schon.“

Esther sah erst auf die dampfende Schüssel vor sich und erwiderte dann Levs Blick. „W-wirklich?“, fragte sie. Ihre Mundwinkel wölbten sich angestrengt nach oben.

Lev legte seine Hand auf die Ihre. „Ja.“ Er blickte die anderen kurz an und sah dann wieder zu Esther. „Ich weiß nicht mehr genau wann es war. Ich glaube im Sommer 1264. Wir waren auf Patrouille in den Nordoblasten und sind am Landsitz eines ansässigen Adeligen vorbeigekommen.“ Esther hörte ihm gebannt zu, auch Oana und Rowina lauschten neugierig. „Ein riesiges Haus mit Ländereien, so weit das Auge reichte. Unsere Route führte direkt durch diese Ländereien. Wir waren nur zu dritt, Esther, ich und…“

„Joris!“, rief Esther so laut aus, dass sich einige der Novizen an den anderen Tischen zu ihr umdrehten.

Lev lächelte. „Ja. Du, ich und Joris.“ Oana lächelte Esther ebenfalls an und kniff ihr kurz freudig in die Schulter. Lev nahm seine Hand von Esthers und trank einen Schluck aus seinem Becher, während Esther lächelnd ihren Kopf auf ihre Hand stützte und weiter gebannt Levs Erzählung lauschte. „Wir ritten also die Ländereien ab. Auf einmal höre ich Esther schreien. Ich will schon mein Schwert ziehen und Joris wäre vor Schreck fast vom Pferd gefallen, doch Esther zeigte nur auf einen kleinen Garten, in dem Bohnen wuchsen." Rowina kicherte. „Sie sprang vom Pferd, schaute sich kurz um und hüpfte über die Einfriedung. Ich versuchte sie noch aufzuhalten, doch ich hatte keine Chance. Wir hatten die Wochen davor nur Brot und Gerstenschleim gegessen. Gierig riss Esther also die Bohnen ab und stopfte sich die Taschen voll." Esther gluckste. „Joris und ich hörten irgendwann eine zornige Stimme schreien. Was uns denn einfalle uns am Besitz des Adeligen zu vergreifen. Esther nahm die Beine in die Hand und floh mit den Taschen voller Bohnen über die Einfriedung. Sie sprang auf ihr Pferd und wir ritten davon. Ich glaube noch nie zuvor bin ich so schnell geritten."

Oana lachte. „Das passt zu ihr."

„Joris war wirklich wütend. Er beschwerte sich die ganze restliche Patrouille darüber, dass das auch hätte anders ausgehen können. Er beschwerte sich, bis…" Oana, Rowina und Esther streckten gebannt die Köpfe vor. „…wir abends leckeren Bohneneintopf aßen. Da war der Groll dann vergessen."

Oana, Rowina und Esther lachten. Lev grinste, etwas verlegen. Er hatte es nie für möglich gehalten, dass er eine lustige Geschichte erzählen konnte. Hungrig tauchte er seinen Holzlöffel in den Eintopf und begann zu essen. Er bemerkte, wie Oana Esther den geflochtenen Zopf über die Schulter warf, als auch sie zu essen begann.

„Schmeckt es?", fragte die angehende Arkanistin. Lev nickte kauend.

„Das sind Esthers Bohnen", erklärte Rowina Chaekova. „Sie hat sie angepflanzt und das ganze Jahr über gepflegt und gegossen."

Lev blickte zu Esther, die seinen Blick stolz und etwas schüchtern erwiderte. Der Schwarze Reiter wusste nicht recht was er sagen sollte. Die frühere Esther hätte niemals Stolz für etwas wie das Anpflanzen von Bohnen empfinden können. Doch die Esther die vor ihm saß, tat es. „Sie schmecken hervorragend", sagte Lev anerkennend. Esther wurde rot.

Sie aßen. Oana und Esther erzählten über das Leben in der Abtei, über das Studium und das Gärtnern. Als Oana und Magistra Chaekova begannen sich über neue Entwicklungen im Arkanistenorden zu unterhalten, drifteten Levs Gedanken weg. Esther hatte sich verändert. Ganz abgesehen von den offensichtlichen Veränderungen. Ihr Charakter war… anders. Früher war sie laut, lustig und offensiv gewesen. Jetzt wirkte sie eher schüchtern. Lev fragte sich erneut ob sie jemals wieder… gesund werden würde.

Esthers Hand zitterte und sie verschüttete etwas von dem Eintopf, der sich in ihrem Löffel befunden hatte. Lev griff nach dem Stofftuch, das auf dem Tisch lag und wischte ihr den Eintopf vom Kinn. „D-danke", sagte Esther leise und senkte den Blick. War ihr das peinlich?

Die anderen Novizen verließen nach und nach das Refektorium. Rowina schenkte Oana und ihm Wein ein, Esther blieb bei Wasser. Auch das war sehr ungewöhnlich.

„Wie lange werdet Ihr bei uns bleiben, Meser van Zanger?", fragte die Magistra ihn.

Lev zuckte die Achseln. „Nicht lange, denke ich." Esther sah ihn schockiert an. Er nahm einen Schluck des Weines. Seltsamerweise pochte sein Herz. „Esther… ich habe mich gefragt ob du mich… nun, ob du mich begleiten willst." Aus großen Augen blickte Esther ihn an. Auch Oanas und Rowinas überraschte Blicke trafen ihn.

„D-du m-m-meinst m-mit d-dir? A-aus d-d-der Abtei?" Lev nickte. „A-a-auf j-jeden F-fall!", rief Esther überschwänglich. Lev nahm wieder ihre Hand. Seine Blicke wanderten zu ihren wunderbar kupferroten Haaren. Er war glücklich. Allen Widrigkeiten zum Trotz. Er hatte es geschafft. Er hatte Esther de Vries wieder.

„Elster… das ist eine schwerwiegende Entscheidung. Ich weiß nicht, ob es sinnvoll ist, dass du die Abtei schon verlässt", meinte Rowina Chaekova zweifelnd und warf Lev vielsagende Blicke zu.

„Das ist nicht Eure Entscheidung, Magistra", antwortete Lev kühl.

„Nein. Nein das ist es nicht. Ich möchte nur, dass du dir sicher bist." Sie sah Esther an.

Esther zog die Augenbrauen zusammen. „I-ich… ich werde m-meinen G-g-garten vermissen. U-und euch b-b-beide." Oana legte ihr lächelnd eine Hand auf den Arm. „A-aber i-i-ich will mitgehen."

Lev rieb sich das Kinn. „Wenn du heute deine Sachen packst können wir morgen früh aufbrechen." Esther nickte begeistert.

„Wohin wollt ihr denn aufbrechen?", fragte Magistra Chaekova skeptisch.

Lev zuckte die Achseln. „Wohin es uns eben trägt."


„I-i-ich h-habe mich l-lächerlich gemacht", klagte Esther, als sie später am Abend in ihrem Zimmer saß und ihre wenigen Habseligkeiten zu einem Bündel zusammenschnürte. „L-lev denkt, dass i-i-ich nicht mal richtig e-essen k-kann."

Oana packte sie an den Schultern. „Elster… du hast doch gemerkt, wie er sich um dich gekümmert hat. Er mag dich und er hat dich wahnsinnig vermisst."

Elster sah sie an. „M-meinst du?"

Oana nickte. „Natürlich. Außerdem, schau mal was du in den letzten Monaten für Fortschritte gemacht hast."

Elster nickte erleichtert. Wenn Oana etwas sagte, dann stimmte das meistens, sie wusste sehr viel.

„E-er m-m-mag dich a-auch g-glaube ich." Elster konnte das nicht gut einschätzen, aber sie hatte das Gefühl, dass Oana sich gut mit Lev verstanden hatte.

„Nun, ich glaube nicht auf dieselbe Art wie dich." Oana grinste sie an. Es war eine seltsame Art zu grinsen, sie hatte sie noch nie so angegrinst. Esther wusste nicht, was Oana meinte. Sie wusste es schon, dass merkte sie, doch war das Verständnis über das, was Oana gesagt hatte, hinter der bekannten Nebelwand in ihrem Geist verborgen. Sie traute sich nicht danach zu fragen, sie wollte nicht dumm wirken.

Oana half ihr die Schnüre ihres Bündels zusammen zu ziehen. „Ich kann es kaum glauben, dass du gehst, Elster. Ich werde dich vermissen. Dich und deine Bohnen." Oana lächelte.

„K-k-keine S-sorge, die B-b-bohnen nehme i-ich nicht m-mit." Esther meinte so etwas wie Schmerz in Oanas Blick zu erkennen. Hatte sie etwas Falsches gesagt? „I-i-ich w-werde d-dich auch v-vermissen, O-oana." Elster war den Tränen nahe. „I-i-ich…"

„Stopp!", unterbrach Oana sie lächelnd und legte ihr einen Finger auf die Lippen. „Du weinst jetzt nicht. Wir sehen uns morgen noch, das kannst du morgen tun." Elster lächelte und umarmte ihre Freundin.

Oana war froh, dass Esther nicht sah, wie ihr selbst eine Träne die Wange hinabbrann.

„Ach Kleine, es ist eine Schande, dass du gehst. Diese nichtsnutzigen Novizen bekommen es sicher nicht hin Bohnen anzubauen." Janosz umarmte Elster und hob sie hoch. Sie quiekte vergnügt. Der Koch ließ sie herunter und hob ihr warnend einen Finger vor das Gesicht. „Wehe, wenn du mich vergisst!", drohte er feixend. Elster schüttelte ernst den Kopf. Sie mochte den kräftigen Koch. Sie würde ihn bestimmt nicht vergessen. Trotzdem dachte sie daran seinen Namen auf ein Stück Papier zu notieren und es in ihr Bündel zu stecken, so dass sie unbedingt Wort hielt. Janosz griff nach einem Apfel und einem Stück selbstgebackenem Kartoffelbrot und steckte es Esther zu. „Für die Reise." Elster stellte sich auf Zehenspitzen und gab ihm einen Kuss auf die Wange. Sie verabschiedete sich und verließ die Küche. Mit eiligen Schritten ging sie durch die dunklen Gewölbe. Sie machten ihr immer noch ein bisschen Angst.

Elster war traurig. Die meiste Zeit in der Abtei hatte sie sehr genossen. Klar, viele der Novizen verstand sie nicht. Sie verstand nicht, wieso sie manchmal lachten, wenn sie anwesend war. Und wenn Elster mit in das Lachen einfiel, lachten sie nur noch lauter. Sie verstand auch viele der Magister nicht, die ihr aus dem Weg gingen.

Doch es gab auch einige Novizen die immer freundlich waren. Und Janosz. Und Oana. Und Rowina. Die drei würde sie am meisten vermissen. Die drei und ihren Bohnengarten.

Als sie die Treppe nach oben nahm und aus dem Gebäude trat, blickte sie sehnsüchtig auf die Bohnenstangen, die sich darin erstreckten. Sie spürte förmlich das Gefühl der warmen Erde zwischen ihren Zehen. Kurz entschlossen steuerte sie auf den Garten zu. Sie griff unter die Bank, unter der auch die Tonkannen zum Gießen lagerten, und grapschte nach einem kleinen Apothecariiglas, dass ihr einer der Novizen einmal gegeben hatte. Bisher hatte sie keine Verwendung für den kleinen, in Weidenästen gepolsterten, Glasbehälter gefunden. Sie öffnete den Korkverschluss und schaufelte mit ihrer Hand dunkle, warme Erde aus dem Bohnengarten hinein. Sorgfältig versiegelte sie das Glas wieder und steckte es sich in ihr Bündel. Elster schloss die Augen und lächelte. Wohin auch immer es sie tragen würde, sie würde ihren Bohnengarten von nun an dabei haben.

„He. Willst du mich noch länger hier stehen lassen?", hörte sie Oana rufen. Oana stand im Torbogen, der den Haupthof von dem Bereich trennte, in dem die Schreibstuben, die Küche, das Lager und andere Gebäude der Abtei untergebracht waren. Elster eilte lächelnd zu ihr. Ihre Freundin half ihr dabei, das Bündel mit ihren Habseligkeiten bequemer auf ihrem Rücken zu befestigen.

„Bereit?", fragte Oana als alles verschnürt und verstaut war. Elster nickte. Ihre Lippen bebten, sie hätte Oana, Janosz und Rowina am Liebsten mitgenommen. Oana umarmte sie fest.

Esther schluchzte leise und erwiderte die Umarmung. „I-i-ich werde d-dich vermissen Oana", sagte sie unter Tränen.

Oana löste sich zärtlich von ihr. Esther sah, dass auch ihr Tränen über die Wangen liefen. „Ich dich auch Elster. Wenn irgendwas ist, dann melde dich bei mir. Ich komm dich holen, auch wenn du ganz woanders bist."

Esther nickte. „U-u-und d-du willst d-dein K-kleid w-wirklich nicht w-w-wieder h-haben?"

Oana brachte ein leises, ersticktes Lachen unter ihren Tränen hervor. „Nein. Es gehört dir. Ich kann es hier sowieso nicht anziehen und es soll dich an mich erinnern."

Esther nickte wieder. „D-danke."

Oana umarmte sie erneut. „Gerne, liebe Freundin. Leb wohl, bis wir uns wiedersehen.“

Esther vergrub ihr Gesicht in Oanas Schulter bevor sie sich löste. Sie sah Oana nach, wie sie auf eine der Schreibstuben zuging. Bevor sie das Gebäude betrat winkte sie Esther noch einmal zu. Sie lächelte und erwiderte das Winken. Tief sog sie die Luft ein und ließ sie wieder ausströmen, bevor sie den Haupthof, auf dem Rowina und Lev warteten, betrat.


„Von wegen. Schaut sie Euch doch mal an. Ihr glaubt wirklich, sie macht hier bessere Fortschritte als wenn sie diese Mauern verlässt?“, fuhr Lev die Magistra an.

„Zumindest ist das hier eine kontrollierte Umgebung und wir verstehen ihre Fortschritte. Wir bemerken, was ihr schadet und was ihr guttut.“

„Ihr redet so als wäre sie ein Forschungsobjekt. Ich…“

„Hört auf“, blaffte die Magistra gereizt. „Ihr wisst, dass das nicht stimmt. Ich habe mich die letzten drei Jahre um sie gekümmert während Ihr, ich weiß nicht, Leuten die Schädel gespalten habt. Ich. Nicht Ihr.“

Lev schwieg. Die Magistra hatte nicht Unrecht und das trieb ihn zur Weißglut. Es war ungerecht gewesen ihr diesen Vorwurf gemacht zu haben. Und dennoch, es war die richtige Entscheidung mit Esther auszuziehen. Chaekova hatte selbst gesagt, dass es den Heilungsprozess unterstützen könnte.

Esther näherte sich ihnen. Sie trug dasselbe hellblau-weiße Kleid wie gestern und hatte sich ein Bündel auf den Rücken geworfen. Ihre kupferfarbenen Haare waren wieder zu einem dicken Zopf geflochten.

„Elster, vielleicht ist es besser, wenn du noch etwas hier bleibst…“, begann Magistra Chaekova.

„Elster? Nennt sie wenigstens bei ihrem richtigen Namen, sie ist kein verdammtes Kind.“

Chaekova funkelte Lev böse an.

„W-wieso nennst d-du mich E-e-e-esther?“, fragte Esther Lev mit neugieriger Miene.

Der Schwarze Reiter hätte die Magistra ohrfeigen können, als er die Frage von Esther hörte. In ihr steckte so viel Unschuld, so viel Naivität, es brach ihm fast das Herz. „Chaekova, ist das Euer Ernst? Ihr habt Ihr nach all der Zeit nicht einmal gesagt wie sie wirklich heißt?" Levs Stimme blieb völlig tonlos. Doch in ihm brodelte es.

Auch der Magistra schien der Kragen zu platzen. „Ihr denkt wirklich Ihr wisst besser wie man mit ihr umgeht? Ihr wisst gar nichts. Ihr taucht hier nach drei verdammten Jahren auf und…" Sie stockte, als ihr Blick den Esther streifte. Auch Lev starrte Esther an. Rowina nahm sie in den Arm.

„I-i-ich will nicht d-d-dass ihr m-meinetwegen s-streitet", sagte die leise.

„Das tun wir nicht, Esther. Es gab nur eine… es ist nichts." Rowina sah Lev an, während sie Esther im Arm hielt. „Elster. Bist du dir sicher, dass du gehen willst?" Die beiden Frauen lösten sich. Esther nickte. „Nun gut. Pass auf dich auf. Vergiss nicht, dass du hier jederzeit willkommen bist, in Ordnung?"

Esther nickte und umarmte die Magistra erneut. „I-ich w-w-werde dich v-vermissen, Rowina."

Rowina legte ihr eine Hand auf die Wange und lächelte sie an. „Ich dich auch Esther." Rowina ließ Esther los und sie ging zu Lev. „Wo werdet Ihr hingehen?", fragte Rowina den Schwarzen Reiter.

„Ich kenne eine Apothecaria, der ich mein Leben verdanke und jederzeit anvertraue. Sie kann Esther sicher helfen."

Rowina seufzte. Lev sah, wie der Zorn aus ihrem Gesicht wich und sich Mitleid darin manifestierte. Die Magistra trat einen Schritt auf ihn zu. „Bei allen Heiligen, Kommandant. Ganz gleich zu welcher Apothecaria Ihr geht, Esther wird nicht wieder so wie Ihr sie kanntet. Bitte, macht weder Euch noch Ihr falsche Hoffnungen. Das wäre ungerecht", raunte sie ihm zu. „Wir sind Arkanisten. Wir haben in sie hineingesehen. Es ist nicht heilbar."

„Ihr selbst sagtet, dass einige Erinnerungen wiederkehren könnten", hielt Lev verzweifelt dagegen.

Rowina seufzte. „Ja, Erinnerungen. Aber alles andere nicht. Ihre… Art wird sich nicht ändern. Ihre… ihr Wesen."

Lev schnaufte. „Wir werden zu der Apothecaria gehen. Sie schafft das." Er wandte sich um und Esther folgte ihm. Sie redete auf ihn ein wie sehr sie sich auf die Abenteuer freute.

„Van Zanger?", rief Rowina ihm noch einmal hinterher. Lev drehte sich um. „Passt gut auf sie auf." Der Soldat nickte und salutierte. Dann wandte er sich wieder um und verschwand mit Esther de Vries durch das Torhaus.

52

# Kapitel IV

## Abermals



*Galizina, Ostreich, Nahe dem Dorf Pszenica im Herbst 1271*

„Hier ist es", statuierte Paulina. „Ein Wunder, dass deren Zelte nicht auch schwarz sind." Gemeinsam mit Zenon und Maelle schlenderte sie gemächlich durch die Zeltreihen. Die Schlafstätten der Schwarzen Reiter lagen im hinteren Teil des weitläufigen Feldlagers, etwas abseits der regulären Soldaten. Ihre Zelte standen vor einem in den Berg gehauenen Heuschober, dessen Inneres von goldgelben Ballen erfüllt war. Es waren nur wenig Zelte, die Einheit war klein, aber ihre Präsenz dennoch unübersehbar.

Neugierig folgten ihnen Blicke. Die Schwarzen Reiter galten als eigenbrötlerisch und auf Paulina machten sie auch genau diesen Eindruck. Vernarbte, grimmige Gesichter saßen vor den Zelten und rauchten, andere striegelten ihre Pferde. Alle trugen ihre namensgebende, schwarze Rüstung und die meisten hatten ihre Vollhelme auf.

„Wieso sie immer ihre Helme aufhaben? Das hat mich bei Lev schon so gewundert", raunte Maelle Paulina zu.

„Habt Ihr ihn nicht gefragt?", antwortete ihr Zenon.

„Nein, ich wollte nicht aufdringlich sein."

„Vielleicht weil das zur Mystik und zum Ruf der Schwarzen Reiter beitragen soll?", riet Zenon und zuckte die Schultern.

Sie beobachteten, wie zwei Schwarze Reiter in einen erbitterten Trainingskampf vertieft waren. Es hatte kaum etwas mit dem Fechtunterricht gemein, den Paulina genossen hatte. Ihr Vater hatte darauf bestanden, dass sie den Umgang mit dem Rapier erlernte, um sich auf ihren Handelsreisen notfalls selbst verteidigen zu können. Und sie hatte diese Fertigkeit bereits gebraucht, im Kampf gegen die Manifestationen in Trocnov und der Unterstadt. Doch was sich hier vor ihren Augen abspielte, war eine gänzlich andere Art des Kampfes. Mit ihren schweren

Reitschwertern gingen die beiden Reiter aufeinander los, es wirkte mehr wie ein brachiales Niederstrecken, als die elegante Kunst des Fechtens. Der Anblick war beängstigend und weckte Erinnerungen an ihren Übungskampf mit Lev van Zanger am Ufer des Flusses Trocnov. Auch dort war von adeligem Rapierfechten wenig zu sehen gewesen. Und Lev hatte unbestreitbar die Oberhand behalten. Ein Beweis dafür, dass die Kampfweise der Schwarzen Reiter wohl ihre eigene, gnadenlose Effizienz besaß.

Zu dritt gingen sie auf das größte der Zelte zu, welches am Ende der Zeltreihen wartete. Es war aus dem gleichen, dreckig-beigen Stoff wie alle anderen. Sie bemerkten, wie eine Schwarze Reiterin auf sie zusteuerte. Paulina war nervös, obwohl sie auf derselben Seite waren und sie Lev, den abwesenden Kommandanten der Einheit, als ihren Freund bezeichnete. „Ihr wünscht, Medames und Meser?", drang die Stimme der Frau blechern aus dem Helm.

„Wir möchten mit Kommandant Lieven sprechen", antwortete Zenon. „Wir sind Freunde von Lev van Zanger."

Die Söldnerin sah sie kurz an, bevor sie sich zum Hauptmannszelt wandte. „Korporal. Drei Fremde. Scheinbar Freunde von Kommandant van Zanger."

„Schick' sie rein", hörten sie eine ruhige Stimme von drinnen antworten. Die Schwarze Reiterin machte eine einladende Handbewegung in das Zelt. Sie traten ein.

Ein einfacher Teppich war auf dem mit Brettern ausgelegten Boden ausgebreitet. Ein schlichtes Bett stand in der Ecke und ein großer Tisch in der Mitte. Hinter dem Tisch erhob sich gerade ein Schwarzer Reiter und salutierte indem er sich mit der Faust auf die gepanzerte Brust schlug. „Lieven van Volkhoorst. Korporal, Schatzmeister und amtierender Kommandant der Schwarzen Reiter." Er schaute sie der Reihe nach an. „Was kann ich für Euch tun?"

Sie stellten sich vor.

„Wir sind Freunde von Lev. Wir dienten gemeinsam der Kaiserin in Trocnov…" Paulina warf Maelle einen eindringlichen Blick zu. Die Tatsache der Manifestationen war Staatsgeheimnis.

Etwas preiszugeben wäre Hochverrat, sie sollte darauf achten, was sie sagte.

Lieven nickte. „Er erzählte mir von Euch, als wir uns kurz in Goldhafen begegneten", sagte er wenig wortreich.

Paulina seufzte. Scheinbar lag es in der Natur der Schwarzen Reiter nicht gesprächig zu sein. Lev hatte auch kaum ein Wort herausbekommen. „Wisst Ihr wo Lev gerade ist?", fragte sie.

Lieven zuckte die Schultern. „Er war auf dem Weg zu einer Abtei auf Hel. Um…"

Maelle unterbrach ihn. „…um seine verwundete Kameradin zu besuchen, ja. Aber wisst Ihr wo er jetzt genau ist? Hat er sie gefunden? Bleibt er bei ihr?"

Wieder zuckte der Korporal die Schultern. „Mittlerweile sollte er sie erreicht haben. Aber wie lange er dort bleibt weiß ich nicht."

Lieven hob gerade an zu antworten, doch erneut wurde er unterbrochen. Dieses Mal von der Söldnerin, die sie vorher angesprochen hatte. „Korporal, ein Bote der Kaiserin. Die Medames und Meser sollen sich sofort bei ihr einfinden."

Maelle seufzte. „Wäre auch zu schön gewesen, einmal keine Aufregung zu haben."


Kaiserin Alessia tobte. Sie schlug mit der Faust auf den Kartentisch in der Mitte des Gasthauses, in deren oberen Räumen sie Quartier bezogen hatte. Reichsmarschall Jan Bartoszek, Erzarkanist Jaegar Raul, die Löwin des Nordens Krystina Csorba, der kaiserliche Herold, mehrere vertraute Höflinge der Kaiserin und weitere Militärs standen um den Tisch verteilt. Karten, Briefe und leere, umgestoßene Kelche zierten ihn. Maelle, Paulina und Zenon traten vorsichtig heran.

„Ah gut, ihr seid da. Kommt", winkte die Kaiserin ihnen ungeduldig. Eingeschüchtert trat Paulina in die Lücke, die ein General und die Löwin für sie öffneten. Maelle und Zenon folgten ihr. „Meldung von meiner lieblichen Cousine." Kaiserin Alessia verzog angewidert das Gesicht und deutete auf einen offen liegenden Brief, auf dem groß das Wappen des Zarenreichs Levka, des nördlichen Nachbarn von Galizina, prangte. Paulina sah erstaunt auf. Auch Maelle und Zenon waren schockiert. Seit dem verheerenden Sezessionskrieg im Norden, der vor sieben Jahren begonnen und vor zwei Jahren geendet hatte, waren die diplomatischen Beziehungen zwischen den beiden Nachbarreichen nahezu zum Stillstand gekommen. Ursächlich für den Krieg waren Beschuldigungen von Kaiserin und König gewesen, dass das Zarenreich die Nordoblaste Stastín und Karenina annektieren wollte. Hinter vorgehaltener Hand erzählte man sich jedoch, dass der Krieg nur dazu diente, um die Macht der kürzlich vereinten Reichshälften zu demonstrieren und das levkische Zarenreich, das seit jeher ein wirtschaftlicher, politischer und militärischer Rivale war, in seiner Position zu schwächen. Es gab zwar eine levkische Botschaft in Goldhafen, der Hauptstadt des Ostreiches, doch waren die diplomatischen Beziehungen sehr kühl.

„Zarina Elena Levka bezichtigt das heilige vereinte Reich Galizina der Nichteinhaltung des Friedensvertrages", übernahm der Herold auf Winken der Kaiserin hin das Wort. „Agenten des Reiches würden die Bewohner der Nordoblaste bedrohen und sich an der Grenze zu Levka sammeln. Es sei schon zu Morden gekommen. Auch auf levkischem Gebiet." Schweigen folgte. Einige der Anwesenden räusperten sich unwohl.

„Und… stimmt das?", fragte Maelle vorsichtig.

„Natürlich nicht", fauchte die Kaiserin sie an. Maelle zuckte zurück. „Nicht, dass es die Eishexe etwas angehen würde. Stastín und Karenina gehören zu Galizina, nicht zum verdammten Zarenreich."

Der Herold hustete leise und fuhr fort. „Zarina Levka schreibt, dass sie mit militärischen Mitteln antworten würde, wenn wir diese feindseligen Handlungen nicht sofort einstellen würden."

Kaiserin Alessia blickte auf die Karte. Die anderen Anwesenden schauten betrübt im Raum umher.

„Wissen… wissen wir weswegen die Zarina uns so droht? Sie kann unmöglich einen Krieg wollen", fragte Zenon vorsichtig. Die unangenehme Atmosphäre verdichtete sich nur. Die Luft war zum Zerschneiden dick.

„Nun, weil sie vermutlich Recht hat", sagte Reichsmarschall Jan Bartoszek ungeniert. „Es gibt etwas, das sich in den nördlichen Oblasten zusammenbraut. Und das auch vor der levkischen Grenze nicht Halt macht."

Paulina schüttelte entsetzt den Kopf, Maelle wurde bleich und Zenon ballte instinktiv die Fäuste. Es gab nur eine Möglichkeit, was das sein konnte.

Erzarkanist Jaegar Raul übernahm das Wort. „Wir müssen davon ausgehen, dass in den nördlichen Oblasten Manifestationen erschienen sind."

Maelle sah ihn entgeistert an. „Manifestationen? In Mehrzahl?"

Der Erzarkanist nickte. „Das Schreiben der Zarina lässt auf mehrere schließen, ja. Erinnert Ihr Euch daran, was ich Euch im Thronsaal nach den Ereignissen in der Unterstadt erzählte?"

Maelle nickte. Immer mehr Farbe wich aus ihrem Gesicht. „Dass, den Schriften von Mercator Trient nach, die Manifestation dort auftreten, wo großes Leid herrschte…"

Der Erzarkanist nickte. „Und die nördlichen Oblaste wurden im Sezessionskrieg verheert." Er fing sich einen missmutigen Blick des Reichsmarschalls ein. „Von der levkischen Armee", beeilte Raul sich anzufügen.

Wieder herrschte Stille im Raum, die von Alessia gebrochen wurde. „Ich habe bereits mit König Alexandr gesprochen. Wir gehen vor wie die letzten Male. Kleine Gruppen werden ausgeschickt und beseitigen das Problem. Der König will seinen Erzkonfessor von Stastín aus nach Karenina schicken um dort die Lage zu… befrieden. Nowgoroda, Dorn, Grajev. Ich möchte, dass Ihr eine zweite Gruppe nach Karenina zu einem kleinen Dorf mit dem Namen Kizvár führt. Eine Gruppe Soldaten unter Führung der Löwin des Nordens wird zu Eurem Schutz abgestellt und wird Euch begleiten."

Paulina schluckte. Sie merkte, wie Panik ihr die Kehle hochstieg. Die letzten Begegnungen mit den Manifestationen waren schrecklich gewesen. Die Bilder ließen sie immer noch nicht los. Und wieder verlangte die Kaiserin, dass sie ihnen entgegen zog.

Der Reichsmarschall räusperte sich. „Habt Ihr Gegenvorschläge, Reichsmarschall?", fragte Kaiserin Alessia drohend.

„Nun, Eure Majestät, ja. Wir haben die versammelten Armeen des Ostens und des Westens hier. Lasst uns nach Norden marschieren und die Bedrohung durch unser Heer beseitigen lassen.“

Paulina wünschte sich von ganzem Herzen, dass der Vorschlag des Reichsmarschalls angenommen werden würde, doch wusste sie, dass das nicht ging. Es konnte nicht einfach mit mehreren Armeen an die Grenze zu Levka marschiert werden. Das würde der Zarina erst recht das Gefühl geben, dass ein drohender Angriff von Galizina aus geplant war. Ein Krieg wäre unausweichlich.

Der Herold war wohl zu dem gleichen Schluss gekommen. Er schüttelte energisch den Kopf. „Auf keinen Fall. Das würde die Zarina als Provokation sehen und ein neuer Krieg würde entfacht werden.“

Der Reichsmarschall zuckte mit den Schultern. „Und? Diesen Hunden werden wir es zeigen.“

Ein beleibter Edelmann hob die Stimme. „Wieso schildern wir der Zarina nicht die Lage? Klären wir sie auf.“

Der Erzarkanist fuhr den Mann an. „Auf keinen Fall. Wir wissen nicht, wie sie mit dieser Information umgehen würde. Wir können uns keine Unruhe leisten.“

Die Anwesenden überschrien sich gegenseitig. Vorschlag folgte auf Vorschlag.

Die Kaiserin massierte sich die Schläfen. „Genug“, sagte sie leise. Niemand beachtete sie. Paulina bemerkte, wie schwach sie in diesem Moment aussah. Ruckartig griff die Kaiserin nach der Tischkante. Es sah aus, als müsste sie sich daran festhalten, um nicht umzufallen. Paulina sah, wie ihre Augen flatterten und immer wieder zufielen. Ihre Fingerknöchel färbten sich weiß, als ihr Griff um die Tischkante immer verkrampfter wurde.

Sorgenvoll zwängte sie an den zeternden Männern und Frauen vorbei und ging zur Kaiserin. Sie berührte sie sachte am Arm. „Kaiserin, geht es Euch gut?“, fragte sie leise. Der Kopf von Alessia, der ihr auf die Brust gesunken war, wandte sich nun ihr zu. Paulina bemerkte, wie Alessias Augen versuchten sie zu fokussieren. Nach einem kurzen Moment hatte sich die Kaiserin wieder gefangen. Sie sah aus als wäre sie aus einem tiefen Schlaf erwacht.

„Ja. Es… es geht mir gut." Ihre Stimme ließ anderes vermuten, dachte Paulina. Und wurde eines Besseren belehrt, als sie eine Sekunde später wie ein Donnerschlag durch den Raum peitschte. „Genug!" Unvermittelt wurde es still im Gasthaus. „Mein Entschluss steht fest. Löwin, sucht Euch Soldaten aus. Nicht mehr als eine Kompanie."

Ein junger Höfling wagte noch einmal die Stimme zu erheben. „Eure Majestät, Medame Nowgoroda ist nicht einmal Diplomatin. Was wenn sie auf levkische…"

„Dann mache ich sie eben zu einer Diplomatin", schrie Kaiserin Alessia. „Und jetzt raus. Alle. Die Besprechung ist beendet."


„Wo geht's denn hin, Hauptmann?", schallte eine raue Frauenstimme über die matschigen Wege des Lagers der 6. Galizinischen Armee, durch das Paulina, Maelle und Zenon gingen.

„Das erfährst du früh genug Tereza. Kannst es wohl nicht erwarten, die wunderschöne Goldebene zu verlassen was?", antwortete die derbe Stimme des angesprochenen Hauptmanns, begleitet vom Lachen der umstehenden Soldaten. Es war Nachmittag und es hatte zu nieseln begonnen, was die ohnehin schon aufgeweichten und zerwühlten Wege zur Rutschpartie werden ließ. Die drei steuerten auf das Zelt der Generalin der 6. Armee, der Löwin des Nordens, zu. Das Zelt war genauso schlicht wie die anderen, nur etwas größer. Zwei Landsknechte standen davor und kreuzten ihre Hellebarden, als Paulina, Maelle und Zenon einzutreten versuchten.

„Generalin Csorba erwartet uns…", begann Paulina.

„Lasst sie durch", erklang die Stimme der Löwin von innen. In voller Rüstung residierte sie vor einem Tisch, auf dem sich Fernrohre, lose Papierblätter, Soldbücher und andere Utensilien stapelten. Zwei weitere Soldaten waren im Raum, den Emaillien auf ihren Rüstungen nach, rangniederer. Vermutlich Hauptleute der 6. Armee. Die Löwin winkte sie freundlich an den Tisch. Sie lächelte sie kurz an, bevor sie ihr Gespräch mit den Hauptleuten fortfuhr. „Zehn Doppelsöldner der 24. Kompanie, jeweils fünfzehn Landsknechte der 9. und 12. Kompanie und zehn Arbalesten der 26. und 27. Kompanie. Sucht die Leute aus. Nehmt die Besten." Die beiden Hauptleute salutierten und verließen das Zelt.

Krystina Csorba lächelte ihnen erneut zu. „Wie es scheint, werden wir die nächsten Tage gemeinsam verbringen." Maelle nickte. Paulina fiel auf, dass sie bleicher war als sonst. Der Gedanke an das Bevorstehende beschäftigte wohl nicht nur sie selbst. „Es gefällt mir um ehrlich zu sein nicht, erneut in die Nordoblaste geschickt zu werden." Der Blick der Löwin verschwand in der Ferne. „Hoffen wir, dass sich Levka ruhig verhält. Diese Ausgeburten, die es zu beseitigen gilt, werden uns schon genug beschäftigen." Paulina nickte mit klopfendem Herzen.

„Ich habe mir Euch mehr wie den Reichsmarschall vorgestellt", sagte Maelle unverblümt.

Csorba musste lächeln. „Ihr meint kriegstreiberischer?" Maelle nickte.

„Ich habe im Sezessionskrieg gegen Levka gekämpft. Die Kämpfe waren schrecklich. Wer sich so etwas erneut herbeisehnt, ist nicht klar bei Verstand. Jeder Soldat sollte sich nach Frieden sehnen, nicht nach Kampf."

Die Apothecaria nickte nachdenklich. Auch Lev hatte von den schwerwiegenden und schrecklichen Kämpfen im Norden berichtet, doch Paulina hatte gedacht, dass die Generäle sich abgebrühter verhalten würden. Paulina war froh, die Löwin des Nordens dabei zu wissen. In ihrem Magen war immer noch ein Eisklotz, jedoch sorgte die Begleitung der Generalin dafür, dass er stückchenweise schmolz.

# Kapitel V

## Fortschritt

*Galizina, Protektorat Ur, Krater der Arkanminen im Herbst 1271*

Es war zum Mäuse melken. Arkanist ersten Grades Sunder Nowak starrte auf die Berichte der letzten Tage, die ihm seine Arkanisten, Mineure und Protektoren gebracht hatten. Es dauerte einfach zu lange die ehemaligen Arkanerzminen in Ur freizulegen. Der alte Scientus las den Bericht von Milan, einem jungen Scientus, der Teil der ersten Expeditionsgruppe nach Ur gewesen war. Er räumte mit einigen Arbeitern einen Minenschacht im nördlichen Kraterhang. Die Hand eines Arbeiters war zerquetscht worden. Sunder seufzte genervt. Das bedeutete mindestens einen Tag Arbeitsstillstand. Der alte Arkanist nahm einen Schluck aus dem Tonbecher, der auf seinem Schreibtisch stand und trat aus seinem Zelt. Wenigstens liefen die Forschungen an der entdeckten Arkanerzader, zu der sie ursprünglich vorgestoßen waren, ohne größere Probleme oder Verzögerungen.

Sunder trat an das Holzpodest, das am Kraterrand aufgebaut worden war und lehnte sich an die Brüstung. Von hier wurden Werkzeuge und Waren in den Krater, der vor Jahren durch eine arkane Explosion unbekannter Herkunft entstanden war, herauf- und herabgelassen. Er strich sich durch den weißen Bart, den er sich seit kurzem stehen ließ und erschuf so einen kleinen Regen aus schwarzen Sand- und Staubpartikeln. Dieser verdammte Sand war überall, er klammerte sich in jeder Ritze fest, die er finden konnte. Das Protektorat Ur lag direkt unter einem Vulkan und der basaltreiche Boden war durch die Explosion noch weiter zu feinem Sand zermahlen worden.

Sunder ließ seinen Blick über den weiten Kraterboden wandern. Die Expedition, mit der er hier im Sommer angekommen war, hatte sich vervielfacht. Mehrere Zelte, eilig gezimmerte Hütten, Unterstände und Warenlager waren errichtet worden. Er sah den Arbeitern zu, wie sie mit vollen Schubkarren aus oder mit geschulterten Tragbalken in die alten Minenschächte gingen. Arkanisten eilten zwischen den Arbeitern hin und her, gaben Anweisungen, schrieben Forschungsergebnisse auf Wachstafeln oder Papierrollen oder besprachen sich mit ihren Kolleginnen und Kollegen.

„Meser Nowak", hörte Sunder Scientus Milan schreien. Der junge Arkanist winkte ihm vom Kraterboden entgegen. Seine tiefblauen Roben waren von grauschwarzem Vulkanstaub bedeckt.

Sunder schnaufte. Er ging die grob gezimmerten, hölzernen Treppenstufen in den Krater hinab. „Was gibt es?", blaffte er den Arkanisten an.

„Meser, Neuigkeiten von der Hauptader."

„Lohnt es sich persönlich dort runter zu steigen?", fragte Sunder mit hochgezogenen Augenbrauen.

Milan nickte aufgeregt. „Ich denke schon. Unsere Theorien erhärten sich."

Etwas zufriedener nickte Sunder, als er sich mit Milan in Bewegung setzte. Alles was sie bisher hatten, waren Vermutungen. Ihr Auftrag war herauszufinden, wieso auf einmal überall im Reich scheinbar arkangeborene Wesenheiten, die Manifestationen, auftauchten und die Bevölkerung massakrierten. Bisher waren sie dem Grund dieser Erscheinungen noch nicht sonderlich nahegekommen, sie stocherten im Dunkeln. Es gab stichhaltige Theorien, wie die, dass die arkane Explosion, deren Krater sie gerade durchschritten, in irgendeiner Form ursächlich war. Doch belegen konnten sie es nicht. Und für ein Gegenmittel oder eine Lösung des Problems reichte diese Theorie auch nicht.

Sunder war ein großer Verfechter des klassischen Vorgehens seiner Diviso, der Scientii. Es gab klare Regeln wie Forschung auszusehen hatte, wie Probleme angegangen wurden. Erst fand man die Ursache heraus, dann wurde ein Gegenmittel oder eine Strategie entwickelt, um des Problems Herr zu werden. Es war ein simples Vorgehen. Wenn die Ursache bekannt war, erschloss sich daraus, wie sie behoben werden konnte. Die Apothecarii, eine andere Divisio des Arkanistenordens, pflegten mit dem

Kopf durch die Wand zu preschen und bei der Lösung ihrer Probleme kurzsichtiger zu denken. Sunder schnaufte. So einfach war das hier nun mal nicht.

Milan und Sunder erreichten den Eingang der Mine, die zur größten Ader in Ur führte und gingen durch die Tunnel. Bei ihrer Ankunft hatte hier noch völlige Dunkelheit geherrscht, doch mittlerweile waren Öllampen und Kerzen angebracht, die Licht spendeten. Auch die Leichen, die sie hier vorgefunden hatten, hatte man geborgen und nach Goldhafen zur Untersuchung schicken lassen. Sie waren einige Zeit unterwegs, durschritten dämmrige Gänge, größere, befestigte Höhlungen und ließen sich von Aufzügen in die Tiefe führen. Die Arkanisten und Arbeiter, denen sie begegneten, machten ihnen respektvoll Platz. Die Stimmung von Sunder Nowak war bekannt und berüchtigt. Sunder hörte Wehklagen über Kopfschmerzen und Übelkeit und er ärgerte sich. Sobald diese Weichlinge einmal richtig arbeiten mussten, fingen sie fast an zu weinen.

Als sie endlich vor der riesigen, bläulich schimmernden Arkanader standen, deren kristalline Struktur sich einem riesigen Wurm gleich durch eine längliche Höhlung schob, kam ihnen eine Arkanistin entgegen. Sunder hatte vergessen wie sie hieß und es kümmerte ihn auch nicht sonderlich. „Was habt Ihr herausgefunden?", blaffte er sie an, als sie vor ihm stand. Obwohl sie mindestens zehn Jahre jünger war als er selbst, zeichneten sich bereits Falten in ihrem Gesicht ab. Eine schmerzhafte Erinnerung an sein eigenes Alter.

„Meser Nowak, wie gestern Morgen erörtert, gehen wir davon aus, dass die Arkanexplosion vor achtzehn Jahren, und damit vermutlich auch das Auftreten der Manifestationen, durch exzessive Ausbeutung der Arkanadern und unbeschränktes Fördern des Arkanerzes ausgelöst wurde." Sunder nickte. Offiziell war das natürlich nicht die Lesart. Niemand wollte bestätigen, dass der Raubbau des Erzes, das für den Arkanistenorden so wichtig war, zu dieser Katastrophe, die das gesamte Protektorat Ur bis auf wenige kleine Siedlungen zerstört hatte, die Ursache der Explosion gewesen war. Weder Arkanistenorden noch Kaiser- oder Königshof stimmten dem offiziell zu. Dazu kam noch, dass Mercator Trient, der als verrückter und gefährlicher Arkanist diskreditiert worden war, all das auf unerklärliche Weise vor hunderten von Jahren vorausgesehen hatte. Die Arkanistin drehte sich um und zeigte auf eine Stelle der riesigen Arkanader hinter ihr. „Seht Ihr diese Stelle?" Sunder kniff die Augen zusammen. „Sie ist matter. Das fluoriszieren der Ader erreicht diese Stelle nicht."

Sunder sah es. Eine ungefähr runde Stelle von einigen Schritt Durchmesser wirkte abgestorben. Die kristallinen Strukturen, die die Ader bildeten, leuchteten hier nicht mehr bläulich.

„Was ist passiert?", fragte Nowak.

„Ein Arbeiter, der dabei war ein Gerüst an der Oberseite der Ader zu errichten, rutschte ab. Mit seinem Hammer traf er im Fall den Bereich der Ader, der jetzt matt ist. Dem Arbeiter geht es soweit gut, er hat ein verstauchtes Bein, konnte sich aber…"

Sunder winkte ab. „Ja, ja. Danach war die Stelle so… matt wie wir sie jetzt sehen?"

Die Arkanistin schüttelte den Kopf. „Nein. Davor gab es eine… nun, eine Explosion. Es gab einen Knall und bläuliche Dämpfe stiegen auf. Außerdem verstärkte sich der arkane Nachhall enorm, wie Ihr sicher spürt. Als hätten dutzende Arkanisten zeitgleich arkane Kraft gewirkt. Wir können von Glück reden, dass es nur so einen kleinen Teil der Ader betroffen hat, sonst würden wir hier vielleicht nicht mehr stehen."

Sie hatte Recht. Der arkane Nachhall, das Gefühl, dass Arkanisten befiel, wenn sie einen Ort betraten, an dem umfangreich arkane Kräfte gewirkt worden waren, war sehr stark. Aufgrund des dauerhaften, in Ur seit der Explosion immer vorhandenen Nachhalls, war es Sunder gar nicht besonders aufgefallen. Er nickte aufgeregt. „Das ist fantastisch, gute Arbeit. Das beweist unsere Theorie. Das Fördern des Arkanerzes, das Anschlagen der Adern selbst, führt zur Explosion. Das könnte die Arkanexplosion erklären. Damals muss etwas Ähnliches passiert sein, nur in viel Größeren Maßstab." Im Grunde war es derselbe Effekt, den die Kanonen des Westreichs nutzten. Arkanerz war instabil, das Westreich setzte es bewusst und in kleinen Mengen für ihre Feuerwaffen ein. Hier war es ungewollt zur Explosion gekommen. Vermutlich wie vor achtzehn Jahren.

„Scientus Nowak, wieso leuchtet dann die Ader noch? Wenn solch eine Art der Explosion für die arkane Verwüstung verantwortlich sein sollte, dann müsste doch die ganze Ader ermattet sein, oder nicht?“

Sunder wischte die Bedenken der Arkanistin beiseite. „Es wird nicht diese Ader gewesen sein, die explodiert ist. Wir haben noch nicht alle Minenschächte freigelegt. Ich bin mir sicher, wir finden eine Ader, die noch größer als diese hier ist. Und die wird völlig matt sein. Der werden wir die Explosion zu verdanken haben.“

Milan, Sunder und die Arkanistin starrten eine Weile die riesige Arkanader an, in deren angeschlagenem Inneren und Äußeren Arkanisten Proben nahmen, Zeichnungen anfertigten und Messungen durchführten, während Arbeiter Gerüste bauten, Geröll wegschafften und Stützstreben errichteten.

„Hilft uns das wirklich so viel Meser?“, fragte Milan vorsichtig. „Wir wissen immer noch nicht, wieso die Manifestationen entstehen.“

Der junge Scientus hatte Recht. Das wussten sie nicht. Doch sie wussten, mit einiger Sicherheit, dass die arkane Explosion durch ausbeuterischen Abbau des Arkanerzes verursacht worden war. Sie wussten auch, dass die Adern unter ganz Galizina und vermutlich auch des restlichen Kontinents verliefen. Sie wussten, dass die Bildung der Manifestationen untrennbar mit der arkanen Explosion zusammenhing. Das war nicht bahnbrechend, doch waren es wichtige Schritte auf dem Weg, um herauszufinden was passiert war und wie es sich stoppen ließ.

Er nickte. „Das stimmt. Aber wir haben ein weiteres Teilstück und kommen der Sache immer näher.“


Sunder blickte kurz in den Krater zurück, als er wieder auf der Warenaustauschplattform am Kraterrand stand. Er war zufrieden. Obschon Milan recht hatte, für ihren eigentlichen Auftrag brachte das erstmal nichts, wurde es seiner Erfahrung nach leichter neues Wissen zu erringen, wenn bereits über viel Wissen verfügt wurde. Sunder wandte sich vom Krater ab und steuerte auf ein rundes, geräumiges Zelt zu. Er trat ein. Hinter einem Schreibpult saß eine rundliche Arkanistin, die ihr rechtes

Bein auf einem kleinen Schemel abgelegt hatte. Sie hatte die Augen geschlossen und tippte sich immer wieder mit einem kleinen Holzstift gegen die Schläfe.

„Störe ich?", fragte Sunder laut.

Die Arkanistin schrak hoch. „Entschuldigt, Meser Nowak. Ich war in Gedanken." Sie machte Anstalten sich zu erheben, doch Sunder bedeutete ihr mit einer wegwerfenden Handbewegung sitzen zu bleiben. Er wusste um ihr lahmes Bein. In den ersten Tagen der Expedition war er sehr deutlich von Karlotta Helsteva, der Kommandantin der Protectorii ihrer Gruppe, darauf hingewiesen worden.

„Über was macht ihr Euch Gedanken, Hórat?", fragte Sunder barsch. Er hatte Leyte Hórat im Lauf der Expedition zu schätzen gelernt, wollte es ihr aber nicht allzu deutlich zeigen. Das schadete der Gewissenhaftigkeit und dem Fleiß.

„Über Mercator Trient. Wie die letzten Tage."

Sunder schnaubte. „Ihr denkt immer noch, dass Ihr darin…" Er deutete auf einen Stapel von Schriftrollen und ledergebundenen Büchern. „…etwas findet?"

Leyte nickte. „Es muss darin zu finden sein."

Mercator Trient. Der verfluchte Arkanist, der vor langer Zeit gelebt hatte. Er war vom Orden ausgeschlossen worden, weil er Schriften veröffentlicht hatte, die konträr zu dem waren, was der Orden vertrat. Die Schriften lasen sich wie die eines Verrückten und die Menschen, die mit ihm gelebt und studiert hatten, hatten Trient auch als verrückt bezeichnet. Doch hatte er ziemlich akkurat das vorausgesehen, mit dem das Reich heute konfrontiert war. Die Manifestationen. Selbst die arkane Explosion fand sich in seinen Schriften wider.

„Woher hatte er das Wissen?", fragte Leyte rhetorisch.

Seit der letzten Versorgungslieferung war der Berg an Schriftstücken, die sich im Zelt vor Leyte türmten, nur noch gewachsen. Die Schriften, die Trient selbst verfasst hatte, Berichte über ihn und sein Wirken, Reisetagebücher, Gesuche an den Erzarkanisten, und so weiter. Das halbe Leben von Mercator Trient breitete sich vor Leyte Hórat aus. Sie musste es nur aufschlüsseln.

Sunder zuckte die Achseln. „Wer weiß das schon. Es kann etwas dauern, bis Ihr diese ganzen Schriften gesichtet habt.“

Leyte nickte. „Das stimmt. Ich arbeite mich Stück für Stück durch, indem ich versuche die Schriftstücke zu kategorisieren. Schriften von ihm, Schriften von Dritten über ihn, Schriften von direkten Zeitzeugen, die über ihn berichten. Alles was auf sein Wirken hindeutet, Gesuche, Aufenthalte in der Bibliothek, offizielle Beschwerden beim Obersten Scientus und so weiter. So komme ich schrittweise den Informationen näher, die ich brauche.“

Sunder nickte wieder. Leyte war wie gemacht für diese Aufgabe. Er war beeindruckt von ihrer Disziplin. „Nun gut.“ Sunder wandte sich um. „Ich wünsche Euch Glück.“

Leyte lächelte ihn an. „Danke, Meser.“

Sunder war schon halb aus dem Zelt gegangen, als er sich noch einmal umwandte. „Und vergesst nicht zwischen Euren Studien zu essen, Hórat“, blaffte er barsch und trat wieder in die staubige Luft von Ur.

# Kapitel VI

## Kriegsgeplagt

*Galizina, Ostreich, Oblast Karenina im Herbst 1271*

Paulina war schockiert. Vor zwei Tagen hatten sie die dichten Kiefern und Birken des Mittwalds hinter sich gelassen und hatten durch seine sumpfigen und moorigen Ausläufer die Oblast Karenina betreten. Sie steuerten auf Kizvár zu, ein kleines Dorf, das zentral in Karenina lag. Paulina hatte gedacht, der Sezessionskrieg zwischen Galizina und Levka hätte vor allem in den nördlichen Teilen des Oblasts gewütet, doch auch hier war die Zerstörung noch deutlich zu sehen. Selbst nach sieben Jahren Frieden.

Paulina hatte ihr Pferd vor einem alten Hofgebäude mit eingefallenem Dach aus Holzschindeln angehalten. Entgeistert starrte sie auf das Haus und darüber hinaus. Wo einst Weizen und Dinkel gediehen, waren jetzt nur noch leere, trostlose und verwilderte Felder zu sehen. Die Reste einer abgebrannten Scheune und ein zerfallender Brunnen komplettierten den ruinierten Landstrich.

Die Löwin des Nordens, Krystina Csorba, hielt ihr Pferd neben dem von Paulina an. Sie beugte sich im Sattel vor und streichelte seine Nüstern. Hinter ihnen zogen mit geschulterten Waffen die Soldaten vorbei und die Karren ratterten über die Wege. „Die Gebäude wurden verlassen. So weit im Süden fanden keine Kämpfe statt", sagte die Löwin tonlos.

„Wieso wurde der Hof dann aufgegeben?", fragte Paulina und sah die Generalin an. „Brandpocken?"

„Vielleicht, ja." Die Löwin sah sich um. „Der Hof liegt schlecht. Direkt am Weg, hier werden Massen an Soldaten vorbeimarschiert sein. Vermutlich wurde der Hof mehrfach geplündert, bis die Bewohner... sich dazu entschlossen ihre Heimat zu verlassen." Die Löwin bemerkte Paulinas Blick.

„Sie kamen bei den Plünderungen zu Tode, ist es nicht so, Generalin?"

Die Generalin erwiderte ihren Blick. Ihr Gesicht blieb ausdruckslos. „Wahrscheinlich. Üblicherweise läuft das so, vor allem, wenn die Hofbesitzer sich wehren."

„Aber hier kamen nur Galiziner durch. Das waren ihre eigenen Leute."

Csorba nickte. „Ja", sagte sie schlicht.

Paulina wandte sich angeekelt ab. „Edle Soldaten hat unsere großartige Armee", sagte sie abfällig. Eine vorbeigehende Soldatin, die sie gehört haben musste, starrte sie zornig an.

Als Paulina ihr Pferd wenden wollte griff die Löwin ihr in die Zügel. „Passt auf was Ihr sagt, Medame Nowgoroda. Diese Soldaten haben Befehl Euch mit ihrem Leben zu verteidigen. Das wird ihnen deutlich leichter fallen, wenn Ihr sie nicht beleidigt. Ob Ihr nun Recht habt oder nicht."

Paulina funkelte sie einen Moment lang an. Die Löwin lies ihre Zügel los und Paulina ritt wieder an die Spitze des Zuges, zu Zenon und Maelle. Nachdenklich blickte sie in die flache, moorige Landschaft. Ihre bisherige Reise hatte sie genossen. Das raue Lagerleben, die derben Witze der Soldaten. Gegenüber ihr als Adelige waren sie zwar nicht besonders aufgeschlossen gewesen, doch das eine oder andere hatte Paulina ihnen entlocken können. Natürlich war die Bedrohung und die Schrecken mit denen Paulina und die anderen bald wieder konfrontiert sein würden omnipräsent, doch war die Reise mit der Kompanie eine willkommene Ablenkung gewesen. Es erinnerte sie an die Reisen, die sie für die Handelsgilde getätigt hatte. Außerdem fühlte sie sich so sicher, wie es die Umstände eben zuließen. Die beste Generalin von Galizina und die besten Soldaten der 6. Armee boten ihr Schutz. Sie würde nicht gegen Manifestationen kämpfen müssen, das würden die Soldaten erledigen. Doch wie viele der Soldaten hatten im Sezessionskrieg gekämpft? Und wie viele von ihnen hatten sich an Plünderungen, Massakern und anderen Gräueltaten beteiligt? Paulina wusste, dass die 6. Armee hauptsächlich aus kampfgestählten Veteranen bestand. Wenn sie heute Abend, wenn sie das Nachtlager aufschlugen, also mit einem der Soldaten anstieß, trank sie dann mit einem Mörder? Einem Vergewaltiger? Einem Räuber? Tonlos reihte sie ihr Pferd neben das von Maelle ein.

„Na, Medame Diplomatin? Bewundert Ihr die Landschaft?“, fragte die keck.

Paulina schüttelte nur den Kopf und hing ihren Gedanken nach.

Die von bulligen Ochsen gezogenen Karren des Trosses ihrer kleinen Gruppe ratterten auch einen Tag später noch über mal mehr und mal weniger ausgebaute Wege. Zenon blickte zurück. Die sechzig Soldaten marschierten in Dreierreihe. Die Doppelsöldner mit geschulterten Zweihändern und wippenden Hüten bildeten die Spitze, darauf folgten die Landsknechte mit ihren großen Stangenwaffen. Die Arbalestenschützen bildeten den Abschluss. Ihre Pavesen hatten sie in der Goldebene gelassen, sie wären zu sperrig für ihre Mission gewesen. Vorneweg lief ein Bannerträger, an dessen Lanze eine grob gestickte Fahne hing. Da die Soldaten der Gruppe aus mehreren Kompanien stammten, hatte improvisiert werden müssen und drei Schneider des Armeetrosses hatten noch am Abend vor ihrer Abreise ein einfaches Banner gefertigt. Der Name ‚Gramseelen‘ hatte sich für die zusammengewürfelte Kompanie durchgesetzt und prangte nun stolz auf dem Stoff.

Zenon starrte angestrengt in den diesigen Nebel, der sich vor ihnen auf die von Morgentau bedeckten, sumpfigen Wiesen gelegt hatte. Er duckte sich unter einer Birke, die ihre Blätter schon fast vollständig verloren hatte. Rauch kräuselte sich weiter vorne aus den dichten, omnipräsenten Nebelschwaden. Dampfende Schornsteine ragten aus Reetdächern, deren Häuser beinahe vollständig in der dicken Suppe versunken waren. „Schaut an, wir sind fast da“, rief er erleichtert. Er hatte das Reiten satt. Er war kein verwöhnter Schönling, der Widrigkeiten nicht kannte, doch diese langen Reisen machten ihm zu schaffen. Er vermisste Goldhafens schiefe Häuser, enge Gassen und kurze Wege. Und den Trunkenen Fischersmann, das Stammgasthaus der Goldhafener Stadtwachen. Was würde er für einen Krug mit frischem Goldhafener Bock geben.

„Sieht ja einladend aus", murmelte Maelle neben ihm. „Nass, sumpfig und neblig. Wer entscheidet sich hier zu wohnen? Oder zu bleiben?"

Zenon runzelte die Stirn. „Ihr verbringt Euren Tag hauptsächlich in der Goldhafener Unterstadt. Ich denke nicht, dass dieser Ort hier weniger Licht und Wärme bietet als die alten Stollen unter Goldhafen."

Maelle sah ihn an und grinste dann. „Touché."

Sie folgten weiter der hügeligen und unebenen Straße. Hinter ihnen hatte die Kompanie endlich aufgehört zu singen. Die letzten Stunden waren unaufhörlich Marschlieder gesungen und gepfiffen worden, was Zenon beinahe zur Weißglut gebracht hatte. Maelle hatte fröhlich mitgepfiffen, sehr zur Unterhaltung der Soldaten und sehr zum Ärger des Lieutnants.

Der Weg war mit Birken und Weiden gesäumt, deren Äste tief hingen. Die Bäume wurden lichter und schon bald konnte ihr Blick die sumpfige Ebene umfassen, in deren Mitte das Dorf Kizvár lag, von dem aus ihre Ermittlung starten sollte. Ermittlung, spottete Zenon schnaubend in Gedanken. Es war keine Ermittlung, wenn bekannt war, wer die Täter waren. Es war mehr eine Ungezieferjagd. Im Grunde waren sie Kammerjäger.

Ein einzelner Baum stand am Weg vor den wenigen Holzhütten, die das Dorf bildeten. Durch den Nebel war es nicht gut erkennbar, doch es schien so, als wäre in großer Höhe ein Ast abgebrochen und würde hinunter Richtung Straße ragen.

„Irgendwie gruselig, oder?", fragte Paulina, die zu Maelles Linker ritt.

Zenon machte eine wegwerfende Handbewegung. „Wartet bis der Morgennebel weg ist, dann sieht es hier aus wie in Jiznitok."

Paulina antwortete nichts darauf. Der Lieutnant sah ihr an, dass sie besorgt war. Wer konnte es ihr verdenken, er selbst war auch nicht gerade ausgeglichen und er war Schrecken, zumindest Menschengemachte, gewohnt. Die Begegnungen der Manifestationen im Sommer hatten Spuren an der jungen Handelsvertreterin hinterlassen, das sah Zenon ganz klar ihrem Gesicht an. Auch Maelle nahm es mit, auch wenn sie sich mit einer Fassade aus Abgebrühtheit umgab. Und wie er selbst war sie, durch ihre Arbeit im Apothecarium der Unterstadt, schon vorher mit Leid, Schrecken und Tod konfrontiert gewesen. Diesen leidigen Vorteil hatte Paulina Katja Nowgoroda nicht.

„Was zur…", wurde Zenon von der Apothecaria aus seinen Gedanken gerissen. Auch ihm fiel jetzt auf, was ihren Ruf ausgelöst hatte. Er hatte sich getäuscht. Es war kein Ast, der von dem Baum hing. Es war ein menschlicher Körper, an einem Strick um den Hals an der Birke aufgeknüpft. Leere Augen starrten in den Himmel. Ihrem Anblick nach, musste die Leiche schon eine Weile dort hängen. Ein Holzschild war um ihren Hals gebunden, auf dem mit krakeligen weißen Lettern etwas geschrieben stand.

*Hier hängt ein Verräter an den Bürgern von Kizvár, der sich lieber selbst bereichert hat, als mit seinen Nachbarn zu teilen.'*

Zenon schluckte. Das fing ja gut an.

Maelle und Paulina starrten die Leiche an, als sie darunter hindurchritten.

„Halt", befahl Generalin Csórba knapp, kurz bevor sie den Eingang zum Dorf passierten. Klappernd blieb die Kompanie stehen. „Kompanie der Gramseelen, wir lagern hier. Schlagt die Zelte auf. Hauptmann Tyurin, Ihr hat das Kommando."

„Ja, Generalin", antwortete ein bulliger Offizier, der hinter ihnen gegangen war.

Maelle, Paulina und Zenon stiegen vom Pferd und gaben die Zügel derselben in die Hände der Soldaten, die vor dem Dorf warten würden. Gemeinsam mit der Generalin betraten sie die traurige Ansammlung an windschiefen Hütten. Der Weg wurde hier etwas breiter und öffnete sich in der Mitte zu einem kleinen Platz, auf dem ein gemauerter Brunnen stand. Die Häuser waren niedrig, sie bestanden aus dicken Eichen- oder Birkenstämmen, die mit Reetdächern gedeckt waren. In eingezäunten Flächen vor den Häusern gackerten wenige, magere Hühner oder waren die Reste von abgeernteten Gemüsebeeten zu sehen. Ihre Ankunft war aufgefallen, einige neugierige, ängstliche und missmutige Augenpaare schauten ihnen aus Fenstern zu, die nur einen

Spaltbreit geöffnet waren. Es hatte zu nieseln begonnen. Zenon fühlte sich beobachtet und ausgeliefert.

Eine schlecht gelaunte Frau mit buschigen Augenbrauen trat, begleitet von zwei jungen Männern mit Heugabeln, auf den Platz in der Mitte. „Wer seid Ihr und was wollt Ihr?", blaffte sie.

Paulina trat vor. Zenon fiel auf, wie ihre Hand leicht zitterte. Sie war nervös, was man ihrer Stimme nicht anmerkte. „Guten Tag, gute Frau. Mein Name ist Paulina Nowgoroda, wir sind von der Kaiserin entsandt worden um…"

Die Dorfbewohnerin zog die Nase hoch. „Von welcher?", fragte sie barsch.

Paulina sah sie kurz irritiert an, bevor sie sich wieder fing. „Von Kaiserin Alessia Vyrkov von Galizina", antwortete sie verwundert.

Die Bäuerin nickte. „Ah. Und was wollt Ihr?"

„Hier sollen Morde passiert sein, die wir untersuchen wollen", kam die Antwort von Paulina.

„Ah", sagte die Dorfbewohnerin wieder. „Das wollen die aus dem Norden auch. Wenn Ihr euch die Köpfe einschlagen müsst, dann macht das woanders und nicht hier." Sie spuckte aus. „Soldaten bringen nur Unglück." Sie wandte sich ab und ging auf ein großes Haus zu, die beiden Männer folgten ihr.

„Medame, wartet. Wir sind von der Reise erschöpft und möchten etwas trinken. Habt Ihr ein Gasthaus, in dem wir etwas bekommen?"

Die Frau stockte und sah sie prüfend an. Sie machte ein missmutiges Gesicht. „Wenn Ihr zahlt."

Maelle, Paulina und Zenon folgten der Frau durch die niedrige Tür in das Gasthaus. Die Löwin des Nordens ging ihnen hinterher.

Im Gasthaus roch es erdig. Etwa ein Dutzend Augenpaare starrten sie an, als sie den Fußboden aus festgestampftem Lehm betraten. Ihre Gastgeberin bedeutete ihnen sich an einen einfachen Holztisch zu setzen und verschwand hinter der Theke. Es war still im Raum. Lediglich das leise Knacken eines Feuers war zu hören, alle Gespräche waren verstummt als sie eingetreten waren. Nur langsam löste sich dieses Stille auf, als sich die Leute wieder ihren eigenen Angelegenheiten zuwandten, Bier tranken, sich leise unterhielten.

„Etwas verschlossen diese Leute, oder?", fragte Maelle leise.

„Die haben fünf Jahre Krieg hinter sich. Auf Fremde, vor allem Soldaten, sind die sicher nicht gut zu sprechen", antwortete Zenon. Der Lieutnant schaute sich prüfend im Raum um. Paulina war froh, dass sie Maelle und Zenon dabeihatte. Sie vertraute ihnen. Sie mochte sie.

Die Bäuerin kam mit vier angeschlagenen Tonbechern wieder. Sie stellte sie auf dem grob gezimmerten Holztisch ab und machte auf dem Absatz kehrt um sofort wieder zu verschwinden. Paulina fasste sie an der Hand. Die Frau zuckte zusammen und blickte sie zornig an. „Habt Ihr einen Moment, gute Frau?" Paulina fühlte die Schwielen an ihrer Hand. Sie war schmutzig, so wie fast alle Menschen hier. Einfache, dreckige Kleider und die Haut mit feinen, schwarzen Schlieren bedeckt. Die Frau zog ihre Hand weg, nickte aber.

„Wollt ihr Euch nicht setzen?", fragte Maelle freundlich und deutete auf einen Stuhl am Kopfende des Tisches.

„Nein", kam die schlichte Antwort. Paulina sah Maelle die Augen verdrehen und stieß ihr unter dem Tisch gegen das Schienbein.

„Wie heißt Ihr?", fragte Paulina.

„Magdaléna", antwortete die Dörflerin nach anfänglichem Zögern. Paulina musterte sie. Sie musste im gleichen Alter sein wie sie selbst, doch wirkte sie älter, wovon schwere Tränensäcke und eine harte Miene zeugten.

Paulina versuchte vorsichtig anzufangen. „Unsere Begleiter lagern vor Eurem Dorf. Wir wollen Euren Ort nicht lange behelligen und ich hoffe, dass wir Euch nicht stören."

Magdaléna schnaubte. „Seit wann lasst Ihr uns die Wahl?"

Paulina seufzte innerlich. Das würde schwer werden. Sie beschloss nicht auf den Einwurf einzugehen. „Ihr erwähntet etwas von Leuten aus dem Norden? Meint Ihr Soldaten aus Levka?"

Magdaléna strich sich das strähnige Haar aus dem Gesicht und nickte.

Generalin Csorba horchte auf. „Levka? Das ist galizinisches Staatsgebiet. Wieso habt Ihr nicht Euren Bojaren informiert?"

Magdaléna funkelte sie an. „Weil es uns egal ist wessen Soldaten sich hier tummeln, solange wir in Ruhe gelassen werden."

Bevor die Generalin etwas erwidern konnte, fragte Paulina weiter. „Und die Soldaten haben Euch in Ruhe gelassen?"

Die Dorfbewohnerin nickte.

„Was wollten sie von Euch?", fragte Paulina weiter.

Magdaléna zuckte die Schultern. „Haben ein paar Fragen gestellt. Weiß nicht mehr was genau. Ob es in letzter Zeit Übergriffe von galizinischen Soldaten gab. Ob Leute im Moor verschwunden sind. Solche Sachen." Die Stirn der Frau legte sich in Falten als sie nachdachte. „Sie haben darum gebeten, sie zu einem Ort im Moor zu führen."

„Und es hat sie jemand dorthin geführt?", fragte Paulina.

Magdaléna nickte. Paulina sah sie forschend an und Magdaléna hielt ihrem Blick stand.

„Könnt Ihr uns ebenfalls an diesen Ort führen?", fragte Zenon.

Magdalénas Blick ruckte zu ihm. „Die aus Levka haben dafür bezahlt…"

Zenon seufzte. „…was wir natürlich auch machen werden."

Die Frau nickte, etwas zufriedener als vorher. „Ja, kann ich. Aber ohne die da und ihre Soldaten." Sie deutete auf die Löwin, die die Anfeindung gelassen nahm.

„Gut. Seid Euch unseres Dankes gewiss."

Magdaléna zog zur Antwort die Nase noch. „Morgen früh gehen wir los. Heute habe ich keine Zeit mehr dafür."

Paulina nickte und ihre Gastgeberin wollte sich gerade abwenden. Zenon hielt sie noch einmal auf. „Ihr spracht von einem Übergriff von galizinischen Soldaten. Kommt das öfter vor?"

„Als sie noch hier waren, ständig."

Maelle legte die Stirn in Falten. „Galizinische Soldaten? Karenina ist Teil des Reiches. Ich kann mir nicht vorstellen, dass unsere Soldaten ihre eigenen Leute töten würden."

Magdaléna sah sie ausdrucklos an. „Erzählt das meinem Mann. Ist hinter dem Haus verscharrt." Eine kurze Stille trat ein, die nur von den Lauten eines schreienden Kindes unterbrochen wurde. Maelle wollte Magdalénas Hand greifen, die sie aber wegzog. „Das… das tut mir leid, Magdaléna…", sagte sie.

„Ich brauche kein Mitleid von Euresgleichen. Die Perchten haben sich um die Mörder gekümmert…" Ihr Blick trübte sich und sie blickte aus dem offenen Fenster, wo draußen der Regen prasselte.

Paulina lehnte sich vor. „Was sind die Perchten?", fragte sie.

„Magdaléna", schrie eine raue Stimme von hinter dem Tresen. „Dein Balg heult."

Ihre Gastgeberin riss sich los und ging Richtung Tresen. „Bis morgen", sagte sie kalt.

„Wartet, was…", rief ihr Maelle hinterher, doch sie erhielt keine Antwort mehr.

Paulina blickte ernüchternd in ihren Tonbecher, von dem sie bisher keinen Schluck genommen hatte. Sie blickte in die Runde. „Was sind Perchten?", fragte sie, genauso an sich selbst, wie an die anderen gerichtet. Der Reihe nach zuckten sie die Achseln.

„Volksglaube vielleicht?", vermutete Zenon.

Paulina blickte ihn nachdenklich an. „Ja, vielleicht…"

„Das könnten auch unsere gesuchten Manifestationen sein", merkte die Löwin leise an.

Stille trat am Tisch ein. „Perchten… ‚Etwas', das galizinische Soldaten tötet. Klingt für mich nach etwas… nun, nicht-menschlichem", sagte Zenon vorsichtig.

„Ihr seid sicher, dass Ihr morgen alleine gehen wollt?", fragte die Löwin Zenon, Paulina und Maelle.

Maelle antwortete an Paulinas Stelle. „Ja. Wir machen das schon."

„Gut. Dann lasse ich meine Männer die Gegend ausspähen. Und wir versuchen herauszufinden, was die Levkiten hier machen. So weit im Süden." Sie schüttelte den Kopf. „Das kann als Kriegsakt gewertet werden… das kann Levka unmöglich wollen."

Nachdenklich starrten sie in ihre Becher. Paulina wollte gerade einen ersten Schluck daraus nehmen, als Zenon ihr in den

Arm fiel. „Lasst das lieber bleiben." Sein Gesicht zeigte eine angewiderte Grimasse, als er seinen Becher langsam sinken ließ.

Paulina, Maelle und Zenon warteten am Brunnen in der Dorfmitte. Wieder lag morgendlicher Nebel über dem Dorf, den umliegenden Wäldern und dem Moor. Maelle gähnte ausgiebig, Zenon kaute an den Resten eines Apfels. Er hatte sich sein Korbschwert umgegürtet und auch Paulina hatte ihr Stoßrapier an der Hüfte baumeln. Sie hoffte, sie würde es nicht einsetzen müssen, ihr graute noch vor dem letzten Einsatz in der Unterstadt.

Die Tür des Gasthauses schlug auf und Magdaléna kam auf sie zu. Sie trug das gleiche einfache Kleid wie gestern und ihre filzigen Haare hielt ein Kopfband zurück. „Gehen wir", sagte sie knapp und ohne Grußwort. Mit schnellen Schritten ging sie ihnen voraus. Trotz ihrer Kälte tat die Frau Paulina leid. Was sie im Krieg alles erlebt haben musste, sie hatte ein kleines Kind und ihr Mann war getötet worden.

Sie verließen das Dorf durch den gegenüberliegenden Ausgang, durch den sie es betreten hatten und bogen bald auf einen schmalen, mit Holzbohlen ausgelegten Pfad ab. Der Boden war hier weitaus nasser und schilfartige Dolden und Büschel bedeckten ihn. Mehrere Dorfbewohner standen knietief im Moor und bearbeiteten mit schaufelähnlichen Werkzeugen den Boden.

Paulina schloss zu Magdaléna auf. „Ihr stecht hier Torf?", versuchte sie eine Unterhaltung zu beginnen.

Die junge Frau nickte. „Ja. Fast alle hier machen das." Paulina nickte. Durch ihre Arbeit in der Handelsgilde wusste sie, dass ein Großteil des Torfes im Reich aus Karenina kam. Es gab hier kaum Fläche für Landwirtschaft und für Schwerindustrie war der Oblast zu dünn besiedelt. Misstrauische Blicke folgten ihnen aus den tiefen Torfgruben, als sie sie passierten. „Ihr spracht gestern von Perchten, Magdaléna…"

Die Dörflerin grunzte nur.

„Ich habe nie davon gehört. Was ist das?", fragte Paulina offen.

„Geister des Moores und des Waldes", sagte Magdaléna knapp, als wäre damit alles gesagt. Sie beschleunigte ihre Schritte etwas, was Paulina vermittelte, dass das Thema erledigt war. Sie seufzte und hoffte Magdaléna bald dazu bewegen zu können, noch mehr davon zu berichten.

Der Bohlenweg endete und ging in einen etwas erhöhten Trampelpfad über. Sie konnten jetzt über den Nebel blicken, der sich nur noch am Boden sammelte. Paulina erkannte in der Ferne weitere Gehöfte, die verlassen aussahen. Eine Windmühle, von deren vier Flügeln einer fehlte und ein zweiter völlig zerrissen war, ragte wie ein böses Omen aus dem Sumpf. Sie seufzte wieder. Sie hatte wirklich gedacht, dass die Schäden des Sezessionskrieges behoben worden waren. Das Gegenteil schien der Fall.

„Magdaléna, wir haben einen Toten vor dem Eingang zum Dorf baumeln sehen“, begann Zenon hinter ihr zu fragen. Die Dörflerin drehte ihm kurz den Kopf zu, bevor sie wortlos weiterging. „Wieso wurde er erhängt?“, fragte der Lieutnant weiter.

„Habt Ihr das Schild nicht gelesen? Weil er sich auf Kosten von uns anderen bereichert hat. Er hortete Lebensmittel, die uns allen gehörten.“

Zenon starrte, wenig überzeugt, den Rücken der jungen Frau an. „Normalerweise regeln sowas die Büttel oder Stadtwachen“, sagte er einigermaßen diplomatisch.

„Seht Ihr hier welche?“, fragte Magdaléna aufbrausend. „In Karenina regelt man sowas unter sich.“ Sie spuckte aus und beschleunigte ihre Schritte etwas weiter. Maelle legte Zenon eine Hand auf den Arm. Weiter nachzubohren wäre sinnlos, die Dörflerin würde nicht mehr preisgeben und sie waren auf sie angewiesen.

Der Trampelpfad wurde wilder. Immer wieder mussten sie durch kalte Pfützen waten und über morsche Äste klettern. Das Dorf verschwand hinter ihnen bald ganz im Nebel und jegliches Geräusch der arbeitenden Leute wurde verschluckt. Es war gespenstisch, nur das schmatzende Geräusch ihrer Schritte und das unregelmäßige Klirren ihrer Ausrüstung begleitete sie.

Der Sumpf lichtete sich etwas und vor ihnen erhoben sich die Überreste alter Zelte aus dem Nebel, deren Mittel- und Seitenpfosten wie dürre Skelettfinger aus dem Boden ragten. Sie betraten die Lichtung und schauten sich langsam um. „Ein Lazarett", sagte Maelle unvermittelt. Ihre Stimme klang unwirklich in der trüben Stille. Als Apothecaria war sie mit der Heilung und Genesung von Menschen vertraut und wusste wie das galizinische Heer und die Mitglieder ihres Ordens Feldlazarette errichteten. Im Laufe ihrer Ausbildung hatte sie sicher in einigen von ihnen dem Tod einige Seelen abgerungen.

Magdaléna nickte und verzog die Miene bevor sie geräuschvoll die Nase hochzog.

Paulina sah sich um. Die Reste eines großen, rechteckigen Zeltes standen am Rand der Lichtung. Daneben waren einige gammlige und nasse Holzscheite um das Feuer aufgeschichtet, welches in der Mitte der Lichtung an der Steinbegrenzung und verkohlten Überresten zu erkennen war. Mehrere zusammengebrochene Tische und zerbrochene Utensilien lagen auf der Lichtung verstreut. „Und hier wollten die Soldaten aus Levka hin?", fragte Paulina die Dörflerin, während Zenon langsam über die Lichtung ging, eine Hand am Schwertknauf. Magdaléna nickte wieder. „Haben sie gesagt was sie wollten?", fragte Paulina weiter. Magdaléna schüttelte den Kopf. Paulina schloss sich den anderen an und suchte die Umgebung ab. Nach was genau wusste sie nicht. Magdaléna stand am Rand und schaute ihnen prüfend dabei zu. „Haben sie hier etwas mitgenommen?", fragte Paulina, während sie ziellos im Gras herumstocherte.

„Weiß nicht. Die sind danach nicht mit zurück ins Dorf", antwortete Magdaléna.

„Wohin dann?"

„Nach Norden." Sie deutete in eine Richtung. „Da lang."

Zenon, der immer noch angestrengt in den Nebel starrte, kreuzte Paulinas Weg. „Meint Ihr, dass das der Ort ist, an dem sich die Manifestationen zeigen?", fragte Paulina ihn leise.

Der Lieutnant zuckte mit den Schultern. „Wäre möglich. Großes Leid fand hier auf jeden Fall statt." Dank Sunder Nowak und dem Arkanistenorden wussten sie, dass sich die Manifestationen vor allem dort bildeten, wo großes Leid geherrscht hatte. Die erste hatten sie am Ort eines brutalen

Massakers entdeckt, die zweite in der leidgeprägten Unterstadt von Goldhafen.

„Dann wären die Levkiten aber wohl kaum entkommen, oder? Auch unsere reizende Führerin hätte es sicher nicht vergessen uns diesen Umstand mitzuteilen.“

Paulina nickte. Sie wurde daraus nicht schlau. Sie blickte zum Rand der Lichtung wo Magdaléna eben noch gestanden hatte – und sah sie nicht mehr. „Magdaléna?“, rief sie leise. Auch Maelle und Zenon blickten sich nun um. Wohin war die Dörflerin verschwunden? „Magdaléna?“, rief Paulina erneut, diesmal etwas lauter.

Zenon knurrte. „Ich wusste, dass es eine schlechte Idee war alleine mit ihr hier hinauszugehen.“ Paulina wollte um das Zelt herumgehen, doch der Lieutnant hielt sie am Arm fest. „Wartet. Wir bleiben zusammen.“ Gemeinsam gingen sie vorsichtig über die Lichtung. Nur das leise Rascheln der wenigen, braungefärbten Blätter an den Bäumen war zu hören. Irgendwo hämmerte ein Specht auf Holz.

„Da“, rief Maelle auf einmal und deutete auf eine im Gras zusammengesunkene Gestalt. Zenon zog sein Schwert und Paulina fummelte an ihrem Rapier herum, um es aus ihrem Gürtel zu bekommen.

„Magdaléna?“, raunte Maelle der Gestalt zu.

Ächzend erhob die sich und drehte sich zu ihnen um. „Was ist... was habt Ihr denn damit vor?“, fragte die Dörflerin argwöhnisch und deutete auf Zenons gezogenes Schwert. Der ließ es langsam sinken.

„Wir dachten Ihr seid...“

Magdaléna sah die drei mit zusammengekniffenen Augenbrauen an. „Ich habe gebetet.“ Sie deutete hinter sich auf ein in einen Holzblock geschnitztes, einfaches Abbild eines Heiligen. Der heilige Fertilitas, der für die Fruchtbarkeit der Goldebene verantwortlich sein soll, wenn Paulina die groben Züge richtig deutete. Zenon steckte, nach einem kurzen Moment der Stille, sein Schwert in die Scheide und verschränkte die Arme vor der Brust. „Das hier war also nicht immer ein Lazarett?“, fragte Paulina.

Magdaléna klopfte sich einige Erdkrümel von den Knien und schüttelte den Kopf. „Nein. Das ist heiliger Boden, schon seit den Generationen meiner Urgroßeltern und davor.“

Maelle streckte den Kopf vor. „Und Eure Urgroßeltern verehrten hier auch die Perchten?“

Magdaléna sah sie an, als hätte Maelle sie persönlich beleidigt. „Ja. Schon immer wurden sie hier in den Marschen neben den arkanen Heiligen verehrt.“ Magdalénas Blick wanderte zu Paulina, ihre Züge entspannten sich. „Und seit dem Krieg sind sie wütender. Und sie zeigen sich öfter. Vor allem hier und an einigen anderen Orten“, fügte sie leise hinzu. „Verlasst diesen Ort, rate ich Euch. Die Perchten mögen es nicht gestört zu werden.“ Magdaléna ging mit großen Schritten wieder an den Rand der Lichtung und lehnte sich an einen Baum.

Paulina sah sie an und wandte sich dann Maelle und Zenon zu. „Das… ich habe kein gutes Gefühl“, sagte sie schlicht.

Maelle nickte. „Die Levkiten waren hier. Das ist doch kein Zufall, die wissen doch bestimmt von den Manifestationen. Oder die wissen zumindest, dass etwas nicht mit rechten Dingen zugeht. Wieso sollten sie sonst gerade hierherkommen? An diesen heiligenverlassenen Ort?“

Zenon fasste sich ans Kinn. „Sind diese Perchten unsere gesuchten Manifestationen?“, fragte er nachdenklich.

Paulina schüttelte den Kopf. „Das ergibt keinen Sinn. Magdaléna meinte, die gibt es hier schon immer.“

„Ja. Allerdings sagte sie, dass sie sich seit dem Krieg mehr zeigen. Wer weiß, vielleicht versuchen die Dörfler auch nur ihre bekannten Mythen auf beobachtete Ereignisse einzupassen, die seit dem Krieg auftreten. Was dafürsprechen würde, dass sie die Manifestationen sind.“

Es kehrte Stille ein.

„Das ist mir nicht geheuer…“, sagte Maelle. „Das Gebaren der Dörfler, diese Perchten, die Manifestationen und dieser verdammte Nebel. Können wir nächstes Mal nicht in sonnige Gegenden geschickt werden?“

# Kapitel VII
## Perchtensegen



Soldatin Tereza kroch auf dem Bauch langsam auf die Hügelkuppe zu, auf der einige traurig aussehende, karge Birken und Weiden thronten. Sie hatte sämtliche Panzerung im Lager gelassen und trug nur ihren Gambeson. Den sie sich gerade einsaute. Sie seufzte verärgert. Generalin Csorba hatte natürlich sie für die Aufklärungsmission auswählen müssen. Jetzt rutschte sie bei diesem Mistwetter durch nasses Gras. Es war kalt, feucht und neblig. Doch die Löwin hatte gut daran getan, gegen Mittag hatten sie Spuren gefunden. Gerade als sie umkehren und ergebnislos zu ihren Kameraden und zur Löwin zurückkehren wollten, hatten sie Spuren der levkischen Soldaten gefunden. Tereza war hin und hergerissen gewesen. Sie sollten noch vor der Dunkelheit wieder im Lager sein, so lautete der Befehl, doch einen kurzen Blick auf die Levkiten wollte sie noch erhaschen, um wenigstens mit einer Zahl zurückkehren zu können.

Sie winkte Fjodor zu, der leicht versetzt hinter ihr kroch. Langsam schob er seinen Körper näher zu ihr.

Die Levkiten waren ruhig. Nicht lautlos, aber verhältnismäßig ruhig. Anhand der Spuren, die sie gefunden hatten, schätzte Tereza deren Zahl auf etwa zwei bis drei Dutzend. Nichts, womit sie nicht fertig werden würden, sollte es zum Kampf kommen.

Gemeinsam mit Fjodor kroch sie die letzten Schritte auf die Anhöhe. Vorsichtig hoben die beiden ihre Köpfe und schoben einige schilfähnliche Grashalme beiseite. Etwa zweihundert Schritt entfernt rasteten die Soldaten aus Levka in einem halb versunkenen Gutshof. Ein Banner, das stolz das Wappen Levkas zeigte, einen Adler auf blauen Grund, auf dessen Brustschild drei goldene Kronen ruhten, wehte im sanften Wind. Tereza bekam ein flaues Gefühl im Magen. Sie hatte, wie die meisten ihrer Kameraden, im Sezessionskrieg gekämpft. Menschen, die unter diesem Banner geritten waren, hatten viele ihrer Freunde getötet. Sie versuchte ihre Wut und den Schrecken herunterzuschlucken und konzentrierte sich weiter auf das, was sie sah. Einige Pferde waren lose an einen alten Zaun gebunden, viele Männer aßen. In der Mitte waren mehrere Offiziere, die Tereza an den wippenden Federn auf ihren Hüten erkannte, damit beschäftigt, eine Karte zu studieren. Tereza versuchte grob zu zählen. Sie biss sich auf die Lippen, als sie ihre vorherige Schätzung nach oben korrigieren musste. Es waren sicherlich mehr als drei Dutzend, Tereza schätzte die Zahl etwa gleich, wie die ihrer Kompanie ein. Sechzig Mann, vielleicht mehr. Ihr fielen zwei Personen auf, die mit den Offizieren diskutierten. Sie waren definitiv keine Soldaten, das verriet neben ihrer Kleidung auch ihre Haltung. Für Tereza sahen sie aus wie Gelehrte.

Der größere der beiden horchte auf einmal auf. Tereza dachte schon, dass sie entdeckt worden waren und presste ihr Gesicht in den feuchten Boden. Sie schmeckte die muffige Erde und ärgerte sich erneut über ihr Schicksal. Sie hoffte, dass Fjodor sich ebenfalls geduckt hatte. Tereza hörte den Levkiten schreien, doch verstand sie die Worte nicht. Einige Brocken levkisch hatte sie sich zwar angeeignet und ihre Sprachen ähnelten sich sehr, doch verstand sie kein Wort. Tereza klopfte Fjodor auf die Schulter und bedeutete ihm langsam zurückzuweichen. Da sie keine Schritte auf sie zueilen hörte, waren sie wohl nicht erkannt worden.

Auf einmal bewegte ein unnatürlich starker Windstoß das Geäst der kahlen Bäume um sie herum. Tereza rollte sich auf den Rücken und versuchte die Ursache auszumachen. Der Himmel war zwar bewölkt, wie die letzten Tage schon, doch waren keine schweren, dunklen Gewitterwolken zu sehen.

Fjodor hatte sich auf die Knie aufgerichtet. „Was machst du Idiot, leg dich wieder hin", zischte Tereza ihm verärgert zu. Er wandte ihr das Gesicht zu und sie erschrak. Panik spiegelte sich in seinen Zügen wider. „Was…", begann sie, doch er zeigte hinter sie in die Luft. Ruckartig richtete sich Tereza auf und blickte in die gedeutete Richtung. Es war nichts zu sehen. „Was hast du?", fragte Tereza gehetzt. Der Wind hielt an und hatte ihren festen Haarknoten gelöst, sodass ihr Strähnen ihres Haares ins Gesicht wehten. Fjodor klappte der Mund auf, doch er brachte kein Wort heraus. Er begann nun in verschiedene Richtungen zu zeigen. Tereza folgte seinem Arm, doch erkannte sie nicht, was ihn so aufbrachte. Sie sah überhaupt nichts.

Pferdewiehern lenkte sie ab und sie vernahm nun auch aufgeregte Rufe aus dem Lager der Levkiten. Sie mussten hier schnell weg, was auch immer hier vorging, sie konnten es sich nicht leisten, entdeckt zu werden. Tereza sprang auf und zwang Fjodors Arme grob zur Ruhe. Er atmete heftig durch den Mund und auf seiner Stirn hatten sich Schweißtropfen gebildet. Tereza versuchte seine Augen zu fokussieren. Wie sie selbst, war er ein Veteran des Sezessionskrieges. Vielleicht hatte ihn der Anblick der Levkiten so aus der Fassung gebracht, sie hatte das schon öfter gesehen. Soldaten, die im Graben neben ihr völlig den Verstand verloren hatten oder mitten auf dem Schlachtfeld ihre Waffe fallen ließen und hemmungslos anfingen zu schreien.

Sie schaffte es Fjodors Blick einzufangen. Sein linkes Auge zitterte und in seinem Augapfel platzten Adern. Tereza bekam Angst. Was war hier los?

„Es hat begonnen", raunte Fjodor ihr mit einer seltsam entrückten Stimme zu, die Tereza einen Schauer über den Rücken jagte. Sie wollte ihn gerade fragen was er damit meinte, als sie hinter ihm die Luft vibrieren sah. Seltsame Schlieren bildeten sich und verdichteten sich. Mit Schrecken meinte Tereza Grimassen zu erkennen. Sie packte Fjodor an einem Arm und eilte den Hügel hinab. Ihren Blick versuchte sie fokussiert zu halten, doch wurde die Luft nun überall zu durchschimmernden Grimassen. Ein dunkler Unterton, ein vielfaches Raunen, klingelte in ihren Ohren. Nein, nicht in Ohren, es schien direkt in ihrem Kopf zu sein. Tereza verstand keine einzelnen Worte, doch hatte sie noch nie zuvor etwas Schrecklicheres gehört.

Sie begann zu schreien. Sie schrie aus vollem Hals, während sie den Hügel hinabrannte. Selbst mit geschlossenen Augen waren die Grimassen immer noch da. Sie blickte nach oben in den Himmel und sah etwas. Doch waren es nicht ihre Augen, die es sahen, es war als würden sich die Bilder direkt in ihren Körper brennen. Tereza fühlte sich klein. Sie fühlte sich wie Laub, das in einen reißenden Fluss geworfen wurde und von den Strömungen hin- und hergeschleudert wurde. Sie weinte und schrie und rieb sich die Augen um die Bilder zu verdrängen. Dass sie Fjodor damit losließ und er regungslos hinter ihr im Gras zusammenbrach registrierte sie nicht mehr.

Tereza konnte nicht mehr rennen, ihre Beine gehorchten ihr nicht mehr. Taumelnd stolperte sie einige Schritte weiter, bevor sie auf die Knie sank. Sie hielt sich den Kopf und hämmerte dagegen. Tereza fiel auf, wie leer ihr Geist war. Gefüllt nur noch von Schmerzen.

Sie musste sich an diese Erkenntnis nicht mehr gewöhnen. Tereza brach im Gras zusammen und ihr Geist, ihre Gedanken und Erinnerungen wurden ausradiert.

# Kapitel VIII

## Dunkle Zeichen

*Galizina, Protektorat Ur, Krater der Arkanminen im Herbst 1271*

Leyte Hórat trippelte unruhig von einem Fuß auf den anderen, als sie vor Sunders Zelt stand. Ihr Vorgesetzter redete drinnen lautstark auf einige andere Arkanisten ein. Leyte klammerte sich an die Schriftrollen, die sie in ihren Händen hielt und zwang sich ruhig stehen zu bleiben. Das kurze Belasten tat ihrem Bein nicht gut, es schmerzte schon wieder.

Die Zeltplane am Eingang wurde zurückgeschlagen und zwei missmutig aussehende Scientii traten heraus. Sie nickten Leyte kurz zu, als sie an ihr vorbeigingen. Leyte atmete tief durch und klopfte an den Zeltpfosten. „Meser Nowak?", fragte sie vorsichtig.

„Was ist?", kam die gedämpfte Stimme von innen. Leyte verstand das als Aufforderung einzutreten. „Hórat. Bitte, sagt mir, dass Ihr mehr zu erzählen habt als ständiges Klagen über zu wenig Arbeitskräfte, Kopfschmerzen, Übelkeit, Erschöpfung und all die anderen Problemchen, die unsere jungen Freunde hier plagen. Stellt Euch vor, gestern waren zwei Arbeiter bei mir, die sich über Haarausfall beschwert haben." Der alte Arkanist hatte sich auf seinen wuchtigen Schreibtisch aufgestützt und schüttelte verärgert den Kopf. Leyte kannte die Beschwerden der Männer und Frauen der Expedition. Auch sie meinte häufiger mit einem pochenden Kopf aufzuwachen als sonst. Sie schluckte schwer. Sie nahm das Ganze keinesfalls so sehr auf die leichte Schulter wie es ihr Vorgesetzter tat, doch war das nicht der Grund ihres Hierseins. Sie hatte ein anderes Anliegen und den alten Arkanisten davon zu überzeugen würde schwer genug werden.

Das Zelt war schön eingerichtet. Fast schon luxuriös. Gewebte Teppiche belegten die Bodendielen, die auf die schwarzen Sandböden von Ur gelegt waren, ein reich verzierter Kelch mit dazu passender Karaffe standen auf dem Schreibtisch von Sunder, edle Holzmöbel boten trotz der unwirtlichen Gegend etwas Komfort.

„Ich… ich denke das habe ich. Ich bin, als ich die Schriften von Trient studiert habe, auf etwas gestoßen." Sunder zog die Augenbrauen hoch. „Nun, er war mehrfach in Ur. Aus seinen Berichten lese ich heraus, dass er nicht nur in den Arkanerzminen war, sondern auch die Einheimischen besuchte. In ihren Städten und Palästen."

Sunder seufzte genervt. „Ihr ‚lest das heraus'? Steht es darin, oder nicht?"

Leyte schluckte. „Nun… nein, nicht direkt. Jedoch beschreibt er in großem Umfang die Zikkurats, die Fresken an den Wänden, die geometrisch geplanten Stä…"

„Das heißt nichts."

Leyte unterdrückte ein Seufzen. Mit so einer Antwort hatte sie fast gerechnet. „Meser, ich bitte Euch um die Erlaubnis in die Stadt Ur zu gehen und mit den Einheimischen zu sprechen. Vielleicht kann ich durch sie mehr in Erfahrung bringen."

Der Arkanist sah sie einen Moment lang an. Leise begann er zu lachen. Leyte versuchte seinem Blick standzuhalten. Sein leises Lachen verwandelte sich in dröhnendes Gelächter. „Ihr glaubt ernsthaft bei diesen Wilden findet Ihr etwas, das mehrere Dutzend der besten Scientii nicht finden?"

Leyte hatte gute Lust ihren Vorgesetzten anzuschreien. Die Ureinwohner von Ur, dem kleinen Gebiet mitten in Galizina, als primitiv zu bezeichnen, war ignorant und dumm. Über die Urer, deren Kultur viel älter und völlig andersartig war, als die von Galizina, gab es nur wenig Berichte und Aufzeichnungen, doch reichte schon ein Blick von der Ferne um zu verstehen, wie interessant deren Kultur war. Der Legende nach sollten sie einmal über den gesamten Kontinent geherrscht haben, weit vor dem Altgalizinischen Reich. Leyte verzog das Gesicht. Und den Galizinern war nichts Besseres eingefallen, als sie in das winzige Gebiet zu sperren, das sich jetzt ‚Protektorat Ur' nannte und selbiges auch noch durch riesige Arkanminen auszubeuten. „Ich… ich glaube, dass wir durch sie möglicherweise einen anderen Blickwinkel bekommen können."

Sunder schüttelte den Kopf. „Das ist absurd." Er leerte den Becher, der auf seinem Tisch stand, in einem Zug.

Leyte wusste, dass sie nicht weiterkommen würde. Sie musste ihre Strategie ändern. „Bitte, Meser. Es… würde mir viel bedeuten."

Sunder winkte ab. „Ihr werdet dort nichts finden."

„Lasst es mich versuchen."

Sunder seufzte und ging hinter seinem Schreibtisch hin und her. „Ich kann Euch keine Unterstützung mitgeben. Ihr wärt alleine."

Leyte unterdrückte einen Freudenschrei. Sie hatte ihn. „Das macht mir nichts aus, Meser. Meine Studien führte ich oft alleine."

Sunder sah aus, als würde er mit sich ringen. „Nun gut", brummte er schließlich. „Nun gut. Ihr habt den morgigen Tag." Leyte konnte sich ein breites Grinsen nicht verkneifen. „Nehmt wenigstens Helsteva mit. Und wenn Ihr bis zum nächsten Morgen nicht wieder hier seid, brennen wir diese verdammte Stadt nieder."


„Und das braucht Ihr wirklich alles?", fragte Karlotta Helsteva, Kommandantin der Protectorii ihrer Expedition, als sie mit Zeichenbrettern, Büchern und Schreib- und Vermessungsmitteln beladen auf das wuchtige Torhaus zugingen.

Leyte ignorierte sie. Fasziniert blickte sie das mindestens fünfzehn Schritt hohe Bauwerk entlang. „Schaut Euch diese Bilder an." Das Tor war über und über mit bläulich glasierten Steinen besetzt. Einem Mosaik gleich bildeten sie Figuren und Zeichen. Leyte erkannte ein vogelähnliches Wesen mit Frauenkopf, das ihr die Zunge herausstreckte. Sie erkannte eine Schlange mit mehreren Hälsen und Köpfen. „Es ist faszinierend."

Karlotta schnaubte. „Eher beängstigend." Leyte legte den Kopf schief. Sie hatte Recht, die Bilder sahen durchaus furchterregend aus. „Die haben da was vergessen." Karlotta deutete auf die Stellen neben dem Tor. Auch damit hatte sie Recht. Das Tor stand für sich, keine Mauern oder Wälle verliehen ihm den Zweck eines Verteidigungsgebäudes. Es hatte außerdem keine Torflügel, Fallgatter oder Ähnliches. Es wirkte deplatziert.

Leyte rieb sich das Kinn. „Vielleicht dient es nur rituellem Zweck?" Vor dem Tor blieb sie unschlüssig stehen. Es waren keine Wachen oder Torwächter zu sehen. „Ähm… gehen wir einfach rein?"

Karlotta zuckte die Schultern. „Ihr seid die Scienta. Ich bin nur Euer Maultier."

Leyte atmete aus und sammelte sich, bevor sie mit festen Schritten das Tor betrat. Sie fühlte sich in Schreibstuben zwischen Büchern und Papierrollen wohler, doch das was sie hier tat, war wichtig. Sie glaubte daran und deshalb musste sie auch über ihren eigenen Schatten springen.

Leytes Schritte hallten auf großen, dunklen Steinplatten wider. Das Tor war tief, es dauerte weit länger als gedacht es vollständig zu durchschreiten. „Bei allen Heiligen…", hauchte Leyte als sie wieder in die dämmrige, von Asche verschleierte Morgensonne traten. Auch Karlotta war stehengeblieben und sah sich mit offenem Mund um. Die Straße, die weiter in die Stadt Ur führte, war breit. Gesäumt war sie mit Stelen, die nicht weniger kunstvoll behauen waren, als das Torhaus. Kleinere Straßen bogen im rechten Winkel davon ab und führten zu blockigen, quaderförmigen Häusern oder Häuserkomplexen. Mehrere, kleinere und größere Gebäude, die wie Sakralbauten wirkten, standen dazwischen. Mal mussten mehrere Treppen und Stufen erklommen werden um zu ihnen zu gelangen, mal standen sie ebenerdig. Und alles war klobig. Giebeldächer oder rundliche Erker gab es hier nicht. Die Architektur war fremdartig. Leyte hatte schon häufiger Zeichnungen und Illustrationen von Gebäuden und Städten in fremden Ländern gesehen, doch nichts kam dem hier nahe. Es wirkte fast wie eine einzige, große Tempelanlage, nicht wie eine Stadt. Und das Herzstück dieser Tempelanlage war das mächtige Zikkurat, das direkt vor ihnen aufragte. Es war riesig. Viel größer als Leyte vermutet hatte. Und dahinter türmte sich bedrohlich der Vulkan in den Himmel.

„K… Kommt, lasst uns weitergehen." Leyte wusste nicht wohin, doch sie dachte, dass das riesige Zikkurat ein guter Anfang wäre. Sich umschauend setzten sie ihren Weg fort. Wie konnte es sein, dass hier unglaublich mächtige, beeindruckende Bauwerke standen und fast niemand in Galizina davon wusste? Es interessierte sie schlicht nicht, korrigierte Leyte sich in Gedanken. Natürlich wussten sie von Ur, aber sie interessierte es nicht. Sie taten die Urer als primitiv ab, dabei waren sie das genaue Gegenteil davon. Leyte verstand nicht, wieso nicht jeder Gelehrte, jeder Scientus und jeder Baumeister Ur besuchte, um diese Kunst kennenzulernen.

Die Scienta schluckte schwer, als sie den Verfall bemerkte. Die Gebäude waren wohl einmal farbenfroh bemalt gewesen. Jetzt zierten nur noch Reste von weiß, gelb, rot und blau die Gebäudewänden. Auch bröckelten viele Ziegel und es zogen sich Risse durch die Bauten. Zum Teil waren ganze Dächer eingefallen. Es schien, als würde der Zerfall abnehmen, je näher sie dem Zikkurat kamen. Möglicherweise wohnten hier die meisten Menschen und die äußeren Bezirke waren aufgegeben worden. Leyte meinte eine Bewegung in einem kleinen Innenhof, der mit einem Torbogen abgegrenzt war, zu sehen. „Habt Ihr das gesehen?", fragte sie Karlotta.

Die schaute sich weiter um. „Wir werden beobachtet."

Sie gingen vorsichtig weiter. Leytes Nerven waren gespannt. Fast wünschte sie sich wieder bei ihren Büchern und Schriften zu sein, doch war dieser unbeschreibliche Anblick es wert.

Ein lautes Geräusch schreckte sie hoch und ihr Kopf fuhr ruckartig zur Quelle des Lärms. Ein hölzerner Fensterladen war zugeschlagen worden. Leyte schluckte. Sie spürte fast, wie Blicke sie durchbohrten. Als sie ihren Kopf nach rechts wandte, blickte sie in die Augen einer Frau, die in einem erhöhten Tempeleingang stand. Kalt starrte die zurück und folgte ihnen mit ihren Blicken. Sie war ähnlich gekleidet wie die Gesandtschaft, die sie im Sommer in ihrem Forschungslager besucht hatte, nur weit weniger prunkvoll. Weinrote und beige Gewänder, besetzt mit messing- und kupferfarbenen Schmuckstücken. Leyte wandte ihren Blick ab und sah die Urer nun überall. Ein Mann, der argwöhnisch aus dem Fenster eines Wohnhauses lehnte und sie beobachtete, zwei Personen, die ihr leises Gespräch unterbrochen hatten um die Neuankömmlinge mit ihren Blicken zu fixieren. Leyte lief ein Schweißtropfen die Stirn herunter und ihr verdammtes Bein schmerzte.

Zwei Soldaten traten aus dem Schatten der Haupttreppe des Zikkurats und postierten sich vor den Stufen. Unruhig beobachtete Leyte die breiten Speerblätter, die in der fahlen Sonne funkelten.

„Ähm... ich grüße Euch." Die ausdruckslosen Helmmasken der Wachen bewegten sich kein Bisschen. „Nun... wir sind gekommen um mit Eurer Kashshaptu zu sprechen." Sie biss sich auf die Lippe. Sie hoffte, dass sie den Titel richtig ausgesprochen hatte, sie hatte ihn nur einmal gehört, beim Besuch der Urer im Expeditionslager.

Eine der Wachen legte den Kopf schief und sah den anderen Wachmann an. Der nickte nur und deutete auf die langen Stufen, die zum oberen Teil des Zikkurats führten. Die beiden Soldaten gingen voran und bedeuteten ihnen zu folgen.

Leyte seufzte schwer. Das könnte eine Weile dauern. Sie biss die Zähne zusammen und begann den beschwerlichen Aufstieg. Immer nur eine Stufe.

Karlotta sah sie mitleidig an, als Leyte versuchte ihr Bein mit den Händen zu entlasten. „Geht es?"

Leyte knirschte mit den Zähnen „Es muss."

Die Soldaten wirkten unruhig. Immer wieder sahen sie zu ihnen zurück. Als Leyte die letzte Stufe erklomm, hätte sie sich am liebsten hingesetzt. Der Schweiß stand ihr auf der Stirn und sie hätte heulen können vor Schmerzen. Doch die Aussicht, die sich ihr bot als sie sich umdrehte, ließ sie das fast vergessen. „Unglaublich."

Karlotta stellte sich neben sie vor den geländerlosen Abgrund. „Ja. Unglaublich."

Ganz Ur breitete sich unter ihnen aus, hügelige, schwarze Sand- und Aschelandschaften. Sie sahen kleinere Ansammlungen von Gebäude, die denen ähnelten, die sie vor wenigen Minuten passiert hatten, sie sahen die schwarze Sandwüste in die gelblich-grünen Graslandschaften und Wälder von Severnitok übergehen. Der riesige Krater, der einen guten Teil von Ur bedeckte, wirkte wie eine offene Wunde in der Landschaft. Leyte erkannte sogar ihre Expeditionszelte am Rand des Kraters. Es war beeindruckend.

„Ihr werdet erwartet." Karlotta und Leyte schreckten gleichermaßen hoch, als sie die Stimme mit schwerem, aus dem Hals kommenden Akzent hörten. Leyte hatte den Mann, der vor ihnen stand schon einmal gesehen. Wie die Wachleute, die ihn jetzt flankierten, trug er eine Gesichtsmaske und war mit einem Speer bewaffnet. Leyte erinnerte sich auch an die seltsame Rüstung, die wie breitere, zusammengesetzte Fassdauben anmutete. „Folgt mir."

Er drehte sich um und ging mit schnellen Schritten auf den Tordurchbruch zu, der eine Verlängerung der Treppe bildete. Leyte versuchte mit ihm Schritt zu halten. Ihre Augen brauchten einen Moment um sich an das Zwielicht zu gewöhnen, das im Innern des Zikkurats herrschte. Große Feuertöpfe an den Seiten des länglichen Raumes spendeten flackerndes Licht und warfen Schatten auf Fresken und Mosaike, die die Wände schmückten. An der Stirnseite des Raumes führten sieben Stufen zu einem Thron, der mit Messing- und Keramikfiguren verziert war. Leyte blickte eindrucksvoll die riesige geflügelte Frauenfigur an, die mit ihren steinernen Schwingen den Thron fast umschlang.

Auf dem Thron saß eine Frau mit schwarzen Haaren und blasser Hautfarbe. Ein kronenähnlicher Messingkopfschmuck zierte ihre zu dicken Zöpfen geflochtenen Haare. Zu ihrer Rechten hatte sich eine weitere Frau postiert, die etwas jünger wirkte und weniger prunkvolle Gewänder trug. Leyte kannte sie beide. Sie waren die, die im Sommer ihre Expedition im Krater besucht hatten. Der Krieger, den sie ebenfalls bereits im Sommer gesehen hatte, führte sie bis einige Schritte vor den Thron und zog sich dann in die Schatten der Wände zurück.

Leyte schluckte. Sie stand nun vor der Königin dieser Leute. „Ähm…", begann sie wenig eloquent, bevor sie sich geistesgegenwärtig verbeugte. Karlotta tat es ihr nach. Weder die Königin, noch die sie flankierende Begleitung verzog eine Miene. „Danke, ähm, dass Ihr uns empfangt, Ishtar Ur-Hammon." Schweigen. Leyte fuhr noch nervöser fort. „Wir sind uns bereits begegnet. Im Sommer, als Ihr unser Expeditionslager… besucht habt."

„Ich erinnere mich dran." Die Stimme von Ishtar Ur-Hammon war tief und mächtig.

Leyte wusste nicht, wie sie fortfahren sollte. Sollte sie gleich mit der Tür ins Haus fallen und ihr Anliegen fortragen? Etwas anderes blieb ihr wohl nicht übrig. „Medame, wir sind mit einem Problem konfrontiert und glauben, dass Ihr uns…"

Die Begleiterin von Ishtar, Lilith, wenn Leyte sich richtig erinnerte, machte auf dem Thronpodest wütend einen Schritt auf sie zu. Sie deutete wild mit einem Arm auf sie, während sie in ihrer Muttersprache auf die auf dem Thron sitzende Herrscherin einredete. Leyte wich einen Schritt zurück. „Ich… ich wollte nicht…"

Lilith unterbrach ihre Tirade und wandte sich Leyte zu. Sie deutete mit dem Finger auf sie. „Ihr wagt es hierher zu kommen? Ihr wagt es in unser heiliges Zikkurat zu kommen und haltet es nicht einmal für nötig der unsterblichen Kashshaptu den gebotenen Respekt zu zollen? Ihr widert mich an. Erst nehmt ihr uns das Land, dann zerstört ihr das wenige was wir noch hatten, dann…"

Die Herrscherin sagte drei Worte in ihrer Muttersprache, die Lilith sofort verstummen ließen. Elegant erhob sie sich von ihrem Thron und wechselte wieder in ihr akzentreiches galizinisch. „Lasst uns heute Abend gemeinsam speisen." Sie machte eine kurze Pause. „Es freut mich Euch zu sehen, Leyte Hórat, Scienta dritten Grades des Arkanistenordens des Ostreiches. Willkommen in Ur."


Leyte hatte sich auf einem hölzernen Hocker, den Karlotta irgendwo aufgetrieben hatte, in der Mitte der breiten Plattenstraße niedergelassen und zeichnete. Unentwegt glitt ihr Federkiel über das Papier, als sie versuchte jedes Detail zu erfassen. Von einfachen Wohnhäusern, über detaillierte Fresken, bis hin zu einem groben Gesamtplan des Komplexes, sie versuchte alles einzufangen.

„Ihr habt sie nicht korrigiert."

Leyte horchte auf. Sie sah von der halbfertigen Zeichnung des Torhauses auf. „Was meint Ihr?"

Karlotta lächelte schwach. „Ihr seid Scienta zweiten Grades. Nicht dritten Grades.“

Leyte seufzte. Erst vor wenigen Wochen war sie in den zweiten Grad erhoben worden. „Ich wollte sie nicht vor den Kopf stoßen. Außerdem, wen kümmert es ob ich jetzt den dritten oder den zweiten Grad bekleide?“

Sie verfielen wieder in Schweigen.

„Denkt Ihr, wir müssen noch lange warten?“

Leyte seufzte erneut. Karlotta fragte das sicher schon zum dritten Mal. „Ich weiß es nicht.“ Doch sie hätte es gerne gewusst, denn auch ihr knurrte der Magen. Der gepanzerte Wachmann, der wohl einen hohen Rang bekleidete, da er sich so nahe bei Ishtar, der Herrscherin, aufhielt, hatte sie aus dem Thronsaal geführt und ihnen vermittelt, dass sie gerufen werden würden, wenn das gemeinsame Abendmahl begann. Leyte fürchtete sich jetzt schon vor dem erneuten Aufstieg auf das Zikkurat. „Wenn ich nur mit ihnen sprechen könnte, Karlotta“, seufzte Leyte. Sie hatte mehrfach versucht sich einem der Einwohner anzunähern, doch schienen sie kein Interesse an einem Gespräch mit ihr zu haben. Scheu hatten sie sich in ihre Häuser und Tempel zurückgezogen. „Ich weiß quasi nichts über sie. Über ihre Herkunft, ihre Religion, ihre Lebensweise.“ Es machte Leyte rasend. So vielschichtig, so unterschiedlich zu der von Galizina wirkte die Kultur und Lebensweise der Urer. Leyte hatte auch Berichte und Historie von Arretien, von der Karolingischen Liga, vom alten Palmyra und so vielen anderen Reichen studiert, doch nirgendwo hatte sie so etwas wie hier gesehen. Sie hätte gerne Monate hier verbracht, um die Menschen kennenzulernen.

Karlotta betrachtete gelangweilt ihre Fingernägel. „Fragt doch die Königin von ihnen. Oder ihren bissigen Schoßhund.“

Leyte seufzte. „Das traue ich mich nicht. Ich möchte nicht, dass sie das als Beleidigung verstehen. Sie scheinen so viel über uns zu wissen, dass sie sogar unsere Sprache sprechen. Und wir wissen nichts über sie.“

Karlotta wollte gerade antworten, als sie eine Gestalt auf sich zumarschieren sah. „Ich glaube Ihr könnt Euren Zeichenkram einpacken. Es geht los.“

Leyte ächzte, als sie das Treppenende erreichte. Mit der ersten war sie schon überfordert gewesen, doch dieses verfluchte Zikkurat hatte drei dieser scheußlichen Hindernisse. Sie konnte von Glück reden, dass die Herrscherin sie nur auf der zweiten Terrasse, die sich nach oben hin verjüngten, erwartete. Die erste Terrasse, in der der Thronsaal von Ishtar Ur-Hammon lag, war noch ein sehr großes Plateau, auf dem mehrere hundert Leute Platz finden würden. Die zweite Terrasse, die zeitgleich das Dach der Gebäude der ersten Terrasse bildete, war schon weit kleiner. Immer noch gewaltig, doch kleiner. Auf der dritten Terrasse stand nur noch ein einzelner kleiner Tempel. Leyte fragte sich, eine von vielen tausend Fragen die ihr im Kopf herumgingen, ob das höchste Gebäude zur Verehrung ihrer Götter war. Oder ob das gesamte Zikkurat das Gotteshaus war. Vielleicht sogar die ganze Anlage?

Ihr Aufpasser, Wächter und Führer deutete auf den Eingang des Gebäudes der zweiten Terrasse. „Ihr werdet dort erwartet." Er blieb vor dem türlosen Durchgang stehen, als Leyte und Karlotta ihn durschritten. Sie fanden sich in einem langen Flur wieder, der mit fast denselben grauen Steinplatten ausgelegt war, wie die Straße dutzende Schritte unter ihnen. Nur waren sie hier fein abgeschliffen und im Kreuzmuster gelegt. Die Wände waren weiß getüncht und strahlten fast, was für einen merklichen Kontrast zum dunklen, staub- und aschereichen Rest von Ur sorgte. Über die Wände verlief ein gefliestes Band, in das kunstvolle Mosaike eingefügt worden waren. Links und rechts des Flures ging jeweils ein weiterer Gang ab, sie hielten jedoch auf die Mitte zu, auf die der Krieger gedeutet hatte. Schüchtern ging Leyte durch den Türbogen, der etwas kleiner ausfiel als der, durch den sie den Flur betreten hatten.

Die Scienta staunte, als sie den großen, geräumigen Raum betrat. Eine Seite war offen und gab den Blick auf einen Balkon frei, von dem aus ganz Ur betrachtet werden konnte. Der Raum selbst war, durch Feuerschalen aus Messing, die von der Decke baumelten, hell erleuchtet. Kunstvolle Amphoren und gemütlich aussehende Polstermöbel luden in den Ecken zum Entspannen ein. Die Mitte des Raumes beherrschte ein wuchtiger Tisch, an dessen Kopfende die Herrscherin von Ur, Ishtar Ur-Hammon, saß. Mehrere andere Anwesende hatten sich am Tisch niedergelassen, die allesamt in kostbares, meist purpurnes oder blaues Tuch und messing- oder kupferfarbenen Schmuck gehüllt waren. Die Haare und Bärte waren auf eigentümliche Weise frisiert und die Art Schmuck zu tragen war Leyte gänzlich unbekannt. Sie sah an sich herunter, dreckig, staubig und verschwitzt. Es war ihr peinlich.

Ishtar Ur-Hammon lächelte erhaben, als sie die zwei Neuankömmlinge sah. Leyte wollte es diesmal richtig machen. Sie ging auf die Herrscherin zu und ließ sich ächzend auf ein Knie herabsinken. Sie beugte den Kopf. „Kashshaptu." Die Zähne zusammenbeißend erhob sie sich wieder. Verdammtes Bein. Bei Karlotta sah das so leicht aus. Anmutig wies Ishtar Leyte an, den Stuhl zu ihrer Linken einzunehmen. Leyte wollte sich gerade darauf sinken lassen, als eine Bedienstete herbeieilte und ihr den Stuhl zurückzog. Es wirkte übertrieben, doch sie spielte mit. Dankbar für die Gelegenheit ließ sie sich auf das Sitzmöbel sinken und rieb unter dem Tisch ihr schmerzendes Bein. Sie lächelte die Bedienstete freundlich an, die daraufhin demütig den Kopf senkte. Sie trug ein dünnes, weißes Kleid und auf ihrem Nasenrücken lag ein geflügeltes Wesen aus Messing, das mit ihren Flügeln die Augenbrauen der Frau nachzeichnete. Karlotta ließ sich neben Leyte nieder und durchfuhr dasselbe Prozedere mit einem Bediensteten.

„Leyte Horát, Scienta dritten Grades des Arkanistenordens des Ostreiches, darf ich Euch Kara-Indash Ur-Hammon, Tjati von Ur und ewiger Diener der Kashshaptu, meinen Bruder, vorstellen?" Die Herrscherin sprach schnell in ihrer Sprache an ihren Bruder gewandt, der daraufhin das Haupt vor Leyte neigte. Sie tat es ihm gleich. Der Mann war älter als Ishtar. Er hatte einen von Goldfäden durchzogenen, schwarzen Bart, der nur aus dem Kinn spross und ihm in einem einzigen, dicken Zopf bis zum Schlüsselbein reichte. Außerdem trug er große, goldfarbene Ohrringe, was Leyte faszinierend fand.

Die Herrscherin stand in einer fließenden Bewegung auf und sofort folgten ihr alle Anwesenden. Mit etwas Verzögerung standen Karlotta und Leyte ebenfalls. Ishtar sprach tragend in ihrer Sprache. Leyte hing an ihren Lippen, es hörte sich unvergleichlich an. Sie hatte bereits levkische, altgalizinische, karolingische, graeco-galizinische und arretische Sprache studiert, doch nichts davon war annähernd vergleichbar mit den Klängen, die aus dem Mund der seltsamen Herrscherin kamen. Leyte zuckte kurz zusammen, als sie unter all den fremden Lauten ihren Namen hörte. Ihren vollen Namen, genau so, wie sie sich im Sommer der Herrscherin vorgestellt hatte. ‚Leyte Horát, Scienta dritten Grades des Arkanistenordens des Ostreiches.‘ Offensichtlich war es hier üblich, sich mit vollem Titel anzusprechen.

Leyte wünschte sie hätte ihr Notizbuch dabei, um sich alles aufzuschreiben, was sie hier erfuhr. Erneut dachte sie sich, dass sie wohl die erste Person seit Ewigkeiten, ja, vielleicht sogar überhaupt war, die in Ur mit den Einheimischen zu Abend aß. Im Zikkurat von Ur selbst. Die Erkenntnis traf sie wie ein Hammerschlag und ein Kribbeln stieg ihren Körper hinauf. Sie konnte sich ein Lächeln nicht verkneifen.

Ishtar Ur-Hammon endete und setzte sich wieder. Alle Anwesenden folgten ihrem Beispiel, Leyte und Karlotta ließen sich ebenfalls auf ihre Stühle nieder. Langsam erfüllte ein Raunen den Raum, als die etwa zwanzig Anwesenden begannen sich zu unterhalten.

„Ich… ähm, danke Euch für diese Einladung, Kashshaptu Ishtar Ur-Hammon.“

Ihr Bruder sog scharf die Luft ein und Leyte fragte sich, was sie nun wieder falsch gemacht hatte. Diesmal wollte sie nicht mehr so bloßgestellt sein wie im Thronsaal. Sie fixierte den Bruder der Herrscherin mit ihren Augen. „Verzeiht, wenn ich Eure Traditionen und Regeln nicht kenne. Bitte erklärt mir wie ich mich zu verhalten habe, ich mache das nicht aus mangelndem Respekt, nur aus Unwissen.“

„Die unsterbliche Kashshaptu wird nicht angesprochen. Nur wenn sie zu Euch spricht, dürft Ihr sprechen“, statuierte Lilith Ur-Hammon fest, die lautlos angerauscht gekommen war und sich auf den freien Platz neben Kara-Indash setzte. Leyte öffnete den Mund und schloss ihn wieder. Sie wusste nicht, was sie dazu sagen sollte.

„Mit unseren Gästen möchte ich nicht so streng sein, Lilith Ur-Hammon, Entu der geflügelten Göttin.“

„Natürlich, unsterbliche Kashshaptu.“

Die Herrscherin wandte sich wieder Leyte zu, was ihren opulenten Kopfschmuck klirren ließ. „Nun, Leyte Horát, Scienta dritten Grades des Arkanistenordens des Ostreiches, Ihr führt einen langen Titel. Was bedeuten die Worte darin?“ Die Herrscherin betrachtete Leyte freundlich.

Leyte hatte es im Thronsaal schon bemerkt, doch jetzt, wo sie der Herrscherin so nahe war, fiel es ihr erst richtig auf. Sie war anmutig, fast unwirklich. Jede Bewegung wirkte perfekt einstudiert, fast ätherisch. „Nun, ähm, Leyte ist mein Vorname. Meine Freunde und Leute die mir nahe stehen nennen mich beim Vornamen. Horát ist mein Geburtsname. Da es im Galizinischen Reich sicher mehrere Menschen gibt, die den Vornamen Leyte tragen, ist dieser Name zur weiteren Differenzierung vorgesehen. Jeder in meiner Familie trägt ihn, wie Euer Bruder den Namen ‚Ur-Hammon‘ trägt.“ Sie griff vorsichtig nach dem kunstvoll bemalten Keramikbecher, der vor ihr auf dem Tisch stand und trank daraus. Wasser. „Scienta ist meine Divisio im Arkanistenorden. Ich erforsche Dinge, studiere und mehre das Wissen unseres Ordens. Der Arkanistenorden selbst ist ein Zusammenschluss von Arkanisten. Wir bedienen uns der arkanen Kräfte, die sich durch unsere Welt ziehen.“

Die Herrscherin lauschte ihr aufmerksam. „Und das Ostreich?“

Leyte hoffte, ihr war ihre Überraschung nicht zu deutlich anzusehen. Ur gehörte administrativ zum Ostreich und trotz der Tatsache, dass es kaum Berührungen zwischen dem Protektorat und dem restlichen Reichsgebiet gab, hätte Leyte doch vermutet, dass die Menschen wenigstens wussten, in welchem Reichsteil sie sich aufhielten. Oder dass das Reich überhaupt getrennt gewesen war. „Nun, das ist der östliche Reichsteil des vereinten Reiches Galizina, derjenige, in dem wir uns aufhalten und in dem der Arkanistenorden aktiv ist. Der, in dem sich auch Ur befindet.“

Lilith, die dem Gespräch gefolgt war, schnaubte abfällig, doch die Herrscherin lauschte nur interessiert. „Das ist sehr interessant, Leyte Horát, Scienta dritten Grades des

Arkanistenordens des Ostreiches. Ich kenne die Eigenheiten Eures Reiches nicht, und ich bedanke mich, dass Ihr sie mit mir geteilt habt."

Leyte wurde langsam selbstsicherer. „Darf ich Euch sagen, wie sehr mich Euer Reich fasziniert? Die Architektur, die Kunstfertigkeit der Fresken und Mosaike, das gewaltige Zikkurat. In ganz Galizina gibt es nichts Vergleichbares."

Die Herrscherin nickte. „Wir sind sehr stolz auf unsere Bauwerke. Ich ließ sie vor mehreren Jahrtausenden errichten."

Leyte sah sie irritiert an und fragte sich, ob die Herrscherin falsch übersetzt hatte. „Meint Ihr…"

Bevor sie fortfahren konnte, wurde sie jedoch unterbrochen, als dampfende Speisen auf großen Tellern von mehreren Bediensteten hereingetragen wurden. Leyte sah interessiert auf die Gerichte, vieles davon hatte sie noch nie gesehen. Sie beobachtete, wie sich die Anwesenden Speisen von den Tellern griffen und auf die legten, die vor ihnen platziert waren. Von diesen kleineren Tellern aßen sie dann. Vorsichtig versuchte sie es ihnen nachzutun und griff nach einer Keramikschale, in der sich eine Art gelbliches Mus befand.

„Eine Art geröstetes Linsenmehl." Der Bruder von Ishtar lächelte sie an, während er sich selbst auftat. Eine Dienerin, die schräg hinter ihm stand, hatte zu Leyte gesprochen. Offensichtlich waren nicht alle Urer des Galizinischen mächtig. „Esst das hier dazu." Er deutete auf eine Schalte mit fladenförmigen Broten, während die Dienerin übersetzte. „Fladenbrot aus Gerste. Sehr lecker."

Leyte nahm sich eines. „Habt Dank." Sie tunkte den Fladen, der weicher als galizinisches Brot war, in das Mehl, nachdem sie es sich heimlich bei Lilith abgeschaut hatte, und aß. Es schmeckte sehr gut. „Kara-Indash Ur-Hammon, Tjati von Ur, woher kommen diese Nahrungsmittel? Ich sah bisher keine Felder."

Freundlich lehnte sich der Mann etwas nach vorne. „Viele unserer Farmen befinden sich in Hinterhöfen und Einfriedungen in den rückwärtigen Gebäuden. Unser Volk ist ein kleines, daher benötigen wir nicht viel und die Pflanzen gedeihen in der fruchtbaren Asche hervorragend. Sogar Schafe werden hier gehalten."

Leyte hörte aufgeregt zu. Es war beeindruckend. „Ich hoffe, dass mehr Bewohner von Galizina in den Genuss kommen diese Speisen zu kosten. Sie schmecken hervorragend."

Der Mann neigte lächelnd den Kopf, als er die Worte von der Dienerin übersetzt bekam.

So verging Zeit. Der Bruder der Herrscherin entpuppte sich als angenehmer Gesprächspartner, er stellte Fragen, zum Reich, zur Verwaltung, zur Kaiserin und genauso beantwortete er Fragen zur Lebensweise, zur Geschichte und zu den Gepflogenheiten von Ur.

„Was ist der Grund Eures Besuchs?", fragte Lilith unvermittelt und kalt, als Leyte einen Satz an Kara-Indash beendet hatte.

Leyte räusperte sich und legte einen angebissenen Fladen auf ihren Teller. „Ähm… Nun…" Jetzt wo sie anfangen musste, wusste sie nicht wie. „Seit geraumer Zeit bilden sich in Galizina und möglicherweise auch darüber hinaus Wesen, welche… nun, arkangeboren zu sein scheinen." Leyte merkte erneut, wie unwissend sie war. Wussten die Urer überhaupt was Arkanismus war? „Ähm… seid Ihr mit arkanen Kräften vertraut?"

Lilith ließ ein abfälliges Schnauben vernehmen. „Die Kräfte der Erde? Das, weswegen Ihr seit mehr als zweihundert Jahren in unserer Erde grabt? Das, weswegen ihr die Erdadern zerstört und euch die Macht raubt, die allein Baal…"

„Wahrt die Gesetze der Gastfreundschaft, Lilith Ur-Hammon."

Lilith verstummte sofort, als sie die Stimme ihrer Herrscherin vernahm. Sie seufzte und rieb sich entnervt die Schläfen. „Ja. Wir sind damit vertraut."

„Gut, ähm… also diese arkanen Wesen, die Manifestationen, erscheinen in Galizina. Genauer dort, wo einst großes Leid geschehen ist. Sie töten Menschen und… naja, sind gefährlich." Leyte schluckte. „Nun, die Explosion vor achtzehn Jahren… Wir gehen davon aus, dass sie irgendwie mit den Manifestationen zusammenhängt. Deswegen sind wir in Ur." Leyte wusste, dass sie ihre Kompetenzen überstiegen hatte. Es war eine streng vertrauliche Mission, doch dachte sie, dass die Bewohner dieses Landes, diejenigen, die am meisten unter der arkanen Explosion zu leiden hatten, das Recht hielten, alles zu erfahren. Ganz zu schweigen davon, dass sie ihnen vielleicht helfen konnten.

Lilith wechselte einen bedeutungsschwangeren Blick mit ihrer Herrscherin und hauchte leise ein Wort.

Leyte sah sie fragend an. Sie kannte das Wort nicht. „Verzeiht?"

„Die Überlieferungen unserer Vorväter berichten von Vergiftungen, wenn die heiligen Erdadern des Baal-Hammon angeschlagen und deren Splitter zu Unrecht verwendet werden. Vergiftungen des Körpers, aber auch Vergiftungen des Landes. Es gilt als Verbrechen, diese Adern zu verletzen. Sie berichten auch von Abbildern, aus Lehm und Wasser geformt, die auf der Erde wandeln und die Sterblichen heimsuchen bis niemand mehr von ihnen übrig ist." Ihre Stimme wurde leiser. „Die Welt wehrt sich dagegen." Sie ballte ihre Rechte zur Faust, legte sie sich sanft auf die Stirn und flüsterte einige Worte in ihrer Muttersprache.

Leyte sah sie gebannt an. Diese Wesen aus Lehm und Wasser. Waren das die Manifestationen? „Was meint Ihr damit, dass die Welt sich wehrt?"

Lilith verschränkte die Arme vor der Brust. Ihr Blick huschte zu der ihrer Herrscherin.

Langsam faltete die Kashshaptu ihre Hände vor dem Gesicht. „Zeigt es ihr, Entu Lilith Ur-Hammon."

Leyte seufzte, als sie die Treppen sah. Sie selbst, Karlotta und Lilith waren eine Terrasse tiefer in den Thronsaal gegangen. Hinter dem Thron führte ein niedriger Gang tiefer in das Innere des Zikkurats. Leyte konnte kaum die Mystik dieses Ortes aufnehmen, so sehr schmerzte ihr Bein schon beim Anblick dieser Treppen. Nach dem zweimaligen Bestreiten des Aufstiegs auf die Terrassen, hatte sie es schon mehr belastet, als sonst ganze Wochen.

„Kommt schon, ich stützte Euch." Obwohl Karlotta leise gesprochen hatte, hallten ihre Worte von den Wänden wider. Lilith ging vorneweg die Treppen herunter, Leyte, ächzend auf Karlotta gestützt, folgte. Der Gang nach unten war schmal und schlicht. Keine der kunstvollen Fresken waren hier an den Wänden angebracht, nur hin und wieder brannte eine Öllampe aus Messing. Und doch spürte sie eine gewisse Energie die dem Ort innewohnte. Möglicherweise war es das Alter?

Lilith musste warten, als sie fast in der Dunkelheit verschwand.

„Tut mir leid. Mein Bein…“, ächzte Leyte, als sie sie wieder eingeholt hatten.

Lilith betrachtete sie einen Moment. „Es ist ein Zeichen von Kraft, wenn man trotz einer Schwäche stark ist.“

Leyte und Karlotta sahen sich verdutzt an, als sie weitergingen. Das war wohl das Freundlichste, das die miesepetrige Frau den gesamten Tag zu ihnen gesagt hatte.

Der absteigende Gang endete und Leyte atmete erleichtert auf. Im Zikkurat war es angenehm kühl, doch schwitzte sie. Die Luft roch alt und steinig, ähnlich wie in der altgalizinischen Bibliothek in Goldhafen. Sie standen in einer etwa fünf Schritt breiten und dreißig Schritt langen Kammer. In der Mitte brannte eine steinerne Feuerschale und warf Schatten auf die Wände. Öllampen aus Messing lieferten weiteres, gedämpftes Licht.

Leyte sog die Luft ein, als sie auf die Wände blickte. Hier waren sie wieder reich an Fresken und Mosaiken. Es waren die kunstvollsten, die Leyte bislang gesehen hatte. Sie mussten uralt sein, die Farbe sah an manchen Stellen verblasst aus und einige kleinere Beschädigungen entstellten die Bilder. „Wie alt ist das hier?“, hauchte sie staunend.

„Jahrtausende.“

Leyte schluckte. Wenn das stimmte, musste es weit vor dem Galizinischen, gar dem Altgalizinischen Reich existiert haben.

Lilith hatte sich vor eines der Fresken gestellt. „Kommt.“ Sie deutete auf das kunstvolle Wandbild. Leyte kniff die Augen zusammen, um im Zwielicht etwas zu erkennen. Es sah so aus, als würde ein Vogel über einem feuerspeienden Vulkan schweben. „Die Geburt der geflügelten Göttin aus dem Thron des Baal.“ Lilith machte einen Schritt weiter, während Leyte staunend folgte. Sie blickte auf den Schöpfungsmythos von Ur, der sich eher wie ein Theaterstück, statt wie statische Wandbilder, vor ihr ausbreitete. Der tanzende Fackelschein auf den Fresken, erschuf die Illusion, dass sich die Bilder bewegten.

Die glasierten Fliesen des nächsten Bildes zeigten einen Mann, der aus einer Höhle heraustrat. Leyte öffnete erstaunt die Augen. Riesengroße, blaue Adern folgten ihm. Sie zeigten verblüffende Ähnlichkeit mit den Arkanerzadern. Vor dem Mann stand die Figur, die sie vorhin als Vogel missinterpretiert hatte. Die geflügelte Göttin. „Die Vereinigung der geflügelten Göttin mit Baal-Hammon, dem Herren der Erde. Die heilige Vereinigung, die sieben Kinder hervorbrachte. Die ersten Menschen." Sie folgten Lilith zum nächsten Wandbild. Leyte hatte so viele Fragen, doch wollte sie Lilith nicht unterbrechen. Mit jeder Faser ihres Körpers spürte sie, dass dies ein sakraler Ort war. Es dröhnte, wie ein regelrechtes Wummern in ihrem Kopf. „Die geflügelte Göttin erschafft das Zikkurat von Ur, am Fuße des Baalthrones. Es wird das Zentrum des Reiches von Ur werden." Sie gingen weiter und Leyte verschlug es fast die Sprache. Sie standen vor einer steinernen Karte. Es waren keine Grenzen eingezeichnet, Galizina, Levka, die südlichen Reiche, alles war darauf zu sehen, wenn auch nicht ganz akkurat. Leyte meinte sogar Inseln in den Ozeanen zu erkennen, die auf galizinischen Karten nicht verzeichnet waren. Doch die Karte war, im Gegensatz zu den bisherigen Bildern, recht schwer beschädigt. Ganze Fliesen waren herausgebrochen und ließen den nackten Stein darunter durchblicken. Über all dem thronte die geflügelte Göttin, die nun eindeutig als menschliches Wesen mit Flügeln zu erkennen war. „Die geflügelte Göttin ist die Wächterin des Reiches von Ur. Überall entstehen Zikkurate zu ihrer Verehrung. Und zu derer von Baal-Hammon." Leyte schluckte. Das war ein Beweis dafür, dass sich Ur in früher Vergangenheit tatsächlich über den gesamten Kontinent erstreckt hatte. Sie fragte sich nur, wie weit diese Vergangenheit zurücklag. Und weswegen dieses Reich untergegangen war.

Lilith führte sie zum nächsten Bild. „Unglaublich", hauchte Karlotta. Es war unheimlich detailliert. Als wäre es nicht von Menschenhand erschaffen worden.

„Die Menschen wenden sich von der geflügelten Göttin ab und schänden Baal-Hammon." Leyte hörte Zorn in Liliths Stimme. Für sie war das nicht nur der Schöpfungsmythos einer fremden Kultur, für sie war es gelebte Wirklichkeit. Das, was sie auf den Wandbildern sahen, war für sie so passiert. Leyte schluckte. Das Bild zeigte Menschen, die in Höhlen an blauen Adern arbeiteten. Stücke herausschlugen, sie zerstörten. Es war beängstigend. Leyte war sich sicher, dass diese Abbildung den Arkanerzabbau zeigte. Wenn das Zikkurat wirklich mehrere tausend oder auch nur hunderte Jahre alt war, konnte das Wandbild kaum zu dieser Zeit entstanden sein, außer die Erschaffer hatten hellseherische Fähigkeiten besessen. Und das war absurd, sie war Scienta und glaubte nicht an solchen Unsinn. Das Bild musste später entstanden sein.

Bei der nächsten Abbildung bekam sie Gänsehaut und ein Anflug von Anspannung ließ sie einen Blick über die Schulter werfen. Eine Art rote Wolke legte sich über ein schwarz dargestelltes Ur. Es brauchte nicht viel an Fantasie, um eine Parallele zur arkanen Explosion herzustellen, die sich in Ur ereignet hatte.

„Eine… Veränderung." Leyte hörte das erste Mal einen Hauch von Zweifel in der Stimme der Frau. „Eine Explosion, eine Feuerwalze, eine Läuterung. Es ist nicht klar, was genau hier abgebildet ist."

Leyte wagte nun doch eine Frage zu stellen. Sie musste. „Ähm… sehen wir hier die Vergangenheit, die Gegenwart oder die Zukunft?"

Lilith sah sie lange an. „Wir sehen einen Ausschnitt aus dem Wirken der geflügelten Göttin und dem ihres Gemahls, Baal-Hammon. Ihr seht hier das Wirken unserer Vorväter." Die Priesterin vollführte eine Handbewegung, die Leyte als Schutzzeichen interpretierte. „Auch unsere Vorväter haben sich an den Adern versündigt. Auch sie konnten ihrem Ruf nach Macht nicht widerstehen."

Leyte verstand nicht. „Also ist das schon einmal passiert? Der Abbau des Arkanerzes, diese arkane Explosion, die Manifestationen? All das?"

Leyte wartete, bis Lilith antwortete, doch das tat sie nicht. Sie seufzte still und folgte der Priesterin resigniert zum nächsten Wandbild. Zu gerne hätte sie mehr über die Religion der Urer erfahren, doch deshalb war sie nicht hier.

Ein Mann mit unnatürlich langem Gesicht und kunstvollem, schwarzen Haar war abgebildet, der im Schneidersitz mit zornigem Gesicht etwas formte. Er verteilte diese Wesen, die blauen Arkanadern waren im Hintergrund zu sehen.

„Deshalb sind wir hier. Baal-Hammons Zorn wird entfesselt. Aus Lehm und heiligem Wasser formt er Abbilder. Er verteilt sie dort, wo seine Trauer am Größten ist, wo Gewalt, Zorn und Hass herrschten. Hass auf Baal-Hammon und die Nichtbeachtung seiner Großartigkeit. Die Gezeichneten warnen davor."

Leyte hatte die Augen weit aufgerissen, als Lilith gesprochen hatte. Sie wusste nicht wer die Gezeichneten waren und was es mit ihnen auf sich hatte, doch das schien ihr auch nicht allzu wichtig zu sein. Das hier waren die Manifestationen. Was kam danach? Fast wollte sie sich an Lilith vorbeidrängen. „Was kommt danach?", hauchte sie.

Lilith sah sie wieder lange an. Sie deutete neben sich. „Nichts. Es ist nicht erhalten." Lilith deutete auf eine leere Fläche neben sich. Es war noch viel Platz bis zur rückwärtigen Wand des Raumes, doch waren hier die glasierten Kacheln entweder abgeschlagen oder nie eingesetzt worden.

Leyte verzog das Gesicht. Natürlich. Genau an diesem Punkt musste der Mythos enden. Sie sah sich die Bilder noch einmal an und versuchte ihre übersprudelnden Gedanken zu ordnen. Es war der Mythos einer alten Kultur, und dennoch konnte man möglicherweise etwas daraus lernen. Oft hatten Geschichten und religiöse Erzählungen einen wahren Kern. Mindestens untermauerten sie ihre Beobachtungen, dass das Arkanerz, möglicherweise sogar der Arkanerzabbau, für die Manifestationen verantwortlich war. Das was sie hier ihrem wütenden Gott zusprachen, hatte sicher handfestere Gründe. Und die konnte man möglicherweise herausfinden und ausmerzen. Einen Weg, den wohl Besten Weg, zeigte diese kunstvolle Anleitung an den Wänden. Egal, ob es ein Mythos aus uralter Zeit war, eine zufällig eingetroffene Prophezeiung oder die überlieferte Schilderung des Untergangs von Ur, die auffallende Parallelen zur gegenwärtigen Krise aufwies, die Manifestationen waren das Ergebnis des Arkanerzabbaus.

Stoppte man diesen, würden keine Manifestationen mehr entstehen. Leyte schluckte. So zumindest die Theorie.

Sie verkniff sich ein Lächeln an diesem düsteren und sakralen Ort. Es hatte sich gelohnt hierher zu kommen. Leyte ging noch einen Moment in dem Raum herum. Auf der rückwärtigen Wand des rechteckigen Raumes war in einem riesigen Mosaik aus glasierten Fliesen die geflügelte Göttin abgebildet. Sie sah sehr erhaben aus, menschlich, mit Flügeln und goldenen Verzierungen am Körper. Leyte legte den Kopf schief. Mit etwas Fantasie konnte man denken, dass die Krone, die das Wesen auf dem Bild trug, derjenigen sehr ähnlich war, die die Herrscherin Ishtar Ur-Hammon getragen hatte. „Das ist die geflügelte Göttin?"

Lilith war neben sie getreten und gemeinsam blickten sie auf das kunstvolle Fresko. „Das ist unsere Beschützerin, Das ist unsere Beschützerin, Göttin des Mondes und der Asche, die geflügelte Ishtar, Herrin der Lüfte, ewige Herrscherin der Legionen, Trägerin des Himmelszepters, Erweckerin der großen Zikkurat, Beschützerin der Schöpfenden, Herrin der Harpyien, Wächterin der ewigen Metropole, Herrin der Goldknochen und unsterbliche Kashshaptu von Ur.".“

Leyte horchte auf. Ishtar? Kashshaptu? „Dann leitet sich der Herrschertitel der Kashshaptu von dieser Gottheit ab?"

Lilith sah sie lange an. Als wäre Leyte ein Kind, dem man die grundlegendsten Dinge erklären musste. „Kashshaptu Ishtar Ur-Hammon ist diese Gottheit."

Leyte verschluckte sich fast und starrte Lilith an, die ihren Blick fest erwiderte. „Was… ähm…"

„Wenn das Gefäß, das die derzeitige Kashshaptu nutzt, stirbt, wandert ihr Geist in den nächsten Körper. Doch Ishtar Ur-Hammon, Göttin des Mondes und der Asche, ist unsterblich. Und sie hat Euch die Ehre eines Abendmahls gewährt." Sie sah sie abschätzig an. „Euch. Einer Außenstehenden. Nicht mehr als eine Eintagsfliege für die hohe Göttin. Ich hoffe Ihr versteht nun besser, mit wem Ihr sprecht und handelt entsprechend." Lilith entfernte sich, ihre Schritte hallten in dem steinernen Raum von den Wänden wider.

Leyte schluckte. Dem Glauben dieser Leute nach hatte sie mit einer tausendjährigen Gottheit zu Abend gegessen. Der Schock verwandelte sich langsam in ein Grinsen. Hätte ihr vor einigen Monden jemand erzählt, dass sie einmal mit einer Göttin speisen würde, hätte sie nur laut gelacht.

„Ich hoffe Ihr werdet diesen Besuch wiederholen, Leyte Horát, Scienta dritten Grades des Arkanistenordens des Ostreiches."

Leyte nickte. Von der ersten Terrasse des Zikkurats blickte sie in das beginnende Abendrot. Ishtar, Lilith und Karlotta standen neben ihr. Sie wusste nun noch weniger wie sie der Herrscherin von Ur entgegentreten sollte. Sie war für die Leute mehr als eine Königin. Sie war eine leibhaftige Göttin für sie. „Ich hoffe es auch, unsterbliche Kashshaptu. Es gibt so viel zu lernen."

Die Herrscherin nickte erhaben. „Ich muss Euch jedoch etwas auftragen." Leyte horchte auf. „Ihr habt von unserem Wissen gezehrt, ich möchte nun eine Gegenleistung verlangen." Das war keine Bitte. Jedoch war es ebenso wenig ein Befehl, es war etwas dazwischen. „Auch wir spüren die Ereignisse, die Euer Reich treffen. Im Krater, in der ganzen Welt, regt sich etwas. Baal-Hammon ist wütend, ich spüre seinen Zorn. Selbst der Thron des Baal-Hammon ist unruhig." Sie deutete auf den Vulkan, der bedrohlich hinter ihnen aufragte. „Ich möchte mit Eurer Kaiserin sprechen. Wir müssen unsere weiteren Schritte gemeinsam abstimmen. Wie wir meinen Gemahl besänftigen können. Führt sie hierher. Das verfüge ich."

Die letzten Worte kamen mit einer solchen Autorität, die Leyte unwillkürlich den Kopf neigen ließen. „Ich… ähm, ich werde mein Bestes geben, unsterbliche Kashshaptu." Auch wenn sie nicht wusste wie viel Gewicht Kaiserin Alessia den Worten einer unbedeutenden Scienta dritten Grades zumaß. Zweiten Grades. Sie hatte sich noch immer nicht daran gewöhnt. Auch glaubte sie, dass die Kaiserin der Kashshaptu bei weitem nicht die Bedeutung zumaß, wie sie es selbst tat.

Die Kashshaptu wandte ihr den Kopf zu, sodass ihr Kopfschmuck leise klirrte. „Weniger erwarte ich nicht. Die Zeit drängt."

# Kapitel IX

## Erntedank



Kaiserin Alessia Loretta hielt sich den Kopf und verzog das Gesicht, während sie an dem Y-förmigen Holzträger des Gasthausdaches lehnte. Diese verdammten Kopfschmerzen. Sie schüttelte sich und öffnete die Gasthaustür. Draußen erwarteten sie fröhliche Stimmen und aufgeregtes Durcheinanderrufen. Prüfend sah Alessia die Straße entlang. Wie sie befohlen hatte, riegelten ihre Drushinars die Wege ab. Glänzenden Statuen gleich hielten sie die Bewohner von Wielki-Kossolewsk und zugereiste Schaulustige davon ab, auf die Straße zu stürmen. Ihnen blieb nur ihrer Kaiserin zuzuwinken und zu rufen.

Als sich Alessia über die schlammige Hauptverkehrsader der Oblasthauptstadt in Bewegung setzte, konnte sie nur beiläufig in die Gesichter der Menschen schauen. In einigen las sie Sorge und Unsicherheit, in anderen sogar kaum verhohlene Abneigung. Der Kaiserin wären fast die Gesichtszüge entgleist. Sollten sie doch versuchen das Reich zu regieren. Ungebildete Bauern.

„Winkt, Eure Majestät", hauchte Kasia, ihre Zofe, die schräg hinter ihr ging. Alessias Auge zuckte. Wären sie im Goldhafener Palast gewesen, hätte Kaiserin Alessia sie für diese Unverfrorenheit geohrfeigt. Doch so hob sie nur ihre Hand, die in einem Samthandschuh steckte, und deutete ein edles Winken an. Sie lächelte herrschaftlich. Begeistert winkte ein Großteil der Menge zurück und schrie nach ihr. Gemächlich schritt sie mit Kasia, ihrem Herold und zweien ihrer Drushinar auf die Priorei des Arkanistenordens zu, in dem die Erntedankfestlichkeiten stattfinden würden. Vor dem wuchtigen, mit gothischen Bögen gesäumten Bauwerk, stand ein älterer Mann.

„Yegor Lopatin, Kaiserin, der Bürgermeister", flüsterte Kasia ihr zu. Die Kaiserin nickte kaum merklich. Sie würde es nie zugeben, aber sie war froh, dass Kasia an ihrer Seite war. Sie machte sich schon lange nicht mehr selbst die Mühe die Namen ihrer Bittsteller und Untergebenen auswendig zu lernen. Vor allem nicht von denen, in einem unbedeutenden Dorf am Rande von Litaunia.

„Eure Majestät", sagte der Mann demütig und fiel fast vornüber auf die steinernen Stufen, als er sich tief verbeugte.

Alessia bedeutete ihm aufzustehen. „Yegor Lopatin, habt Dank, dass Ihr mir hier Unterschlupf gewährt." Sie setzte eine mütterliche, kümmernde Miene auf. Eine, die sie in den letzten Monaten selten gebraucht hatte. „Es ist eine Ehre in Eurer Stadt nächtigen zu dürfen und eine wahre Freude die Feierlichkeiten mit Euch zu verbringen." Beides war gelogen, es war keine Ehre in unbequemen, stinkenden Strohmatratzen zu schlafen und es war keine Freude mickrige Städte in entlegenen Winkeln des Reiches zu besuchen. Wielki-Kossolewsk war zwar die Oblasthauptstadt von Litaunia, allerdings übertraf sie kaum die Größe eines beliebigen galizinischen Dorfes. Hauptsächlich war der Ort ein Umschlagplatz für das Getreide, das auf der ihn umgebenden, fruchtbaren Goldebene geerntet wurde.

Dem Mann standen fast Tränen in den Augen. „Eure Majestät, die Ehre ist unermesslich. Habt Dank für Euren Besuch."

Alessia nickte graziös und trat in die Priorei, gefolgt von ihrer Zofe, dem Herold und den Drushinars. Hinter ihnen traten Yegor und die lärmende Menge in den Sakralbau, jeder wollte dem Erntedank beiwohnen. Am Kopfende des Mittschiffs war Platz für einen großen, hölzernen Karren gemacht worden, auf dem, und ihn umgebend, allerlei Nahrungsmittel und Ernteerzeugnisse aufgeschichtet waren. Zielstrebig ging die Kaiserin darauf zu, während die Menge auf den, in der ganzen Priorei verteilten, Bänken Platz nahm. Eine Laute und eine Trommel spielten leise im Hintergrund.

Die Kaiserin sah prüfend auf den Wagen. Große Kürbisse lagen neben Körben voll Esskastanien, Kartoffeln, Weintrauben und gelbliche Herbstäpfel ruhten auf Getreidegarben. Auch einige Backwaren, Brot, süße Küchlein und andere Köstlichkeiten, waren auf Holz- oder Tontellern aufgeschichtet worden.

Als die Bänke sich gefüllt hatten und langsam Ruhe im Gebäude einkehrte, begann der Herold der Kaiserin zu sprechen. Kaiserin Alessia unterdrückte ein Gähnen. Er dankte den Heiligen und dem Einen, dass die diesjährige Ernte so reichhaltig war. Er vergaß allerdings nicht auch ausgiebig die Schaffenskraft der Bauern, Bäcker und Winzer zu loben, was vom tosenden Jubel der Anwesenden unterstrichen wurde. Die Kaiserin setzte dabei ein dünnes Lächeln auf und applaudierte elegant. Als der Herold seine Rede beendete, zog er sich an die Seite zurück und machte Platz für die Kaiserin, die nun ihrerseits ein paar Worte sprach. Wie sie es mit dem Herold und ihrer Zofe durchgegangen war, ging sie vor allem auf die Ausdauer der Leute ein, die ihnen diese Ernte beschert hatten und weniger auf das Wirken des Einen oder der Heiligen. Ihr Auftritt in Westheim, der Hauptstadt des Westreiches, der im neuen Jahr nach Koleda folgen sollte, würde das Gegenteil werden. Hier würde sie den Einen lobpreisen, etwas das hier, im säkular geprägten Ostreich, sicher nicht sehr gut angekommen wäre.

Am Ende ihrer Rede ging sie zu dem reich befüllten Karren und nahm sich einen runden Brotlaib. Sie zerbrach ihn und reichte eine Hälfte Yegor, dem Bürgermeister, der etwas unsicher neben ihr stand, nachdem sie ihn zu sich gerufen hatte. Gemeinsam bissen sie in das Brot und erklärten damit die Feierlichkeiten zum Erntedank für eröffnet. In der Menge brandete wieder Jubel auf und die Kaiserin bedeutete ihrem Herold und einigen Drushinar den Karren auf den Martkplatz zu ziehen, wo die Speisen an die Bevölkerung verteilt werden würden.

Ausgelassen, fröhlich und gierig folgten die Stadtbewohner dem Karren, als er aus der Priorei gezogen wurde. Die Kaiserin atmete tief die staubige Luft des Gebäudes ein, bevor sie mit schnellen Schritten der Seitentür entgegenging. Sie wollte vermeiden sich durch die Haupttür zwängen zu müssen, die gerade von den Bauern und Einwohnern des Ortes verstopft wurde. Kasia und Eliska Tésarik, Kommandantin ihrer Drushinar, folgten ihr.

Sonnenstrahlen stachen ihr ins Gesicht, als sie die schwere Holztür aufstieß. Trotz der Jahreszeit war es noch recht warm in

Litaunia. Alessia fand sich in einem kleinen Garten wieder, der der Priorei angeschlossen war. Seltsame Stille herrschte hier draußen, nach dem Lärmen der vielen Stimmen in der Priorei. Dieselben Stimmen waren zwar zu hören, wie sie krakeelend die Straßen Richtung Marktplatz entlangzogen, doch drangen sie nur sehr gedämpft an ihre Ohren. Das erste Mal seitdem sie heute Morgen aus ihrem unbequemen Bett aufgestanden war, fühlte sich Alessia so, als könne sie befreit durchatmen.

Die Rüstung von Eliska klirrte, als sie den Türbogen durchquerte und erinnerte Alessia damit unangenehm daran, dass sie immer noch Kaiserin war.

„Bringt mir einen Becher Wein", schnauzte Alessia die Kommandantin ihrer Leibwache an, etwas unfreundlicher als sie es beabsichtigt hatte. Doch sie wollte alleine sein.

„Eure Majestät, ich lasse Euch ungern alleine…"

Alessia wurde wütend. „Ich habe Euch nicht nach Eurer Meinung gefragt. Das war ein Befehl."

Tésarik sah sie kurz emotionslos an. Dann beugte sie ihr Haupt und ging wortlos der Menschenmenge hinterher, dem Marktplatz entgegen. Alessia seufzte und lehnte sich, wenig kaiserlich, über den Zaun, der den kleinen Garten von den Wegen des Ortes trennte. Sie hielt sich den Kopf, die Schmerzen waren wieder da. Alessia seufzte wieder. Sie versuchte an die Rückreise zu denken, doch es fiel ihr schwer einen klaren Gedanken zu fassen. Mussten sie noch Dörfer bereisen? Wie lange würden sie noch unterwegs sein, bis sie wieder in Goldhafen war? Sie würde Kasia danach fragen.

Alessia ließ den Kopf hängen und beobachtete einige hohe Grashalme, die an den Zaunpfosten wuchsen. Ihre Ähren wiegten sanft im herbstlichen Wind. Es war schön. Paulina hätte es in dem Dorf gefallen. Das rege Treiben, der Marktplatz, das Ländliche. Selten nahm sich Alessia selbst Zeit schöne Dinge zu tun.

Die Kaiserin musste unwillkürlich lächeln. Sie dachte an ihre Zeit mit Paulina zurück. Früher waren sie unzertrennlich gewesen. Fast jeden Tag waren sie durch die Palastgärten gestürmt und hatten die vielen, vielen Räume des Goldhafener Palastes erkundet. Oder den Weinkeller. Mit ihrer Krönung war das weniger geworden. Alessia fragte sich wieso. Hatte sie sich so sehr verändert? War sie so beschäftigt, dass sie keine Zeit mehr für ihre Freundin aufbringen konnte? Vermutlich war die Antwort auf alle diese Fragen ein deutliches ‚Ja‘, dachte sie sich zerknirscht.

In ihrem Gesichtsfeld erschien auf einmal eine kleine Hand, die nach einem der Grashalme griff. Die kleine Hand knickte den Blütenstand des Grases ab.

„Das sind Ohrenputzer“, sagte das Kind, dem die Hand gehörte. Alessia hob ihren Kopf. Ein Mädchen von vielleicht fünf oder sechs Jahren, mit zerzausten Haaren und einem einfachen Kleid sah sie mit der wissenden Miene eines Kindes an. Alessia lächelte dem Mädchen zu. „Meine Mama sagt, dass wenn ich nicht auf sie höre, sie mir damit die Ohren putzt.“

Alessia hob die Augenbrauen. Sie wusste nicht so recht, was sie sagen sollte, den Umgang mit Kindern war sie nicht gewohnt. „So? Dann solltest du besser auf deine Mama hören.“

Das Kind sah sich kurz um, dann hob es seine Arme. „Hebst du mich hoch?“, fragte es piepsend.

Alessia runzelte die Stirn. Wollte es mit in den Garten? Prüfend erhob sich die Kaiserin von dem Holzzaun und sah das Mädchen an. Wieso nicht, dachte sie sich. Sie griff ihr etwas umständlich unter die Achseln und hob sie hoch. Als sie ihre Arme um Alessias Hals schlang und dabei vergnügt quietschte, riss es Alessia fast ihre Krone vom Kopf. Die Kaiserin amüsierte das ebenfalls und wieder musste sie lächeln. Sie schob ihren Arm unter den Po des Mädchens und tätschelte ihren Rücken.

„Mishka“, donnerte eine sehr laute Stimme und die dazugehörige Frau rauschte um das Eck des steinernen Gebäudes. Panik stand ihr ins Gesicht geschrieben und als sie erkannte, an wen sich ihre Mishka geheftet hatte, verstärkte sich dieser Ausdruck nur noch. „Mishka…“, hauchte sie bevor sie auf die Knie fiel. „Eure Majestät, es tut mir unsäglich leid. Bitte, ich…“

Alessia winkte ab. „Das braucht es nicht. Ihr habt eine neugierige Tochter.“ Mishka, die gerade mit einem der großen, goldenen Ohrringe der Kaiserin spielte, kicherte vergnügt. Zögerlich erhob sich die Bäuerin. „Kommt zu uns“, forderte die

Kaiserin sie auf und lächelte. Mit einer Hand öffnete sie das Tor, welches in den Garten führte. „Eure Tochter war gerade dabei mir von den Anwendungsmöglichkeiten dieser Gräser hier zu erzählen" Alessia deutete auf die Pflanze.

„Ja?", fragte die Bäuerin unsicher.

Alessia setzte sich mit dem Kind auf dem Arm auf eine Bank, die im Garten stand und bedeutete der Bäuerin sich neben sie zu setzen. Scheu kam die der Aufforderung nach. „Ja. Sie erzählte mir, dass sie gut…"

„…zum Ohren putzen sind, wenn man nicht hört", vollendete Mishka kreischend lachend den Satz. Alessia lächelte.

Die Bäuerin sah peinlich berührt auf ihre Füße. „Nun, das tut man natürlich nicht wirklich, das ist nur so eine Redewendung", murmelte sie.

„Schade", antwortete Alessia. „Das hätte ich gerne bei meiner Duma einmal ausprobiert."

Die Bäuerin sah sie irritiert an. Alessia lächelte und auch die Mundwinkel der Bäuerin zuckten nach oben, als sie begriff, dass Alessia einen Witz gemacht hatte. Sie wusste wohl nicht, ob sie lachen durfte oder sogar sollte. Die Bäuerin hatte Angst vor ihr. Die Kaiserin setzte Mishka auf dem Boden ab und sah ihr dabei zu, wie sie, immer noch mit dem Grashalm in der Hand, durch den Garten jagte.

Die Kaiserin lehnte sich zurück und genoss die eingetretene Stille. Sie dachte wieder an Paulina. Es tat ihr leid sie nach Karenina geschickt zu haben. Nach den Strapazen in Trocnov und der Unterstadt hätte sie sich eine Auszeit verdient. Alessia seufzte, sodass die Bäuerin neben ihr vor Schreck fast von der Bank gefallen wäre. Aber das vereinte Reich war wichtiger. Sie durfte nicht zulassen, dass ihre persönlichen Belange ihren Entscheidungen im Weg standen, sonst wäre sie eine schlechte Herrscherin. Und Paulina war die richtige Wahl für die Aufgabe gewesen. Generalin Csorba und die Soldaten, die sie mitgeschickt hatte, würden für ihre Sicherheit sorgen. In wenigen Tagen würde sie wieder in Goldhafen in der Handelsgilde sein und alles wäre wie früher.

Die Kaiserin runzelte die Stirn. Aber war das wirklich wichtig? Wieso interessierte sie sich dafür das Reich nicht zugrunde gehen zu lassen? Was würde denn passieren, wenn sie ihre Krone an den Nagel hängen würde und wie die Bäuerin, die unruhig neben ihr saß, ihr Leben in einem kleinen Dorf führen würde? Alessia stützte in wenig edler Geste ihre Ellenbogen auf ihre Knie auf und legte ihren Kopf in die geöffneten Handflächen. Sie wusste, dass das Spinnereien waren. Sie wusste, dass sie das nicht machen würde. Und auch nicht konnte.

„Ähm… Eure Majestät… wir sollten gehen…“, sagte die Bäuerin ungeschickt.

Alessia schreckte aus ihren Gedanken hoch. „Natürlich. Es tut mir leid, Eure Zeit so lange in Anspruch genommen zu haben.“

Die Bäuerin riss erschrocken die Augen auf. „Nicht doch, nicht doch… Es war eine Ehre… ähm… so lange mit Euch, ähm… zu reden.“

Die Kaiserin stand auf und die Bäuerin tat es ihr nach. Alessia fasste die Frau am Arm. „Ihr habt eine wohlgeratene Tochter. Genießt das Fest.“

Die Bäuerin machte einen Knicks. „Danke, Eure Majestät.“ Sie sammelte ihre Tochter ein und trieb sie durch das Gartentor.

„Tschüss Mishka“, winkte Alessia dem Mädchen hinterher, die das Winken energisch erwiderte. Lächelnd wandte sich Alessia ab. So unbeschwert.

Das Lächeln gefror ihr, als ihr Herold angelaufen kam, mit einem Papier winkend. Schlitternd kam er vor ihr zum Stehen, ein Schweißtropfen hatte sich auf seiner nackten Kopfhaut gebildet und sein wuchtiger Bauch erbebte, als er nach Luft rang. „Kaiserin, Neuigkeiten aus Goldhafen. Die Duma…“

„…kann mich mal“, schnauzte Alessia. „Diese Blutsauger, was ist es diesmal?“ Sie riss dem Herold den Brief aus der Hand und überflog die Zeilen. Der verdammte Arkanistenorden stritt wie immer mit den Militärs. In der Unterstadt hatte sich eine Gruppe gebildet, die die Monarchie abschaffen wollte. Mal wieder. Die Banken forderten die Beziehungen zu Arretien wieder zu verbessern, sonst würden weitere Kredite nicht möglich sein. Diese gierigen Halsabschneider. War sie Kaiserin oder eine billige Hure der Duma, die sie nach Belieben benutzen konnten?

Nicht mehr lange und sie würde wieder in Goldhafen sein. Wielki-Kossolewsk befand sich schon auf dem Rückweg ihrer Reise. Sie würde diesen verkommenen Wichtigtuern zeigen, wer das Sagen in Galizina hatte, wenn sie wieder in der Hauptstadt war. Alessia stieß die Tür auf, durch die sie in den Garten gekommen war. Kasia, die die ganze Zeit neben der Tür an der Wand gelehnt gewartet hatte, folgte ihr. Den Herold ließ sie im Garten stehen.

„Du hättest dich auch nützlich machen können, als dieses Kind mich überfallen hat", schnauzte die Kaiserin ihre Zofe an, als sie mit schnellen Schritten die Priorei durchquerte. Sie musste in ihr Zimmer. Sie musste eine Antwort für die Duma vorbereiten und sich hinlegen. Diese verdammten Kopfschmerzen. Am Haupttor des Gebäudes stieß sie fast mit Eliska Tésarik zusammen, die einen gefüllten Weinkelch in der Hand trug. „Jetzt nicht", sagte die Kaiserin barsch und drängte sich an der verdutzten Kommandantin ihrer Leibwache vorbei.

# Kapitel X

## Heublumen



Esther hielt sich gut im Sattel. Es musste ihr in Fleisch und Blut übergegangen sein, als sie noch mit den Schwarzen Reitern geritten war. Lev verzog den Mund. Das tat sie immer noch. Sie war immer noch eine Schwarze Reiterin, auch wenn sie selbst sich nicht daran erinnerte.

Er hatte von den Stallungen einer Abtei, an der sie noch auf Hel vorbeigekommen waren, ein zweites Pferd für Esther gekauft, mit dem sie nun schon einige Tage ritt. Bei Archangelsk hatten sie den Oberen Tok überquert. Esther war eingeschüchtert gewesen, als sie durch die engen Gassen der Oblasthauptstadt gegangen waren. Zu viele neue Eindrücke, hatte sie gesagt. Als sie jedoch schon auf der steinernen Brücke über den Fluss gewesen waren, hatte sie sehnsüchtig zurückgeblickt. Sie hatte Lev erzählt, dass Oana, ihre Freundin aus der Abtei, aus Archangelsk stammte.

Lev blickte in Esthers Rücken. Er merkte, wie sie sich nervös umschaute. Sie ritten auf den dunklen Wegen des Glavostoker Walds. Ein Mischwald. Der Boden war sandig, Birken und Kiefern wechselten sich mit Eichen und Buchen im Erdreich ab. „E-e-es wird d-d-dunkel."

Sie hatte Recht. Es war spät geworden. „Das sieht nach einem, guten Lagerplatz aus." Lev hatte etwas entdeckt, das wie ein Holzfällerlager wirkte. Die Holzfäller würden sicher nichts dagegen haben, wenn sie die Nacht hier verbrachten. Er lenkte sein Pferd neben das ihre und führte es am Zügel zu der Lichtung, die etwas abseits der Hauptstraße lag.

„I-i-i-ich habe n-noch nie i-i-im Wald geschlafen."

Das stimmte nicht, wie Lev wusste. Im Feld hatten sie schon dutzende Mal unter freiem Himmel, im Wald, im Matsch, in

Feldern, in okkupierten Scheunen, einfach überall geschlafen. Vermutlich öfter, als in richtigen Betten.

Lev stieg ab und half Esther sanft vom Pferd. Die Pferde band er an einem tiefhängenden Ast an und machte sich daran ein Feuer vorzubereiten. Es würde kalt werden, die Jahreszeit war schon weit fortgeschritten.

„B-b-brennt n-nicht der W-w-wald an, w-wenn wir F-f-feuer machen?"

Lev schüttelte den Kopf. „Nein, wir legen Steine um die Feuerstelle. So breitet sich das Feuer nicht aus."

Esther verzog nachdenklich das Gesicht. „Aha."

Der Kommandant zog seinen Dolch und ging in die Mitte der Lichtung. „Esther, möchtest du ein paar Steine für die Feuerstelle suchen?" Die kupferfarbenen Haare von Esther fielen ihr ins Gesicht als sie aufgeregt nickte.

Das Lager war inmitten der Lichtung errichtet worden. Aufgeschichtete, dicke Stämme und aufgebockte, angesägte Äste waren um die Lichtung platziert. Etwas Kleinholz, kleinere Äste, abgeschabte Rinde und Totholz, lag auf mehreren Haufen verteilt. Sorgsam schabte Lev die Grassoden und das Gestrüpp beiseite und legte einige kleinere Äste und drei der größeren Scheite hinein. Die Holzfäller würden ihm seinen Raub hoffentlich vergeben.

Er sah sich nach Esther um, doch entdeckte sie nirgendwo. Sorgenvoll stand er auf und rief nach ihr. „Esther?" Keine Antwort. Lev ging etwas weiter in den Wald hinein, wo er Esther zwischen zwei Bäumen stehend erblickte. „Esther?", fragte er sanfter.

Ruckartig drehte sie ihm ihren Kopf zu. „I-i-ich… w-was sollte i-i-ich machen?" Sie sah ihn verzweifelt an. „I-ich e-e-erinnere m-m-m-mich nicht m-mehr."

Lev ging zu ihr. Er wusste nicht, ob er ihr eine Hand auf die Schulter legen sollte. Er war nicht gut in solchen Dingen. Er entschied sich dazu, es nicht zu tun. „Steine. Für das Lagerfeuer." Lev bückte sich und hob einen großen Stein auf. „Solche hier." Er bemerkte wie die Unruhe von Esther etwas abfiel. Sorgsam, als würde sie einen gefangenen Fisch auf dem Markt auswählen, suchte sie den Boden ab. Während Lev sich die Arme mit mehreren Steinen volllud, selektierte Esther einen einzigen, den sie dann zur Feuerstelle trug.

Lev legte die Steine ringförmig um die entgraste Stelle und wenige Minuten später prasselte ein warmes, gemütliches Feuer. Der Schwarze Reiter half Esther ihr Schlaflager, welches sie in Archangelsk für sie gekauft hatten, aufzubauen. Sorgsam legte er seines neben das Ihre.

Kaum hatte Esther sich hingelegt, hörte er das regelmäßige Atmen einer Schlafenden. Er drehte sich zu ihr. Sie sah friedlich aus. Und wunderschön. So wie er sie bei ihrem Abschied in Erinnerung behalten hatte. Die breiten Narben im Gesicht hatte sie damals natürlich noch nicht gehabt, genauso wenig wie das trübe Auge, doch so, im Schlaf, erinnerte sie ihn mehr an die Esther, die er kannte. Lev seufzte. Er würde Maelle finden. Und Maelle würde Esther helfen können. Er vertraute ihr, sie hatten viel zusammen erlebt. Sie war seine Freundin und die beste Apothecaria, die er kannte.

Die Tage vergingen und sie kamen Wielki-Kossolwesk immer näher. Ihr ursprüngliches Ziel war Pszenica gewesen, dort wo die Herbstmanöver stattfanden, an denen Lev van Zanger und seine Schwarzen Reiter schon mehrfach teilgenommen hatten. Doch als sie die Grenze von Severnitok nach Litaunia überschritten hatten, hatten ihnen Bauern und Landbewohner erzählt, dass die Kaiserin in der Oblasthauptstadt die Erntedankfeierlichkeiten begleitete. Die Manöver waren, zumindest für die Kaiserin und ihren Hofstaat, vorbei, also zog es sie zurück nach Goldhafen und Wielki-Kossolewsk lag fast auf dem Weg.

Lev beobachtete wie Esther ihren Hals reckte und ihren Kopf übertrieben in die Luft streckte. „R-r-r-riechst d-du d-d-das?“

Lev atmete tief ein. Er roch vor allem das Waffenfett seines Helmes, den er, wie fast immer, trug. Jedoch gesellte sich auch der Duft nach frisch gemähtem Gras dazu. Die Bauern mussten die letzte Mahd im Jahr eingeholt haben, sodass ihr Vieh den Winter über etwas zu fressen hatte. „Mhm“, brummte er.

„S-s-so etwas h-habe ich n-n-n-noch nie g-gerochen. I-i-intensiv.“ Lev nickte. Er ließ seinen Blick über die weiten Wiesen schweifen, die sich über sanfte Hügel erstreckten, fast soweit das

Auge reichte. Ein, mehrfach unterbrochener, hölzerner Zaun, der den Feldweg, auf dem sie ritten, von den Wiesen trennte, gab dem Bild etwas Romantisches. Er mochte es in Litaunia. Sie waren am Rande der Goldebene, hier standen nur wenig Bauernhöfe, Speicher, Mühlen und Scheunen. Das Land war außerdem weniger zerfurcht als inmitten der Goldebene, es sah mehr aus wie ein Bett aus grünem Samt, dessen Decke sich leicht wellte. Es war wunderschön und idyllisch. Kein Vergleich zum sumpfigen Karenina, zum steinigen Hel oder zum sanft bewaldeten, flachen Westvisigothia.

„L-lev?", fragte Esther in unvermittelt. Sie sprachen nicht viel auf ihrer Reise. Es war ein angenehmes Schweigen, das nur selten gebrochen wurde. Lev genoss es mit Esther zu sprechen, trotz ihrer… Schwierigkeiten, doch genauso genoss er es nur ihre Gegenwart zu spüren. Ohne Worte.

„Ja?"

„W-w-w-wieso n-nennst du m-mich e-e-eigentlich E-esther?"

Die Lanze eines levkischen Flügelhusaren, die direkt in sein Herz gestoßen wurde, hätte nicht mehr weh tun können, als diese Frage. Er brauchte einen Moment um zu antworten. „Weil das dein Name ist. Du bist Esther de Vries."

Esther sah ihn verwirrt an. „I-i-ich d-d-dachte ich b-bin E-elster?"

„Nein. Du hattest in der Abtei Schwierigkeiten deinen richtigen Namen auszusprechen, daher wurdest du Elster genannt."

Esther sah wieder nach vorne. „Ah." Schweigen kehrte erneut ein, nur das Getrappel der Pferdehufe und das angenehme Geräusch des Windes, der durch die Gräser strich war zu hören. „I-i-ich m-mag B-beides." Esther lächelte und sorgte damit dafür, dass Lev es ihr unmittelbar gleichtat. Er hielt sein Pferd an und ließ sich aus dem Sattel gleiten. Esther warf ihm einen irritierten Blick zu, als sie ihr Pferd ebenfalls stoppte. Lev seufzte. Zu oft hatte er diesen Blick in den letzten Tagen gesehen. Er ging an den Zaun, der den Feldweg von der Wiese trennte, und riss eine der weiß blühenden Margeriten aus dem Wegsaum ab. Es sah seltsam aus, wie die fragile, reinweiße Blume aus seiner geschlossenen, schwarz gepanzerten Faust hervorragte. Lev ging zu Esther und hielt ihr die Pflanze hin. „Riech mal."

Esther grapschte sie ihm begeistert aus der Hand. Sie führte die Blume zur Nase und auf ihr Gesicht legte sich ein entzückter Gesichtsausdruck. „D-d-die r-r-r-riechen wunderbar."

Lev musste lächeln, als er ihr dabei zusah. Sie wollte ihre Nase gar nicht mehr von der Blüte wegbewegen. Erneut ging er zum Wegesrand und pflückte eine Kamille und eine der blauen Kornblumen, die überall wuchsen. Sogar eine Mohnblume, deren Blütenblätter aufgrund der Jahreszeit zwar schon etwas hingen und dünn aussahen, fand er. Esther freute sich wahnsinnig über die kräftige, rote Farbe der Blüte. Sie quiekte vergnügt, als sie ihre Nase in die verschiedenen Blüten hielt. Lev musste ebenfalls lächeln. Es war ein Segen seine alte Kameradin so glücklich zu sehen. Die alte Esther de Vries hätte wohl nicht so viel überschwängliche Freude an Blumenduft gehabt und dennoch, es war ein Segen. Nachdem Lev Esther von jedem Exemplar eines gereicht hatte, stieg er wieder auf sein Pferd und sie setzten die Reise fort. Die herbstliche Sonne schien auf ihre Häupter und Lev war glücklich.


Lev musste fast die Augen zusammenkneifen, so sehr blendeten die strahlend goldenen Brustpanzer der Drushinargarde, deren Träger vor dem einfachen Gasthaus in Wielki-Kossolewsk standen. Die weiten, dreifarbigen Hosen, die die Leibgarde der Kaiserin zu dem Panzer trug, verliehen ihnen etwas farbenfrohes und paradeartiges.

„Was wollt Ihr?" Eine Drushinar, die auf ihrem Brustpanzer zusätzliche Emaillierungen geprägt hatte, richtete das Wort an ihn und Esther. Lev meinte sie als die Kommandantin der Drushinargarde zu erkennen. Er war, als er noch in den direkten Diensten der Kaiserin gestanden hatte, nicht oft mit den Drushinars im Palast zugegen gewesen, doch hatte er sie bei seinen kurzen Aufenthalten häufiger gesehen. Er konnte sich jedoch nicht daran erinnern auch nur ein Wort mit ihr gewechselt zu haben. Sie musterte die beiden misstrauisch.

„Lev van Zanger, Kommandant der Schwarzen Reiter. Ich wünsche die Kaiserin zu sprechen."

Die Drushinar musterte ihn. Dass er Schwarzer Reiter war, war wohl kaum zu übersehen. „In welcher Sache?"

Lev dachte nach. Ja, in welcher Sache eigentlich? Er entschied sich für eine ausweichende Antwort. „In privater Sache." Er hatte gehofft, Paulina, Zenon und vor allem Maelle hier zu treffen, doch scheinbar waren sie abgereist und niemand wollte oder konnte ihm sagen wohin. Das mochte durchaus auch an seinem fehlenden Verständnis für die höfischen Gepflogenheiten liegen. Oder seinem Aufzug. Er hoffte, die Kaiserin würde das Geheimnis enthüllen.

„Und wer ist Eure Begleiterin?"

„Esther de Vries. Schwarze Reiterin." Die Drushinar sah ihn zweifelnd an und Lev konnte es ihr nicht verübeln. Esther sah nicht aus wie eine Schwarze Reiterin. Ganz abgesehen davon, dass ihr ihre Verwundungen deutlich anzusehen waren, trug sie nicht die typische, geschwärzte Rüstung mit geschlossenem Helm.

„Wartet hier." Die Drushinar duckte sich unter dem niedrigen Eingang des Gasthauses und ging hinein. Lev fiel auf, dass Esther mit ihren Fingern spielte. Sie berührte sie nacheinander. Daumen-Zeigefinger, Daumen-Mittelfinger, Daumen-Ringfinger, Daumen-kleiner Finger und wieder von vorne. Wiederholend.

Lange mussten sie nicht warten, wenige Minuten später stand die Drushinar wieder vor ihnen. „Ihr könnt reingehen. Kaiserin Alessia erwartet Euch."

Lev schluckte und nickte der Drushinar zu. Er sträubte sich etwas, bevor er die Schwelle in das Gasthaus überschritt. Er hatte kein Interesse daran mit der Kaiserin zu sprechen. Sie war zu unstet, er wusste nie woran er bei ihr war. Lev hoffte, er würde seine Antwort bekommen und sie würde ihn sofort wieder ziehen lassen. Er musste sich ducken, um durch die niedrige Tür zu kommen. „Pass auf deinen Kopf auf, Esther." Esther sah schreckhaft nach oben, auf den niedrigen Türsturz. Mit konzentriert zwischen den Lippen eingeklemmter Zunge übertrat sie hinter ihm die Schwelle.

Sie fanden sich in einem einfachen Gastraum wieder, in dem der Großteil des Mobiliars an die Wände gerückt worden war.

Lediglich ein großer Tisch stand in der Mitte des Raumes, auf dem sich einige Briefe und Bücher, Federkiele und Tintenfässer türmten. Es roch nach verschüttetem Bier und altem Holz. Die Kaiserin, die hinter dem Tisch stand, strahlte wie eine Sonne aus dem graubraunen Farbmatsch heraus, vor allem durch ihr burgunderfarbenes, hochgeschlossenes Kleid, auf dessen Vorderseite ein goldener, galizinischer Doppeladler prangte. Lev sank vor der Kaiserin auf ein Knie, Esther sah ihn irritiert an. „Knie vor ihr, Esther", hauchte Lev ihr zu. Er war ein Idiot, er hätte sie vorher informieren müssen. Umständlich ließ Esther sich auf ein Knie herab und senkte den Kopf. „Eure Majestät", sagte Lev schlicht.

„Lev van Zanger." Die Stimme der Kaiserin war kühl, wie immer. Lev hatte sie nur selten anders erlebt. „Erhebt Euch. Und wer ist das?"

Levs Rüstung knirschte, als er sich wieder erhob. Er stützte Esther, als sie dasselbe tat. „Eine Kameradin der Schwarzen Reiter, Eure Majestät."

Die Kaiserin musterte Esther von oben bis unten. „Wo ist Eure Rüstung, Schwarze Reiterin?"

Esther sah die Kaiserin irritiert an. „I-i-i-ich w-w-weiß n-nicht…"

Lev biss sich unter seinem Helm auf die Lippe. Das letzte was sie brauchten war, dass Esther aus Unwissenheit und Verwirrung die Kaiserin beleidigte, indem sie falsch mit ihr sprach. „Sie wurde im Kampf schwer verwundet, Eure Majestät."

Der Blick der Kaiserin blieb eisig. „So. Das ist also Eure verwundete Kameradin, weswegen Ihr mir die Dienste verweigert habt?" Lev verzog das Gesicht. Das lief ja wahnsinnig gut. Kaiserin Alessia schien jedoch keine Antwort zu erwarten. „Wie ist Euer Name?"

Lev gefiel es nicht, wie die Kaiserin mit Esther sprach. Herablassend. Arrogant. Kalt.

„E-e-esther."

Die Kaiserin nickte nur und wandte sich wieder dem Kommandanten zu. „Und Ihr seid gekommen, um Euch erneut in meine Dienste zu stellen, wie ich es verlangt habe?"

Das war er definitiv nicht. Lev wusste jedoch nicht, wie er das der Kaiserin am besten vermitteln konnte. „Ich suche Genesung für Esther, Eure Majestät. Ich hatte gehofft, ich würde Apothecaria Maelle Dorn hier antreffen."

Alessia legte die Stirn in Falten. „Wieso Dorn?"

„Sie ist die beste Apothecaria, die ich kenne, Eure Majestät."

Alessia schnaubte. „In Goldhafen gibt es weit bessere Apothecarii."

Lev verzog das Gesicht. „Ich vertraue Maelle." Die Blicke der Kaiserin blieben eine Weile an ihm haften.

„B-bist d-du eine H-h-heilige?" Esther sah die Kaiserin aus großen Augen an.

Lev biss sich auf die Lippe. Für diese Anrede konnte die Kaiserin Esther hängen lassen. „Eure Majestät, bitte verzeiht, sie ist schwer verw…"

Die Kaiserin gebot ihm mit einer Handbewegung zu schweigen. „Wie kommt Ihr darauf?"

„I-i-i-ich h-habe gehört, w-wie die N-n-n-novizen und M-magister in der A-a-abtei über H-heilige g-g-gesprochen h-haben. S-sie s-s-s-seien l-leuchtend und w-w-wundersch…"

„Nein, das bin ich nicht." Die Kaiserin lächelte dünn. Ihre Lippen zumindest, ihre Augen nicht. Sie wirkte gehetzt. „Dorn ist mit Nowgoroda, Grajev und einer Kompanie der 6. Armee nach Karenina aufgebrochen. Sie sind noch nicht lange weg. Ihre Reise führt sie in das Dorf Kizvár. Ich brauche Euch vermutlich nicht zu sagen, was sie dort tun."

Lev nickte. Das musste sie wirklich nicht, er konnte es sich denken. „Habt Dank, Eure Majestät." Er wollte so schnell wie möglich aufbrechen. Nicht nur weil er schnell zu seinen alten Weggenossen wollte, er wollte auch aus der Gefahrenzone der Kaiserin. „Mit Eurer Erlaubnis, Eure Majestät, möchten wir so schnell wie möglich aufbrechen."

Kaiserin Alessia winkte abwesend. Sie hatte das Gesicht verzogen, als litte sie Schmerzen. „Ja, ja. Geht."

Lev verbeugte sich tief und bedeutete Esther das gleiche zu tun. Langsam entfernten sie sich und durchschritten die Tür. Die herbstliche Mittagssonne empfing sie. Lev eilte zu den Stallungen, Esther hatte Probleme Schritt zu halten.

Erst als sie, nebeneinander reitend, einige Wegminuten zwischen sich und Wielki-Kossolewsk gebracht hatten, wagte Lev van Zanger aufzuatmen.

„H-h-h-habe ich e-etwas f-f-falsch g-g-g-gemacht?“ Esther sah Lev aus großen Augen an. „S-s-sie wirkte w-w-wütend.“

Lev schüttelte den Kopf. Er nahm ihre Hand, eine Geste, von der er nicht wusste, wann er sie zuletzt vollführt hatte. Lev musste unwillkürlich lächeln, als er Esthers kupferrote Haare ansah. „Nein Esther. Du hast alles richtig gemacht. Die Kaiserin ist diejenige, die etwas falsch gemacht hat.“

# Kapitel XI

## Zorn

*Galizina, Ostreich, Oblast Karenina, Dorf Kizvár im Herbst 1271*

Paulina hatte nicht gut geschlafen. Trotz der Holzbohlen, die sie unter ihre Zelte legten, fühlte sich der Boden immer nasskalt an. Ihre Decke war kratzig und zu dünn und das Schnarchen der Soldaten in den Zelten neben ihrem hielt sie ebenso wach wie das ungemütliche Strohbett. Und sie hatte wieder geträumt. Das Gesicht desjenigen, den sie in der Kanalisation in der Goldhafener Unterstadt getötet hatte, war aufgetaucht, wie so oft. Er hatte sie nur anklagend angeschaut, mit dem blutigen Fleck auf der Kleidung über seinem Herzen. Es ließ sie nicht los.

Paulina schauderte und strich sich die blonden Haare einigermaßen glatt. Sie war Reisen gewohnt, doch normalerweise boten die Unterkünfte ein bisschen mehr Komfort. Außerdem waren die Bereisten meist freundlicher, dachte sie mit einem freudlosen Grinsen. Paulina streckte sich und schob sich durch den Zelteingang. Es war schon wieder neblig. Wenn sie in einem ewig nebligen, moorigen und zudem noch zerstörten Landesteil aufgewachsen wäre, hätte sie wahrscheinlich auch kein sonniges Gemüt. Paulina ging ein paar Schritte. Das Lager war überraschend leer. Sie hielt vor einem Zelt an, vor dem sich ein Soldat rasierte. „Guten Morgen. Wo sind denn alle?"

„Morgen Medame. Im Dorf. Gibt irgendeinen Aufruhr oder so."

Paulina sah ihn an. Alarmglocken ertönten in ihrem Kopf, die Dörfler waren auch so schon nicht glücklich mit ihrer Anwesenheit. „Was für ein Aufruhr?"

Der Mann zuckte die Schultern und ließ die silberne Klinge langsam über seine Wange gleiten. „Keine Ahnung, ich hab' es nicht mitbekommen."

Paulina murmelte ein ‚Danke' und eilte Richtung Dorf. Ihre Stiefel verursachten schmatzende Geräusche auf dem matschigen

Boden, als sie durch das Lager ging. Nur wenige Soldaten hielten sich noch im Lager auf.

Sie ließ die Zeltreihen hinter sich und schritt über den schmalen Feldweg Richtung Kizvár. Laute Stimmen drangen daraus hervor, was sofort ein beunruhigendes Gefühl in ihrem Magen auslöste. Sie passierte die Leiche, die an dem Baum baumelte und betrat das Dorf. Die Atmosphäre war angespannt, das merkte sie sofort.

Als Paulina weiter auf den Dorfplatz trat, der sich zwischen den reetgedeckten Häusern erstreckte, merkte sie, dass ihr Gefühl sie nicht getäuscht hatte. Die Hälfte ihrer Kompanie stand einer Meute von Einwohnern gegenüber. So wie es aussah, war fast das ganze Dorf auf den Beinen. Sie trugen Knüppel, Heugabeln und Torfstecherwerkzeuge. Paulina beschleunigte ihre Schritte und eilte auf die galizinischen Soldaten zu, die ihr den Rücken zugewandt hatten. Was war hier los? Als sich Paulina durch die Reihen der Soldaten schob, bemerkte sie, wie sich die Knöchel der Gerüsteten fest um die Schäfte ihrer Hellebarden klammerten, die Hände an den Griffen ihrer Dolche lagen und die Sehnen der Arbalesten gespannt waren. Paulina erkannte Magdaléna auf der Seite der Einwohner, die den Soldaten wütende Anschuldigungen entgegenschrie. Lieutnant Zenon Grajev stand in der Mitte der beiden Gruppen und versuchte, mit erhobenen Händen, beschwichtigend auf die beiden Gruppen einzuwirken. Die Lautstärke mit der die beiden Gruppen verbal aufeinander eindroschen bewies, dass er damit keinen Erfolg hatte. Paulina ging zu ihm.

„Was ist hier los?“, fragte sie.

Zenon verdrehte die Augen. „Diese Narren hören nicht. Weder diese engstirnigen Dorfbewohner, noch unsere Freunde der Armee. Entschuldigt, dass wir Euch nicht früher geweckt haben, dazu war keine Zeit.“

Paulina winkte ab. „Was ist die Ursache? Wo ist die Generalin?“ Sie musste schreien, damit Zenon sie verstand.

Zenon verzog das Gesicht und deutete auf die alte Linde, die etwas abseits des Dorfplatzes stand. Maelle und die Generalin, die vor einer an den Baum gelehnten Soldatin knieten, fielen

Paulina jetzt erst auf. „Was ist passiert?“, fragte Paulina erneut. Zenon zuckte nur die Achseln.

„Ich gehe zu ihnen.“

„Ich versuche sie im Zaum zu halten, glaube aber nicht, dass mir das noch lange gelingt.“ Paulina nickte und eilte im Laufschritt zu der Linde. Sie kniete sich neben Maelle und wäre vor Schreck fast rückwärts umgefallen, als sie die an den Baum gelehnte Person betrachtete. Es war eine Soldatin ihrer Kompanie. Sie sah aus wie eine Leiche, doch war sie definitiv am Leben. Ihr Brustkorb hob und senkte sich unregelmäßig, ihre Wangen waren eingefallen. Ihre Augen blickten ziellos hin und her und waren von feinen Narben durchzogen. Paulina konnte nicht feststellen, ob es sich um geplatzte Adern handelte, doch bezweifelte sie es. Es sah aus, als wären kleine Gebirgszüge auf den Augen gewachsen, es hatte sich richtiges Narbengewebe gebildet. Um die Augen war ihre Haut aufgerissen und gerötet. Ein Speichelfaden troff von ihrer Lippe auf das zerrissene und dreckige Gambeson und ihr Mund bewegte sich unentwegt, als würde sie unverständliche Worte brabbeln. Maelle hatte die Augen geschlossen und ihre Hand auf den nackten Arm der Soldatin gelegt. Sie wirkte konzentriert.

„Was ist passiert?“, hauchte Paulina Generalin Csorba zu, die sie kurz ansah.

„Sie wurde so gefunden. Eine der beiden Späher, die ich vor zwei Tagen aussandte um die Levkiten zu suchen.“

Paulina schluckte, als sie den Blick erneut auf die Soldatin richtete. Es war beängstigend. „Was ist ihr widerfahren?“

Csorba zuckte die Schultern. In ihren Augen funkelte kaum unterdrückte Wut und Trauer. „Sie hat keine Wunden. Medame Dorn meint, es ist vielleicht arkan, vielleicht aber auch nicht. Sie untersucht sie gerade, wie Ihr seht.“

Paulina betrachtete die Augenpartie der Soldatin. „Was ist mit ihren Augen?“

Wieder zuckte die Löwin die Schultern. Es war keine Geste der Gleichgültigkeit. Paulina sah, wie ihre Schultern bebten. Der Löwin ging das Schicksal dieser Frau nahe. Vermutlich jedes einzelne Schicksal ihrer Männer und Frauen. „Wir wissen nicht woher die Wunden… nun, auf ihren Augen herrühren. Die

Wunden um ihre Augen herum hat sie sich wohl selbst zugefügt, meint Medame Dorn."

Paulina schluckte. Sie musste sich abwenden. „Wieso?", fragte sie entgeistert.

Die Generalin sah sie genervt an. „Wir wissen es nicht", sagte sie erneut.

Paulina machte eine kurze Pause und deutete hinter sich, wo die Menge immer noch tobte. „Und wieso gehen unsere Leute fast auf die Bewohner los?"

Csorbas Blick verhärtete sich. „Den zweiten Späher den ich ausgeschickt habe, Fjodor, haben wir nicht weit entfernt gefunden. Wie es aussah, beobachteten die beiden tatsächlich levkische Truppen. Zumindest deuten die Spuren dies an. Auch bei Fjodor konnte keine klare Todesursache festgestellt werden. Sie…" Sie deutete auf die Soldatin „…fanden wir in einer Torfgrube nahe am Dorf, als ich weitere Späher aussandte. Sie muss dort mindestens einen Tag und eine Nacht gelegen haben." Die Löwin machte eine Pause. Im Hintergrund waren immer noch die anschuldigenden Schreie der Soldaten und der Bewohner zu hören. Die Stimme von Zenon Grajev, der versuchte zu vermitteln, war klar aus der Masse der Schreie erkennbar. „Sie sah so aus wie jetzt. Meine Männer und Frauen glauben, dass die Dorfbewohner dafür verantwortlich sind."

„Und sie hat nichts gesagt?", fragte Paulina und deutete vorsichtig auf die Soldatin.

Die Löwin schüttelte den Kopf. „Nein. Sie sagt nichts, außer einem Satz den sie immer wiederholt."

Paulina sah sie fragend an und führte ihr Ohr vorsichtig an den Mund der Soldatin. Ihre Unterlippe war mit Speichel benetzt.

„…begonnen…", hörte Paulina die Soldatin flüstern. Paulina ruckte noch etwas weiter zu ihrem Mund. „Es hat begonnen…", wisperte die Soldatin leise. Paulina versuchte ihren Blick einzufangen, doch die Augen der Verwundeten blieben nicht an ihr haften. Immer noch blickte sie wie wild hin und her. „Es hat begonnen", hörte Paulina sie nur immer wieder sagen.

„Erwartet keine Antwort darauf." Maelle hatte die Augen geöffnet und den Arm der Verwundeten losgelassen. Sie erhob sich und strich sich die Kleider glatt.

„Was habt Ihr herausgefunden?", fragte Paulina.

Maelle schüttelte verärgert den Kopf. „Nichts. Ich spüre einen leichten arkanen Nachhall, aber sonst nichts." Paulina wollte etwas darauf antworten, doch schnitt ihr Maelle das Wort ab. „Das sagt aber nichts aus, das kann von allem kommen. Möglicherweise ist ihr… Zustand auf Arkanismus zurückzuführen. Möglicherweise stand sie einfach nur auf einer Arkanader, die nahe unter der Oberfläche verläuft. Möglicherweise ist es der Arkannachhall des Krieges, den ich spüre. Ich kann es nicht sagen."

Die Löwin erhob sich ebenfalls. Sie trug ihren Brustpanzer, der leise klirrte. „Ihr könnt also nicht ausschließen, dass es tatsächlich die Bewohner dieses Dorfes waren?"

Maelle sah sie einen Moment lang an. „Nein, das kann ich nicht. Genauso wenig kann ich aber feststellen, dass sie etwas damit zu tun hatten. Ich halte es eher für unwahrscheinlich, dass die Dörfler zu solchen… Verwundungen in der Lage sind."

Paulina legte den Kopf schief. „Und die Levkiten?"

Maelle rieb sich das Kinn und betrachtete weiter die Soldatin. „Ich habe noch nie davon gehört, dass derartige Verwundungen im Sezessionskrieg vorgekommen sind. Auch das scheint mir also unwahrscheinlich zu sein."

Die Löwin verschränkte die Arme vor der gepanzerten Brust.

„Wir müssen dafür sorgen, dass es nicht zu einem Massaker kommt", statuierte Paulina energisch und deutete auf die beiden Gruppen, zwischen denen Zenon immer noch verzweifelt versuchte zu vermitteln. Paulina eilte los, Maelle folgte ihr.

Nach zwei Schritten blieb Maelle stehen. „Kommt Ihr, Generalin?" Auch Paulina hielt an und blickte Csorba erwartungsvoll an.

„Wozu?", fragte die. „Es braucht nicht noch drei Personen, die mitschreien."

Paulina sah sie an. „Was schlagt Ihr vor?"

Csorba zuckte die Achseln und ging neben der Soldatin in die Hocke. Sie fasste sanft deren Schulter. „Gar nichts. Das ist Eure Aufgabe. Wie Ihr Euch sicher vorstellen könnt, bin ich nicht von der Unschuld der Dörfler überzeugt." Mit gerunzelter Stirn spuckte sie auf den Boden. „Man fand sie in einer der Torfgruben, wie ich sagte.“

Paulina sah sie fassungslos an. „Generalin, ich bitte Euch. Wir müssen die Lage beruhigen, sodass kühle Gemüter herausfinden können was passiert ist.“

Csorba sah sie wortlos an.

„Wenn die Einwohner etwas damit zu tun haben, werden sie natürlich bestraft“, setzte Maelle nach. „Aber lasst uns erstmal mit ihnen reden, bevor wir ihnen die Köpfe einschlagen.“

Die Generalin erhob sich wieder. „Wie Ihr meint“, sagte sie knapp und schritt in die Mitte der beiden Gruppen, die sich immer noch anschrien, vielleicht sogar lauter als zuvor, wenn das denn möglich war.

Paulina war, abgesehen von einigen Manövern, noch nie auf einem richtigen Schlachtfeld gewesen, und sie wollte diese Erfahrung auch nicht nachholen. Natürlich kannte sie die Geschichten um die legendäre Löwin des Nordens und sie war selbst schon in den Genuss ihrer natürlichen Autorität gekommen, doch was sie nun sah, stellte diese Erfahrung in den Schatten. Die Löwin stemmte die Hände in die Hüften und schrie. „Haltet den Mund. Sofort.“ Die Soldaten kamen dem Befehl ohne zu zögern nach, selbst das Schreien von Magdaléna und den Dorfbewohnern wurde etwas ruhiger. „Sofortiger Abzug in das Feldlager“, schrie Csorba weiter. Paulina zuckte unwillkürlich zusammen, doch aus den Reihen der abgehärteten Soldaten erhob sich Murren.

„Wir sollen diese Mörder einfach machen lassen?“, sah sie eine junge Soldatin in der ersten Reihe schreien.

„Niemals. Wir rächen unsere Toten“, bekräftigte ein Mann neben ihr. Das Raunen, welches durch die Reihen ging, wurde wieder lauter.

„Das war ein Befehl, keine Bitte.“ Die Löwin ging mit zwei großen Schritten zu der Soldatin und packte sie an der Uniformjacke. „Glaubt Ihr, dass Ihr hier das Sagen habt, Wlada?“, schrie sie der Soldatin ins Gesicht. Die zuckte merklich zurück und senkte den Blick.

„Nein, Generalin…“, murmelte sie.

„Ich verstehe Euch nicht, wenn Ihr mit dem Boden redet, Frau“, blaffte die Löwin sie an.

„Nein, Generalin“, antwortete sie, nun in das Gesicht von Csorba. Ihre Stimme zitterte hörbar.

Die Generalin ließ die Soldatin los. „Geht zurück ins Feldlager. Ich verspreche Euch, dass der Vorfall aufgeklärt wird. Wir rächen unsere Toten.“ Sie warf einen funkelnden Blick über die Schulter zu den Dorfbewohnern. „Wir finden die Mörder.“ Sie ging wieder zu der Soldatin, die Widerspruch geleistet hatte. Versöhnlich legte sie ihr die Hand auf die Schulter. „Nehmt Soldatin Tereza mit. Versucht ihr etwas zu essen zu geben und achtet auf sie. Ich verspreche Euch Wlada, niemand ermordet einen der Unseren ohne dafür belangt zu werden.“

Die Soldatin nickte ihr zu und salutierte. Sie ging zur Linde, legte ihrer verwundeten Kameradin behutsam einen Arm über die Schulter und zog sie hoch. Gemeinsam mit den anderen Soldaten marschierte sie zurück in ihr Feldlager.

Lieutnant Zenon atmete erleichtert aus. „Danke, Generalin.“ Sie nickte und richtete ihren Blick prüfend auf die Meute aus Dorfbewohnern. Maelle, Zenon und Paulina wandten ihre Blicke ebenfalls an sie.

„Verlasst endlich unser Dorf“, spuckte ihnen Magdaléna vor die Füße. „Ihr bringt nichts als Unheil.“

Paulina ging einen Schritt auf sie zu, was einige der Dorfbewohner veranlasste, ihre behelfsmäßigen Waffen fester zu packen. Auch Magdalénas Knöchel wurden weiß, als sich ihr Griff um die gusseiserne Pfanne, die sie in der Hand hielt, verstärkte.

„Magdaléna, können wir in einer angenehmeren Atmosphäre reden? Es gibt keinen Grund mehr wütend zu sein. Wir wollen nur aufklären was geschehen ist.“

Die junge Frau sah sie prüfend an. Sie machte eine Handbewegung in Richtung der anderen Dörfler. „Geht nach Hause Freunde“, sagte sie zögernd. Grimmig zogen die Bewohner ab.

„Lass dir von denen nichts einreden, ja?“, hörte Paulina einen Mann mit ungepflegtem, braunem Bart sagen, als er an Magdaléna vorbeiging. Die nickte ihm knapp zu.

Die Bewohner gingen in ihre Häuser, viele auch in die Taverne Als die letzte Tür zugeschlagen worden war, wurde es ruhig auf dem Dorfplatz. Paulina wurde sich wieder mehr des bodennahen Nebels gewahr, der große Teile des Dorfes und des Umlandes verhüllte. Einzig Generalin Csorba, Zenon, Maelle, Magdaléna und sie selbst waren noch anwesend.

„Ich danke Euch. Euch beiden", sagte Paulina und ließ ihren Blick von Magdaléna zu der Löwin wandern, die etwas von der jungen Dörflerin entfernt stand. Beide blieben stumm. Paulina musste sich zurückhalten um nicht die Augen zu verdrehen. Das konnte ja was werden. „Wollen wir hineingehen, um…"

„Hier ist es genauso gut wie überall sonst", schnitt ihr Magdaléna das Wort ab.

„Nun gut. Also, wisst Ihr etwas über den Toten und die verwundete Soldatin, Magdaléna?"

Die junge Frau sah sie ernst an und schüttelte dann langsam den Kopf.

„Ganz sicher scheint Ihr Euch nicht zu sein", antwortete Paulina vorsichtig. „Ihr könnt offen mit mir sprechen, ich möchte Euch nichts Schlechtes."

Magdaléna lachte freudlos auf. „Ja. Das sagt Ihr immer. Selbst wenn Ihr mir den Hals durchschneiden würdet, würdet Ihr das noch sagen. Wir wissen nichts. Wir haben Euren Freund nicht umgebracht und wir haben eure Freundin nicht verrückt werden lassen."

Paulina konnte ihre Enttäuschung kaum verbergen. Sie wusste, was als Nächstes kommen würde. Die Soldaten würden sie verhören oder foltern wollen, die Löwin würde möglicherweise die Häuser nach Hinweisen durchsuchen wollen und alles würde nur noch schlimmer werden. Dann war ein Blutbad vermutlich unvermeidlich. Wieso konnte…

„Habt Ihr so ein Krankheitsbild schon einmal gesehen?" Paulinas Überlegungen wurden von Maelle unterbrochen. Sie war an Magdaléna herangetreten.

Magdaléna wich ihrem Blick aus. „Wir nennen es den Perchtensegen. Es gibt Gebiete in Karenina, an denen die Perchten wilder sind. Die Wahrscheinlichkeit, sich den Perchtensegen einzufangen, ist dort weitaus größer." Die junge

Frau machte eine Pause. „Der Hain, den wir besuchten, ist so ein Ort. Eure Freundin muss einen weiteren gefunden haben.“

Maelle sah sie lange an. „Und seit wann tritt diese… Krankheit auf?“

„Seit einem oder zwei Jahren. Die Bewohner von Bolotove, eine kleine Siedlung westlich von hier, sind alle dem Perchtensegen zum Opfer gefallen, und auch uns traf er schon. Die meisten Kranken sterben schnell.“

„Habt Ihr eine Idee, woher diese Krankheit auf einmal kommt?“, fragte Maelle weiter.

Magdaléna spuckte aus. „Durch euch. Die Perchten sind wütend, seit dem Krieg. Und sie zeigen es uns immer mehr.“

Maelle legte den Kopf schief und nickte knapp. „Danke, Magdaléna“, sagte sie.

Die Dörflerin sah sie aus harten Augen an. „Geht nicht zurück zum Hain, empfehle ich Euch. Geht einfach wieder nach Hause.“ Sie machte auf dem Absatz kehrt und ging mit schmatzenden Schritten in die Taverne.

Maelle drehte sich zu Paulina, der Löwin und Zenon um. „Wo wurde die Leiche des zweiten Spähers gefunden?“, fragte Maelle und rieb sich nachdenklich am Kinn.

„Nicht weit von hier. In der Nähe eines kaputten Gehöfts, in dem levkische Soldaten lagerten“, antwortete Csorba.

„Wenn wir davon ausgehen, dass die Perchten die arkanen Manifestationen sind“, begann Zenon. „Dann könnte das bedeuten, dass der Zustand unserer Kameradin von einer dieser Manifestationen herrührt. Denkt an die Hungerkinder der Unterstadt, diese Manifestationen hinterlassen Spuren bei den Menschen, denen sie begegnen.“

Csorba nickte. „Und Levka ist hier, weil sie zu einem ähnlichen Schluss gekommen sind wie unsere klugen Arkanisten. Deshalb lagerten sie in der Nähe dieses Ortes.“

„Wissen wir, ob dort im Sezessionskrieg eine Schlacht ausgetragen wurde?“, fragte Paulina.

Die Generalin schüttelte den Kopf. „Kann ich nicht mit Sicherheit sagen. Möglich ist es. Die Hauptkämpfe in dieser Region fanden etwas weiter westlich, um die Festung Olsztynek statt, jedoch war die gesamte Region von Kämpfen geplagt. Und wenn nicht von Kämpfen, dann von Seuchen, Zerstörungen und Plünderungen. Wie das zerstörte Gehöft, das wir auf dem Weg hierher passiert haben, beweist."

Paulina nickte langsam. „Das passt auch. Den Perchtensegen, wie Magdaléna es nannte, bekommt man an besonderen Orten. Was ist, wenn das die Orte sind, an denen großes Leid zugefügt wurde und die arkanen Manifestationen entstehen? Das würde es erklären."

Schweigsam blickten sie sich an.

„Was tun wir?", fragte Maelle.

Csorba grinste humorlos. „Gehen wir an diesen verfluchten Ort und sehen nach. Und hoffen wir, dass Levka nicht ebenfalls dort ist."

# Kapitel XII

## Levka



Lev van Zanger hasste es wieder hier zu sein. Zu viele Erinnerungen, zu viel Schmerz. Er hatte schon früher gekämpft und auch das waren keine schönen Erinnerungen. Er hatte in Visigothia Banditenbanden gejagt, er hatte Grenzgerangel mit der Karolingischen Liga ausgefochten, er hatte sogar ostlaurenische Piraten vor deren Inseln bekämpft. Doch nichts war vergleichbar mit dem Sezessionskrieg. Das unfassbare, tägliche Leid, die vielen Toten für wenige Schritt Boden, die festgefahrenen Kämpfe. Lev hatte gesehen, wie Männern und Frauen Angriffe auf schwer befestigte Stellungen befohlen wurde. Völlig traumatisiert waren sie den feindlichen Linien entgegengewankt und von feindlicher Artillerie und Schützen niedergemäht worden.

Und hier hatte er Esther de Vries für drei Jahre verloren. So wie er sie gekannt hatte vielleicht für immer. Er versuchte diesen Gedanken aus seinem Kopf zu vertreiben.

Lev drehte seinen Kopf nach links. Esther rieb fasziniert ihren von Raureif überzogenen Mantel aneinander. Als sie seinen Blick bemerkte, sah sie lächelnd in sein behelmtes Gesicht. „I-i-ich mag das. Das K-knirschen." Lev lächelte zurück, was Esther nicht sehen konnte, sie aber scheinbar auch nicht störte. Mit leichtem Schenkeldruck bewegte Lev sein Pferd dazu, den Weg fortzusetzen, Esther tat es ihm nach. Es wurde langsam kalt. Sie sollten in den Süden reiten, nicht in den Norden. Das südliche Flamen. Oder direkt in die Karolingische Liga. Vielleicht sogar Arretien oder Armagnac. Doch die Person die er suchte, war hier. Ganz in der Nähe.

„E-e-es ist klamm h-hier." Esthers Worte standen ihr als Nebel vor dem Mund, der in die kalte Morgenluft strömte.

„Wir sind hoffentlich nicht lange in Karenina", antwortete Lev knapp. Er musste nur Maelle finden, dann konnten sie wieder verschwinden. Maelle Dorn, die beste Apothecaria, die er kannte. Gut, zugegeben, er kannte nicht viele Apothecarii, doch er hatte gesehen, welche Macht sie besaß und er steckte seine Hoffnungen in sie. Sie würde Esther helfen können. Und mit ihr würde er Paulina und Zenon wiedersehen.

Lev runzelte die Stirn. Sie kannten sich noch nicht einmal ein ganzes Jahr und hatten nur wenig Zeit miteinander verbracht, doch kamen sie Lev schon wie alte Freunde vor. Mit vielen seiner Kameraden bei den Schwarzen Reitern, mit denen er seit Jahren ritt, verband er nicht so viel. Er hatte mit Paulina zusammen für Esther gebetet, er hatte über Maelles kecke Art geschmunzelt und er hatte Zenons Ruhe genossen. Nicht zu vergessen, dass sie ein Monster, welches zuvor noch nie irgendjemand in Galizina gesehen hatte, vom Erdboden getilgt hatten. Das schweißte zusammen. So gut Lev eben mit jemandem zusammengeschweißt werden konnte. Er ertappte sich dabei, wie er sich darauf freute sie zu sehen. Sie alle. Er fragte sich, was aus Marilka geworden war, der jungen Frau, die sie aus den Fängen der Trocnover Wache befreit hatten. Lev schmunzelte. Bestimmt hatte Paulina sich ihrer angenommen, darin war sie gut.

Levs Schmunzeln erstarb langsam, während sein Pferd gemächlich den Weg entlangtrottete. Er hatte außerdem erfahren, dass Levka seine Arme erneut nach den Nordoblasten ausstreckte. Sie sollen wohl mit einigen Agenten die Grenze überschritten haben. Lev wusste nicht wieso und es war ihm auch egal. Er hoffte nur, dass nicht erneut Krieg ausbrach, in dem er mit seinen Schwarzen Reitern verheizt wurde.

„W-w-wohin g-gehen wir d-d-danach?", riss ihn Esther aus seinen Gedanken. „Ich w-w-war noch n-nie in G-Goldhafen. Das w-würde ich g-g-g-gerne einmal s-sehen."

Lev kniff für einen Moment fest die Augen zusammen. Das stimmte nicht. Sie war schon in Goldhafen gewesen. Mit ihm und der ganzen Kompanie der Schwarzen Reiter. Sie hatten zusammen die Tavernen unsicher gemacht, hart verdientes Geld verprasst, waren an den Docks entlanggeschlendert und hatten sich vorgestellt, welche der Villen in den reicheren Vierteln sie sich einmal kaufen wollten. Lieven war dabei gewesen, Nastasja und Arthur. Er brachte es nicht fertig, Esther zu antworten.

Lev sah vor sich, durch den von Birken und Weiden gebildeten Bogengang, eine hölzerne Palisade. Einige rauchende Schornsteine, die aus reetgedeckten Dächern erwuchsen, kamen zum Vorschein, als sie weiter dem Weg folgten. Als sie die Baumreihen entlang des Weges hinter sich ließen, entdeckte Lev ein provisorisches Lager. Keine Wachposten, ausgetretene Feuerstellen, niemand zu sehen. Das Lager war verlassen worden. Grob überschätzte Lev die Anzahl der Zelte und Lagerstellen. Es mussten fünf Dutzend Soldaten hier sein. Wenn er die Stärke einer regulären galizinischen Kompanie bedachte, dann kam das auch gut hin. Sie waren wohl ausgerückt.

„Siehst du das Lager?" Lev deutete darauf, Esther nickte. „Das muss von meinen Freunden sein. Gehen wir ins Dorf und fragen nach." Wieder nickte Esther.

Die beiden Reitenden ritten langsam durch den morgendlichen Nebel zwischen die Hütten. Lev meinte sich an das Dorf zu erinnern, sicher war er sich jedoch nicht. Vor allem Torfstecher schienen hier zu wohnen.

Die Frontlinie des Sezessionskrieges musste ganz in der Nähe verlaufen sein. Die schwerer gerüsteten Heere des Ostens hatten hier mehrere Niederlagen einstecken müssen, durch den weichen Untergrund hatten sie sich schwer getan. Gothische Ritter waren im Moor steckengeblieben und von levkischen Soldaten niedergemacht worden. Was Hellebarden, Schwerter und Kanonenkugeln nicht geschafft hatten, hatte der Morast für sie erledigt.

Lev schwang sich mit einem Klirren vom Pferd, als er auf dem Dorfplatz stand. Die armseligen Hütten waren kreisrund darum angeordnet. Sich argwöhnisch umschauend ging er zu Esther und half ihr aus dem Sattel. Sie hielt ihren verletzten Arm eng an ihrem Körper, unter dem schweren Mantel, den sie trug. „D-das tut gut. I-i-ich kann b-bald nicht m-m-mehr r…"

Eine Stimme knallte wie eine Peitsche durch die Luft. „Was wollt Ihr hier?" Eine junge Frau kam aus einem der Gebäude auf sie zugeeilt. „Verschwindet. Wir wollen hier keine Fremden."

Lev war beeindruckt. Normalerweise nahmen sich die Leute mehr vor ihm in Acht. Die mattschwarze Rüstung und der Ruf, der mit ihr kam, schreckte die meisten ab. Doch diese Frau ging weiterhin mit festen Schritten auf ihn zu. „Medame, wir suchen eine Gruppe des galizinischen Heeres. Eine Apothecaria ist bei ihnen, ebenso…“

„Seid ihr aus Levka?“

Lev runzelte die Stirn. „Nein Medame. Wir stehen in den Diensten Ihrer Majestät Kaiserin Alessia Loretta V…“

„Das ist nicht viel besser.“ Ihr Blick wanderte zwischen ihm und Esther hin prüfend hin und her. „Sie sind nach Norden gegangen. Zu einem alten, zerstörten Gehöft. Folgt dem Weg einfach nach Norden, vier Wegstunden, ihr könnt es nicht verfehlen.“

Lev nickte. „Habt Dank. Was glaubten sie dort zu finden?“

Die Frau zuckte die Schultern. „Levka.“

Lev nickte und half Esther wieder auf ihr Pferd um danach sein eigenes zu besteigen. Esther winkte der Frau freundlich, als sie das Dorf wieder verließen. Zur Belohnung bekam sie finstere Blicke.

Lev kaute auf seiner Unterlippe. Wenn die Kompanie in ein von Levkiten besetztes Gehöft ging, hieße das Kampf. Doch dazu waren sie doch nicht hier. Irgendetwas stimmte nicht. Er sah sich mit dem konfrontiert, was jeden Kommandanten nervös machte. Er hatte keine Ahnung, was vor ihm lag und dieses verdammte Moor mit diesem verdammten Nebel machte es nicht besser.

„H-h-habe ich e-etwas falsch g-g-gemacht?“, fragte Esther nach einer Weile.

Lev wurde aus seinen Gedanken gerissen und sah sie entsetzt an. „Esther, nein, natürlich nicht. Wie kommst du darauf?“

„D-d-die Frau w-war unfreundlich. W-w-wie die K-k-kaiserin.“

Lev führte sein Pferd näher an ihres. Er versuchte sich an einem aufmunternden Lächeln, was sie natürlich nicht sehen konnte. „Sie war schlecht gelaunt, das hatte nichts mit dir zu tun, Esther. Komm, suchen wir dieses Gehöft.“


Paulina sah sie. Das erste Mal in ihrem Leben sah sie Soldaten aus Levka, sah man von der einen oder anderen Botschafterwache in der Hauptstadt, die sie aus mehreren

Dutzend Schritt Entfernung gesehen hatte, einmal ab. Einige hundert Schritt entfernt war ihr Lager in Aufruhr verfallen, als sich die Gramseelen oberhalb des Gehöfts, in dem die Levkiten lagerten, postiert hatten. Es musste eindrucksvoll aussehen.

„Versuchen wir erstmal mit ihnen zu sprechen." Paulina nickte. Sie stimmte der Generalin zu, sie wollte einen Zusammenstoß unbedingt vermeiden. Ein neuer Krieg würde nichts Gutes bringen. „Wir sind außerdem jetzt schon mit sieben Leuten unterbesetzt." Tereza war mit fünf Soldaten zurück nach Goldhafen geschickt worden. Der Späher, der sie begleitet hatte, war tot.

„Wie… ähm, wie machen wir das?"

Die Generalin wandte ihre zu Schlitzen verengten Augen Paulina zu. „Was meint Ihr? Das Reden? Wir gehen hin und tun es einfach." Paulina schluckte. Sie richtete nervös den Kragen ihres Wamses zurecht. Sie wusste, wie verhandelt wurde. Das war Teil ihres Berufs. Doch wenn ihre bisherigen Verhandlungen gescheitert waren, dann hatte sie weniger Kronen für die Handelsgilde erwirtschaftet, oder hatte Reparaturen zahlen müssen. Nie war die Konsequenz des Scheiterns der unausweichliche Kampf gewesen.

„Ihr müsst nicht mitkommen, Medame Nowgoroda. Das ist nicht Euer Handwerk."

Paulina erwiderte den Blick der Löwin. „Doch, das ist es geworden. Leider. Seit mich die Kaiserin mehr oder weniger zur Diplomatin ernannt hat." Sie sah sich um. „Haben wir eine Parlamentärsflagge?"

Die Generalin grinste. „Nun, es ist die Aufgabe einer Diplomatin an so etwas zu denken."

Paulina sah sie verständnislos an. Sie wusste nicht, wie die Generalin so ruhig bleiben konnte, in so einer Situation. Sie wurde nicht warm mit dem soldatischen Humor.

„Reiter hinter uns", hallte ein Ruf durch die Luft. Paulina stutzte. Hinter ihnen? Hatten die Levkiten einen Hinterhalt vorbereitet? Ihr rutschte das Herz in die Hose. „Zwei Reiter." Die Generalin und Paulina drehten sich um.

„Haltet die Linie, beobachtet weiter die Levkiten", blaffte die Generalin und ging die Reihe ihrer Soldaten ab.

Maelle, die etwas weiter entfernt stand, blickte ungläubig auf die zwei Ankommenden. „Ist das denn zu glauben?“, hauchte sie. Paulina folgte ihrem Blick. Eine komplett in schwarz gerüstete Person ritt im Schritt auf sie zu. Neben ihr, in einen grauen Wollmantel gehüllt, ritt seine Begleitung.

„Das ist Lev van Zanger.“ Zenon hatte sich ebenfalls zu ihnen gesellt. „Was macht er denn hier?“

„Seid Ihr sicher?“ Paulina war skeptisch. Vielleicht nur ein Bote der Kaiserin.

„Das bin ich. Er ist es definitiv.“

Die beiden Reiter kamen näher und ihre Pferde trabten die kleine Anhöhe hinauf. Elegant schwang sich der Schwarze Reiter aus dem Sattel. Als er sie direkt ansprach fing Paulina an zu lächeln. Zenon hatte Recht. Es war Lev van Zanger. „Paulina, Maelle, Zenon. Eine Freude Euch zu sehen.“ Seine Stimme war gewohnt emotionslos, doch war Paulina unheimlich froh sie zu hören.

Maelle eilte schon zu ihm und fiel ihm um den gepanzerten Hals. Umständlich erwiderte er die Geste. „Was tut Ihr denn hier, Lev?“, beharkte sie ihn direkt, als sie sich von ihm löste.

Zenon nutzte die Chance und ergriff freundlich die ausgestreckte Rechte des Gerüsteten. Er schüttelte sie und legte seine Linke darüber. „Lev. Es tut gut Euch zu sehen.“

Paulina nahm den Mann ebenfalls in den Arm. „Schön, dass Ihr Euch mal blicken lasst.“

„Gebt mir einen Moment“, sagte der Gerüstete und wandte sich seinem Begleiter zu. Seiner Begleiterin, wie Paulina nun feststellte. Scheue Augen blinzelten unter der weiten, hochgeschlagenen Kapuze hervor. Neugierig sah Paulina dabei zu, wie Lev der Frau vom Sattel half, die sich umständlich von ihm stützen ließ. Gemeinsam kamen die beiden wieder zu ihnen. „Das ist Esther de Vries.“ Mit einer sanften Geste deutete er auf sie. Paulinas Lächeln wurde noch breiter. Sie sah kurz zu Maelle und Zenon, denen ebenfalls ein froher Ausdruck in die Gesichter gezeichnet war. Lev hatte seine verwundete Kameradin also gefunden. Ein warmes Gefühl breitete sich in Paulina aus. „Esther, das sind Paulina Nowgoroda, Vertreterin der Handelsgilde von Galizina, Maelle Dorn, Apothecaria des

Arkanistenordens und Zenon Grajev, Lieutnant der Stadtwache von Goldhafen."

Esther schob ihre Kapuze zurück und gewährte ihnen einen Blick auf ihre kupferroten Haare, von denen Lev, in den seltenen Momenten in denen er über Esther gesprochen hatte, geschwärmt hatte.

Die junge Frau lächelte die drei scheu an. Paulina erschrak, als sie die Risse, die ihr Gesicht schräg zerteilten, sah. Es waren schreckliche Narben. Ihr entgleisten fast die Gesichtszüge, doch sie zwang sich weiter zu lächeln. Sie wollte sie nicht verschrecken. Paulina fiel auf, dass die Frau nervös mit ihren Fingern spielte. Sie wirkte ganz anders, als Lev sie beschrieben hatte. Lebensfroh, witzig, laut, hatte er gesagt.

„Es freut mich sehr Euch kennen zu lernen, Esther", begrüßte Zenon sie warmherzig.

„E-e-es f-freut mich a-auch." Sie stockte kurz. „I-i-ich war n-noch nie in G-Goldhafen, möchte e-e-e-es aber unbedingt s-s-sehen." Ihre Stimme war dünn und zittrig.

Paulina wurde das Herz schwer. Als Lev von seiner verwundeten Gefährtin, die er besuchen wollte, gesprochen hatte, hatte sie an gebrochene Gliedmaßen, ein paar Schnitte, Kratzer und Stiche gedacht. Der Gedanke, dass im Krieg noch weit schwerwiegendere Wunden geschlagen werden können, war Paulina nicht in den Sinn gekommen.

„Lev hat viel von Euch erzählt, Esther", versuchte es Maelle, die von Esthers Zustand, genau wie Paulina, sichtlich schockiert war. Ihre Aussage stimmte nicht ganz. Lev hatte zwar von Esther erzählt, doch sehr verhalten. Paulina, genau wie ihre Freunde, hatten schon vermutet, dass Esther für den Schwarzen Reiter nicht nur eine Gefährtin war, die er besuchen wollte. Sie bedeutete ihm mehr. Viel mehr. Paulina sah es nun, in jeder noch so kleinen Geste.

Die Stirn von Esther legte sich in Falten, als würde sie angestrengt nachdenken. „W-w-was d-denn?"

„Von Euren roten Haaren zum Beispiel. Und wie ich sehe hat er nicht gelogen."

Esther nickte Ernst. „M-m-manchmal, wenn i-ich a-a-aufwache, d-denke ich k-k-kurz dass s-sie brennen." Sie stockte wieder und sah in die Runde, als würde sie auf etwas warten. „W-w-weil sie s-so rot sind.“

Paulina konnte nicht erkennen, ob das ein Witz sein sollte, oder ob Esther das ernst gemeint hatte. Lev stand etwas verlegen neben ihnen. Paulina beschloss das Wort an ihn zu richten. „Lev, wie kommt Ihr hierher?“

Der Mann räusperte sich. „Die Kaiserin hat mich zu Euch geleitet. Wir waren in Wielki-Kossolewsk, nachdem wir gehört hatten, dass die Kaiserin dort das Erntedankfest verbringt. Wir hatten gehofft, Euch dort zu treffen, jedoch deutete die Kaiserin an, dass Ihr hier in Karenina… Vorkommnissen nachgeht.“ Paulina wusste, dass Lev wusste was sie hier jagten. Er war bei der Beseitigung der ersten Manifestation in Trocnov dabei gewesen.

„Und weswegen sucht Ihr…“

Paulina wurde unterbrochen, als Generalin Krystina Csorba zwischen sie trat und Lev die Hand anbot. „Kommandant van Zanger. Eine angenehme Überraschung. Kommt Ihr als Verstärkung?“

Lev schlug ein. „Generalin. Nein, ich bin aus… anderen Gründen hier.“

„Die müsst Ihr mir mal erzählen.“ Argwöhnisch blickte sie Paulina, Maelle und Zenon an. „Nun, hier seid Ihr in jedem Fall, also lasst mich Euch die Lage schildern…“ Paulina hätte nicht überrascht sein sollen, dass die beiden sich kannten, die Schwarzen Reiter hatten unter dem Befehl der 6. Armee gestanden, die von der Löwin geführt wurde. Und dennoch war ihr der Gedanke nicht gekommen. Csorba und der Kommandant entfernten sich einige Schritte, als sie ihm, auf die Levkiten deutend, die Lage schilderte.

„Ich versorge Eure Pferde“, sagte Maelle lächelnd zu Esther und führte die beiden Tiere an den Zügeln zu einem nahen Baum.

„L-Lev h-hat auch v-v-v-viel von d-d-dir erzählt“, begann Esther nach einer kurzen Pause.

„Ja?“ Paulina lächelte ihr freundlich zu.

Esther nickte aufgeregt. „J-ja. A-auf u-u-unserer Reise in d-die G-G-Goldebene hat e-er erzählt, d-d-dass er m-m-m-mit dir d-d-den S-Schwertkampf g-g-geübt h-hat u-und w-w-was für e-eine gute F-Fechterin d-d-du b-bist.“

Paulina lächelte. Sie erinnerte sich gut daran, wie der Schwarze Reiter sie in den Staub geschickt hatte. „U-u-und wie M-m-maelle g-g-geheilt hat. E-er i-i-ist sehr b-beeindruckt von e-e-euch allen.“ Esther lächelte ihnen sorglos zu.

Paulina schluckte. Sie wusste nicht, wie sie mit ihr umgehen sollte. In ihrer Tätigkeit in der Handelsgilde hatte sie mit Menschen aus verschiedensten Nationen, Gesellschaftsschichten und Geschlechtern zu tun, doch mit… nun, derart Verwundeten nicht. Sie warf einen Blick zu Maelle, die die Pferde anband und ihnen über die Flanken streichelte. Sie sollte hier sein, sie konnte das sicher besser als sie selbst.

„Ich wusste gar nicht, dass er so große Stücke auf uns hält.“ Zenon schien seine Sache ebenfalls gut zu machen. „War die Reise nach Wielki-Kossolewsk schön?“

„O-oh j-j-j-ja. So g-große Felder h-habe ich n-n-noch nie g-g-gesehen. Da w-w-würde ich m-m-mit meiner G-Gießkanne s-sicher l-l-lange brauchen.“ Sie gluckste. „A-a-aber die E-erde hat s-s-sich wunderbar z-z-zwischen meinen Z-zehen angefühlt.“

Paulina wollte gerade nach ihrer Gießkanne fragen, als sich Lev und die Generalin wieder zu ihnen gesellten. Lev stellte Esther kurz der Generalin vor, die ihr freundlich zunickte. Paulina hatte das Gefühl, dass jeder besser mit der Situation umging als sie selbst.

„Lasst uns nicht länger warten. Medame Nowgoroda, Ihr, van Zanger und ich reiten zu den Levkiten und fragen freundlich nach, ob sie nicht in ihrem eigenen Garten Krieg spielen wollen.“

Maelle stemmte die Arme in die Hüften. „Ich komme auch mit. Falls die Levkiten ebenfalls Arkanisten dabeihaben und den arkanen Nachhall gespürt haben, den so eine Manifestation mit sich bringt.“ Sie hob den Finger als die Generalin etwas sagen wollte. „Keine Widerrede.“

„Nun, ich werde mich ebenfalls anschließen.“ Zenon richtete seinen Schwertgurt, bis er merkte, wie ihn alle Augenpaare anschauten. „Was? Ich habe keinen besonderen Grund oder eine besondere Rolle, aber ich lasse Euch sicher nicht alleine zu denen gehen. Nicht nach all dem was wir gemeinsam durchgestanden haben." Paulina musste lächeln und drückte kurz Zenons Arm.

Die Löwin des Nordens nickte grimmig. „Gut. Wir brauchen aber immer noch eine Parlamentärsflagge."

Levs Kopf ruckte überraschend zu Esther, die schüchtern neben ihm stand. „Esther… dürfen wir uns das Kleid leihen, das du von Oana geschenkt bekommen hast?" Esther sah ihn prüfend an. „Mach dir keine Sorgen, du wirst es unbeschadet wiederbekommen."

Das Kleid war ihr wohl viel wert, wie Paulina sah, denn sie schob nur zögernd ihren Arm unter den Mantel. „Ich habe auch ein Lieblingskleid", versuchte es Paulina erneut mit dem Kontakte knüpfen. „Ich weiß also, wie viel wert es Euch ist. Ich passe darauf auf." Das war gelogen. Ihr war meistens völlig egal, was sie trug. Esther lächelte jedoch.

„N-n-na gut. W-w-w-wenn es euch h-hilft." Esther schlug ihren Mantel zurück und gab den Blick auf das Kleid frei, welches sie unter dem Arm getragen hatte. Der Blick der Anwesenden blieb aber an etwas anderem haften. Mit den Furchen im Gesicht und dem Stottern waren wohl noch nicht alle Wunden von ihr zum Vorschein gekommen. Paulina zuckte zurück, als sie den Armstumpf von Esther de Vries sah.

Langsam ritt die Gesandtschaft auf die Levkiten zu, die provisorische Flagge, die mehr hellblau als weiß war und an einem sauberen Hellebardenschaft flatterte, hoch erhoben. Die Luft war seltsam. Der morgendliche Nebel war verschwunden und trotzdem zeigte sich die kalte Herbstsonne kaum durch die dichte Wolkendecke. Es war nass, dicke Grasbüschel bedeckten die feuchte Erde. Hin und wieder traute sich eine knorrige Birke oder eine hängende Weide aus dem Boden. Langsam und unbewaffnet ritten sie auf die Reihe der Levkiten zu, die sich im zerstörten Gehöft positioniert hatten. Als sie durch den weichen Boden, der mit einzelnen Grasbüscheln gesäumt war, den Reihen näherkamen, blickte Paulina in die grimmigen und entschlossenen Gesichter der Soldaten. Sie schluckte schwer. Der Feinde. Sie sah Arkebusenläufe aus zerstörten Fenstern ragen und blitzende Hellebardenspitzen auf sie zeigen.

„Wir sind unbewaffnet", hörte Paulina die Generalin auf levkisch sagen. Sie selbst sprach die Sprache nicht gut. Graecogalizinisch, die singenden Dialekte von Arretien und sogar ein paar Brocken karolingisch beherrschte sie, doch ihr levkisch hatte sie in den letzten Jahren nur wenig üben können. Handel gab es seit dem Sezessionskrieg faktisch keinen mit Levka.

Die Gesandtschaft passierte einen maroden Holzzaun und ging auf die Mitte des Gehöftes zu. Um einen weiten Platz waren die Reste von Scheunen, Windmühlen und die eines Bauernhauses zu erkennen. Alles zum Opfer von Krieg und anschließendem Zerfall geworden. Paulina musterte die Soldaten aus Levka. Sie sahen aus wie die galizinischen Landsknechte. Meist beige Wappenröcke und Wämse, mit gepluderten Ärmeln und Hosen. Einige trugen Arm- oder Beinschienen und nur wenige hatten Brustpanzer umgeschnallt. Die Köpfe waren von Morions oder Sturmhauben geschützt.

In der Mitte des Platzes erwartete sie grimmig ein Mann in den Mittvierzigern, mit schütterem, grauem Bart, vermutlich ein Offizier, der einen wuchtigen, mit Federn geschmückten Hut trug. Sein silberner Brustpanzer war kunstvoll emailliert. Neben ihm, nicht weniger grimmig, standen ein Mann und eine Frau, deren dunkle Gewänder mit allerlei Taschen und Gürteln behangen war. Beide trugen einen flachen, steifen Hut in der Farbe ihrer Gewandung. An ihren Gürteln hingen schnabelförmige Ledermasken mit dicken Augengläsern. Flankiert wurden sie von mehreren levkischen Soldaten.

Generalin Csorba hielt ihr Pferd etwa zehn Schritt vor ihnen an und stieg schwungvoll ab. Paulina und die anderen taten es ihr gleich. Der Offizier winkte zweien seiner Soldaten, die ihnen wortlos die Zügel aus der Hand nahmen. Paulina merkte, dass ihre Beine zitterten, als sie auf den Offizier zugingen. Sie hoffte, er würde es nicht merken. Bedrohlich ragte ein großes blaues Banner hinter den Levkiten auf, dass den levkischen Adler und die drei Kronen zeigte.

Csorba blieb zwei Schritt vor den Levkiten stehen. Sie musterte den levkischen Offizier, der ihren Blicken grimmig standhielt. „Generalin Krystina Csorba", sagte sie unvermittelt und salutierte indem sie sich mit der Faust auf die gepanzerte

Brust schlug. Ein leises Raunen ging durch die levkischen Soldaten, die sie in den angrenzenden Gebäuden umringten. Paulina bemerkte, wie einige ihre Waffen fester packten und sich ihre Augenbrauen zusammenzogen. Krystina Csorba hatte wohl nicht nur im Galizinischen Reich einen Ruf.

Der levkische Offizier blieb davon ungerührt. „Fanjunkar Arne Alvsson." Auch er salutierte. Stille legte sich nun über das Gehöft. Nur das Klirren der Rüstungen und Waffen der unruhigen Soldaten und das im Wind knarrende Holz war zu hören. Paulina wurde unruhig. Sie sah zu der Generalin, die den Offizier weiterhin musterte. Schließlich war er es der die Stille brach. „Konntet Ihr keine bessere Parlamentärsflagge finden?", fragte er herablassend auf levkisch und blickte Lev an, der das Kleid von Esther sorgsam wieder zusammenfaltete.

„Wir sind es nicht gewohnt, weiße Flaggen hissen zu müssen", antwortete die Generalin hämisch.

Der Offizier schnaubte. „Wieso tut Ihr es dann heute? Was verschafft uns die Ehre, die Löwin höchstselbst hier zu empfangen?"

„Uns empfangen? Ich glaube, Ihr habt Euch auf dem Heimweg verlaufen. Ihr steht auf galizinischem Boden, wenn überhaupt bin ich es, die Euch empfängt. Was hat Euch veranlasst, den Friedensvertrag zu missachten?"

Der Offizier lächelte herablassend. „Die Löwin zeigt ihre Krallen. Den Friedensvertrag haben nicht wir missachtet. Seit Wochen schon stellen wir Morde fest. An den nördlichsten Grenzen und selbst auf levkischem Staatgebiet. Die Spuren lassen sich eindeutig hierher zurückverfolgen. Wir schützen nur die Interessen unseres Staates und die der Zarina." Er beugte den Kopf leicht vor und legte seine Hand wie zufällig auf den Knauf seines Rapiers. „Auch auf galizinischem Gebiet."

Paulina sah wie Generalin Csorba zu einer Antwort ansetzte und machte einen Schritt nach vorne, aus ihrem Schatten heraus. „Meser Alvsson." Die Augen des Offiziers glitten zu ihr herüber und sie verengten sich noch weiter. Paulina wurde heiß. Was hatte sie sich dabei gedacht? Doch jetzt gab es kein Zurück mehr. „Wir… wir haben den gleichen Feind. Auch unsere Bürgerinnen und Bürger leiden unter den… Morden und… Vorkommnissen, die in Karenina auftreten. Wir versuchen, genauso wie Ihr, dem ein Ende zu setzen." Paulina hoffte, dass sie halbwegs verständlich gesprochen hatte. Ihr levkisch war wirklich nicht besonders gut.

„Und wer seid Ihr?", fragte der Offizier mit hochgezogenen Augenbrauen.

„Paulina Nowgoroda, Meser. Galizinische Handelsgilde und… kaiserlich-königliche Diplomatin."

Der Mann musterte sie von Kopf bis Fuß. Er schien nicht überzeugt. „Was verursacht die Morde, wenn nicht Ihr?"

Paulinas Handflächen schwitzten. Die Frage hätte sie kommen sehen müssen, doch war sie nicht vorbereitet. „Nun, ähm…"

„Ich denke das wisst Ihr." Zenons Stimme erfüllte den Hof. „Sonst hättet Ihr Eure Völven nicht dabei."

Paulina war unendlich dankbar, dass er das Wort ergriffen hatte, auch wenn sie kein Wort verstand. Der Offizier wandte seine Aufmerksamkeit nun ihm zu. Zenon deutete auf Maelle, die neben ihm stand und zuckte mit den Schultern. „Ich übersetze nur."

Die dunkel gekleidete Frau, die neben Alvsson stand, beugte sich zu ihm und sprach ihm eindringlich ins Ohr. Dabei durchbohrte sie Maelle mit kaltem Blick.

„Nun, spielen wir mit offenen Karten. Wir wissen von den Skogsrâ, die Ihr auf unser Staatsgebiet loslasst." Paulina schluckte, während Zenon eifrig für Maelle übersetzte. Es klang so, als wussten sie von den Manifestationen. Dass sie jedoch dachten, dass sie von galizinischen Arkanisten kamen, war nicht gut.

„Ihr missversteht." Zenon war wieder Maelles Sprachrohr. Paulina fragte sich, woher er levkisch sprach. „Diese Wesen kommen nicht von uns. Wir würden nicht…"

Die dunkel gekleidete Frau trat vor und sprach Maelle direkt an. Zenon übersetzte eilig. „Euer Arkanistenorden hat schon früher Dinge getan, die jeder Moral widersprochen haben. Also erzählt mir nicht, dass Ihr zu so etwas nicht in der Lage wärt, Hexe." Sie war wütend. Ihre Hände zitterten und Zornesfalten waren ihr ins Gesicht gemeißelt.

Maelle sah sie lange an. „Vielleicht wären wir das. Moralisch. Doch reicht unsere Macht dazu nicht aus. Sagt mir, seid Ihr bereits einer Manifestation, einer Skogsrâ, begegnet? Habt Ihr deren arkanen Nachhall gespürt?“ Sie machte eine kurze Pause. „Habt Ihr jemals davon gehört, dass Arkanisten aus dem Nichts Wesen erschaffen? Selbst Ihr könnt nicht so verblendet sein zu glauben, dass der Arkanistenorden zu so etwas fähig wäre. Das widerspricht jeglichen arkanen Gesetzen.“

Paulina beobachtete, wie die Fassade aus Hass, die der levkischen Frau ins Gesicht geschrieben stand, langsam anfing zu bröckeln, während Zenons übersetzte Worte noch im Gehöft nachhallten. Maelles Stimme wurde etwas weniger konfrontativ. „Weder Eure Völven, noch unsere Arkanisten sind dazu in der Lage so etwas zu schaffen und das wisst Ihr.“

Die Levkitin verschränkte die Arme vor der Brust und blieb still.

„Fanjunkar Alvsson“, beendete die Löwin die Stille „Lasst unsere Arkanisten darüber debattieren, während wir uns darüber austauschen, wie wir diese Biester aus Galizina und Levka vertreiben können.“

„Ich habe Euch im Feld einmal gegenübergestanden“, sagte Alvsson, der an einem Mittelbalken des Bauernhauses lehnte, der einmal ein Dach getragen hatte. Während Maelle mit den beiden dunkel gewandeten Levkiten lautstark auf dem Hof des Gehöfts debattierte, waren sie in das zerstörte Bauernhaus gegangen. Lediglich Zenon war als Übersetzer draußen geblieben und versuchte vergeblich die Gemüter zu kühlen. Paulina verstand jetzt, dass die beiden Levkiten wohl deren Arkanisten, deren Völven, waren. „Nicht weit von hier. Bei der Festung Olsztynek.“

Die Generalin, die sich auf einen morschen Tisch gestützt hatte, sah auf. „Ich bin froh, dass wir uns auf dem Schlachtfeld nicht getroffen haben“, sagte sie ehrlich.

Der Levkit nickte. „Das bin ich auch. Wie jeder in Levka habe ich großen Respekt vor Euren Fähigkeiten.“

Die Löwin nickte. „Wenn sich diese Eierköpfe einig werden, haben wir vielleicht ausnahmsweise die Möglichkeit auf der gleichen Seite zu stehen.“

Der Offizier nickte. „Man kann ja noch träumen."

Paulina hörte dem Wortgeplänkel zu und sah aus einem Fenster, dem der halbe Rahmen weggerissen worden war. Der levkische Soldat, der ihnen die Pferdezügel aus der Hand genommen hatte, streichelte die grasenden Tiere und redete lächelnd auf sie ein. Paulina seufzte. Die Levkiten waren wie sie. Die galizinische Propaganda vor, während und nach dem Krieg stellte sie wie Teufel dar. Natürlich wusste Paulina, dass das nicht der Wirklichkeit entsprach, doch Levkiten wirklich zu treffen, mit ihnen zu sprechen und sie zu beobachten, löste eine Menge der festgefahrenen Vorurteile, die selbst Paulina innewohnten. Sie waren wie sie. Paulina schlenderte zu Lev, der den Vorhof aus einem anderen Fenster beobachtete. Er wandte ihr kurz den Blick zu, als er sie kommen hörte und sah dann wieder aus dem Fenster.

„Es ist schön, dass Ihr hier seid."

Der Soldat nickte ihr zu.

„Und es ist schön, dass Ihr Esther gefunden habt." Wieder nickte er. „Ich… ich wusste nicht, dass sie so schwer verletzt ist." Diesmal kam nicht einmal ein Nicken von Lev. Paulina legte ihm die Hand auf den gepanzerten Arm. „Lev… Lev, wie geht es Euch damit?"

Langsam drehte sich der Kopf des Gerüsteten weg vom Fenster und zu Paulina hin. „Maelle wird ihr helfen."

Paulina sah ihn an. Ihr fiel nun ein Grund ein, weswegen er nach Karenina gekommen war. Er hatte Maelle gesucht. Bei den Heiligen. „Lev… ich weiß nicht ob…"

„Schaut. Maelle winkt uns." Er wandte sich von ihr ab und stapfte aus dem Bauernhaus auf Maelle und die immer noch missmutig dreinschauende Völva zu. Ein unangenehmes Gefühl machte sich in Paulinas Magengegend breit. Dachte Lev wirklich Maelle könnte Esther helfen? Paulina war keine Expertin, doch fiel es ihr schwer zu glauben, dass die Apothecaria die verwundete Schwarzen Reiterin heilen konnte. Sie konnte keine Wunder bewirken, sie war nur Arkanistin.

„Unsere Arkanisten konnten sich wohl einigen", sagte Paulina in ihrem brüchigen levkisch zu Csorba und Alvsson, als sie sich nachdenklich umwandte. Gemeinsam folgten sie dem Schwarzen Reiter auf den Vorhof des Gehöfts.

„Und?", fragte Alvsson die dunkel gewandete Frau. Maelle antwortete an seiner statt auf galizinisch, Zenon übersetzte.

„Ich konnte dieser reizenden Frau glaubhaft vermitteln, dass wir weder die Möglichkeiten, noch das Interesse haben, diese Ungeheuer auf Karenina, Levka oder sonst worauf los zu lassen."

Der levkische Offizier zog eine Augenbraue hoch und blickte die Völva an, die Maelles Worte grimmig mit einem knappen Nicken bestätigte. Sie übernahm wieder das Wort. „Die Beobachtungen der Galiziner decken sich mit den unsrigen. Das was sie sagt, passt. Sie berichten von den gleichen Phänomenen." Sie senkte die Stimme. „Dort wo schreckliches Leid geschah, spuckt das Mutterland die Skogsrâ aus. Weder unsere Völven, noch die Hexen aus Galizina haben diese Macht. Sie ist allein Mutter Erde vorbehalten. Es klingt… plausibel, was sie sagt."

Paulina nickte erleichtert. Damit wäre das Schlimmste hoffentlich abgewendet. „Danke, Medame. Wir jagen diese Ungeheuer genauso wie ihr."

Die Augen der Frau glitten zu ihr. Sie sah nicht freundlicher aus als zu Beginn ihrer Unterredung, doch es wirkte so, als würde ihr etwas auf der Zunge brennen. „Was ist?", fragte Paulina.

„Wir…" Die Levkitin stockte und sah zu Arne Alvsson.

Der Offizier übernahm. „Wir haben herausgefunden, wo die Skogsrâ erscheinen."

# Kapitel XIII

## Zweifel



„Eine hohe Priesterin aus Ur, Lilith Ur-Hammon, hat uns deren Schöpfungsmythos gezeigt. In uralten Wandmosaiken wurde die Entstehung ihres Volkes und möglicherweise auch der Untergang ihrer Zivilisation, die einst den ganzen Kontinent umspannte, dargestellt. Es sind beeindruckende Parallelen zu unserer aktuellen Lage erkennbar, ob zufällig oder nicht."

Sunder hob verächtlich eine Augenbraue. „Der Untergang ihrer ‚Zivilisation'? Für mich sieht es so aus, als wären diese Wilden so weit weg von Zivilisation wie man nur sein kann."

Leyte sah ihn ungläubig an. „Meser, sie leben in einer komplexen, hierarchischen Sozialstruktur, errichten unglaubliche Bauwerke, haben…"

Sunder winkte verärgert ab. „Ja, ja. Weiter."

Leyte schüttelte verständnislos den Kopf. Es war ihr unbegreiflich, wie man so ignorant sein konnte. „In ihrem Schöpfungsmythos, der auf alten Steintafeln skizziert war, wurde mit absolutem Detailgrad die arkane Explosion in Ur dargestellt und unmittelbar darauf das Erscheinen der Manifestationen, die die Urer dem Zorn eines ihrer Götter zuschreiben. Genau das, was auch Mercator in seinen Schriften beschreibt. Auch die…"

Sunder unterbrach sie. „Er hat nicht geschrieben, dass ein nicht existenter Gott zornig ist."

Leyte nickte. „Das ist richtig, doch sprach er von den Manifestationen als direkte Folge des Arkanerzabbaus und damit auch der arkanen Explosion, die aus dem Arkanerzabbau resultierte."

Ihr Vorgesetzter schnaubte abfällig. „Nun, er wird das geschrieben haben, weil er womöglich auch diese Narren besucht und sich ihre Märchen angehört hat."

Leyte seufzte und schüttelte den Kopf. „Das glaube ich nicht. Davon hätten sie mir erzählt. Sie sahen…“ Leyte stockte. „Sie sahen mehr in mir als ich bin.“ Peinlich berührt betrachtete sie ihre Stiefelspitzen. „Nun, das Volk von Ur, obschon sie das Arkanerz nicht nutzen, haben großes Wissen darüber.“

Sunder sah sie immer noch mit verengten Augen an. Er strich sich über seinen Bart und nickte langsam. „Haben Euch eure neuen Freunde auch gesagt, wie wir das abstellen? Dass die Manifestationen auf unserer Erde wandeln?“

Leyte blinzelte erneut auf ihre Füße. „Nun… ähm… sie meinten, wie auch Mercator in seinen Schriften, dass der Abbau des Erzes die Manifestationen hervorruft. Er schädigt Körper und Land. Wenn wir also aufhören würden Arkanerz zu fördern…“ Als Leyte merkte, wie Sunder entnervt sein Gesicht in den Händen vergrub, stoppte sie.

„Ihr wollt, dass ich der Kaiserin, oder noch schlimmer, dem Arkanistenorden, sage, sie sollen aufhören zu graben und das Erz zu fördern, das uns so mächtig gemacht hat, nur weil irgendein Weib, das sich für eine Königin hält, glaubt, ihr Gott würde sonst wütend? Ist das Euer Ernst?“

Leyte war genervt von ihm. Er tat der Bevölkerung von Ur unrecht. Doch wusste sie, wie wichtig das Arkanerz für den Arkanistenorden, und damit das gesamte Ostreich, war. Die meiste Zeit des Tages trug sie selbst ein Fläschchen mit zerstoßenem Arkanerz am Gürtel. „Nun…“

„Außerdem, was soll das heißen ‚der Arkanerzabbau schädigt Körper und Land‘? Inwiefern schädigt er denn den Körper?“

Leyte schluckte. „Nun, die Kopfschmerzen, die Übelkeit, über die die Arbeiter und Arkanisten berichten. Sie…“

Sunder unterbrach sie schnaubend. „Was soll Arkanerz mit Kopfschmerzen und Übelkeit zu tun haben? Wir tragen es seit Generationen am Körper.“ Er deutete auf das Fläschchen an ihrem Gürtel. Leyte konnte nichts anderes tun als mit den Schultern zu zucken. Sie selbst hatte sich diese Frage auch gestellt. Was hatte Lilith Ur-Hammon damit genau gemeint? Wie es dem Land schadete war seit der Arkanexplosion und dem Auftreten der Manifestationen in der Welt zumindest für Leyte klar, aber wie es dem Körper schadete und was das bedeutete nicht. Es erinnerte sie an etwas, etwas was sie schon irgendwo gelesen hatte. Sie konnte sich jedoch nicht erinnern wo und an was.

Sunder schüttelte verärgert den Kopf. „Bevor diese These nicht bestätigt ist, ist es nicht einmal Wert sie zu erwähnen, Horát. Wir machen weiter wie bisher."

„Habe… habe ich Eure Erlaubnis diese These weiter zu verfolgen, Meser?"

Der alte Arkanist winkte ab. „Meinetwegen. Aber sprecht mit Milan, er soll Eure anderen Aufgaben übernehmen."

Leyte nickte. „Und… habe ich auch die Erlaubnis erneut Ur zu besuchen Meser?"

Sunder seufzte hörbar und rieb sich die Stirn. „Tut was Ihr nicht lassen könnt."

Leyte nickte. Immerhin das. Sie würde sich in ihrem Zelt einen Plan machen wie sie das, was sie in Ur gelernt hatte, bestätigen konnte. So sehr, dass selbst Sunder Nowak die Augen davor nicht verschließen konnte. Sie war gerade bis zum Ausgang des Zeltes gegangen als ihr noch etwas einfiel. „Ähm… Meser…" Ihre Stimme war kaum mehr als ein Piepsen.

„Was ist denn noch?", fragte der Arkanist genervt.

„Die… die Herrscherin bat mich um einen Gefallen im Austausch für die Einsicht in ihre Kultur und ich habe mich gefragt ob… ob Ihr ihn berücksichtigen könnt, in Eurem regelmäßigen Bericht an den Erzarkanisten."

Sunder verschränkte die Arme vor der Brust und seine Augen verengten sich. „Welcher Gefallen soll das sein?"

„Nun, ähm… sie bat darum, dass Kaiserin Alessia Vyrkov sie besucht… um der Bedrohung gemeinsam entgegentreten zu können und ähm…"

Sunder hob langsam seinen Finger und deutete auf den Ausgang seines Zeltes. „Raus."

# Kapitel XIV

## Hagel



Sie waren eine seltsame Truppe. Das levkische Banner wehte neben dem der Gramseelen, auf dem der galizinische Doppeladler stolz sein Gefieder präsentierte. Sowas hatte es noch nie gegeben, in einem anderen Zusammenhang hätte Paulina gejubelt, dass sich die beiden Reiche so nahekamen. Die Soldaten marschierten getrennt und tauschten immer wieder misstrauische, zum Teil gehässige Blicke, doch zu Streitereien war es noch nicht gekommen. Csorba hatte ihre Leute im Griff, genauso wie der levkische Befehlshaber die Seinen.

Kizvár war bereits zu sehen. Sie würden ihre Lager zusammenlegen und sich morgen den Manifestationen stellen. „Fast schon ein schöner Anblick, was? Dass Levka und Galizina sich mal nicht die Köpfe einschlagen?" Zenon sprach aus was Paulina dachte. Sie ritt mit Zenon, Maelle, Lev, Esther und der levkischen Arkanistin hinter Generalin Csorba, Fanjunkar Arne Alvsson und den Bannerträgern her.

„Wie habt Ihr herausgefunden wo die Manifestationen erscheinen?", ließ Paulina Zenon die schweigsame levkische Arkanistin fragen. Sie kannte nicht einmal ihren Namen.

„Wir spürten sie in der Nähe des Gehöfts. Deutlich. Es regte sich kein Wind, jegliches Geräusch erstarb." Sie schauderte sichtlich. „Doch sie griffen nicht an. Wir hörten Schreie."

Maelle lehnte sich auf ihrem Pferd vor und blickte zu ihr herüber. „Das müssen unsere Späher gewesen sein."

Die levkische Arkanistin hob eine Augenbraue. „Sind sie…"

„…tot. Einer davon, die andere ist… nun, ihr Geist hat Schaden genommen."

Die Völva nickte bitter. „Dann haben wir Glück gehabt, sonst hätte es womöglich uns erwischt." Paulina spürte einen bitteren Geschmack im Mund. Sie wusste nicht, ob man hier von Glück reden konnte. „Die Manifestationen hinterließen einen starken arkanen Nachhall, dem wir folgten. Er führte uns nahe an ein ehemaliges Sanitätslager der galizinischen Armeen aus dem Sezessionskrieg. Die Dörfler zeigten es uns bereits zu Beginn unserer Expedition in dieses verfluchte Land.“

Paulina nickte vorsichtig. Sie waren bereits dort gewesen. Magdaléna hatte es ihnen gezeigt. Der heilige Hain, der im Krieg zum Lazarett umfunktioniert worden war. Der, in dem die Einwohner von Kizvár ihren Götzen, den Perchten huldigten. Paulina wusste immer noch nicht, woher der Perchtenglauben kam. Arkane Heilige, die im restlichen Ostteil des Reiches verehrt wurden, waren es offensichtlich nicht. Sie kannte einige der Sagengestalten und Mythologien, die in eher ländlichen und abgelegenen Teilen von Galizina verbreitet waren. Im westlichen Kaukasin beispielsweise, hielt sich die Sage von einem Wesen, das Cert genannt wurde und unartige Kinder an Koleda bestrafen würde. Waren die Perchten etwas Ähnliches? Lag ihr Ursprung in einfachen Volkssagen?

Maelle sah sie an, als würde sie ihre Gedanken lesen können. „Dann sind die Perchten der Einwohner hier wohl wirklich unsere Manifestationen.“

Paulina nickte. Sie wussten nun, wo ihr Feind sich aufhielt. Sie fragte sich nur, ob sie stark genug waren, ihn zu bekämpfen. Erstaunt bemerkte sie, dass sie keine Angst hatte. Sie hatte ein mulmiges Gefühl im Magen, doch war sie zuversichtlich. Die letzte Manifestation hatten sie in einer Kleingruppe erledigen können, jetzt hatten sie etwa einhundertundsechzig erfahrene Soldaten, Arkanisten und Generäle. „Es ist gut, dass unsere Reiche zusammenarbeiten um diese Wesen zu bekämpfen. Gemeinsam können Eure Arkanisten und unsere…“

Zenon kam nicht dazu zu übersetzen. Die Frau funkelte sie an, als sie das Wort ,Arkanisten‘ hörte. „Es gibt keine levkischen Arkanisten. Wir sind nicht wie ihr.“ Sie lenkte ihr Pferd neben das ihres Offiziers, das Gespräch war beendet. Paulina sah ihr perplex hinterher. Was hatte sie falsch gemacht?

„Völven. Die levkischen Arkannutzenden heißen Völven.“ Maelle blickte der Levkitin hinterher. „Für sie ist das ein großer Unterschied. Sie nutzen kein Arkanerz zur Mehrung ihrer Kräfte.

Sie sehen das als Perversion, als Verrat an den Grundgesetzen des Arkanen. Wer in Levka beim Hantieren mit Arkanerz erwischt wird, wird von den Völven zum Tode verurteilt."

Paulina runzelte die Stirn. „Aber sie nutzen doch Feuerwaffen? Die brauchen doch auch Arkanerz um zu funktionieren?"

Maelle nickte. „Die Zarina führte die Feuerwaffen in ihre Armeen ein, den Bedenken und dem Protest der Völven zum Trotz. Doch die Völven halten sich noch an ihre Gesetze, auch wenn der Rest von Levka es nicht mehr tut."

Paulina schluckte. In Galizina gehörte Arkanerz als Werkzeug der Arkanisten zur Grundaustattung. Doch vielleicht hatten die Völven Recht mit ihrer Einschätzung. Sie kannte Geschichten über wahnsinnige Wildarkanisten, die durch Experimente mit Arkanerz, Überdosierung oder sogar durch dessen Einnahme wahnsinnig geworden waren. Und sie erinnerte sich noch zu gut daran, als Maelle die doppelte Menge der vom Arkanistenorden zugelassenen Dosis verwendete, ein zweites Fläschchen von Sunder Nowak, um einen mächtigen Ball aus Feuer zu beschwören, der sie fast innerlich verbrannt hätte.

„Woher wisst Ihr das alles?", fragte Paulina neugierig.

Maelle seufzte. „Das erzähle ich Euch ein andermal."

Paulina rieb sich das Kinn, dann senkte sie ihre Stimme etwas. „Meint Ihr… meint Ihr die Levkiten kennen den vollen Umfang der Manifestationen?"

Maelle verzog den Mund. „Ihr meint, weswegen sie entstehen, was sie sind, und so weiter? Nein, ich denke nicht. Sie wissen nicht mehr als wir, vermutlich eher weniger. Vermutlich wissen sie, bis auf das, was sie hier herausgefunden haben, gar nichts über deren Hintergründe."

Sie schwiegen, bis sie das Dorf erreicht hatten. Die Löwin des Nordens und Alvsson bellten Befehle und die Levkiten begannen ihre Zelte aufzuschlagen, die sie auf zwei von Pferden gezogenen Karren mitführten. Paulina war abgesessen und stand mit Zenon und Maelle in der Nähe der Palisade des Dorfes. Sie sahen der Sonne zu, die sich gemächlich hinter den Horizont schlafen legte. Lev sprach leise mit Esther, etwas abseits der anderen.

„Ehemalige Feinde werden nun wohl zu Freunden. Und stören uns nun gemeinsam.“ Paulina, Maelle und Zenon drehten sich um. Magdaléna lehnte an einer Palisade, im Eingang zum Dorf.

„Magdaléna. Wir haben gefunden weswegen wir hier sind. Wir werden morgen… nun, wir werden uns morgen darum kümmern und dann seid Ihr uns los. Ihr habt mein Wort.“ Das hoffte Paulina zumindest. Sie hoffte, dass die Manifestationen morgen auftauchen würden. Beim ersten Besuch hatten sie das nicht getan.

Magdaléna spuckte aus. „Mal sehen, ob Euer Wort genauso wenig Wert ist wie das der Soldaten bisher.“ Grimmig zog sie ab.

Maelle sah ihr kopfschüttelnd hinterher. „Ich glaube wir werden keine Freunde mehr, oder?“

Paulina schnaubte humorlos. „Nein. Sicher nicht.

Zenon sah in die beginnende Abenddämmerung. „Morgen geht es also wieder los. Heilige, ich kann nicht sagen, dass ich das vermisst habe.“

Sie hatten ein Feuer für sich allein. Maelle, Paulina, Zenon, Lev und Esther saßen darum und lauschten der Nacht. Zenon nippte an einer Flasche mit Zitronenwodka, Rum oder einem ähnlich scheußlichen Getränk, Maelle hatte sich eine schmutziggraue Decke umgelegt und Esther starrte fasziniert in die Flammen. Das Knistern des Feuers war beruhigend und erinnerte Paulina an die erste Nacht auf dem Weg nach Trocnov. Wo sie das alles noch für ein Abenteuer gehalten hatte.

„Maelle, darf ich Euch eine Frage stellen?“, fragte Lev leise.

Maelle lehnte sich noch etwas weiter zurück an den Baumstamm, der ihr als Stütze diente und schloss genießerisch die Augen. „Es ist so angenehm, dass ihr dieses ‚Medame Dorn‘ abgelegt habt, Lev. Nur zu, stellt Eure Frage.“

„Nun, die Apothecarii auf Hel konnten die Wunden von Esther nicht gänzlich heilen…“ Paulina schluckte schwer. Sie ahnte, was nun kam. „Wärt Ihr bereit dazu einen Blick darauf zu werfen?“

Maelle wurde schlagartig Ernst. Sie sah mitfühlend erst Lev und dann Esther an, die zwischen ihnen saß und immer noch ins

Feuer schaute. „Lev, ich… die Apothecarii in den Abteien von Hel sind die Besten ihrer Zunft. Ich denke nicht, dass ich etwas vermag, zu dem sie nicht in der Lage sind.“

Lev schüttelte sachte den Kopf. „Ihr seid die beste Apothecaria die ich kenne. Die beste Arkanistin.“

Maelle lächelte traurig. „Lev, ich… sie…“

„Bitte. Schaut sie Euch an.“

Maelle sah aus als würde sie mit sich ringen. „Nun… na gut. Aber versprecht Euch bitte nicht zu viel davon.“

Lev fasste Esther behutsam an die Schulter. Es war ein eigenartiges Bild den schwer gerüsteten, schweigsamen Krieger in schwarz so behutsam und vorsichtig zu sehen. „Esther…“ Sie wandte ihm den Kopf zu und lächelte sanft in das behelmte Antlitz. Es lag eine ganz besondere Art des Vertrauens und der Zuneigung in diesem Blick. „Maelle schaut sich deine Wunden an. Sie wird versuchen dir zu helfen, in Ordnung?“

Esther nickte und wandte den Kopf Maelle zu.

„Esther, ich werde dir meine Hand auf verschiedene Stellen deines Körpers legen. Ich möchte herausfinden, was du für… nun, geistige Verwundungen hast und wo sie herkommen. Ist das in Ordnung für dich?“ Esther nickte wieder. „Ich muss an dein Herz, also wäre es gut, wenn du deine Kleider ausziehen könntest.“

„Ich hole uns etwas zu trinken.“ Zenon stand geistesgegenwärtig auf und ging in Richtung der Zelte davon. Paulina bemerkte erneut, wie einfühlsam der Lieutnant war.

„I-i-ich mag Z-Zenon. E-Er i-ist sehr n-n-nett“, meinte Esther, während Lev ihr aus den Ärmeln des Kleides half. Paulina lächelte und konzentrierte sich darauf, ihre Fassung nicht zu verlieren. Das war er wirklich. Esthers Kleid war nun bis auf die Hüften heruntergezogen und Maelle legte beide Hände über ihre Brust. Sie schloss die Augen.

Esthers Hand tastete nach der von Lev und fand sie. Sanft drückte sie die Hand des Behelmten, als sich ihre Hände umschlossen. Paulina atmete langsam aus. In dieser Bewegung lag so viel Zuneigung. Sie verstand Lev, doch glaubte sie nicht, dass Maelle Esther irgendeine Art von Heilung schenken konnte. Und das war zum Schreien ungerecht.

Maelles Hände fuhren weiter nach oben, Esthers Hals entlang, bevor Maelle sie sanft auf die Schläfen und den Kopf von Esther legte. Sie zuckte mehrfach zusammen.

Die Minuten verstrichen. Paulina erwischte sich dabei, wie sie nervös mit ihrem Fuß tappte und zwang sich damit aufzuhören. Nach einer gefühlten Ewigkeit, in der Paulina gebannt Maelle beobachtet hatte, entfernte sie langsam ihre Hände von Esther und öffnete die Augen. Sie wirkte erschöpft. „Ihr könnt Euch wieder anziehen, Esther." Lev half ihr das Kleid wieder über ihre Schultern zu streichen.

Zenon kam mit zwei vollen Krügen in der Hand zurück zum Feuer. „Ich habe etwas ganz Besonderes aufgetrieben", sagte er. „Levkischer Honigmet von unseren neuen Freunden. Süß, fruchtig und lecker." Esther quietschte vergnügt und setzte sich neben Zenon, der ihr lang und breit die Genüsslichkeiten von Met erklärte. Paulina musste unwillkürlich lächeln. Sie hatte nicht erwartet, dass der Lieutnant der Goldhafener Stadtwache mit so viel Feingefühl auf die Lage reagieren konnte. Sowohl gegenüber Lev, als auch gegenüber Esther.

„Und? Könnt Ihr sie heilen?", fragte der Kommandant der Schwarzen Reiter leise.

„Lev… ich habe in ihren Geist gesehen… Ich weiß nicht, wie ich es Euch beschreiben kann, doch sie ist zerrüttet. Wie eine Tonvase, die auf dem Boden zerschellt. Die Stücke ihres Verstandes sind alle da, aber verbindungslos, daher wirkt sie manchmal so… verwirrt." Lev sah sie nur an. „Ich kenne Fälle, wo sich so etwas mit der Zeit wieder richtet. Bei den Betroffenen können durchaus starke Verbesserungen eintreten."

Lev wandte seinen Blick ab und starrte ins Feuer. „Und… wenn Ihr es versucht? Marilka habt Ihr in Trocnov auch geheilt und…" Die Erwähnung des Namens versetzte Paulina einen Stich.

„Lev, das war etwas anderes. Ich habe nur ihre körperlichen Wunden geheilt. Geistige Wunden sind weitaus komplexer und… schwieriger zu behandeln."

Lev wurde wieder still. Sie lauschten der Nacht, dem Feuer und dem heiteren Gespräch von Esther und Zenon, das in so völligem Gegensatz zu dem ihrem Stand.

„Der Ball aus Feuer in Trocnov... ich dachte... nun, ich dachte vielleicht vermögt Ihr auch mit ähnlicher Macht zu heilen." Levs Stimme wurde immer leiser. Paulina hörte keine Anschuldigung heraus. Nur Trauer und Hoffnungslosigkeit. „Was ist mit ihrem Arm?"

Maelle sah ihn mitfühlend an. „Ich kann keine verlorenen Körperteile nachwachsen lassen. Kein Arkanist kann das..." Lev sagte nichts. Er starrte nur ins Feuer. „Ich kann höchstens versuchen die Narben in ihrem Gesicht und auf ihrem Körper zu..."

„Die sind unwichtig." Paulina schrak etwas zurück. Er hatte weder geschrien, noch war er anderweitig ausfallend gewesen. Er hatte nur so... angespannt gesprochen. Es war deutlich zu hören, wie sehr ihn die Enttäuschung traf. Allein an diesem Abend hatte sie Lev mehr sagen hören, als auf ihrer gesamten gemeinsamen Reise nach Trocnov. „Sie wird also für immer so bleiben?"

Maelle hob leicht die Achseln. „Das kann ich Euch nicht beantworten. Möglicherweise verbessert sich ihr Zustand im Lauf der Zeit. Vielleicht aber auch nicht." Maelle schluckte. „Es tut mir so leid, mein Freund."

Lev sah einen Moment ins Feuer. Paulina wollte gerade ihre Hand auf seine Schulter legen, als er so ruckartig aufstand, dass Esther und Zenon aus ihrem Gespräch gerissen wurden und ihn überrascht ansahen.

„Habt Dank für Eure Einschätzung, Maelle." Damit entfernte er sich mit schnellen Schritten vom Feuer und verschwand in der Dunkelheit. Zenon setzte sein Gespräch mit Esther fort, er erzählte ihr gerade vom Trunkenen Fischersmann, der Taverne, in die die Goldhafener Stadtwachen am Hafen meistens gingen. Esther wirkte jedoch sehr abgelenkt, mehr als sonst sogar, und immer wieder blickte sie sorgenvoll in die Dunkelheit.

„Scheiße ist das doch...", hauchte Maelle.

Paulina setzte sich neben sie, auf den frei gewordenen Platz von Lev und nickte. „Das ist es."

„Wusstet Ihr es? Dass das der Grund für seinen Besuch hier war?"

Paulina schüttelte den Kopf und lauschte dem Feuer. „Nein. Er hatte mir gegenüber so etwas im Lager der Levkiten angedeutet, doch wusste ich es nicht wirklich." Paulina seufzte. „Es ist unglaublich traurig, Maelle. Er liebt sie seit Jahren. Seit Jahren! Und hat sie genauso lange nicht gesehen. Als er sie dann wieder trifft und ihren… Zustand sieht, haut er nicht ab oder wendet sich ab, sondern reist durch halb Galizina um ihr zu helfen. Doch wie sollte er ihr helfen können?" Sie sah zu Esther hinüber, die versuchte es Zenon gleichzutun und den Becher auf ihrer Handfläche zu balancieren. Sie lachte vergnügt dabei. Vergnügt und sorglos. „Er ist so reserviert und so tonlos wie immer. Doch man sieht ihm an, mit jeder Sekunde, dass er alles für Esthers Heilung geben würde und dass ihn ihr Zustand zerreißt."

Maelle sah sie traurig an und zog sich ihre Decke fester um die Schultern. „Die Welt kann ein beschissener Ort sein."

Paulina lehnte ihren Kopf an Maelles Schulter und fühlte ihren Arm, der sich um Paulinas Schulter legte. „Ja", sagte sie leise. „Das kann sie."


Zenon ging mit Maelle, Paulina, Esther und Lev in der Mitte der Kolonne aus levkischen und galizinischen Soldaten. Auf den holprigen Bohlenwegen konnten sie nur in Dreierreihen gehen, entsprechend lang war der Soldatenzug. Zenon ließ sich etwas zurückfallen und ging neben Lev.

„Geht es Euch gut?", fragte er.

„Ja." Gewohnt kurz angebunden.

„Ich verstehe, wie sehr Euch das Schicksal Eurer Kameradin trifft." Lev sagte nichts. „Wenn Ihr darüber sprechen möchtet, dann tut es."

Lev nickte. Schweigend gingen sie weiter den Bohlenweg entlang. Die Luft roch modrig. Sumpfig. Der allgegenwärtige Nebel bedrückte die Stimmung der Soldaten noch mehr. Sie alle wussten, wogegen sie zogen. Csorba und Alvsson hatten beschlossen ihren Männern und Frauen die Einzelheiten ihrer Geheimoperation mitzuteilen. Es kämpfte sich besser, wenn klar war wogegen. Zenon ließ seinen Blick über die stacheligen, langen Grasbüschel wandern, die auf dem moorigen Untergrund gediehen. Fast bei jedem Baum, der aus dem Nebel erschien, fühlte er sich unwohler. Er vermisste die engen, nebellosen Gassen von Goldhafen.

Die Lichtung, auf der die Zeltreste und die zerbrochenen Überreste des Feldlazaretts herumlagen, kam in Sicht. Er sah die grob geschnitzten Holzpfeiler der Heiligen, die hier verehrt wurden. Die Soldaten gingen auf der Lichtung in Stellung. Galizinische Doppelsöldner packten ihre Waffen fester, die Landsknechte hoben ihre Hellebarden. Zenon hörte, wie Arbalesten gespannt wurden. Die farbenfrohen Uniformen der galizinischen Infanterie wirkte fehl am Platz, an diesem nebelverhangenen, düsteren Ort. Die Levkiten taten es ihnen gleich, Waffen wurden bereit gemacht und Aufstellung wurde angenommen. „Ruhig bleiben. Wir warten." Die Stimme von Generalin Csorba wirkte wie ein Fremdkörper in der Ruhe der Lichtung. Das Krächzen eines Raben ließ mehrere Soldaten aufschrecken und nervös in den Himmel schauen. Warten. Das war das Schlimmste vor einem Kampf. Zenon hatte noch nie in einer Feldschlacht gekämpft, doch öfter als er zählen konnte mit Schmugglern, Dieben, Mördern, Pariah-Banden und anderen Unruhestiftern in Goldhafen. Und immer war es das Warten. Zenon versuchte sich auf Dinge zu konzentrieren die er wahrnahm. Den Geruch von Moos. Das leise Quietschen der eisernen Laterne, die Maelle neben ihm trug. Das Rauschen des Windes in den wenigen Blättern, die noch an den Bäumen hingen.

Das auf einmal abrupt abbrach. Er sah in Maelles weit aufgerissene Augen.

„Es geht los", hauchte sie. Zenon nickte. Es ging los.

Csorba hatte sie wohl ebenfalls gehört. „Bereitmachen", bellte sie und Alvsson wiederholte ihren Befehl auf levkisch. Mit dem Wind erstarb das Quietschen der Laterne, das Knarzen von Holz und das Rascheln und Murmeln der Soldaten. Zenon sah sich langsam um. Wieder wurde ihm gewahr, dass er die engen Gassen seiner Stadt vermisste. Es war zu offen, er hatte das Gefühl ein Reh zu sein, das von überallher mit einem Pfeil erlegt werden konnte. In den Gassen von Goldhafen konnte dieser Pfeil immerhin nur von hinten und von vorne kommen. Der Lieutnant spürte wie Paulina neben ihm zitterte. Ihre

Fingerknochen umklammerten bleich den Griff ihres Stoßrapiers.

„Nur ruhig", versuchte er sie zu beruhigen. Seine Stimme klang unwirklich laut in der sonstigen Abwesenheit von Geräuschen. „Wo bei allen Heiligen sind sie?", flüsterte er leise vor sich hin. Die letzten beiden Manifestationen, die sie in Trocnov und der Unterstadt erlegt hatten, waren sofort aufgetaucht, kurz nachdem die Geräusche verstummt waren.

Ein levkischer Soldat schrie. Waffen wurden ruckartig in seine Richtung gedreht.

Zenon sah ihn verwundert an. Er hatte seine Waffe fallengelassen und umklammerte sich den Kopf. Er schrie wirr auf levkisch, zu wirr, als dass Zenon es verstehen konnte. Csorba versuchte dagegen anzuschreien und von Alvsson zu erfahren was er hatte. Ein Kamerad des Soldaten versuchte ihm zu helfen, die Formation der Soldaten geriet in Unordnung. Ein galizinischer Soldat begann ebenfalls zu schreien.

Zenon hatte noch nie etwas Vergleichbares gehört, selbst Amputationen, die Pockenkrankheit oder Überfallopfer, die durch einen Dolch in ihren Eingeweiden ihr letztes Leben aushauchten, hatten weniger schlimm geklungen als die Soldaten. Ein weiterer begann zu schreien. Dann ein vierter. Zenon wollte sich gerade zu Paulina umdrehen, als er ein seltsames Wabern in seinem Blickfeld wahrnahm, was immer weiter zunahm. Durch das Wabern sah er Maelle, die auf die Knie gesunken war und sich mit schmerzverzerrtem Gesicht den Kopf hielt. Zenon nahm entrückt wahr, wie ein Bolzen durch die Luft sirrte, dann ein weiterer. Er hörte die Generalin brüllen das Feuer einzustellen. Das Wabern wurde zu Grimassen, Bildern von leidverzerrten Gesichtern, grausame, entstellte Fratzen, denen gerade noch genug Menschlichkeit geblieben war um sie als solche zu erkennen. Zenon klappte der Mund auf. Er wollte schreien, doch gelang es ihm nicht.

Ein Windstoß erfasste ihn und er spürte, wie er gegen Paulina torkelte. Ein Windstoß? Zenon versuchte sich zu konzentrieren, wieso spürte er einen Windstoß? Die Manifestationen unterdrückten jegliches Geräusch und jeglichen Wind, so war es zumindest bisher gewesen. Sie konnten doch nicht verschwunden sein.

Zenon sah trübes Tageslicht, welches durch die graue Wolkendecke und das lose, herbstliche Blätterdach auf die Lichtung fiel. Er sah, wie ihm in der kalten Luft der Atem vor dem Mund stand. Er sah es deshalb, weil die Gesichter verblassten und er seinen Blick wieder fokussieren konnte.

Zenon atmete schwer und sah sich um. Paulina stand kreidebleich neben ihm und starrte ihn an. Er legte eine Hand auf ihren Arm und versuchte sich zu sammeln. Langsam bemerkte er, wie die Soldaten sich wieder aufrafften, auch Maelle bemühte sich ächzend auf die Beine zu kommen.

„Was…“, begann sie, doch wurde von dem erneuten Verschwinden der Geräusche unterbrochen. Es war schon bizarr wie laut die Abwesenheit von Geräuschen sein konnte.

„Formiert euch!“ Der Befehl der Löwin schnitt knapp durch die entstandene Stille. Etwas kam. Es erschien nicht einfach, es löste sich vom Hintergrund. Es wirkte, als würde sich Nebel verdichten, als würde das fahle Licht der Sonne heruntertropfen und sich zu etwas Stofflichem formen.

„Da!“, schrie ein galizinischer Soldat. Zenon folgte dem ausgestreckten Arm des Mannes, doch sah er nichts. Nur das Flimmern in der Luft.

„Ruhe! Da ist nichts.“ Die Generalin machte eine wegwerfende Geste.

„Doch“, sagte Maelle, die bleich geworden war. „Ich spüre…“

Mehr brauchte sie nicht zu sagen. Das Flimmern verdichtete sich und eine Albtraumgestalt erschien. Dann eine weitere. Und noch eine. Zenon hörte wie Waffen klirrend ins Gras fielen und sich Soldaten geräuschvoll übergaben. Er hätte es ihnen gerne gleichgetan. Jede der Gestalten bestand aus drei verzerrten Gesichtern, die an ihren Hinterköpfen miteinander verbunden waren. Riesige Gesichter, groß wie Wagenräder, mit unproportional großen Mündern, in denen riesige Reißzähne steckten, aufgereiht wie Nadeln auf einem Nähkissen. Tote, weiße Augen blickten ihnen entgegen und die Gesichtsausdrücke waren schrecklich. Schmerzverzerrt, wütend, rastlos. Blutige

Darmschlingen und Eingeweide hingen bis fast auf den Boden von den schwebenden Gesichtern ab. Die Manifestationen hatten die Farbe von totem Fleisch.

„Bei allen Heiligen…" Es war völlig still. Die Gestalten gaben keinen Laut von sich. Ein lautes Klacken durchschnitt die Luft und ein Arbalestenbolzen traf eine Stirn der mittleren Manifestationen.

„Feuer einstellen, wir…" Weiter kam die Löwin des Nordens nicht, da die fauligen Unterkiefer der Manifestationen aufklappten und markerschütternde Schreie die Luft zerrissen, bevor sie schnell auf sie zustießen. Zenon hielt sich mit einer Hand den Kopf und versuchte mit der anderen sein Korbschwert zur Verteidigung zu erheben.

„Sofort feuern! Feuer!" Die Stimme der Generalin überschlug sich, auch der levkische Offizier brüllte Befehle in seiner Landessprache. Das Sirren von Arbalestenbolzen und das Krachen von Arkebusen erfüllte die Luft, einige der Projektile gingen, trotz der kurzen Entfernung, daneben, die meisten trafen allerdings und gruben sich in das tote Fleisch. Das Soldatenkarree, welches Zenon am nächsten stand, wurde von einem der schreienden Manifestationen angegriffen. Verzweifelt versuchten die Soldaten es mit ihren Stangenwaffen auf Abstand zu halten.

„Bleibt hier", rief er Paulina zu, die mit offenem Mund neben ihm stand. Zenon machte einen unsicheren Schritt auf das Monster zu. Das Gesicht, welches ihm zugewandt war, schrie ihn an, als er sein Schwert mit voller Wucht zwischen die Augen des Wesens trieb. Der Schrei verebbte. Zenon wusste nicht, ob er es getötet hatte, doch das Gesicht hing reglos an den anderen beiden.

Das Karree an Soldaten hielt sich gut, er hoffte den anderen würde es ähnlich ergehen.

Das Ding war abgelenkt und taumelte in der Luft. Es drehte sich und die Fratze, welche bisher nach hinten gewandt war, schnappte nach Zenon, der sich gerade durch einen Satz nach hinten den messerscharfen Zähnen entziehen konnte.

Der laute Knall einer Radschlosspistole und die aus dem Lauf von Fanjunkar Arne Alvssons Pistole kommende Bleikugel, machte den unmenschlichen Zuckungen des Gesichts ein Ende. Es erschlaffte unter der Wucht des Einschlags.

Ein Soldat mit einer Stangenwaffe sprang mutig vor, während seine Kameraden in deckten. Er nutzte seine Hellebarde wie ein Beil und schlug dem Gesicht den Dorn zwischen die Augen. Ein letztes Kreischen ausstoßend sank die Manifestation zu Boden und blieb reglos liegen.

„Verbrennt sie!", rief Zenon den Soldaten zu und eilte zu Generalin Csorba, die sich, gemeinsam mit zwei Hellebardieren, die zweite Manifestation vom Leib hielt. Einer der Soldaten erwehrte sich gerade so, nur noch mit dem Schaft seiner Stangenwaffe, die abgebrochene Spitze hatte sich in einer Zahnlücke eines der Gesichter der Manifestation verfangen.

„Zenon, zur Seite!" Zenon hechtete instinktiv zur Seite und schlug im Gras auf. Er sah wie Maelle, mit der eisernen Laterne in der einen, einer Flammenzunge ihren anderen Arm heraufkriechend, neben ihm stand und eine Feuerzunge auf die Manifestation schleuderte, die schmerzerfüllt aufkreischte. Es war ein menschlicher Schrei. Es erinnerte an die Schreie von Verwundeten, die sich im Todeskampf wanden oder von Soldaten, die um ihre gefallenen Freunde weinten, oder Verletzten, denen Arme oder Beine abgenommen wurden. All die Schreie, die in einem Lazarett zu vernehmen waren. Wie vermutlich auch in dem Lazarett, neben dessen Überresten sie kämpften.

Die Völva der Levkiten kam ebenfalls in sein Blickfeld. Sie zischte Worte auf levkisch, die ihm fast das Blut gefrieren ließen. Sie hielt einen ledernen Wasserschlauch gerade vor sich ausgestreckt und streckte ihre andere Hand einem der noch geifernden Gesichter der Manifestation entgegen. Singende Eissplitter schossen aus ihrer Hand hervor und bohrten sich überall in das Gesicht. Sie flogen mit einer solchen Wucht, dass die Zähne des Wesens zerbarsten und ihm den Unterkiefer vollständig abtrennten. Die Löwin des Nordens bohrte mit einem Schrei ihr Rapier in das letzte, noch überlebende Gesicht und die Manifestation schlingerte ins Gras. Maelle rannte zu den Überresten und hielt ihre Hand über sie, aus der knisternde

Flammen stoben. Der Schrecken verbrannte fast restlos zu Asche.

Zenon sah sich schwer atmend um. Die letzte Manifestation rang mit zwei Karrees. Immer wieder wurden die fauchenden Angriffe durch beherztes Zustoßen mit den Hellebarden abgewehrt. Immer wieder sirrten Arbalestenbolzen durch die Luft. Zenons Blick traf den von Maelle, der ein Schweißfilm auf der Stirn stand.

„Könnt Ihr…“ Er wurde unterbrochen.

„Was habt Ihr getan?“, schrie eine starke, weibliche Stimme. Magdaléna kam mit einigen Dörflern auf die Wiese gerannt. Sie waren mit Heugabeln, Torfstechern und Spaten bewaffnet. Ein bekanntes Bild. Es musste fast das ganze Dorf sein.

„Bleibt wo Ihr seid“, bellte Csorba. „Haltet Euch zurück, überlasst uns diese Unwesen.“

Magdaléna sah sie entgeistert an. „Ihr tötet unsere Beschützer.“

Fanjunkar Arne Alvsson bellte einen Befehl auf levkisch und seine Männer bildeten eine Wand aus Stahl zwischen den kämpfenden Karrees und den Bewohnern von Kizvár. Langsam rückten die weiter vor. Ihnen war der Hass ins Gesicht geschrieben.

„Lasst sofort von ihnen ab.“ Magdaléna drehte sich zu ihren Freunden und Mitbewohnern des Dorfes um. „Diese Fremden kommen, rauben uns alles, töten unsere Frauen, unsere Männer, unsere Kinder. Sechs Jahre lang. Und nun wollen sie uns unsere Beschützer nehmen.“ Die Bewohner schrien und geiferten ihnen entgegen. Zenon schluckte. Es würde ein Blutbad geben, wenn sie angriffen. Die Menschen waren schlecht bewaffnet und viel weniger als die Galiziner und Levkiten.

„Zwingt mich nicht, Medame.“ Csorbas Augen weiteten sich. Zenon sah das erste Mal Schrecken in den Augen der Veteranin. Sie wollte nicht auf die nahezu hilflosen Bewohner schießen lassen.

„Magdaléna, bitte!“ Paulina erschien neben der Generalin. „Bitte, die Manifestationen sind keine Beschützer. Sie…“

„Was wisst Ihr denn davon?", blaffte die junge Frau zurück. „Ihr kennt Karenina nicht. Ihr wart nie hier. Ihr seid eine verdammte Hofschranze der Kaiserin."

„Das stimmt nicht. Wir bekämpften die Manifestationen in Goldhafen und in Trocnov, einem Dorf wie Eurem."

Magdaléna spuckte aus. „Spart Euch den Atem. Viel zu lange haben wir Euresgleichen zugehört. Wir…"

„Magdaléna, denkt an Euer Kind. Bitte, ich will nicht, dass es ohne Mutter aufwächst." Magdaléna zögerte. Der bärtige Mann neben ihr redete auf sie ein. Eine ältere Frau auf ihrer anderen Seite schrie den Soldaten Beleidigungen entgegen. Paulina drehte kurz den Kopf, als das Schreien der letzten Manifestation leiser wurde. Sie war zu Boden gesunken und die Soldaten hackten mit ihren Hellebarden auf sie ein. Zenon spürte einen Luftzug. Dann roch er die nasse Erde. Dann hörte er das Zirpen von Vögeln und das Gluckern eines nahen Gewässers. Es war vorbei. Die Manifestationen waren besiegt, doch die Gefahr war noch nicht vorüber. Nicht so lange die Bewohner von Kizvár hier vor ihnen standen.

„Lasst es mich Euch erklären. In Ruhe. Im Dorf. Wir haben hier unsere Arbeit gemacht und wir verschwinden noch heute. Ich verspreche es Euch."

Paulinas Worte zeigten Wirkung. Zenon sah wie Magdaléna mit sich rang. Sie wusste wohl, wenn sie angreifen würde, würden sie abgeschlachtet werden. Zu groß war die Übermacht der Soldaten. Magdaléna spuckte auf den Boden. „Nun gut. Wir geben Euch die Chance Euch zu erklären. Und dann endlich von unserem Land zu verschwinden."

Gemeinsam marschierten die levkischen Soldaten, die galizinischen Soldaten und die Bewohner von Kizvár zum Dorf zurück. Maelle, Zenon und Paulina hatten sich in der Mitte des Zuges eingereiht, Magdaléna begleitete sie. Lev und Esther, die sich beide während der Kämpfe im Hintergrund gehalten hatten, bildeten den Schluss. Paulina wollte nur nach Hause. Sie wollte in die Gilde. Sie wollte ihren Bruder wiedersehen, ihre Familie. Sie wollte mit Zenon und Maelle im Trunkenen Fischersmann schales Bier trinken und das sumpfige, moorige Karenina, mit all seinen Schrecken vergessen. Sie war dafür nicht gemacht. Leute wie Generalin Krystina Csorba, Lev van Zanger oder Fanjunkar Arne Alvsson, mochten das aushalten, aber Paulina tat es nicht. Sie würde der Kaiserin den Befehl verweigern, sollte sie sie erneut auf so eine Mission schicken wollen. Und wenn sie sich dafür ihren Zorn zuzog.

„Halt. Formieren. Geviert." Die Stimme der Generalin knallte wie eine Peitsche über ihre Köpfe. Paulina reckte irritiert den Kopf, wurde allerdings von vorbeieilenden Landsknechten beiseitegeschoben. Sie versuchte zur Generalin zu kommen, Zenon, Magdaléna und Maelle folgten ihr. Sie drückten sich aus der vordersten Reihe der Landsknechte heraus, die niedergekniet war, sodass deren Hellebarden mit denen aus der zweiten Reihe überlappten.

„Was ist…" Paulina brach ab. „Bei allen Heiligen."

Csorba nickte grimmig. „Ja. Bei allen Heiligen." Kanonenläufe reckten sich ihnen von der sanften Anhöhe, die sich über ihrem provisorischen Feldlager vor dem Dorf erstreckte, entgegen. Der galizinische Doppeladler prangte stolz auf mehreren, großen Fahnen. Die zweite Gruppe aus dem Westreich, Paulina hatte sie fast vergessen. Erzkonfessor Theodor Polyák, Berater von König Alexandr in religiösen Fragen und wichtiger Kopf der Kirche des Einen, hatte eine zweite Expedition über Stastín nach Karenina geführt. Westlich am Mittwald vorbei.

„Die kommen zu spät", sagte Maelle.

„Die kommen nicht zu spät. Die haben ihre Kanonen auf uns gerichtet." Paulina erschrak erst und begriff dann. Die levkischen Banner, die ihre Gruppe führte. Die Westgaliziner und Polyák hatten keine Ahnung, dass sie sich verbrüdert hatten um die Manifestationen gemeinsam zu bekämpfen. „Lasst mich mit ihnen reden."

„Das ist keine gute Idee, Medame." Die Generalin schielte zu den Kanonenläufen hoch, hinter denen sich Soldaten tummelten. „Der Erzkonfessor ist ein Bastard."

Paulina schluckte. Das wusste sie. Sie hatte ihn bei den Herbstmanövern erlebt. Doch sie war von Alessia dazu auserkoren worden. „Ich gehe", sagte sie mit fester Stimme.

„Ich begleite Euch." Zenon stellte sich neben sie.

Die Generalin starrte sie zweifelnd an. „Wie Ihr wollt." Sie wandte sich wieder ihren und den levkischen Soldaten zu und versuchte die Reihen zu ordnen.

„Passt auf Euch auf." Maelle lächelte ihr und Zenon schwach zu und drückte ihre Hände. Das Wirken der arkanen Kräfte gegen die Manifestationen musste sie ausgelaugt haben.

Paulina stapfte mit Zenon den Hügel hinauf. Sie konzentrierte sich auf ihre Füße und versuchte sich zurechtzulegen, was sie sagen wollte. Sie war nervös vor der Begegnung mit dem Erzkonfessor, jedoch konnte es nur einen Ausgang des Gesprächs geben. Paulina war sich sicher, dass er verstand, wenn sie es ihm erklärte. Bei allen Unterschieden hatten sie einen gleichen Feind und den gleichen Auftrag.

„Nicht feuern", rief Zenon, als sie kurz vor der Kanonenreihe standen. Paulina sah ihn an. Sie hoffte, dass dieser Hinweis nicht notwendig gewesen war. Zenon zuckte die Achseln. „Sicher ist sicher."

Paulina schritt, gefolgt von dem Lieutnant, auf die Anhöhe. Sie passierten misstrauisch aussehende Soldaten, deren Blicke ihnen folgten. Die Westgaliziner umklammerten ihre Arkebusen und Piken fest. Ihre Uniformen glichen denen der ostgalizinischen Landsknechte, an der Bewaffnung waren sie allerdings deutlich zu unterscheiden. Statt Hellebarden wurden fast doppelt so lange Piken eingesetzt, statt den schweren Windenarbalesten stützen sich die Soldaten auf Feuerwaffen. Paulina ging auf den Erzkonfessor zu, der die Arme vor der Brust verschränkt und sich einige Schritt hinter der Kanonenreihe positioniert hatte. Er trug standesgerecht die schweren Ordensgewänder der Kirche. Neben ihm hatte sich ein Offizier der westgalizinischen Armee mit speckigem Lederhut aufgestellt und finster aussehende Gestalten in dreckigweißen Hemden, auf die grob ein Einenkreuz gemalt worden war, flankierten sie. Sie trugen Knüppel, Peitschen und ähnliche Geißelungswerkzeuge in den Händen und sahen sie finster an. Das mussten die Bekenner der Kirche sein, deren Fußtruppen und fanatische Angehörige. Sie waren beängstigend.

„Medame Paulina Katja Nowgoroda.“ Der Erzkonfessor spuckte ihr die Worte vor die Füße. „Welch Ehre.“

Paulina blieb ruhig und neigte sanft das Haupt vor Polyák. „Erzkonfessor Polyák. Eine Freude Euch zu sehen. Wie ist es Euch ergangen?“

Der Erzkonfessor bedachte sie mit einem herablassenden Blick. „Wir sind Hinweisen der arkanen Missgeburten von Stastín nach Karenina gefolgt. Eine Spur der Verwüstung zog sich durch die Oblaste. Wir fanden Hinweise der lokalen Bevölkerung, dass sich die Manifestationen von hier aus kommend verbreiteten.“ Der Erzkonfessor deutete auf das Umland.

Paulina nickte. „Dasselbe kann ich berichten. Jedoch mit frohem Abschluss. Die Manifestationen zeigten sich hier und wir vernichteten sie. Ein altes Lazarett aus dem Sezessionskrieg diente ihnen als Entstehungsort. Sie sind fort.“

Der Erzkonfessor deutete auf die wehenden levkischen Banner unter ihnen. „Und dabei habt Ihr offensichtlich neue Freunde gefunden.“

Paulina nickte wieder. „Wir haben eine Kompanie levkischer Soldaten auf galizinischem Staatsgebiet entdeckt und ausgespäht. Der Erhaltung des Friedens willen, welches das oberste Ziel der Kaiserin und des Königs ist, haben wir diplomatische Versuche unternommen sie zum Verlassen zu bewegen. Durch die Verhandlungen wurde klar, dass die Levkiten von den Manifestationen wussten. Da sie gleichermaßen eine Bedrohung für Galizina wie für Levka darstellten, halfen sie uns, sie zu vertreiben.“

Der Erzkonfessor lachte humorlos. „Das ist eine blumenreiche Umschreibung für Hochverrat.“

Paulina runzelte verärgert die Stirn. „Nein. Die Kaiserin hat mich zu ihrer Diplomatin ernannt und genau das habe ich getan. Diplomatie. Wir haben möglicherweise einen Krieg verhindert.“

Der Erzkonfessor deutete langsam mit dem Finger auf sie. „Das sehe ich anders. Ihr, Csorba und alle die Euch begleiten, habt Euch gegen die Krone und den Einen verschworen.“

Zenon trat nach vorne. „Erzkonfessor, bitte. Das ist Wahnsinn, wir…“

„Schweigt!" Feine Speicheltröpfchen flogen Polyák aus dem Mund als er sie anblaffte. „Hiermit klage ich Euch, Paulina Katja Nowgoroda und alle Euch Begleitenden des Hochverrats an König Alexandr an. Bekenner, nehmt sie fest." Vier der Bekenner traten vor und packten Paulina und Zenon grob an den Armen.

Paulina war mehr wütend als verängstigt. „Was bei allen Heiligen glaubt Ihr was Ihr hier tut? Ich bin Gesandte der Kaiserin. Lasst unsere Herrscher entscheiden, wer im Recht ist."

Der Erzkonfessor grinste sie hämisch an. „'Bei allen Heiligen'? Ich glaube nicht, dass diese Bastarde Euch helfen werden." Er machte eine kurze Pause, in der er die Augen schloss. „Ich lasse nur den Einen entscheiden. Es ist sein Wille."

„Ihr verschwört Euch gegen Kaiserin Alessia Loretta Vyrkov!"

„Eure Kaiserin ist nicht hier. Und jetzt werdet Zeuge, wie im Westreich mit Hochverrätern umgegangen wird." Er deutete lässig auf die Kanonen und die Geschützmannschaften begaben sich in Stellung.

„Nein", hauchte Paulina. „Nein. Tut das nicht."

Der westgalizinische Offizier trat vor. „Eure Eminenz, das sind unsere Leute…"

„Befolgt meine Befehle oder Ihr könnt Euch dazu stellen", fauchte Polyák.

Paulina spürte, wie ihre Beine unter ihr nachgaben, nur die grobschlächtigen Arme der Bekenner hielten sie noch aufrecht. „Bitte. Ich flehe Euch an. Tut das nicht!"

Der Erzkonfessor drehte sich nicht einmal mehr um. Ein einzelnes, fast leise ausgesprochenes Wort kam aus seinem Mund, welches Paulinas Welt zerbrechen ließ. „Feuer!"

Wimmern. Lev drehte seinen Kopf zu Esther, die zitternd neben ihm stand. Fragend zog er eine Augenbraue hoch, bis ihm auffiel, dass sie sein Gesicht unter dem Helm nicht sehen konnte. Das musste sie aber auch gar nicht, sie antwortete auf seine unausgesprochene Frage.

„I-i-ich habe A-angst."

Lev drückte ihren Arm. „Das musst du nicht. Die sind auf unserer Seite." Überzeugen tat ihn das nicht. Er sah Paulina und

Zenon hinterher, als sie den westgalizinischen Soldaten entgegengingen. Er hatte ein ungutes Gefühl dabei. Die Kanonen waren auf sie gerichtet.

Esther zitterte immer mehr. Lev hatte das schon früher beobachtet. Soldaten, die traumatisches erlebt hatten, machte allein der Anblick von Kriegsgerät beinahe wahnsinnig. Er sah wie sich Esthers Hände rastlos bewegten. Sie spielte mit ihren Fingern und ihr Mund bewegte sich stumm dabei. „I-i-ich will h-hier w-weg.“ Sie riss die Augen auf und starrte Lev an. Schweißtropfen bildeten sich auf ihrer Stirn. „I-ich m-m-muss h-hier w-w-w-weg.“ Esther drehte sich um und quetschte sich durch die Soldatenreihen, die ihr fluchend auswichen.

Verdammt. Lev eilte ihr hinterher. Esther ließ die letzte Soldatenreihe hinter sich und rannte, quer zu den sich gegenüberstehenden westgalizinischen und ostgalizinisch-levkischen Soldatengruppen auf die nahe Baumreihe zu. Sie kam erst zur Ruhe, als sie die ersten Bäume erreicht hatte. Schwer atmend kauerte sie sich mit dem Rücken an eine krumme Birke. Gehetzt fuhr ihr Blick umher und sie zählte wieder ihre Finger durch. Lev kam schlitternd vor ihr zum Stehen. Er fasste sie an den Schultern und zwang sie ihn anzusehen.

„Esther, es ist alles gut. Du bist hier in Sicherheit. Das sind nicht die Schlachtfelder des Krieges.“ Er machte eine kurze Pause als Esther eine Hand auf seinen Helm legte. „Du…“

Lev wollte gerade weitersprechen doch seine Worte gingen unter. Die ganze Welt verschwand im Rauch, im Donner und im Blei der Kanonen.


Esther de Vries kauerte sich hinter dem Baum zusammen und versuchte ruhig zu atmen. Sie versuchte die Methode, die Rowina sie gelehrt hatte, anzuwenden. Daumen-Zeigefinger, Daumen-Mittelfinger, Daumen-Ringfinger, Daumen-kleiner Finger und wieder von vorne. Immer wieder. Immer wieder. Langsam beruhigte sie sich und sah einer Statue in die Augen.

„Esther, es ist alles gut. Du bist hier in Sicherheit. Das sind nicht die Schlachtfelder des Krieges.“ Statuen können nicht sprechen, wieso tat sie es also? Vorsichtig legte sie ihre Hand auf die Statue. Es war keine Statue. Es war der Helm von Lev. Sie lächelte durch den Tränenschleier, der sich über ihre Augen gelegt hatte. Esther spürte, wie Lev noch etwas sagte, doch sie verstand ihn nicht. Kanonendonner erfüllte die Luft und Esther zuckte zusammen.

„Das sind Hagelgeschosse…", hörte sie Lev entsetzt sagen. Er war immer noch über sie gebeugt. Sie versuchte sich so klein zu machen wie möglich. Es war kein aktiver Versuch, es war ein über Jahre antrainierter Ablauf.

Esther erinnerte sich an die hunderten Übungsstunden, in der sie diese Abläufe gelernt hatte. Sie stutzte. Sie erinnerte sich.

Ein weiterer Kanonenschuss. Sie erinnerte sich daran, wie sie mit Lev van Zanger, Kor van de Berg und Jonah van Vanhausen im Dreck der Schützengräben vor der Festung Olsztynek gelegen hatte.

Knall. Sie erinnerte sich, wie sie mit Arthur Driessen in das Warenlager der 6. Galizinischen Armee eingebrochen war um Käse zu rauben.

Knall. Sie erinnerte sich daran, wie sie sich mit Nastasja Visser in einer billigen Hafentaverne in Arnhem absolut besinnungslos getrunken hatte und ihr von… Esther stutzte. Ihr lief eine Träne die Wange herab. Ihr von ihrer Liebe zu Lev van Zanger erzählt hatte.

Maelle Dorn stand in der dritten Reihe des Gevierts und ihr klappte der Mund auf. Es war unwirklich. Aus den Kanonen, die weniger als hundert Schritt von ihnen entfernt aufgestellt waren, drang bläulicher Rauch und der schwere, metallene Donner, der von ihnen ausgegangen war, hing noch in der Luft und hallte nach. Hatten sie wirklich auf sie geschossen? Das konnte doch nicht sein. Sie waren auf derselben Seite. Das vereinte Galizina. Paulina war doch bei ihnen. Es verging der Bruchteil einer Sekunde, der sich für Maelle wie eine Ewigkeit anfühlte, bis sie die Antwort auf ihre Frage erhielt. Singende, pfeifende Töne, die von dutzenden, hunderten, kleinen Bleiprojektilen verursacht wurden, lieferten ihr die Antwort. Es klang fast wie ein Konzert. Der Kanonendonner war der Paukenschlag. Die singenden Projektile die Geigen.

Schmatzende Geräusche, zischendes, durchbohrendes Metall, helle Blutfontänen und Schreie, schmerzhafte, schreckliche Schreie, bauschten sich zu einem Crescendo des Leidens auf. Maelle sah wie die Löwin des Nordens, Heldin von Ostgalizina und Siegerin zahlreicher Schlachten, sich mehrfach getroffen umdrehte, bevor sie röchelnd zu Boden ging. Sie spürte wie die vorderen Soldaten, vielfach von Geschossen getroffen, gegen ihre Kameraden in den hinteren Reihen torkelten. Maelle spritzte heißes Blut ins Gesicht. Wie Halme unter einer Sense fielen die Männer und Frauen. Der Impakt der hunderten, kleinen Geschosse in die menschlichen Körper riss die Soldaten zu Boden, als wäre ein Amboss auf sie gefallen. Maelle hörte die Schreie, sie sah die fallenden Körper, doch sie konnte nichts anderes tun als in die Kanonenläufe zu starren. Fast wäre sie gestürzt, als ein Mann neben ihr seinen Kopf auf ihre Schulter legte. Zumindest dachte Maelle das, bis sie sah, dass sein Hals durchbohrt worden war und er schlaff auf ihr hing. Maelle wollte ihn gerade, apathisch, mechanisch und völlig unter Schock, von sich streifen, als sich ein warmes Gefühl in ihrem Unterbauch breitmachte. Dann eines in ihrem rechten Arm. Dann eines in ihrem Hals. Verwundert starrte sie nach vorne. Dort, wo vorher noch Soldaten vor ihr gestanden hatten, lagen jetzt nur noch bewegungslose, tote Körper. Sie selbst bildete nun die erste Reihe. Sie hatte einen ungehinderten Blick auf die Kanonen. Die Kanonen, aus deren Läufen Rauch hervordrang. Die Kanonen, die durch den Rückstoß der zweiten Salve nach hinten gerollt waren. Die Kanonen, die gerade mehrere Bleigeschosse in ihren Körper gejagt hatten.

Maelle wollte etwas sagen, doch würgte sie nur Blut hervor. Die Welt drehte sich um sie herum, als sie zusammensackte und neben den anderen Leichen reglos liegen blieb.

# Kapitel XV

## Ruß

*Galizina, Ostreich, Goldhafen, Unterstadt, Taverne Toter Sperling im Spätsommer 1271*

Ruß lehnte am Tresen im Toten Sperling. Das Bier war widerlich, doch sie trank es trotzdem. Sie beobachtete einen Mann, der einem anderen gerade eins mit einem leeren Tonkrug überzog, der daraufhin klirrend zerbrach. Die umstehenden Gäste johlten. Ruß grinste, als der Getroffene rücklings von der Bank fiel, der Sieger die Arme in die Luft stieß und dabei, Speichel verteilend, seinen Triumph herausschrie. Der Wirt beschwerte sich lautstark, dass er für den zerbrochenen Krug aufkommen müsse, doch das scherte den Mann herzlich wenig.

„Der sollte mal im Blutzwinger kämpfen", hörte Ruß einen anderen Gast zu seinem Kumpanen sagen, der neben ihr am Tresen auf einem zerbrechlich wirkenden Hocker saß. „Der würde die Leute da zum Frühstück verspeisen."

Ruß runzelte die Stirn. Der Blutzwinger war eine Arena, die in eine alte Kaverne, östlich der Hauptkaverne gebaut worden war. In ihr fanden Kämpfe statt, oft auf Leben und Tod. Erfolgreiche Kämpfer konnten echte Unterstadtlegenden werden. Ruß war einmal dort gewesen, bei einem Kampf hatte sie allerdings noch nie zugesehen. Vielleicht war es an der Zeit das nachzuholen.

Sie nahm noch einen Schluck ihres Bieres und betrachtete das Poster, das hinter dem Tresen an der Wand hing. Es war ein schwarzer Druck, der eine in der Mitte zerbrochene Krone zeigte. Darunter war in großspuriger Sprache beschrieben, dass sich die Bevölkerung gegen die Tyrannei der Krone erheben müsse, und so weiter. Ruß war sich sicher, dass der Großteil der hier Anwesenden nicht lesen konnte, dafür war dann vermutlich das Bild der zerbrochenen Krone da.

Sie trank ihr Bier leer, verzog das Gesicht und stellte den Krug auf die abgeschlagene Theke. Ruß quetschte sich durch die verdreckten Menschen, die in der Taverne aßen und tranken und ging auf den Bohlenweg, der sich Straße schimpfte, und ihre Lederschuhe nur minimal vor dem allgegenwärtigen Dreck schützte. Durch die Höhlendecke, weit über ihr, drangen vereinzelte Lichtstrahlen aus kleinen, annähernd runden Lichtschächten.

„Ich habe etwas für Euch." Ruß atmete flach aus. Die Stimme kam von links hinter ihr. Männlich. Er musste sich im Dunkeln des Tavernengebäudes versteckt haben. Er wollte etwas von ihr, sonst wäre sie bereits tot. Sie schätzte, dass der Mann drei Schritt von ihr entfernt war. Schwungvoll drehte sie sich um und zog dabei ihren Panzerstecher, den sie waagrecht vor sich gestreckt hielt. „Immer schön langsam. Ihr könnt das Ding wegstecken." Ein dunkel gekleideter Mann, der sein Gesicht unter einer Kapuze verbarg, hatte ein gerolltes Stück Papier in seiner Hand, das er Ruß langsam reichte. Sie nahm es ihm argwöhnisch ab, steckte ihren Dolch jedoch nicht weg. Ruß erlaubte sich einen kurzen Blick auf das Siegel. Natürlich. Das Zeichen der Inquisition prangte in einem dunklen, blutigen Rot auf der Rolle. „Befehle von oben. Gute Jagd." Der Mann umrundete sie großräumig, bis er genug Abstand zwischen sich und ihren Panzerstecher gebracht hatte, um dann mit langen Schritten in der ewigen Düsternis der Unterstadt zu verschwinden.

Ruß sah sich misstrauisch um. Hatte sie jemand beobachtet? Es schien nicht so. Und selbst wenn, in der Unterstadt wurden ständig zwielichtige Geschäfte gemacht. Ein maskierter Mann, der einer aus einer Taverne kommenden Frau etwas in die Hand drückte und dann wortlos verschwand, war hier das Normalste der Welt.

Ruß steckte sich die Rolle unter ihr fleckiges Hemd und beeilte sich den Bohlenweg entlang zu gehen. Sie bog auf eine der Hauptverkehrsadern von Neuer Schacht ein. Mehrere, für Unterstadtverhältnisse breite Wege, waren rechts und links des Hauptweges und über einem dreckigen, zähfließenden Fluss gebaut. Trotz der späten Stunde waren noch viele Menschen auf den Wegen unterwegs, was nicht verwunderlich war, da durch die andauernde Dunkelheit Tageszeiten kaum eine Rolle spielten.

Ruß wich einer Staubkranken aus, die mit leerem Blick die Gassen entlangtorkelte. Sie scheuchte zwei Kinder weg, die sich über einen schmalen Kanal eine kleine Holzmurmel zuwarfen und setzte ihren Weg fort. Die Hütten und Baracken standen hier dicht an dicht und waren mindestens zweistöckig gebaut. Brücken und Verbindungswege verliefen über ihr und auch auf diesen tummelten sich Menschen. Ein Mann auf einer dieser Brücken, entleerte lachend seine Blase auf den Weg darunter. Ruß wartete, bis das Plätschern aufhörte und ging dann weiter. Sie bog in eine Seitengasse ein und öffnete die kleine Kaschemme, die sie dort angemietet hatte, mit einem rostigen Schlüssel. Ein kleines Bett mit Strohmatratze, eine halb heruntergebrannte Kerze und eine brüchige Kommode waren die einzige Inneneinrichtung. Das war eine wichtige Regel in der Unterstadt. Wenn man nichts besaß, konnte einem auch nichts geklaut werden. Ruß entzündete die Kerze mit Zunder, Feuerstahl und Feuerstein und setzte sich auf ihr Bett, was selbst unter ihrem geringen Gewicht knarzend nachgab.

Sie zog die Papierrolle unter ihrem Hemd hervor und brach das Siegel. Jedes Mal war es aufregend. Sie arbeitete schon seit Jahren für Emil van Unrug und die Inquisition, als unabhängige Agentin, doch klopfte ihr Herz ein jedes Mal etwas schneller, wenn sie einen Auftrag bekam. Was war es diesmal? Erpressung? Diebstahl? Einschüchterung? Simpler Mord?

Ruß seufzte, als sie das Papier las. Es war letzteres. Drei Worte waren in fein säuberlicher Handschrift auf das Papier geschrieben worden. ‚Eliminierung Marilka Wasser‘.

Ruß fragte nie, wieso jemand sterben musste. Es interessierte sie nicht. Sie wollte so wenig wie möglich wissen, sonst würde irgendwann ein anderer Häscher ein Papier bekommen, auf dem ihr Name stand. Sie war keine Inquisitorin und auch keine volle Agentin der Inquisition, auch wenn Emil van Unrug das oft anders sah. Sie war eine unabhängige Dienstleisterin. Eine inoffizielle. Die Inquisition hatte überall Informanten, Schläfer, Spitzel, Lakaien. Sie war eine davon. Nur gelegentlich, nach Bedarf, erfüllte sie Aufträge für die Inquisition. Sie zahlten gut.

Ruß spuckte das Kerngehäuse des matschigen Apfels, an dem sie gekaut hatte, aus und betrat das Apothecarium. Sie packte einen vorbeieilenden, gehetzt wirkenden, jungen Apothecarius am Arm. „Ich möchte mit der Leiterin sprechen."

Der Mann schüttelte ihre Hand ab. „Sie ist beschäftigt. Meldet Euch da vorne an, wenn Ihr krank seid." Er deutete auf einen billigen Tresen am anderen Ende des Raumes.

Ruß schritt mit großen Schritten darauf zu. Das Apothecarium war der einzige Ort in der Unterstadt wo es tatsächlich etwas kostenlos gab. Nur aus Nächstenliebe und Großzügigkeit. Es war das einzige Krankenhaus in der Unterstadt und wurde von den Apothecarii des Arkanistenordens von oben geführt.

Hinter dem Tresen stand eine ältere Apothecaria und schrieb mit einem langen Federkiel etwas auf mehrere Papiere. Als sie Ruß bemerkte sah sie auf und lächelte. „Guten Tag meine Liebe. Wie kann ich dir helfen?"

Ruß sah sie eine Weile an. „Mein Name ist Josefina Wasser. Ich wollte mich erkundigen, ob meine Schwester, Marilka Wasser hier ist. Ich suche sie schon seit einiger Zeit."

Die ältere Frau sah sie mitleidig an. „Ich schaue sofort nach, Liebes." Sie drehte sich um und durchsuchte mehrere Papierstapel, die in einem hölzernen, an die marode Wand genagelten Regal lagen. Ruß wartete. Als sie im Sommer die Manifestation, die von einer Sekte angebetet worden war, besiegt hatten, hatten die Handelsgildenfrau und die Apothecaria über Marilkas Schwester gesprochen. Das war eine gute Information gewesen. Ruß hatte keine Ahnung wo Marilka war, vielleicht wussten das aber die Apothecarii des Apothecariums. Und wer würde einer Frau, die nach ihrer lange verlorenen Schwester suchte, schon einen Wunsch abschlagen.

Die Apothecaria hinter dem Tresen drehte sich ihr wieder zu und runzelte die Stirn. „Ich habe keinen Eintrag zu einer Marilka Wasser gefunden. Allerdings habe ich hier eine Notiz von einer Stanja Wasser, die ebenfalls eine Marilka sucht. Kennt Ihr sie?"

Ruß stutzte. Stanja? Konnte das Marilka Wassers echte Schwester sein? Ein seltsamer Zufall. „Das ist unsere andere Schwester. Ich dachte sie wäre tot."

Die ältere Frau schüttelte den Kopf und sah auf das Papier, das sie in den Händen hielt. „Sie kommt immer wieder hierher und frägt nach Marilka Wasser. Sie hat einen Zettel dagelassen, den wir ihr geben sollen, sollte sie jemals hier behandelt werden."

Ruß sah auf den Zettel, der vor ihr auf dem Tresen lag. „Darf ich den Zettel haben?"

Sie versuchte erst gar nicht bittend zu klingen. Sie wusste, dass sie nicht gut im Lügen und Verstellen war. Dafür war sie nicht gemacht.

Ihr Gegenüber strich ihr sanft und großmütterlich über den Handrücken. „Natürlich, meine Liebe." Liebevoll drückte sie ihr den Zettel in die Hand. „Ich hoffe, Ihr findet Eure Schwester." Ruß nickte ihr zu und wandte sich ab. Wenn die alte Apothecaria wüsste, dass sie gerade geholfen hatte Marilkas Schicksal zu besiegeln, würde sie heute Nacht sicher nicht mehr ruhig schlafen können.

Ruß verließ das große Holzgebäude und atmete den fauligen Geruch der Straße ein. Das lief ja wie geschmiert. Sie faltete den Zettel auf. In fein säuberlichen Lettern war etwas darauf geschrieben worden.

*Marilka, liebste Schwester,*

*ich suche dich seit einer Ewigkeit. Ich bin Hinweisen gefolgt und habe herausgefunden, dass du immer noch in der Unterstadt bist. Ich möchte dich sehen. Bitte suche mich an der Straße, in der die Prediger ihre Schreine haben, auf. Ich bin dort jeden Abend und warte auf dich am Schrein des Einen.*

*In Liebe, Stanja*

Ruß nickte. Sie hatte auf etwas anderes gehofft, das war jedoch besser als nichts. Vielleicht konnte ihr die Schwester einige Hinweise geben. Auch wenn sie sie selbst noch suchte, irgendwas würde sie ja hoffentlich schon herausgefunden haben. Ruß ließ den Zettel unter ihrem Hemd verschwinden. Sie hatte noch Zeit bis zum Abend. Sie seufzte. Also wieder widerliches Bier im Toten Sperling.

Ruß kaute an einem ungesüßten Stockbrot und lauschte einem Prediger, der, sich die Haare raufend, lautstark einen Götzen anschrie, dass er ihn erlösen möge. Ruß hoffte auf selbiges, das Geschrei war kaum auszuhalten. Zusammen mit den anderen Sektengurus, Predigern, Priestern und Scharlatanen, die an der Glaubensstraße predigten, sorgte er für einen dauerhaften Hintergrundlärm.

Doch das zog an. Viele Menschen blieben im Vorbeigehen stehen oder hingen vollständig an den Lippen der Prediger. Der Schrein des Einen stach dabei heraus. Er war der einzige, der aus Stein errichtet worden war. Ruß schnaubte. Vermutlich konnte man an einer Hand abzählen, wie viele Gebäude der Unterstadt überhaupt aus Stein waren. Die anderen Prediger begnügten sich mit einfachen Holzkonstruktionen, hölzernen Podesten auf denen sie standen, oder sie knieten schlicht im Dreck und flehten ihre Götzen an.

Ruß riss einen weiteren Bissen des Brotes ab und verzog den Mund. Fast wünschte sie sich, sie könnte es mit dem Bier aus dem Sperling herunterspülen. Es war eine trockene Masse, die kaum Geschmack hatte. Sie blickte nach rechts, zum Schrein des Einen. Die meisten Menschen, die in der Glaubensstraße Halt suchten, hielten beim Einen. Er machte wohl die besten Versprechungen. Ruß legte den Kopf schief. Die er dann, wie alle anderen Götter, nicht einhalten würde.

Sie sah eine Person aus dem fortlaufenden Strom an Menschen, die die Straße benutzten und die Schreine passierten, ausbrechen und auf den Schrein des Einen zugehen. Sie stellte sich etwas abseits an eine der steinernen Säulen des Schreins und sah sich um. Ruß versuchte ihren Blick unbemerkt auf sie zu fokussieren. Schwarze, lockige Haare, ein etwas länglicheres Gesicht als das, wie sie Marilka in Erinnerung hatte. Könnte aber hinkommen. Ihre Bewegungen wirkten fahrig. Gehetzt, aber irgendwie mutlos. Ruß schürzte die Lippen. Sie fragte sich, wie lange sie das schon tat. Kam sie wirklich jeden Tag hierher um auf ihre Schwester zu warten?

Ruß entfernte sich langsam von dem schreienden Priester, vor dessen Schrein sie stand. Er nahm es nicht einmal wahr. Sie wand sich durch die Menschenmenge auf der Straße, ließ sich immer mal wieder anrempeln, hielt den Blick gesenkt und ließ sich von dem Lärmen der Prediger und der vielen Menschen beschallen. Sie versuchte normal auszusehen, wie die anderen armen Bastarde, die hier unten überleben mussten. Ruß warf erneut einen kurzen Blick auf die Person. Das musste sie sein. Wieso sonst sollte sich jemand an den Schrein stellen, ohne dem Priester zu lauschen und sich suchend in der Menge umschauen.

Ruß umging sie und trat einige Schritte hinter ihr von der Straße. Langsam ging sie auf die Schwester ihres Opfers zu. Die Frau war verzweifelt, Ruß sah es in ihren Augen und in ihren gehetzten Bewegungen. Sie lockerte ihre Schultern und atmete tief durch. Noch hatte Stanja sie nicht entdeckt.

Noch drei Schritt. Noch zwei Schritt. Noch einen Schritt.

Stanja schreckte hoch, als Ruß Hand sie sanft am Arm berührte. „Was wollt Ihr?“, fragte sie erschrocken. „Ich habe kein Geld.“ Sie hatte eine sanfte Stimme.

„Seid Ihr Stanja?“ Der direkte Weg war meistens der erfolgversprechendste.

Argwöhnisch funkelte die Frau sie an. „Wer will das wissen?“

„Paulina Nowgoroda. Ich war im Apothecarium und habe Eure Nachricht gesehen.“

Der Gesichtsausdruck ihres Gegenübers blieb hart. „Und was wollt Ihr von mir?“

„Euch helfen.“

Stanja verschränkte die Arme vor der Brust. „Wieso?“

Ruß zuckte die Achseln. „Ich hatte mit Eurer Schwester im Sommer zu tun.“

Stanjas Augen wurden groß. „Seid Ihr von der Pariah?“

„Nein. Galizinische Handelsgilde.“

„Wieso hattet Ihr mit meiner Schwester zu tun?“

Ruß sah sich um. Zu viele Ohren. „Kommt.“ Sie führte die verzweifelte Schwester zu einem kleinen Stand, an dem Bier ausgeschenkt wurde. Sie bestellte zwei und lehnte sich dann mit einem vollen Bierkrug in der Hand an ein nahes Geländer, das vor einem alten, längst aufgegebenen Minenschacht errichtet worden war. Die ganze Unterstadt war voll von diesen Höhlungen. Ruß trank einen Schluck und Stanja tat es ihr gleich. Sie wirkte immer noch misstrauisch, doch erkannte Ruß in ihren

Augen auch etwas, das wie Hoffnung aussah. Verzweifelte Hoffnung. Ruß schürzte wieder die Lippen, als sie ihren Krug absetzte. Wenn sie wüsste. „Sie half bei einer Angelegenheit der Gilde."

Stanja sah sie ungläubig an. „Sie hat für die Handelsgilde gearbeitet? Marilka?"

Ruß zuckte wieder die Achseln. „Sozusagen."

„Was war das für eine Arbeit?"

„Botengänge, Ausliefern von Waren und dergleichen. Das was die Handelsgilde eben tut."

Stanja funkelte sie an. „In der Unterstadt? Nehmt mich nicht auf den Arm. Seit wann kümmert sich die Gilde um die Unterstadt?"

Ruß nahm einen Schluck des Bieres. „Seit ein paar Monaten. War ein geheimer Auftrag."

Stanja atmete schwer. Ihre Augen waren feucht. Sie war wirklich verzweifelt, das war gut. Sie würde Ruß vielleicht nicht glauben, doch würde sie sicher ihre Hilfe annehmen. „Sagt mir, was Ihr über den Aufenthaltsort Eurer Schwester wisst."

Stanja seufzte. „Ich suche sie schon seit Sommer. In ganz Goldhafen und vor allem der Unterstadt. Ich folgte einigen Hinweisen und hörte zuletzt wie sie sich der Pariah in Neuer Schacht anschloss. Wieder. Sie arbeitet in den Staubminen als Aufpasserin, sagte mir ein Mitglied der Pariah. Da kommt aber niemand rein."

Seit Sommer? Dann muss Stanja kurz nachdem sie die Manifestationen hier unten erlegt hatten, mit der Suche begonnen haben. Das waren einige Monate. Die Unterstadt war zwar groß, jedoch auch nicht so groß. „Das ist eine lange Zeit."

Stanja nickte, wieder mit Tränen in den Augen. „Ich bin meistens nur abends hier. Ich arbeite im Rosenviertel, von früh bis spät abends. Ich würde… ich würde öfter und länger herunter kommen um sie zu suchen, doch dann würde ich meinen Arbeitsplatz verlieren und… und wenn ich sie gefunden habe, woher würden wir dann Geld nehmen?"

Ruß dachte nach, während Stanja weiterstammelte. Die Frau hatte Durchhaltevermögen. Sie war zwar nicht besonders gut darin, doch sie war fest davon überzeugt, ihre Schwester zu finden. Nun, leider hatte die Inquisition da eine andere Ansicht. „Ich finde einen Weg rein.“

Stanja unterbrach sich und sah sie verwundert an. „Wie?“

Ruß zuckte die Achseln. „Ich finde einen Weg. Ich kontaktiere Euch, wenn ich mehr weiß.“ Sie drückte der überraschten Stanja ihren Bierkrug in die Hand und ging mit langen Schritten davon.

„Danke“, hörte sie Stanja noch hinter sich herrufend. Ruß spuckte aus. Sie hatte zu danken.

„Komm schon.“

„Nein.“

„Ich habe etwas gut bei dir.“

„Aber nicht das. Das geht zu weit.“

„Nein, tut es nicht.“

„Das könnte mich den Kopf kosten.“

„Wird es nicht.“

Wampe schlug mit der flachen Hand auf den massiven Holztisch. „Heiligenverdammt nochmal, ich wusste, dass du mich mal umbringst. Ich frage nicht, wofür du das brauchst.“ Er verschwand schwer atmend im Hinterzimmer und Ruß hörte wie er in Truhen kramte. War besser so, dachte sie sich. Wampe kam wieder und knallte ihr hellgraue Fetzen auf den Tisch. Prüfend hob sie sie hoch. Eine Kapuze. Ein Wams. Sogar ein Knüppel war darunter. Das sollte reichen. Hoffte sie.

„Danke.“

Wampe blickte sie missmutig an und rieb sich den Bauch. „Wenn sie dich erwischen, du hast das nicht von mir.“ Ruß nickte und drehte sich um. Sie öffnete knarzend die Tür und verschwand aus der Hütte auf den Bohlenweg.

„Sie ist also noch bei der Pariah?“

Ruß seufzte. Die gleiche Stimme wie vorgestern vor dem Toten Sperling. Was war es diesmal? Sie drehte sich dem Mann zu. Er lehnte an der dreckigen Hüttenwand und pulte sich mit einem Dolch Dreck unter den Fingernägeln heraus. „Ja.“

Er war ihr gefolgt. Bespitzelte sie. War das Ziel wirklich so wichtig? Schon früher war sie bei einigen Aufträgen überwacht worden. Jedoch war es da um wichtige Leute gegangen.

Handelsherren. Politiker. Unruhestifter. Was war an Marilka Wasser, einer einfachen Unterstädterin, so wichtig? War es, weil sie von den Manifestationen wusste? Vermutlich.

„Wie schön. Dreck gesellt sich wohl immer wieder zu Dreck."

Ruß zuckte die Schultern. „Wenn Ihr meint." Sie wollte zur Mine. Sich umziehen. Also wandte sie sich ab und wollte den Bohlenweg entlanggehen, doch der Mann sprang blitzschnell auf sie zu und hielt sie am Arm fest. „Ich begleite Euch." Ruß betrachtete abfällig sein Gesicht. Er hatte eine große Zahnlücke zwischen seinen beiden Vorderzähnen. „Befehl von der kaiserlichen Inquisition. Von ganz oben. Glaubt mir, ich wünschte auch es wäre anders."

„Gut."

Zahnlücke lockerte seinen Griff und sie setzte sich in Bewegung. Sie spürte seine Anwesenheit hinter ihr. Sie hasste es. Am Liebsten arbeitete sie alleine. „Wohin gehen wir?"

„Zur Staubmine."

Zahnlücke pfiff leise durch seine Zähne. „In die Höhle des Löwen. Ist sie da?"

Ruß nickte. „Ja."

„Dann gehe ich mit rein."

Ruß blieb abrupt stehen. Sie drehte sich ihm zu und sah an ihm herunter. „So nicht."

Zahnlücke verzog das Gesicht. „Dann besorgt mir was von dem da." Er deutete auf die hellgraue Kleidung, die Erkennungsfarbe der Pariah, in ihren Händen.

„Geht nicht."

„Was, wollt Ihr sagen, dass Euer Freund, den Ihr gerade besucht habt, nicht noch mehr dieser Fetzen hat?"

Ruß nickte. „Genau. Außerdem, zu riskant. Ein unbekanntes Gesicht in den Minen ist schon auffällig. Zwei noch mehr." Sie ging weiter und der Mann holte zu ihr auf. Er war ungehalten, das merkte sie.

„Die heilige Inquisition hat mich beauftragt mit Euch die Sache durchzuziehen, also…"

„Lasst mich in die Mine. Ich finde einen Weg sie herauszulocken. Wartet vor der Mine."

Zahnlücke machte einen missmutigen Gesichtsausdruck. „Und dann?“

Ruß stoppte erneut und zog Zahnlücke in die Schatten einer brüchigen, sich gefährlich der Straße zuneigenden Hütte. „Nasser Markt. Die erste Gasse vor der Glaubensstraße ist ein Zufluchtsort von mir. Ihr erkennt ihn daran, dass ein Abbild der heiligen Iulia in die Hüttenwand geritzt ist.“

Zahnlücke sah sie an. „Und?“

„Lockt sie da hin. Da ist es sicher. Keine Zeugen.“

Zahnlücke grinste. „Ihr seid gut vorbereitet.“

Ruß nickte. „Muss man hier sein, wenn man nicht draufgehen will.“

Zahnlücke tippte sich an die Kapuze und ging aus den Schatten. „Versaut es nicht.“

Ruß sah ihn an. „Habe ich noch nie“, antwortete sie.


Ruß hatte kein schlechtes Gewissen. Das hatte sie selten. Die Unterstadt war ein einziges Mordloch, ein Hundezwinger, gefährlicher als jedes Schlachtfeld der Welt. Und sie war nur ein rostiger Dolch mehr, im Meer der Gefahren. Sie war ein Werkzeug und Werkzeuge hatten keine schlechten Gewissen. Ja, sie hatte mit Marilka Wasser gemeinsam am Tisch gesessen, sie hatte sie, bis zu deren Verlassen der Gruppe um die echte Paulina Nowgoroda, als Kumpanin begleitet, doch das hinderte sie nicht daran ihren Auftrag zu erfüllen. Ein schlechtes Gewissen konnten sich nur die Leute aus der Oberstadt leisten. Hier unten bedeutete das nur zu oft den Tod. Viel mehr beschäftigte sie gerade ihre neue Kleidung. Die Kleidung juckte und zwickte und sie hatte dauerhaft einen schlechten Geruch in der Nase. Ruß hatte sich Bier auf die Kleidung gekippt. Ihre Arme und ihr Gesicht waren schwarz und erdig von dem Schlamm, den sie sorgsam aufgetragen hatte. Sie wollte dreckig wirken. Stinkend. Noch mehr als ohnehin schon, wenn man in der Unterstadt verkehrte.

Neuer Schacht lag tiefer als die anderen Bezirke. Nicht viel, aber etwas. Aussehen tat es allerdings genauso. Brüchige Hütten, Baracken und Kaschemmen waren in jede freie Ecke gebaut. Und wo es keine freien Ecken mehr gab, war nach oben gebaut worden, hin zur Höhlendecke, die weit über ihr die Sonne fernhielt. Neuer Schacht war belebt. Arbeiter kamen und gingen in die Staubminen, die von dem Viertel abgingen. Ruß ging im Strom der Minenarbeiter mit. Ihr fiel auf, wie ihr jeder sorgsam Platz machte und darauf bedacht war, sie nicht anzurempeln. Mitglieder der Pariah genossen Respekt. Und vor allem verströmten sie Furcht. Ihre Maskerade funktionierte also. Noch.

Die Hüttenblöcke lichteten sich etwas und ein für Unterstadtverhältnisse großer, freier Platz erwartete sie. Fast zu groß. Riesige Holzkräne, in deren massiven Treträdern zwei Menschen nebeneinander gingen, beförderten Abraum, Werkzeug und Traumstaub in dicken Säcken nach unten und nach oben. Flaschenzüge, Arbeitsbühnen, Stapel von Stützbalken die zur Verwendung bereitlagen und riesige Ansammlungen von Kisten, Fässern und Körben standen und lagen an den Seiten der Kaverne. Erschöpfte und ausgelaugte Arbeiter gönnten sich an den Seiten der Höhlung Pausen, während sie ihren Kameraden, die von einem muskelbepackten Pariah-Aufseher angeschrien wurden, beim Verladen von Abraum und Traumstaub zusahen. Ruß fielen auch die Wachen der Pariah auf, die jeden Neuankömmling misstrauisch beäugten. Zwei Frauen erkannte sie darunter, doch beide ähnelten Marilka keineswegs. Sie musste tiefer sein. Zielstrebig ging sie auf eine hölzerne Plattform zu, die mit Flaschenzügen und Muskelkraft in die Tiefe abgesenkt werden konnte. Mehrere Kisten und Fässer standen darauf und waren kurz davor in die Schwärze der Staubminen geschickt zu werden. Ein junger, pickeliger Mann stand vor dem Aufzug.

„Was soll das werden?", schnauzte er sie wichtigtuerisch an, als sie einen Fuß auf die Plattform setzte.

„Hm?"

Der Junge kam näher. Er durfte kaum älter als sechzehn sein. „Ich habe dich gefragt, was das werden soll."

Ruß hatte ihre Kapuze tief ins Gesicht gezogen. „Suchst du den Tod?"

Der Junge stemmte die Arme in die Hüften. „Was…"

Ruß hob ihren Kopf und blickte ihm direkt ins Gesicht. „Du weißt nicht mit wem du es zu tun hast, oder?" Sie spürte, wie die Fassade des Jungen bröckelte.

„Ähm… Ich…“

„Was glaubst du? Ist es Brabek wichtiger, dass ein kleines Licht von uns ausgepustet wird, oder dass der Auftrag, den ich von ihm erhalten habe, sich verzögert, weil dieses kleine Licht mich behindert?“ Wie zufällig strich ihre Hand über den Panzerstecher in ihrem Gürtel. Der Junge zuckte zusammen. Wie erwartet, bei der Nennung des Namens seines Anführers. Es war ein billiger Trick und Ruß fragte sich, wie jedes Mal, wieso er funktionierte.

Sie trat auf die Plattform und der Junge gab den Arbeitern ein Zeichen. Ruckelnd fuhr sie in die Tiefen der Schächte hinab. So weit so gut. Sie war drinnen. Das war leicht gewesen, doch ist ein einfacher Plan meistens der, der am Besten funktioniert. Die Leute waren zu sehr mit Details beschäftigt um das Offensichtliche zu sehen.

Holz knirschte auf Fels, als der Aufzug zum Stehen kam und Ruß blickte nach oben. Sie schätzte, dass sie dreißig Schritt tiefer war. Hier unten setzte sich das Bild fort. Kisten-, Fässer- und Traumstaubstapel erstreckten sich in der länglichen Höhle, die hier unten weitaus kleiner war und noch schlechter beleuchtet.

„Was sollen wir damit machen?“, fragte ein Pariah-Mitglied, das zu ihr gekommen war und eine Wachstafel mit Griffel in der Hand hielt. Es war unüblich, dass hier jemand schreiben konnte. Vermutlich zählte er nur die Waren, die er bekam und mit dem Aufzug nach oben schickte.

Ruß zuckte die Schultern. „Ausladen.“ Sie trat von der Plattform und ging die Höhle entlang. Die Spuren des Abbaus waren schnell zu sehen. Im natürlichen Fels waren Abdrücke, die von Einschlägen von metallenen Werkzeugen herrührten. Vor ihr öffnete sich ein Gang, aus dem hustend, nur mit schmuddeliger Hose und einem Tuch vor dem Mund bekleidet, ein Arbeiter kam. Das war ihr Ziel.

Der Gang war breit, mindestens fünf Schritt. Es sah weniger wie ein Minenschacht aus und mehr wie eine herkömmliche Straße in der Unterstadt. Nur dass hier keine Bohlen lagen oder Stege die Wege bildeten und der Untergrund hauptsächlich aus festem Fels und Erde bestand, statt aus Morast, Schlamm, Müll und Dreck. Ruß merkte sofort wie ihre Nase verstopfte. Ein allgegenwärtiger Staub lag wie feiner Nebel in der Luft. Sie seufze. Es würde dauern, bis sie das wieder raus bekommen würde. Sie band sich das mitgebrachte, hellgraue Tuch um Mund und Nase. Seinen Zweck zum Staubschutz erfüllte es zwar kaum, jedoch sorgte es dafür, dass Marilka sie nicht gleich erkennen würde. Hoffte sie zumindest. Die Unterstadt war ein Schmelztiegel für Arme, Gauner und gefallene Glücksritter aus dem gesamten Kontinent, doch stach sie selbst aus dieser Masse noch hervor. Sie hoffte, dass ihr Akzent und ihr Äußeres sie nicht verraten würden.

Ruß sah die ersten Arbeiter. Sie sahen schlimm aus. Viel schlimmer, als die Arbeiter an den Kränen und die waren schon nicht bei bester Gesundheit gewesen. Den Menschen hier lief Blut aus den verstopften Nasenlöchern durch den feinen, scharfkantigen Staub. Sie hatten sich schmutzige Lumpen um die Hände gewickelt, um wenigstens ein wenig Schutz gegen Schwielen und Blasen zu haben. Es war stickig und heiß. Ruß kam an einer Staubader vorbei, an denen zwei Männer völlig nackt hauten. Ihre ausgemergelten Körper waren übersät von Blessuren, Geschwüren und Narben. Wer hier arbeitete gehörte zur Unterschicht der Unterschicht. Das war die niederste Arbeit, selbst in der Unterstadt.

Ruß ging an einer Nische vorbei, die in die Wand geschlagen war, in der auf einer alten Holzkiste ein Mann und eine Frau zusammengesackt saßen, deren eingefallene Augen ihr leer folgten. Sie passierte eine weitere Ader, neben der ein Mann lehnte, dessen Spitzhacke neben ihm auf dem Boden lag. Ruß sah ihm im Vorbeigehen ins Gesicht. Sie war sich fast sicher, dass er tot war. Ihr Blick wanderte zu der Ader. Lilafarbene, fast leuchtende, Linien zogen sich fein durch das umliegende Gestein. Es sah unglaublich schön aus. Und es war sehr kostbar, deshalb kontrollierte die Pariah den Handel damit. Sie verwalteten die Minen, raffinierten den Staub und stellten daraus die Droge her, mit denen sich arme Unterstädter die Hirne zermatschten und die reichen Oberstädtern auf ihren Bällen und Empfängen Vergnügen bereitete. Natürlich bekamen letztere es nur in reinster und edelster Form.

Ruß ging an einer Pariah-Wache vorbei, die an einem Stützbalken lehnte. Sie nickte ihr im Vorbeigehen zu und Ruß erwiderte den Gruß. Zielsicher ging sie auf ein Geländer zu. Sie sah nicht was dahinter lag, da der Gang nur durch einige, schwach flackernde Öllampen behelfsmäßig beleuchtet wurde. Sie staunte, als sie sich dem Geländer näherte. Ein nahezu kreisrunder Abgrund, der mindestens vierzig Schritt im Durchmesser maß, erstreckte sich dahinter. Sie stützte sich auf das wackelige Geländer und spuckte Staub, der ihr zwischen den Zähnen gerieben hatte, in den Abgrund. Es ging tief. Und überall war das Geräusch der Spitzhacken, Metall auf Stein, zu hören. Hin und wieder unterbrochen von einem erschöpften Stöhnen, einem Schmerzensschrei oder dem Schrei eines Pariah-Aufsehers. Die felsigen Wände warfen die Geräusche seltsam zurück, sodass sie von überall her zu kommen schienen.

Zwei Pariah-Wachen schlenderten hinter ihr vorbei und machten sich an den Abstieg in den kreisrunden Schacht. An der Wand waren grobe Treppenstufen, die mit Holzbalken und Brettern verstärkt worden waren, befestigt. Die beiden beachteten sie nicht und Ruß schnappte Fetzen ihres Gesprächs auf.

„…bin morgen länger weg. Brabek will mich an den Ausgängen zur Oberstadt haben."

„Das ist gut, kanns auch kaum erwarten hier raus…"

Ruß zog die Augenbrauen zusammen. Diese Stimme. Die, die geantwortet hatte. Sie lispelte leicht. War das ihre Zielperson? Ruß wandte sich von dem Abgrund ab und folgte ihnen in einigem Abstand. Nach ein paar Schritten zweigte ein Gang in den Fels ab, der nun eher einem traditionellen Minenschacht ähnelte. Schmal und niedrig, sodass gerade so eine Person leicht gebückt darin gehen konnte.

„Wir sehen uns später."

„Bis dann." Während die nicht Lispelnde ihren Weg fortsetzte, bog die Lispelnde in den Gang ein. Ruß erkannte ihr Gesicht nicht, wie sie selbst hatte sie eine Kapuze übergezogen. Sie schlüpfte hinter der Lispelnden in den Gang. Ein Arbeiter machte ihnen wild hustend Platz, indem er sich an die Wand quetschte und Entschuldigungen murmelte. Ruß beachtete ihn nicht. Der Gang vor ihr öffnete sich in eine vollständig mit Brettern ausgekleidete Nische, in der drei Stühle um einen Tisch herum platziert waren. Zwei Pariah-Wachen saßen darauf und spielten lustlos Roter Mond. Sie begrüßten die Lispelnde. Ruß bekam nun Klarheit.

„Rilka. Was machen die Arbeiter im Südgang?"

Die Angesprochene zuckte mit den Schultern. „Arbeiten."

Der eine schmunzelte und widmete sich wieder dem Kartenspiel. Sie hatten Ruß noch nicht gesehen.

„Wirklich, Frau? Hier drin?" Ruß lehnte sich etwas vor, sie sah in der Düsternis jedoch nicht was vor sich ging. „Wenn du hier rauchst, hält sich der Nebel tagelang. Willst du, dass unsere Arbeiter dauernd zugedröhnt sind?"

Ruß meinte zu erkennen wie Marilka an etwas nestelte, das auf dem Tisch lag. Ein Rauchstängel vermutlich. Zugedröhnt. Also mit Traumstaub. In Ruß' Kopf formte sich blitzschnell ein Plan. Sie ging auf die Gruppe zu, die erstaunt aufsah. „Ich brauche einen von euch. Anweisung vom Boss."

Einer der Kartenspieler sah sie missmutig an. „Für was?"

„Manche verstehen nicht, dass uns der Staub gehört. Ein paar Halbstarke haben drüben in Nasser Markt 'ne Raffinerie errichten wollen, um das Zeug selber zu verkaufen. Denen sollen wir erklären, dass das keine gute Idee ist."

Der Mann grinste und öffnete gerade den Mund um zu antworten, doch Marilka kam ihm zuvor. Ein hungriges Leuchten war in ihren Augen zu sehen. „Ich komm mit. Spielt ihr weiter."

Ruß nickte ihr zu. Auf die Gier einer Süchtigen konnte man sich immer verlassen.


„Wer sind die?"

Ruß zuckte die Achseln, als sie die Gänge zurück zur Holzplattform, die sie aus der Staubmine heben würde, gingen. „Kleine Lichter. Dumme Jungs, die auf das große Geld aus sind."

„Haben die Waffen?"

„Ne. Sind außerdem nur zwei oder drei." Ruß war keine gute Lügnerin. Allerdings verstand sie, was die Leute hören wollten. Sie wollten ihr glauben, selbst wenn sie nicht gut darin war ihre Unwahrheiten sinnvoll zu kaschieren.

Schweigend gingen sie weiter. „Was machen wir mit dem Zeug, dass sie schon raffiniert haben?“

Ruß sah sie an. „Verbrennen.“

Marilkas Augen nahmen einen eigentümlichen Glanz an. „Nicht verkaufen?“

Ruß bestieg, gefolgt von Marilka, die Holzplattform, die sie in die Mine herabgelassen hatte und nickte der Pariah-Wache zu. Die zog an einem Seil, das oben eine kleine Glocke läuten ließ und die Arbeiter in den Treträdern verrichteten ihren Dienst. Langsam hob sich die Plattform nach oben, die vollen Kisten, mit denen Ruß hinab gefahren war, durch leere ersetzt. „Nein. Brabek hat gesagt verbrennen.“

„Aber wieso?“

Ruß zuckte die Schultern. „Hab‘ nicht gefragt.“

„Meinst du…“ Marilka zögerte. „Meinst du ich kann was davon haben? Bevor wir den Rest verbrennen?“ Marilka hielt dem durchdringenden Blick, mit dem Ruß sie bedachte nicht lange stand. Nach einem Moment senkte sie ihre Augen.

Ruß zuckte die Achseln. „Mich störts nicht.“

Das Leuchten in Marilkas Augen verstärkte sich. Schweigend standen sie nebeneinander auf der Plattform, die sie nach oben brachte. Ruß atmete tief durch die Nase aus und ein. Sie hätte es hier und jetzt erledigen können. Ein Stoß und Marilka würde fallen. Doch was würde dann aus ihr werden? Vielleicht würde sie es sogar schaffen das ganze wie ein Unfall aussehen zu lassen. Und dennoch würde man ihr Fragen stellen. Und dann würde rauskommen, dass sie noch nie jemand in den Rängen der Pariah gesehen hatte. Und dann würde sie mit durchgeschnittener Kehle in der Leichengrube enden. Etwas, worauf Ruß nicht scharf war. Nein, sie würde an ihrem Plan festhalten. Es war das Richtige, sie war sich sicher.

Knirschend kam der Aufzug zum Stehen. Der Junge, den sie vorhin eingeschüchtert hatte, stand immer noch da. Seine nervösen Blicke wanderten zwischen Marilka und Ruß hin und her. Dann sah er zu den leeren Kisten. „Die kommen von unten? Was soll ich damit tun?“

Ruß seufzte. „Ausladen.“

Mit Marilka im Schlepptau verließ sie die Plattform und ging durch die geräumige Kaverne, in denen Arbeiter arbeiteten und Pariah-Schläger bewachten. Ihr wurden noch weniger Blicke zugeworfen als vorhin, jetzt, da sie in Begleitung von Marilka ging.

„Wie heißt du eigentlich?", fragte Marilka unvermittelt.

„Hm?"

„Ich glaube ich kenne dich."

Ruß' Herz schlug etwas schneller. Nur etwas. Hatte Marilka ihr Gesicht doch erkannt? Trotz Kapuze, Maske und Dreck? „Komme aus Nasser Markt. Ich arbeite fast nur da."

Marilka beschleunigte ihre Schritte etwas, sodass sie neben Ruß ging. „Ah, verstehe. Ich hab' das Gefühl deine Stimme schon mal gehört zu haben."

„Joh, ab und zu bin ich in Neuer Schacht. Aber eher selten."

Marilka nickte. „Dann sind wir uns hier vielleicht schon mal über den Weg gelaufen."

Ruß atmete auf.

Sie passierten die behelfsmäßige Palisade, die errichtet war um den Strom der Arbeiter und Waren zu kontrollieren und betraten die Kaverne von Neuer Schacht. Sie hatte es geschafft. Jetzt durfte nur Zahnlücke keine Fehler machen. Ruß erkannte ihn lässig an einer Hausecke lehnend, etwas abseits des Menschenstroms. Mit Marilka im Schlepptau näherte sie sich ihm. „Das ist Zahnlücke." Sie deutete mit ihrem Kopf auf den Inquisitionsagenten. „Das Grau von uns hat er abgelegt. Er wird zuerst reingehen, sie sollen nicht direkt merken, was sie trifft." Marilka nickte dem Mann zu. Der verzog keine Miene bei der Nennung des Namens, mit dem Ruß ihn bedacht hatte. Er hatte sich wohl gut unter Kontrolle. Ein Profi. „Ihr beide geht vorne rein. Ich decke von hinten, falls jemand von unseren Freunden abhauen will. Klar?" Marilka nickte, Zahnlücke ebenso. „Dann los. Ich treffe euch dort." Ruß sah Marilka und Zahnlücke dabei zu, wie sie zum vermeintlichen Versteck der Traumstaubmischer gingen. Sie spuckte aus und eilte in eine Seitenstraße. Sie traute sich nicht in einen leichten Trab zu verfallen, doch versuchte sie sich zu beeilen. Es war essentiell vor den beiden da zu sein. Und sie musste davor noch bei ihrer Wohnbarracke vorbei.

Ruß atmete aus. Sie war froh das kratzige Gewand der Pariah los zu sein. Als sie in ihrer Baracke gestanden hatte, war sie auf die Idee gekommen, sich noch umzuziehen. Es war sicherer. Die Pariah-Kleidung, die sie getragen hatte, war vom nassen, zähfließenden Strom, der durch Nasser Markt floss, weggetragen worden. Sie prüfte die Sehne ihrer Arbaleste, auf der sie lehnte. Perfekt. Gefettet. Wie die drei Male zuvor auch. Zahnlücke ließ auf sich warten. Ruß hoffte, er würde sich an den Plan halten. Sie hoffte, er hatte sie nicht schon längst kalt gemacht.

Ruß streckte ihren Rücken durch. Es war unbequem. Sie lag auf einem Hüttendach, viele Schritt vom Treffpunkt entfernt, doch mit gutem Blick darauf. Sie hatte sich hinter einem hölzernen Geländer ausgestreckt, das wohl einmal ein dritter Stock hätte werden sollen. Jetzt verdeckte es neugierige Blicke auf Ruß. Links von ihr schirmte sie ein altes, gammliges Stoffteil, das vermutlich mal ein Vorhang oder ein Teppich gewesen sein musste, ab. Sie schob es vorsichtig zur Seite, sodass sie einen guten Blick auf die Glaubensstraße hatte, die sich direkt neben ihrem Treffpunkt befand. Nur zwei Barackenreihen waren dazwischen. Sie konnte die Stimmen der Prediger hören.

Ruß setzte ihr Auge an die Linse, die auf ihrer Arbaleste montiert war. Sie blickte auf den engen Hinterhof, auf dem hoffentlich gleich Zahnlücke und Marilka erscheinen würden.

Ruß atmete aus. Die vorgeschriebene Bestätigung der Eliminierung des Ziels steckte in ihrem Hemd. Sie würde sie direkt nach Erledigung des Auftrags am vereinbarten Ort hinterlegen und dann hoffentlich bald…

Da waren sie. Zahnlücke betrat, gefolgt von Marilka den Hinterhof. Vorsichtig gingen sie auf den Eingang ihres Verstecks, dem angeblichen Traumstaubmischerversteck, zu. Marilka sah sich um, nach allen Seiten, doch sie entdeckte Ruß nicht. Zu gut war ihr Versteck.

Ruß atmete ein und setzte den Spannbügel auf ihre Arbaleste. Sie hakte die Sehne ein und schob vorsichtig den Bügel zurück. Das Sperrrad klickte leise, als es über die Sperrklinke rutschte.

Ruß atmete aus. Sie nahm den Spannbügel ab und legte ihn sorgsam neben ihre Arbaleste. Unter ihr gingen die beiden immer noch auf die Tür zu. Ruß sah, wie Zahnlücke einen Dolch zog, während Marilka einen groben Holzknüppel vom Gürtel nahm. Ruß nahm den Bolzen, der auf der anderen Seite ihrer Arbaleste lag und setzte ihn auf die Führungsschiene. Akribisch sorgte sie dafür, dass kein Dreck zwischen Schiene und Geschoss gekommen war.

Sie führte ihr Auge wieder an die Linse. Das Ziel hatte sie im Blick. Ihre Hand legte sich sanft um den Abzug.

Ruß atmete ein und aus. Die Stimmen, die von der Glaubensstraße an ihr Ohr drangen, verstummten. Sie hörte nichts mehr und sah nichts mehr, außer ihrem Ziel.

Mit einem Ruck ihrer Finger presste sich das Holz des Arbalestenschaftes in ihre Schulter und das schnalzende Geräusch der zurückfedernden Sehne durchbrach ihre Stille. Die eiserne Spitze des Bolzens war auf den Weg gebracht worden. Auf den Weg zu ihrem Ziel, auf dem Weg ein Leben zu beenden.

Ruß sah dabei zu wie ihr Ziel torkelte. Zahnlücke hielt seinen Hals umklammert, aus dem in großen Strömen Blut drang. Sie hatte gut getroffen. Sie seufzte. Sie hatte ihm doch gesagt, dass man in der Unterstadt gut vorbereitet sein musste. Er war es nicht gewesen.

Zahnlücke fiel auf ein Knie, während Marilka ihn mit weit aufgerissenen Augen anstarrte. Der Inquisitionsagent schlug, mit dem Gesicht voraus, im Dreck auf. Ruß sah, wie sein linkes Bein noch einmal zuckte, dann war er still. Jetzt lag es an Marilka. Ruß atmtete aus, als Marilka aus dem Hinterhof stürzte. Sie sah, wie sie auf die Glaubensstraße zurannte. Ruß spuckte aus. Fast verspürte sie so etwas wie Zufriedenheit. Eilig rappelte sie sich auf und hüllte ihre Arbaleste in den Lederumhang, den sie mitgebracht hatte. Bevor sie sich von den Barackendächern gleiten ließ, warf sie noch einen Blick auf die Glaubensstraße. Sie erkannte Stanja Wasser, wie sie am Tempel des Einen stand. Wie jeden Abend in den letzten Wochen und Monaten. Sie erkannte, wie Marilka Wasser genau in ihre Richtung rannte. Ruß atmete tief ein und aus. Und sie erkannte, wie Marilka abrupt stehen blieb als sich ihr Blick mit dem ihrer Schwester traf.

Ruß faltete das dreckige Stück Papier auf, welches sie unter ihrem Hemd verborgen gehabt hatte. ‚Erledigt. Ruß‘ hatte sie in dicken, krakeligen Lettern darauf geschrieben. Mehr stand nicht darauf, mehr musste nicht sein. Ruß wollte das Papier gerade wieder zusammenfalten, überlegte es sich dann aber anders. Geräuschvoll zog sie die Nase hoch und spuckte auf das Papier. Erst dann faltete sie es zusammen und steckte es in den Kistenstapel in einer Seitenstraße der Hauptkaverne. Dort hinein, wo jeden Tag ein Agent der Inquisition nachsehen würde, ob sie ihren Auftrag bereits erledigt hatte. Heute würde er fündig werden.

Ruß atmete aus. Sie hoffte, Marilka würde mit ihrer Schwester das Weite suchen. Sie hoffte es für sich selbst. Wenn eine lebendige Marilka Wasser der Inquisition in die Arme lief, sah es schlecht für sie aus. Sie betrachtete noch einen Moment lang den Kistenstapel mit dem Papier darin, bevor sie sich abwandte um im Toten Sperling wässriges Bier zu trinken. Sie hatte das Richtige getan. Selbst wenn die Inquisition ihren Verrat bemerkte und sie am Galgen baumeln ließ, sie hatte das Richtige getan.

# Akt II

# Kapitel XVI

## Zusammenbruch



Erschöpft blieb Kaiserin Alessia Loretta Vyrkov auf ihrem viel zu großen Himmelbett liegen. „Sag meiner Zofe, dass sie mir Wein bringen soll, wenn du rausgehst." Alessia hob ihren Kopf und sah gerade noch wie das nackte Hinterteil des jungen Mannes aus der Tür huschte. Müde ließ sie ihren Kopf wieder auf die Kissen fallen. Seit zwei Tagen war sie wieder im Goldenen Palast und die Erschöpfung der Reise steckte ihr immer noch in den Knochen.

Alessia hörte das Schloss zu ihrem Schlafgemach klicken. Gleich würde die demütige, piepsige Stimme ihrer Zofe erklingen. „Eure Majestät." Da war sie. Schüchtern, leise und zurückhaltend. „Euer Wein."

Alessia winkte sie her. „Kommt her." Sie rappelte sich umständlich aus den Kissen und setzte sich auf die Bettkante. Kasia schaute angestrengt in eine andere Richtung, als sie sich näherte. Sie nervte. „Was ist mit Euch? Beim Ankleiden seht Ihr mich dauernd nackt."

Kasia ruckte sofort ihren Kopf gerade und sah sie an. „Verzeiht, Eure Majestät."
Alessia grapschte ihr den Weinkelch aus der Hand und trank in tiefen Zügen. Es hatte sie angestrengt und sie war durstig. Kasia wollte sich unter Verbeugungen zurückziehen. „Bleibt."

Alessia wollte nicht alleine sein und ihren bezahlten Liebhaber hätte sie wohl kaum für weitere Nähe animieren können. Er wurde für das Vögeln bezahlt, nicht für das was man üblicherweise danach tat. Sie stütze sich mit einer Hand auf dem Bett ab und hielt mit der anderen den Kelch. „Setzt Euch irgendwo." Sie deutete wild im Raum umher. Ihr Schlafgemach war kaiserlich ausgestattet. Das Himmelbett aus kunstvoll verzierter galizinischer Eiche stand leicht erhöht im Raum. An den Wänden waren dekorative Kommoden und Schränke aufgestellt, dicke, samtrote Vorhänge hingen vor den Fenstern. Ein weiß marmorierter Kamin nahm fast eine ganze Wand ein und an den Wänden hingen Bilder von ihr selbst und ihrer Familie. Nur an Sitzgelegenheiten mangelte es. Kasia ließ sich vorsichtig auf einem unbequem aussehenden Stuhl, der in einer Ecke stand, nieder. „Habt Ihr den Mann bezahlt?"

Kasia nickte. „Ja Eure Majestät. Wie Ihr verlangt habt. Wie immer."

Alessia nickte. „Gut." Schweigen kehrte zwischen ihnen ein. Sie seufzte schwer und trank noch einen Schluck. Kasia war nicht ihre Freundin, sie war ihre Bedienstete. Ein freundschaftliches Gespräch fiel da schwer. Vor allem, wenn Kasia dabei dauernd aussah, als würde sie eine Bestrafung erwarten. „Woher seid Ihr nochmal, Kasia?"

„Aus Glavostok, Eure Majestät."

Glavostok. Richtig. Sie gehörte einer verarmten Uradelslinie an. So verarmt, dass sie gezwungen waren, ihre Tochter als Zofe an den Goldenen Palast zu verschachern. Alessia hatte die Geschichte der wichtigsten Adelsgeschlechter von Galizina lernen müssen. Die Familie Górka. Vor mehr als einhundert Jahren hatte sich das Geschlecht auf die Seite von aufständischen Bauern im Oblast Severnitok gestellt. Unglücklich für Kasia. Wäre es anders gekommen, wäre sie eine der gackernden Hofdamen geworden, die Alessia täglich umschwirrten. So musste sie ihren Nachttopf ausleeren. „Wie geht es Eurer Familie?" Kasia räusperte sich und schluckte. Hielt sie das für eine Drohung?

„Gut, Eure Majestät." Jetzt merkte sie wohl selbst, dass die Antwort ein bisschen kurz ausfiel. „Meine Mutter schrieb, dass es dieses Jahr wohl einige Probleme mit Borkenkäfern gab, doch durch eine Brandrodung des betroffenen Waldgebiets konnte die Ausbreitung gestoppt werden."

„Aha. Interessant." Familie Górka unterhielt einige Sägewerke, das wusste Alessia. Fast ganz Glavostok lebte von der Gewinnung und Weiterverarbeitung von Holz. Alessia würde es nicht wundern, wenn sämtliche Möbel in diesem Raum aus Glavostok stammten. Sie genehmigte sich noch einen Schluck des schweren Rotweins. Kasia starrte wieder ihre Füße an. „Sagt mir, habt Ihr Geschwister?“

Das Gesicht von Kasia hellte sich auf. „Zwei Schwestern, meine Kaiserin. Die eine ist erst zwölf, die andere sechzehn.“

Alessia lächelte dünn. „Wie schön. Vermisst Ihr sie?“

„Ja, sehr. Ich sehe sie leider nicht oft seit ich…“ Die Augen von Kasia weiteten sich vor Schreck. „Ich meine, ich vermisse sie schon, aber natürlich bin ich hier glücklich. Es ist eine Ehre Euch dienen zu dürfen, Kaiserin Alessia, eine…“

Alessia machte eine wegwerfende Handbewegung. „Jaja, schon verstanden. Ich kann mir gut vorstellen, dass Ihr sie vermisst.“ Konnte sie das wirklich? Sie vermisste ihre eigenen Geschwister nicht. Ihre Gesichtszüge verhärteten sich. Das stimmte nicht ganz. Sie vermisste ihre Schwester und ihren Bruder. Doch seit sie sich von ihr abgewandt hatten, dachte sie nicht mehr oft an sie. Ihr Vater, Kaiser Stanislaw Augustus Vyrkov war früh gestorben. So früh, dass Alessia mit vierzehn Jahren den Thron bestiegen hatte. Was danach gefolgt war, hatte das Verhältnis zu ihren Geschwistern erkalten lassen. Und das zu ihrer Mutter… „Ladet sie doch mal in den Palast ein. Ich würde mich freuen, sie kennen zu lernen.“ Alessia wusste selbst nicht, wieso sie das sagte. Ihr war weniger mehr egal, als die zwei kleinen Schwestern ihrer bemitleidenswerten Zofe. Doch Kasias Blick hellte sich auf.

„Es wäre eine Ehre für sie. Ihr seid ihr Vorbild. Sie kennen Bilder von Euch und eifern Euch und Eurer Schönheit nach, Eure Majestät.“

Alessia schnaubte. Wenn das mal die Vorfahren, die sich am Bauernaufstand gegen die kaiserliche Herrschaft beteiligt hatten, gehört hätten. Ihre Bälger, die derjenigen nacheiferten, deren Vorgänger sie geschworen haben zu bekämpfen. Welch Ironie. Vermutlich war selbst der Vater von Kasia nicht glücklich darüber. Fehden saßen tief in Galizina. Alessia konnte sich allerdings auch nicht vorstellen, dass Kasia so angetan von ihrer Arbeit war, dass sie ihnen ihre Herrschaftlichkeit unter die Nase rieb. „Und Ihr habt ihnen diese Illusion noch nicht genommen?“

Wieder schreckte ihre Zofe hoch. „Meine Kaiserin, natürlich nicht. Ihr seid…“ Weiter kam sie nicht. Es klopfte an der Tür.

„Ja?", blaffte Alessia genervt.

„Eure Majestät. Die Duma tagt." Die gedämpfte Stimme von Eliska Tésarik, Kommandantin ihrer Drushinars, erklang von der anderen Seite.

„Bei allen verdammten Heiligen." Alessia sprang genervt aus dem Bett. „Ich komme."

Kaiserin Alessia ließ sich wenig kaiserlich auf den wuchtigen, goldbesetzten Stuhl fallen. Der Weiße Saal war nicht sehr kunstvoll dekoriert und bildete damit eine Ausnahme im Goldenen Palast. Schlichte, weiß getünchte Wände, die dem Raum seinen Namen gaben, ein langer, schlanker Tisch und Stühle darum herum. Der galizinische Doppeladler und einige Wappen und Fahnen des Reiches waren die einzigen Zugeständnisse an Dekoration.

„Eure Majestät", murmelten die Anwesenden. Alessia wäre am liebsten wieder aus dem Raum gerannt. Sie hatte diese gierigen Gesichter satt. Zu ihrer Rechten saß Reichsmarschall Jan Bartoszek als Vertreter des Heeres, in einem silbern glänzenden Stahlkürass, wie immer. Sein mächtiger, grauer Backenbart war nicht weniger imposant als sein Aufzug. Neben ihm hatte Oberster Schatzmeister Viktor Radzíwil seinen Sitz. Er war dick und ein geschlitztes, goldfarbenes Hemd mit viel zu vielen Troddeln spannte sich über seinen Bauch. Gildenvorstand Uriel Nowgoroda, der Vater von Paulina, bildete die Vertretung der Handelsgilde. Die Gilde selbst wurde über einen Rat geführt, dem sieben Gildenvorstände vorstanden. Nowgoroda war einer davon. Erzarkanist Jaeger Raul hatte zu ihrer Linken, gegenüber von Bartoszek Platz genommen. Neben ihm fläzte sich der Oberste Richter Henryk Szlachta und spielte mit dem Goldpokal vor ihm auf dem Tisch. Die letzte Person am Tisch, die neben dem obersten Richter saß, war Henryka Taczanowski. Sie trug ein dunkles, enganliegendes Wams und ebenso dunkle Reiterhosen. Auf ihrer Brust prangte das goldene Inquisitionsinsignium, das sie als Großinquisitorin und Herrin der Geheimpolizei auszeichnete. Sie saß aufrecht und verströmte eine unnahbare Kühle. Die einzigen beiden anderen im Raum waren Kasia und Eliska. Wenigstens die beiden waren einigermaßen erträglich.

Wenn auch hauptsächlich dann, wenn sie ihren Mund geschlossen hielten.

„Fangen wir an. Also?" Alessia wollte es schnell hinter sich bringen.

Szlachta lächelte ihr zu. Bei ihm sah diese freundliche Geste eher aus wie bei einem Wolf, der seine Beute angrinst. Oder besser noch, wie ein Betrunkener, der sich die Huren in einer billigen Hafenkneipe ansah. „Eure Majestät, lasst mich Euch erst, und da spreche ich sicherlich im Namen von uns allen, sagen, wie froh wir sind, dass Ihr von Eurer Reise zurückgekehrt seid."

Alessia lächelte milde und die anderen murmelten leise ihre Zustimmung. „Habt Dank, Oberster Richter."

„Nun, Eure Majestät", führte der Schatzmeister fort. „Während Eurer Abwesenheit und vor allem kurz nach Eurer Ankunft kamen… Diskussionen auf, ob mehr Gelder für das ostgalizinische Heer oder den Arkanistenorden aufgebracht werden sollen."

Der Reichsmarschall verschränkte die Arme vor der Brust. „Ich frage mich wieso das überhaupt eine Diskussion ist", bellte er. „Ihr habt es selbst gesehen, meine Kaiserin. Die Kanonen, die Arkebusen, die Macht der westgalizinischen Armeen. Wir müssen gleichziehen. Wir brauchen mehr Geld. Bessere Ausrüstung. Bessere Ausbildung. Eine umfangreiche Modernisierung des Ostheeres."

Der Erzarkanist lachte auf. Er hatte eine hohe Stimme und war ein schlanker, großer Mann. „Gerade weil wir deren Macht gesehen haben, sollten wir uns auf unsere Stärken konzentrieren, mein lieber Freund, und nicht deren Stärken versuchen zu kopieren. Seit Jahrhunderten basiert die Macht des Ostreiches auf dem Arkanistenorden. Das Westreich mag Feuer und Rauch haben, doch unseren Arkanisten haben sie nichts entgegenzusetzen."

Der Reichsmarschall runzelte freudlos die Stirn. „Ich glaube nicht, dass Eure Arkanisten, bei aller Macht die sie unzweifelhaft besitzen, mit der geballten Waffenindustrie der Westgaliziner mithalten können."

Der Erzarkanist hob zu einer Antwort an, doch wurde er von Alessia unterbrochen. Sie hatte wieder diese verdammten

Kopfschmerzen. „Das reicht." Sie runzelte die Stirn. Das war heftiger aus ihrem Mund gekommen, als sie es beabsichtigt hatte. „Das reicht. Bevor wir über die Verteilung der Gelder sprechen, sollten wir darüber sprechen, woher wir sie bekommen. Schatzmeister, in einem Brief aus dem Palast, der mich während der Manöver und des Erntedanks erreichte, spracht Ihr davon, dass die Banken sich gegen weitere Kredite sträuben."

Der Schatzmeister räusperte sich und strich sich über den imposanten Bauch. „Das ist richtig, Eure Majestät. Die Banken halten die aktuelle politische Lage für… nun instabil."

Alessia schnaubte und rieb sich die Schläfen. „Pff. Instabil…", flüsterte sie vor sich hin.

„Aufgrund der Gefahr einer weiteren Konfrontation mit Levka und… innenpolitischen Schwierigkeiten, seid versichert, das sind deren Worte, nicht meine, sind sie nur schwer dazu zu bewegen Gelder frei zu machen."

Alessia hörte auf ihre Schläfen zu massieren. „Wissen die von etwas? Den arkanen Mistviechern?"

„Unwahrscheinlich." Die Stimme der Großinquisitorin war kalt wie Eis. Alessia mochte sie nicht, doch war sie unzweifelhaft effizient. „Sie nehmen nur die Stimmung der Bevölkerung wahr. Und die ist angespannt."

Alessia nickte. Das war nichts Neues. „Die Stimmung der Bevölkerung ist immer angespannt", sagte sie verächtlich.

„Aktuell mehr denn je, Eure Majestät." Taczanowski schürzte die Lippen. „Der letzte Krieg ist nicht lange her, Gerüchte von levkischen Räubern auf galizinischem Staatsgebiet machen die Runde, der Kornpreis steigt an, die Verarmung nimmt zu, immer mehr…"

Alessia unterbrach sie. „Ich habe verstanden." Das war ein weiteres Problem auf ihrer Liste. Sie sollte sich wirklich mal eine anfertigen lassen. Was würde darauf stehen? Schreckliche, arkane Wesen, die das Land terrorisierten war sicherlich Platz Eins. Den zweiten Platz teilten sich die Spannungen mit Levka und die fortschreitende Armut der verdammten Bevölkerung. Was gab es noch? Ah, ja, der verdammte König im Westen mit seinem beschissenen Glauben an den Einen und seinen Konfessoren. Sie konnte noch tausende Punkte aufzählen. Irgendwann würde auch noch ihre zerrüttete Beziehung zu ihrer Kindheitsfreundin Paulina kommen, vermutlich direkt vor ihrer zerschlagenen Familie, die sich auf Schloss Litovsk, einem Landsitz der Vyrkovs, aufhielt. Das würde gleich neben der Tatsache stehen, dass sie gerade dringend pissen musste und einen Wein brauchte. Zumindest gegen letzteres konnte man etwas tun. Sie drehte ihren Kopf zu ihrer Zofe. „Holt mir Wein." Kasia eilte aus dem Raum und schloss leise die Tür in den angrenzenden. „Gut. Bekommen wir irgendwo anders Geld her? Höhere Besteuerung? Höhere Zölle?"

Der Schatzmeister schüttelte den Kopf. „Das wäre eine Möglichkeit, würde den Unfrieden Eurer Untertanen jedoch nur noch erhöhen."

Alessia schwirrte der Kopf. Sie konnte es nicht mehr hören. „Habt Ihr Euch einmal zugehört?"

Radzíwil sah sie verwirrt an. „Ich verstehe nicht, Eure Majestät."

„Meine Untergebenen." Sie spuckte dem Mann die Worte entgegen. „Es sind meine Untergebenen. Sie sollen auf mein Wort hören. Ich bin deren Herrscherin. Wieso erdreisten sie sich besser zu wissen, was gut für sie ist als ich?" Es war still im Raum. Alle Blicke waren auf sie gerichtet. „Was ist mit den Zöllen?", fragte sie schwer atmend.

Nowgoroda antwortete. Er sah sie zerknirscht an. Ihm kaufte sie, neben Reichsmarschall Bartoszek, der ein großer Verehrer der Vyrkovs war, noch am Ehesten ab, dass er wirklich um das Wohl des Reiches bemüht war und ihr dienen wollte, nicht nur seiner eigenen Agenda. Vielleicht war er aber auch einfach nur ein guter Schauspieler. Was nicht unüblich war, in seinem Berufsfeld. „Schwierig, Eure Majestät. Der Handel blühte auf, seit Ihr die Zölle gesenkt habt. Die Einnahmen für die Krone sind dadurch um ein Drittel gestiegen. Diese Maßnahme jetzt zurückzunehmen würde, meiner Einschätzung nach, das Gegenteil bewirken." Alessia seufzte. Natürlich. Wieso hatte sie überhaupt gefragt. Nowgoroda funkelte sie an. Er hatte ihr wohl nicht verziehen, dass sie seine Tochter, ihre alte Freundin, auf gefährliche Missionen sandte. Nun, leicht fiel ihr das auch nicht, da konnte er sich sicher sein. Doch was getan werden musste, musste getan werden.

Sie verzog das Gesicht, als sich ihre Kopfschmerzen, Dolchstichen gleich, meldeten. „Also die Banken? Wie bringen wir sie dazu uns Geld zu geben?"

Die Großinquisitorin lehnte sich nach vorne. „Ein paar davon enteignen?"

Szlachta lächelte wieder auf seine widerliche Art. Alessia hätte ihn am Liebsten geohrfeigt. „Das würde ein falsches Signal senden und andere Günstlinge und Geldgeber einschüchtern." Alessia schloss kurz die Augen. Ihre Kopfschmerzen gingen davon nicht weg.

„Die Banken wollen Sicherheiten", stellte Radzíwil fest. „Wenn wir unsere diplomatischen Beziehungen zu Arretien intensivieren und sie auf unsere Seite ziehen, dann erlangen wir genau diese Sicherheit."

Der Reichsmarschall nickte grunzend. „Ein Verteidigungsbündnis. Das würde außenpolitisch Stärke demonstrieren." Alessia versuchte dem Gespräch zu folgen. Sie kannte Arretien nicht gut. Galizina hatte lose diplomatische und händlerische Kontakte in das südöstliche Königreich, doch war die versuchte Einflussnahme auf den graeco-galizinischen Satellitenstaat Graecinova in Galizinas Süden ein immerwährender Streitpunkt.

Alessia hätte Kasia küssen können, als sie ihr ein volles Weinglas in die Hand drückte und sich wieder schräg hinter den Thron stellte. „Wie erreichen wir das? Arretien hat nichts davon uns beizustehen, wenn Levka angreift." Der Gedanke an ein Bündnis zwischen Galizina, Arretien und Graecinova war zwar verlockend, doch äußerst unrealistisch. Der oberste Richter, der Schatzmeister und Nowgoroda wechselten einen vielsagenden Blick. „Raus damit", schnauzte Alessia sie an.

„Der König von Arretien hat einen Sohn, Eure Majestät. Er ist in Eurem Alter und noch ledig…"

Alessia verschluckte sich fast an dem Wein, den sie gerade trank. „Das ist nicht Euer verdammter Ernst."

„Nun, ähm… es wäre zumindest eine Lösung wie wir…"

Alessia sprang von ihrem Stuhl auf. „Für wen haltet Ihr mich? Für eine billige Hure, die ihr einfach verschachern könnt?" Rote Weinspritzer flogen aus ihrem Mund, als sie die Anwesenden anschrie.

„Niemals, Eure Majestät, doch müsst Ihr der Realität und den Problemen ins Auge sehen…"

Alessia starrte den Schatzmeister an. Was hatte er gerade gewagt zu sagen? Alessias Kopf explodierte fast. „Ich muss überhaupt nichts, ich bin die verdammte Kaiserin. Sofort raus. Alle!" Der oberste Richter versuchte noch etwas zu sagen, doch Alessia schrie ihn nieder. „Geht mir aus den Augen. Sofort!"

Das Geräusch von hastig zurückgeschobenen Stühlen erfüllte den kleinen Raum. Eilig flüchteten die Mitglieder der Duma aus dem Weißen Saal.

Taczanowski stockte kurz in der Tür. Langsam drehte sie sich um. „Eure Majestät, den Unmut der Bevölkerung besprechen wir dann ein andermal?"

Alessia stütze sich schwer atmend auf den Tisch. „Sofort… raus." Wortlos schloss die Großinquisitorin die Tür hinter sich und Stille herrschte zwischen den weißen Wänden. Alessia war heiß. Heiß und ihr verdammter Kopf zersprang ihr fast. Diese Bastarde wollten sie tatsächlich verheiraten. Als wäre sie die drittgeborene Tochter eines Bürgerlichen. Sie war deren Kaiserin. Eine Vyrkov. Niemand würde ihr vorschreiben, wen sie zu heiraten hatte. Es war undenkbar. Ein Skandal. Ein Komplott, dass sich Szlachta ausgedacht haben musste, um…

Alessia schwirrte der Kopf. Sie sah kaum mehr etwas, so schwindlig war ihr. Es war ein… Alessia spürte wie ihr die Galle hochkam. Geräuschvoll erbrach sie sich auf den Tisch.

„Bei allen Heiligen", hörte sie ihre Zofe kreischen, dann spürte sie zwei kräftige Arme unter ihren Achseln. Eliska musste sie stützen. Alessia wurde schwarz vor Augen und dann spürte sie überhaupt nichts mehr.


Kaiserin Alessia Loretta Vyrkov erwachte in ihrem Himmelbett. Sie lag auf dem Rücken, die schwere Decke war sittsam über ihre Brust gezogen worden. Sie lag da wie eine Prinzessin in einem Märchen. So fühlte sie sich allerdings nicht.

Sie hatte einen schalen Geschmack im Mund, ihr Kopf hämmerte und sie musste dringend den Abort benutzen. Das wäre mal ein erfrischendes Ende eines Märchens. Wenn die Prinzessin nach dem Aufwachen ins Bett pisst. Alessia musste lächeln und versuchte langsam ihre Augen zu öffnen. Es war verdammt hell im Zimmer.

„Apothecarius, sie ist wach." Sie wünschte sich sie wäre es nicht. Die verdammte Stimme von ihrer verdammten Zofe war zu verdammt hoch, verdammt nochmal. Verschwommen kam der panische und besorgte Gesichtsausdruck von Kasia in ihr Blickfeld. Neben ihr erschien ein Gesicht, das Alessia nicht kannte. Prüfend blickte es sie an. Zwei Hände griffen nach ihr und schoben sanft ihre Augenlider nach oben. „Seid vorsichtig, Apothecarius." Wieder die piepsige Stimme von Kasia.

„Sieht gut aus." Die Stimme des Fremden war ruhig und konzentriert. „Die Augen reagieren, ich…"

Verärgert schlug Alessia die Hände des Mannes weg. Sie war die Kaiserin, was erlaubte er sich? Kasia schreckte wegen der abrupten Bewegung zurück, doch der Mann nahm es gelassen. Alessia versuchte sich angestrengt von ihrer Decke zu befreien, die schwer wie eine Bergkette auf ihr lag. Schwummrig kam sie darunter hervor und lehnte sich mit dem Rücken an das mit kostbaren Schnitzereien verzierte Kopfteil ihres Bettes.

„Wer ist das?", lallte sie und deutete auf den Mann. Ihr Blick wurde langsam etwas klarer.

„Eure Majestät, das ist Radoslav Kaczmarek, Apothecarius ersten Grades des Arkanistenordens."

Alessia erinnerte sich. Sie war zusammengebrochen. Im Weißen Saal, während der Tagung der Duma. Verdammt. „Hat das jemand gesehen?"

Kasia sah sie irritiert an. „Was meint Ihr, Eure Majestät?"

„Das ich… meinen Zustand im Weißen Saal, was denn sonst?", schnauzte sie ihre Zofe an, die merklich zurückzuckte.

„Verzeiht, Majestät. Nein, außer Eliska Tésarik und mir selbst war niemand anwesend."

Immerhin. Sie konnte es sich nicht leisten, vor diesen habgierigen Gaunern Schwäche zu zeigen. Ein saurer Geschmack stieg ihre Kehle hoch als sie sich wieder an die Sitzung zurückerinnerte. Eine Heirat mit dem Prinzen von Arretien. Undenkbar. „Bringt mir Wasser.“ Kasia eilte sofort zu einem nahen Beistelltisch, auf dem eine Karaffe stand. „Oder besser noch. Wein“, rief sie ihr schwach hinterher.

„Eure Majestät, verzeiht, aber ich denke Ihr solltet auf Wein verzichten, bei Eurem Zustand.“ Der Apothecarius, der bisher still neben dem Bett gestanden hatte, sah sie aus warmen, freundlichen Augen an. Alessia versuchte sich an seinen Namen zu erinnern, den Kasia ihr erst vor wenigen Augenblicken genannt hatte, doch sie schaffte es nicht. Irgendetwas mit ‚K‘. Er war älter als sie selbst, Alessia schätzte ihn auf um die vierzig. Er trug die grünweiße Gewandung seiner Divisio.

„Was ist mein Zustand?“

Der Arkanist lächelte. Er hatte rehbraune Augen. „Das versuche ich herauszufinden, Eure Majestät.“

Kasia kam mit einem vollen Kelch heran. Alessia verzog das Gesicht, als sie ihn absetzte. Es schmeckte nach langweiligem Wasser. Alessia drückte ihrer Zofe den Becher wieder in die Hand und versuchte ihre Decke zurückzuschlagen, was ihr nur mäßig gelang. „Verschwindet.“ Sie schwang ihre Beine von der Bettkante.

„Eure Majestät, ich würde Euch gerne untersuchen…“ Die Stimme des Mannes hallte anders im Raum nach. Alessia sah ihn an, er hatte sich weggedreht, als sie versuchte sich von ihrem Bett zu erheben. Sie sah an sich herunter. Die einzige Kleidung die sie trug, bestand aus einem mit Rüschen besetzen Unterkleid.

„Tésarik.“ Sie wollte nach der Kommandantin schreien, doch kam nur ein halbherziges Krächzen heraus. Für die Drushina reichte es wohl dennoch, denn den Bruchteil einer Sekunde später knallte die Tür zu ihrem Schlafgemach auf.

„Majestät.“

„Führt ihn raus.“

„Natürlich, Eure Majestät.“

Widerwillig ließ sich der Mann nach draußen begleiten. Alessia stand auf und machte zwei unsichere Schritte. Ihre Kopfschmerzen hatten etwas nachgelassen, doch fühlte sie sich schwach. Hungrig. Sie wollte etwas essen und baden, dann würde es ihr besser gehen. „Kasia, lasst mir ein Bad ein.“ Ihre Zofe senkte demütig den Kopf und ging in das angrenzende Badezimmer. Alessia sah aus einem der großen Bogenfenster. Es war Nachmittag geworden. Sie umrundete das Bett, was länger dauerte als es sollte, und öffnete die Tür zum Abort, die geschickt hinter einem Portrait versteckt war. Alessia setzte sich und dachte nach. Sie musste die Banken überzeugen, sie brauchte mehr Geld. Mehr Handel mit den Karolingern oder den ostlaurenischen Inseln? Schwierig. Engere Verbindungen zu Arretien? Absolut erstrebenswert, doch ebenso schwierig. Sie dachte nicht daran einen drittklassigen Prinzen aus diesem zweitklassigen Land zu heiraten. Alessia überlegte. Gab es noch eine Cousine oder so etwas, die man für eine Heirat mit dem Prinzen verwenden konnte? Ihre Schwester? Bestimmt nicht, sie hing zu sehr an ihrer Mutter. Ihren Bruder? Hatte der Prinz von Arretien vielleicht eine Schwester, die mit ihrem Bruder anbandeln konnte? Möglich.

„Eure Majestät, das Bad ist eingelassen."

Alessia seufzte. Hier kam sie nicht weiter, also säuberte sie sich und ging über ihr Schlafzimmer in das angrenzende Badezimmer. Es war dunkel. Fast schwarze Wandvertäfelungen, die mit allerlei goldenem Zierrat versehen waren, schmückten die Wände. Es gab menschengroße Spiegel und verschiedene Becken. Ein weites, aus rosafarbenem Marmor gehauenes Badebecken nahm den größten Teil des Raumes ein. Alessia zog ihr Unterkleid aus und legte sich in das angenehm warme Wasser. Es kitzelte ihre Haut und duftete wunderbar. Kasia musste Rosenöl oder etwas Ähnliches beigemischt haben.

Alessia seufzte wohlig und schloss ihre Augen. Es ging ihr schon besser. Ihre Schultern fühlten sich weniger verspannt an, ihr Kopfweh war komplett verschwunden. Nur der Hunger blieb, doch dagegen konnte man ja etwas unternehmen.

„Eure… Eure Majestät, darf ich etwas sagen?"

Alessia runzelte die Stirn. Kasia sprach nie ungefragt. „Habt Ihr jetzt ja schon." Alessia spürte förmlich wie ihre Zofe mit sich rang. Sie hob ihre Hand aus dem warmen Wasser und konzentrierte sich auf das Gefühl der daran herabrinnenden Wassertropfen. „Nun sprecht schon."

„Zieht… bitte zieht in Erwägung Euch von dem Arkanisten untersuchen zu lassen, Eure Majestät. Er ist der Beste, wurde mir versichert. Diskret. Einfühlsam.“

Alessia machte eine verärgerte Handbewegung. „Brauche ich nicht. Mir geht es wieder gut.“

„Eure Majestät, spätestens seit den Herbstmanövern leidet Ihr an… nun, dem, an dem Ihr leidet. Bitte, es schadet doch nicht…“

Alessia öffnete die Augen und funkelte ihre Zofe an, die auf einem Hocker aus dunklem Holz mit rotem Bezug saß. „Ich leide überhaupt nicht“, fauchte sie. Das war nicht wahr, das wusste sie selbst. Die Kopfschmerzen quälten sie. Alessia rutschte an der glatten Innenseite des Beckens herunter und tauchte ihren Kopf unter Wasser. Es tat gut. Sie öffnete die Augen und hielt sich die Hand vors Gesicht. Nachdenklich betrachtete sie ihre verschwommenen Finger. Kasia hatte Recht. Verdammt nochmal. Langsam tauchte sie wieder auf und rieb sich das Wasser aus dem Gesicht. „Bringt mir ein Frottiertuch und trocknet mich ab.“ Plätschernd erhob sie sich aus dem Wasser. „Und dann sagt dem Arkanisten, dass ich ihn im Kleinen Speisesaal erwarte. Ich habe Hunger.“

Alessia trug eine schwarze Haube aus Samt, die mit goldenen Perlen verziert war, um ihre noch feuchten Haare zu verstecken. Gierig machte sie sich über einen Teller aus Quittengebäck mit Marzipan her. Dazu gab es, enttäuschenderweise, lediglich Wasser.

„Seit wann habt Ihr diese Beschwerden?“

Alessia zuckte die Achseln. „Seit Sommer. Kurz vor den Herbstmanövern. Mindestens.“

Der Apothecarius nickte. „Und Ihr sagtet, dass Ihr starke Kopfschmerzen und Schwindel verspürt?“ Alessia nickte. „Eure Majestät, ich möchte Euch gerne arkan untersuchen. Erlaubt Ihr, dass ich meine Hände auf Eure Schläfen lege?“

Alessia nickte wieder. „Wenn es sein muss.“

Der Mann lächelte und setzte sich auf den Stuhl neben sie. „Das muss es, Eure Majestät.“ Er sah sie an und legte langsam seine Fingerspitzen an ihre Schläfen. Alessia kannte nicht viele

Menschen die ihrem Blick so lange standhalten konnten, fast war sie beeindruckt. Alessia spürte die Wärme und den leichten Druck seiner Finger an ihrem Kopf. Es war eine normale Berührung, doch Alessia schauderte. Sie wusste nicht, wann sie zuletzt so sanft berührt worden war. Nun, heute Morgen vermutlich, aber das war etwas anderes. Das war aufgesetzt, das war mechanisch und bezahlt.

Alessia sah, wie Kaczmarek seine Augen schloss. Sie meinte eine Wärme, die von seinen Fingern ausging, zu spüren. Sie wartete. Nervös tippte sie mit ihrem Fuß auf. Das dauerte zu lange, sie hätte hunderte Dinge parallel erledigen können. Heute Abend empfing sie Botschafter van Kóvári des Westreichs und sie musste sich noch umziehen.

Nach mehreren Minuten öffnete der Apothecarius seine Augen und löste seine Hände von ihren Schläfen. Er lehnte sich auf seinem Stuhl zurück und atmete schwer aus.

„Also?", fragte Alessia erhaben.

„Nun, Kaiserin, in Euch ist alles in Ordnung. Keine Hirnblutungen, keine inneren Wunden oder Ähnliches. Es ist nichts feststellbar und Ihr habt ein perfekt funktionierendes Gehirn."

Alessia musste fast schmunzeln. Das war ein seltsames Kompliment. Schwungvoll stand sie auf. „Gut, dann ist ja alles in Ordnung. Euren Lohn wird Euch Kasia geben." Sie machte sich an, sich Richtung Tür zu bewegen, doch Kaczmarek hatte noch etwas zu sagen.

„Eure Majestät, es gibt keine physischen Ursachen Eurer Leiden. Das bedeutet, dass sie durch etwas anderes ausgelöst werden und ich bin mir sicher, dass ich weiß wodurch. Stress, wenig Schlaf, Rastlosigkeit, Ärger. All das sind Faktoren, die Euer Leiden begünstigen." Alessia sah ihn ungehalten an. „Ich gehe vermutlich Recht in der Annahme, dass Eure Kopfschmerzen vor allem dann auftreten, wenn Ihr Euch in einer... nun, anstrengenden Lage befindet."

Alessia verzog den Mund. Er hatte Recht, sie kamen meistens, wenn sie sich aufregte. „Ich bin die Kaiserin", sagte sie würdevoll. „Für das heilige, vereinte Reich befinde ich mich immer in anstrengenden Lagen. Was empfehlt Ihr mir also?"

Der Mann lächelte sanft. Es war das Lächeln, mit dem ein Heiler seinen Patienten bedachte. „Stressreduzierung, ausreichenden Schlaf, eine ausgewogene Ernährung, viel Bewegung, am besten draußen, möglichst keinen Wein oder andere alkoholische Getränke…“

„Habt Ihr kein Mittel, keine Salbe oder keinen Trank, der den gleichen Effekt hat? Ihr seid Apothecarius. Die Kaiserin kann sich nicht erlauben viel Ruhe zu genießen.“

Der Mann lächelte wieder. Komischerweise hatte Alessia nicht das Bedürfnis, ihm sein Lächeln aus dem Gesicht zu schlagen. „Das Mittel heißt Ruhe, Eure Majestät.“ Er machte eine kurze Pause. „Wenn Ihr Euch schwer tut Ruhe zu finden, kann ich Euch allerdings einige Mittel herbringen lassen. Es gibt durchaus Tinkturen, die Euren Heilungsprozess unterstützen kö…“

„Gut. Bringt sie her.“ Alessia stand auf und rauschte aus dem Raum. Sie versuchte in Gedanken ‚Ruhe‘ in ihren vollen Terminplan einzuarbeiten, was ihr natürlich nicht gelang. Sie hörte noch, wie sich Kasia überschwänglich bei dem Apothecarius bedankte und sich dann beeilte ihr hinterher zu kommen.


Kaiserin Alessia ließ sich gerade ihre goldenen Ringohrringe einsetzen und sich von Kasia das Haar bürsten, als es an der Tür zum Ankleidezimmer klopfte. Alessia war genervt. Nicht einmal hier hatte sie Ruhe. „Was ist?“

„Eure Majestät, Großinuqisitorin Taczanowski.“

Sie seufzte. Das versprach heiter zu werden. „Schickt sie rein.“

Henryka Taczanowski, Oberhaupt der ostgalizinischen Inquisition, betrat das Zimmer. Demütig senkte sie das Haupt. „Eure Majestät.“

Abschätzend sah Alessia sie an. „Was gibt es?“

Die Großinquisitorin ging zum Fenster und blickte in die tief stehende Nachmittagssonne. „Verzeiht, dass ich Euch störe, Eure Majestät. Gestern, in der Sitzung der Duma kamen wir nicht dazu zu besprechen, was sich gerade in der Unterstadt zusammenbraut.“ Sie kamen nicht dazu, weil Alessia explodiert und anschließend zusammengebrochen war. Doch die Großinquisitorin ließ sie das nicht spüren, sie war kalt wie immer.

„Das wäre?"

„In der Unterstadt hat sich eine Gruppe gebildet, die es sich zum Auftrag gemacht hat, das Kaiser- und Königtum abzuschaffen. Sie nennen sich die Republikanische Schar."

Alessia lachte humorlos auf. „Das ist nicht Euer Ernst. Und damit behelligt Ihr mich? Solche Gruppen gab es schon immer."

Die Inquisitorin verzog keine Miene. „Ich würde es nicht tun, wenn diese Gruppe nicht beunruhigend schnell wachsen würde. Ihre Pamphlete, Flugblätter und Plakate erscheinen selbst schon in der Oberstadt. Im Hafenviertel, an den Docks, in den weniger reichen Gegenden. Die Gruppe erfährt regen Zulauf. Sie wirken besser organisiert, gar besser finanziert, als vergleichbare Anarchisten zuvor. Etwas ist anders."

Alessia zog die Augenbrauen hoch. „Dann stoppt es. Habt Ihr da unten keine Agenten?"

Taczanowski sah aus, als hätte sie einen schlechten Geruch in der Nase. Gut, zugegeben sah sie das eigentlich immer. „Eure Majestät, unser Zugang zur Unterstadt ist begrenzt und diese Gruppe weiß sich zu verstecken. Wir konnten sie noch nicht lokalisieren, wir haben keine Spitzel in ihren Reihen."

Alessia rieb sich die Schläfen. „Was schlagt Ihr vor?"

„Einige Inquisitoren in die Unterstadt zu schicken, die ermitteln. Strengere Kontrollen an den Zugängen zur Unterstadt. Falls es notwendig sein sollte, auch mehrere Razzien. Repressalien. Einschüchterung."

Alessia verzog das Gesicht. „Das würde die Stimmung noch weiter anspannen. Versucht es zuerst diskret. Schickt einige wenige Inquisitoren hinunter und kontrolliert die Zugänge besser. Findet die Drahtzieher und schaltet sie aus." Sie zuckte zusammen, als die Bürste von Kasia einen Knoten in ihren Haaren löste. „Erst wenn wir damit keinen Erfolg haben, greifen wir zu drastischeren Mitteln."


Kaiserin Alessia Loretta Vyrkov von Goldhafen sah hervorragend aus. Sie trug ein cremefarbenes Kleid mit langer Schleppe, das goldbestickt und mit Rüschen besetzt war. Im

Brustbereich ähnelte es eher einer engen, knapp geschnittenen Soldatenjacke, mit seinen gepluderten Ärmeln, allerdings natürlich weitaus filigraner und kostbarer geschnitten. Sie trug nicht ihre Krone, stattdessen zierte ein feines, goldenes Diadem ihr Haupt, in dessen Mitte der galizinische Doppeladler prangte. Dünne Ketten hingen davon herab und schmückten ihre Haare. Auch Kasia war schön gekleidet. Sie trug ein zwar einfaches, viel weniger filigranes, dafür edel besetztes und geschnittenes Kleid in einem dunklen samtgrün. Alessia nickte einem der beiden Drushinars zu, die vor der weiß getünchten und goldverzierten Tür standen. Schwungvoll stieß er selbige auf.

Der Große Speisesaal war voll. Höflinge, Begleitungen, Wichtigtuer, Personen die sorgfältig ausgewählt worden waren, um das diplomatische Ringen zu unterstützen. Sowohl vonseiten der Kaiserin, als auch vonseiten des Botschafters. Die Gespräche verstummten, als die Anwesenden die Kaiserin sahen. Drei Personen stachen besonders heraus. Sie standen nahe der Tür, durch die die Kaiserin nun ging. Drei? Sie hatte mit zweien gerechnet.

„Medames und Mesers. Kaiserin Alessia Loretta Vyrkov von Goldhafen, Kaiserin des Ostreiches unseres heiligen, vereinten Reiches von Galizina“, trällerte die Stimme des Herolds durch den prunkvollen Raum. Kleider raschelten, als sich die Anwesenden verbeugten.

Kaiserin Alessia schwebte, in Begleitung ihrer Zofe, durch den Raum auf die drei Personen zu und sie beugten demütig das Haupt. „Bitte, erhebt Euch. Es freut mich Euch zu sehen, Botschafter.“ Peter van Kóvári, Botschafter aus Westheim, der Hauptstadt des Westreichs, hob den Kopf und lächelte warm. Er trug edle, dunkle Reiterhosen mit flachen Schnallenschuhen und ein enganliegendes, schwarzes Hemd mit goldenem und silbernem Besatz. Auf seiner linken Brust prangte ein großer galizinischer Doppeladler.

„Die Freude und Ehre über die Gelegenheit mit Euch zu Abend zu speisen ist ganz meinerseits, Eure Majestät.“ Er deutete auf die Frau neben sich. „Darf ich Euch meine Frau vorstellen, Kaiserin Alessia? Jelisaweta van Kóvári. Sie ist erst gestern aus Westheim angereist gekommen.“ Die Kaiserin musterte sie. Sie lächelte freundlich, etwas zurückhaltend und machte einen höfischen Knicks.

„Eine Ehre Euch kennen zu lernen, Eure Majestät." Sie war bildschön. Blondbraune, fein gelockte Haare fielen ihr frei auf die Schultern. Sie hatte große, braune Augen und eine etwas zu spitze Nase, die ihr aber gut stand. Feine, goldene Steckohringe zierten ihre Ohren. Sie trug ein dekolletiertes Kleid in blauer Farbe mit goldenen Blumenzierden darauf. Wie das Kleid der Kaiserin hatte es gepluderte Ärmel. Die Frau musste etwa im gleichen Alter wie Alessia sein und damit gute fünfzehn Jahre jünger als der Botschafter.

Alessia hatte nicht gewusst, dass der Botschafter verheiratet war. Wenn sie ihre Inquisitoren gefragt hätte, hätten sie es ihr sicher gesagt, es hatte sie jedoch nie gekümmert.

„Botschafter van Kóvári, wie habt Ihr es geschafft solch eine schöne Frau zu ehelichen?" Alessia ließ den Blick auf Jelisaweta ruhen, als sie sprach.

Der Botschafter kicherte leise und seine Frau senkte höfisch lächelnd den Blick. „Ach, Eure Majestät, das frage ich mich selbst jeden Tag. Ich weiß nur nicht, ob ich die Antwort darauf wissen möchte."

Alessia lächelte gekünstelt. „Offenbar hattet Ihr Glück." Sie wandte sich nun dem dritten, nur zu gut bekannten Gesicht zu. Reichsmarschall Jan Bartoszek hatte sie für den Abend ausgewählt, dass er mit dem Botschafter über Militärwesen, Kriegsgeschichten und dergleichen sprechen konnte, wenn Alessia die Lust verlor. Sie wusste, dass die beiden Männer sich mochten. Und auch sie fand den Reichsmarschall erträglich. Aus ihrer Duma sicherlich der angenehmste, wenn auch nur deshalb, weil er so stumpf war. So berechenbar. So einfach. „Reichsmarschall, es ist mir wie immer eine Freude."

Bartoszek verbeugte sich erneut und verzog den Mund zu einem solch herzlichen Grinsen, dass sein mächtiger Backenbart wackelte. „Die Freude ist ganz meinerseits Eure Majestät."

Die Kaiserin nickte und deutete auf die lange Tafel, die in der Mitte des Großen Speisesaals aufgestellt worden war. „Wollen wir?"

Van Kóvári bot ihr seinen Arm an, den die Kaiserin ergriff. Es war ein Spiel, das wussten sie beide. Es ging um eingehaltene Etikette, um das Aussehen ihrer Taten, um die Angebote. Doch Alessia mochte den Mann trotzdem. Er war direkt und beinahe etwas ungehobelt. Ein guter Diplomat. Es war erfrischend.

Sie ließ sich von dem Mann zu dem wuchtigen Stuhl an der Stirnseite des Tisches führen. „Botschafter, wo gedenkt ihr Eure Frau unterzubringen? Sie ist in der Sitzordnung nicht berücksichtigt worden."

Der Botschafter lächelte sie an. „Aaah, Ihr habt Recht, verzeiht. Aufgrund der kurzfristigen Anreise konnte ich Euch nicht mehr Bescheid geben." Er bot seiner Frau den Stuhl direkt zu Alessias Linker an, indem er ihn leicht vom Tisch wegschob. „Es ist nur gerecht, dass meine geschätzte Frau dann meinen Platz einnimmt. Ich werde mich mit der zweiten Reihe begnügen müssen." Er postierte sich an dem Stuhl neben seiner Frau.

Kasia setzte sich an Alessias rechte Seite. Für eine Zofe war dieser Platz zwar eigentlich zu ehrenvoll, jedoch wollte die Kaiserin nicht den ganzen Abend über den lauten und anstrengenden Reichsmarschall neben sich haben. Dieses zweifelhafte Vergnügen durfte nun ihre Zofe genießen. Alle anderen Anwesenden, die allesamt nur Beisitzer oder Speichellecker dieses Empfangs waren, begaben sich ebenfalls an den Tisch. Erst als die Kaiserin sich auf ihrem thronähnlichen Stuhl niederließ, taten sie es auch. Die Türen an den Seiten des Saales flogen zeitgleich auf, als sich die Hintern auf die gepolsterten Stühle niedersenkten und Bedienstete trugen Tabletts, auf denen Massen an Weinkelchen balanciert wurden, herein. Mit perfekten Handgriffen wurden die Gläser vor den Anwesenden auf den Tisch gestellt. Die Kaiserin räusperte sich und erneut verstummten alle, leise geführten Gespräche.

„Edle Medames und Mesers. Habt Dank für Euer Kommen und begrüßt gemeinsam mit mir unseren geschätzten Botschafter des Westreiches, Peter van Kóvári." Sie machte eine kurze Pause und lächelte perfekt einstudiert in die Runde. „Genießt den Abend, Freunde der Krone."

Stühle wurden gerückt und Gläser erhoben, als alle aufstanden und ihr zuprosteten. Alessia erwiderte die Geste und nahm einen Schluck des Weines. Er war hervorragend. Sie wollte sich an das Gesagte des Apothecarius halten, doch konnte sie an einem solch offiziellen Anlass nicht auf Wein verzichten. Sonst würde sie wahnsinnig werden. Wenn sie heute nicht dauerhaft einen gefüllten Weinkelch in der Hand hielt, würde sie nach spätestens einer Stunde einen der Anwesenden erschlagen.

„Kaiserin, wie habt Ihr die Herbstmanöver empfunden?" Van Kóvári lehnte sich etwas vor.

„Es war eine Freude die Stärke unserer beiden Heere zu sehen. Die Kanonen des Westreichs mit den Arkanisten des Ostreiches. Gemeinsam bilden wir eine unbezwingbare Faust, mit der wir unsere Feinde zerschmettern werden."

Der Botschafter nickte. „Das war auch die Wahrnehmung von König Alexandr, Eure Majestät. Er ist ganz entzückt von Euren Arkanisten."

Die Kaiserin lächelte dünn. „Von der Löwin schien er ebenso entzückt zu sein."

Der Botschafter erwiderte das Lächeln. „Aaaah ja, die Löwin des Nordens. Wie Ihr wisst, ist der König ebenfalls ein versierter Taktiker. In der Löwin sieht er eine Gleichgesinnte, eine Schwester im Geiste. Er ist beeindruckt von ihren Siegen."

Alessia hätte am liebsten laut losgelacht. König Alexandr, ein versierter Taktiker. Er war bestenfalls ein Mann, der mit kindischer Naivität Holzfiguren auf Karten umherschob und gerne Krieg spielte.

Der Reichsmarschall, der nun genau das tat, wofür Alessia ihn eingeladen hatte, begann sich mit van Kóvári in militärischen Details zu verfangen. Zwischen den beiden entstand das Gespräch zweier Begeisterter. Alessia rutschte etwas auf ihrem Stuhl hin und her um eine bequemere Position zu finden. Der Abend entwickelte sich nun so, wie sie es geplant hatte und sich wünschte. Überall am Tisch entstanden Gespräche, die Anwesenden tauschten Komplimente, Informationen und rangen um die kleinsten Häppchen, die ihnen bei ihren höfischen Intrigen helfen sollten. Alessia fühlte sich vielmehr als Beisitzerin und das war in diesem Moment gut so. Vielleicht war das die Ruhe, von der der Apothecarius gesprochen hatte.

Abendessen mit verschiedenen Personen waren eine wiederkehrende Pflicht, die der Kaiserin auferlegt war, um die diplomatischen Beziehungen aufrecht zu erhalten. Es hatte jedoch nicht nur reinen Symbolcharakter, häufig wurde dabei auch Politik gemacht. Es wurden Verbindungen geschlossen, es wurde sich über Stimmungen und Neuigkeiten ausgetauscht. Mit Botschaftern, mit Diplomaten, mit Adeligen. Bei weniger wichtigen Personen konnte sie ihre Handlanger vorschicken, Mitglieder der Duma, Höflinge oder andere Günstlinge des Goldenen Palasts. Doch beim Botschafter aus dem Westreich musste sie persönlich anwesend sein, um die Einheit des wiedervereinigten Reiches zu untermauern.

Der erste Gang wurde serviert, was den Gesprächen keinen Abbruch tat. Eine Trüffelsuppe mit geraspelten Maronen und Kürbiskernöl. Alessia begann hungrig ihre Suppe zu löffeln. Sie musste sich zusammenreißen anmutig dabei auszusehen, die Sättigung durch das Quittengebäck am Mittag hatte schon lange nachgelassen.

„Es schmeckt ausgezeichnet, Eure Majestät." Jelisaweta van Kóvári lächelte sie an und Alessia blickte verwundert zurück. Es war nicht gegen die Etikette die Kaiserin anzusprechen, es war nur… unüblich. Alessia hatte die Frau des Botschafters für langweiliger gehalten.

Sie fing sich schnell wieder und lächelte zurück. „Wisst Ihr wie Trüffel geerntet werden?"

Jelisaweta blickte sie mit ihren großen Augen an. „Nein, Eure Majestät."

Alessia beugte sich etwas zu ihr herüber. „Mit Schweinen." Jelisaweta Augen wurden noch größer. „Sie werden darauf trainiert die Pilze im Boden zu riechen. Sie wühlen sich durch den Dreck, bis sie auf einen der Pilze stoßen. Der Schweinehirte kennzeichnet dann die Stelle und der Trüffel dort wird ausgegraben." Die Frau des Botschafters kaute etwas langsamer und blickte argwöhnisch ihre halb ausgelöffelte Suppe an. „Keine Sorge, Medame van Kóvári. Unsere Köche waschen sie, bevor sie in Eurer Suppe landen." Die Kaiserin lächelte höfisch.

Jelisaweta setzte ihr Essen fort. „Die Schweine, oder die Trüffel?"

Alessia verschluckte sich fast an der Suppe, als sie anfing leise zu kichern. Das war nun wirklich etwas Neues. Sie hatte Humor und sie erlaubte es sich das zu zeigen. Das hätte Alessia nicht gedacht. Nicht an der Seite von van Kóvári.

„Verzeiht, Eure Majestät. Das war nur ein dummer Scherz." Jelisaweta sah erschrocken aus. Unsicher. Offensichtlich hatte sie Alessias Husten falsch gedeutet.

Alessia winkte ab. „Es war ein guter Scherz. Der Beste, den ich in den letzten… nun, lasst mich nachdenken. Zweihundert Banketten gehört habe." Jelisaweta lächelte schüchern. „Gebt Eurem Mann etwas von Eurem Humor ab. Das würde unsere Treffen noch angenehmer machen, als sie ohnehin schon sind."

Jelisaweta lächelte und der Botschafter unterbrach seine lebhafte Diskussion über schwere Kavallerie mit dem Reichsmarschall. „Eure Majestät, Ihr redet doch nicht etwa über meine Wenigkeit?" Seine Frau legte ihm in einer, wie Alessia beobachtete, perfekt einstudierten Geste die Hand auf den Arm und lächelte Alessia an.

„Ich habe Eurer Frau gesagt, dass Ihr Euch etwas von ihrem Humor abschauen könnt, Meser."

Der Botschafter lachte auf. „Ich versuche es Eure Majestät. Doch es ist hoffnungslos." Er streichelte kurz, ebenso anmutig, die Hand seiner Frau, dann wandte er sich wieder dem Reichsmarschall zu.

„Ihr habt einen interessanten Akzent, Medame. Woher stammt Ihr?" Der Akzent war ihr zuvor nicht aufgefallen, doch nun nahm sie ihn deutlicher wahr.

„Aus dem südlichen Kaukasin, Eure Majestät. Ich bin eine gebürtige Báthory."

Alessia stockte kurz, als die Bediensteten die leeren Suppenschüsseln abtrugen und dampfenden Sauerbraten von der Ente mit Kürbis-Maronen-Püree auf Silbertellern servierten. Anmutig schnitt sie ein Stück des Bratens ab und piekste es auf ihrer Gabel auf. „Eine Báthory? Ich hege eine besondere Sympathie für Eure Familie seit der Wiedervereinigung." Das tat sie wirklich. Familie Bathory war ein maßgeblicher Befürworter der Wiedervereinigung im Westreich gewesen. Als eine wichtige, und eine der ersten Adelsfamilien, die die

Wiedervereinigungspläne des Ostreiches stark befürworteten, hatten sie viel Einfluss auf den König gehabt.

„Ihr seid zu gütig, Eure Majestät." Jelisaweta aß von ihrem Püree. Sie war anmutig, Alessia schätzte das. Anmutig und witzig. Sie seufzte. Konnte sie nicht mehr solche Hofdamen haben, statt der Puten, die sie sonst umschwirrten?

„Ich habe Euren Stammsitz einmal besucht. Das muss noch 1263, im Jahr der Wiedervereinigung gewesen sein."

„Ich hoffe, es gefiel Euch dort."

Alessia versuchte sich daran zu erinnern. „Nicht wirklich. Die Karpaten wirkten zu bedrohlich auf mich." Die Landsitze der Báthorys waren nahe der südlichen Ausläufer der Berge gebaut. Über allem schwebte der dunklen Schatten des Gebirges. Alessia war die flachen, fruchtbaren Ebenen von Jiznitok gewohnt, wo es maximal kleinere Erhebungen gab, keine wuchtigen Berge.

„Oh", sagte Jelisaweta nur, peinlich berührt.

„Dafür hat mir Eure Familie einen glorreichen Empfang bereitet, den ich so schnell nicht wieder vergessen werde." Das war gelogen. Sie hatte ihn vergessen, sie erinnerte sich kaum mehr an die Gesichter der Báthorys, doch Jelisawetas Gesicht hellte sich auf.

„Das ist zu viel der Ehre, Eure Majestät. Sie werden sich freuen und vor Stolz platzen, wenn ich ihnen davon erzähle." Alessia lächelte dünn und aß eine weitere Scheibe der Ente. Den Báthorys war es nach der Wiedervereinigung nicht gut ergangen. Viele im vereinten Reich, gerade im Westen, waren über die Wiedervereinigung nicht glücklich gewesen, so auch am Hof von Westheim. Die Báthorys wurden, wenn auch nie öffentlich und nur schrittweise, ihrer Vormachtstellung beraubt. Sie waren heute nicht ohne Einfluss, doch war ihr Einwirken in die höfischen Belange von Westheim um Längen weniger stark als noch vor dem Fall der theodosianischen Landmauer. Umso beeindruckender, dass sie ihr selbst immer noch so wohlgesonnen waren. Sie taten ihr fast leid.

„Sagt ihnen, sie sind im Goldenen Palast jederzeit willkommen. Genau wie Ihr, Medame. Ich vergesse meine Freunde nicht."

Jelisaweta schien tatsächlich die Brust etwas anzuschwellen. „Habt Dank, Eure Majestät. Wir stehen immer noch treu zu Euch. Und zu König Alexandr natürlich.“

Alessia legte ihr Besteck weg. Sie wusste, dass sie noch zwei Gänge erwarteten und es wäre nicht schicklich gewesen die folgenden Speisen nicht anzurühren. Sie trank ihr Weinglas leer und wunderte sich, dass es ihr erstes war. Der Abend war bisher weit angenehmer als sie angenommen hatte. Fast hatte sie das Thema mit den Banken und den verdammten Republikanern vergessen. Fast. Als der dritte Gang, Grünbarsch mit Preiselbeeren und Rosmarinkartoffeln, aufgetischt wurde, beugte sich Botschafter Peter van Kóvári zu ihr herüber. Der Reichsmarschall ihm gegenüber hatte sich weit in die andere Richtung gelehnt und unterhielt eine Gruppe von edlen Männern und Frauen am Tisch mit derben Späßen und Geschichten aus seinen Kriegszeiten, die sie vergnügt quieken ließen. Alessia lächelte dünn. Er war betrunken.

„Eure Majestät, ich möchte die festliche Stimmung nicht darunter leiden lassen, doch…“

Alessia seufzte. Es wäre zu schön gewesen, einmal keine Politik machen zu müssen. „…doch Ihr braucht etwas und es duldet keinen Aufschub und es ist wahnsinnig wichtig.“ Die Frau des Botschafters versuchte woanders hinzusehen und Alessia griff entnervt zu ihrem bereits wieder gefülltem Weinglas.

„Nun, ja, Eure Majestät.“

Alessia winkte ungeduldig mit der Hand. Sie spürte bereits wie sich ihre Kopfschmerzen wieder anbahnten. „Nun sagt schon.“

„König Alexandr und der Kardinal der Kirche des Einen dachten daran, auch den Gläubigen aus dem Ostreich die Möglichkeit zu geben zu beten.“

Alessia funkelte ihn an. Wollte der Kardinal seine Einflusssphäre auf das Ostreich ausdehnen? Sie schnaubte. Die Idee des Königs war das sicher nicht. Der Botschafter erwartete scheinbar eine Reaktion, denn es entstand eine längere Pause, doch Alessia war nicht gewillt ihm eine zu geben. Noch nicht.

„Außerdem", fuhr van Kóvári irgendwann fort. „Würde das als Symbol der Eintracht und Verbundenheit zwischen den beiden Reichshälften gesehen werden."

Alessia nahm einen weiteren Schluck des Weines. „An was denkt der Kardinal genau?"

Der Botschafter spießte ein Stück des edlen Fisches auf und steckte es sich in den Mund. „Ein Sakralgebäude. Eine Kathedrale. Etwas Großes, Mächtiges, Prunkvolles. Hier in Goldhafen."

Alessia kicherte. „Hier in Goldhafen? Das kann er nicht ernst meinen."

Der Botschafter grinste schuldbewusst und zuckte die Achseln. „Einen Versuch war es Wert. In einer größeren Stadt. Dort, wo viele Menschen zusammenkommen können."

Im Ostreich war der Glaube des Einen nicht untersagt. Schon vor der Wiedervereinigung hatte es kleine Kapellen und Gebetsschreine gegeben, allerdings sehr verteilt und selten. Eine große Kathedrale oder auch nur eine Kirche gab es bisher nicht. Vor allem keine, die von der Kirche des Westreichs gebaut, finanziert und unterhalten wurde. Alessia spießte eine Rosmarinkartoffel auf. In ihrem Kopf formte sich ein Gedanke. Eine Idee. Das könnte einen Teil ihrer Probleme lösen. Sie wären nicht auf die Banken angewiesen.

„Was hat das Ostreich davon?" Sie schnaubte. „Abgesehen davon, dass seine Bürger, völlig uneigennützig für die Kirche, zum Einen beten können?"

Der Botschafter sah sie an. „Das Westreich würde natürlich vollständig für die Kosten des Baus der Kathedrale aufkommen. Zusätzlich ist die westgalizinische Krone dazu bereit eine großzügige Summe als Aufwandsentschädigung an die ostgalizinische Krone zu zahlen."

Alessia nickte. Jetzt wurde es spannend. „Was versteht der Kardinal als großzügig?"

Der Botschafter wand sich etwas. Man sah ihm an, dass er nicht so weit ins Detail gehen wollte. „Nun, die Papiere müssten noch vorbereitet werden, es müsste vom Schatzmeister des Königs bestätigt werden, aber insgesamt bewegen wir uns etwa in dem Rahmen von einhundert Millionen Kronen, verteilt über drei Jahre.“

Alessia zwang sich ruhig zu bleiben. Am liebsten hätte sie Freudensprünge gemacht. Sie konnte mit dem Geld die Bevölkerung ruhigstellen. Sie konnte Festtage organisieren. Vielleicht sogar zu Koleda. Sie konnte Speisen und Bier verteilen und die Inquisition beauftragen sie als große Fürsorgerin der Armen zu präsentieren. Sie konnten Kredite zurückzahlen und sie konnten neue Geldquellen erschließen. Sie konnte ihre Handelsflotte verstärken.

„Einhundertfünfzig Millionen“, sagte sie schlicht. „So viel sollten die bedürftigen Gläubigen dem Kardinal wohl wert sein.“

Der Botschafter sah sie mit einem leidenden Gesichtsausdruck an. „Nun, einhundertundzwanzig Millionen können König und Kardinal sicher aufbringen, Eure Majestät.“

Alessia nickte langsam. „Lasst es prüfen, von Eurem Schatzmeister und Eurem Kardinal. Gebaut werden kann die Kathedrale in Kostok. Schickt mir Eure Architekten und Baumeister, ich werde mit meinen eigenen einen passenden Platz in der Stadt für Eure Kathedrale finden.“

Peter van Kóvári lächelte. „Eure Majestät, wieder einmal macht sich Eure Weisheit und Weitsichtigkeit bemerkbar. Das Volk liebt Euch zu Recht.“

Alessia lächelte in sich hinein, als sie ihrem Grünbarsch dabei zusah, wie er abgetragen wurde und durch die Nachspeise, Trdelník mit Wacholderbeeren und Vanillesoße, ersetzt wurde. Das Volk liebte sie nicht. Zumindest nicht das im Osten. Die Maßnahme würde den meisten Bürgern egal sein, im Westreich würde das ihr Ansehen jedoch nur noch mehr steigern. Das war es aber nicht, was sie freute. Wenn sie erlauben musste, dass über ein paar Jahrzehnte ein riesiges Gotteshaus in ihrem Reichsteil gebaut wurde, dafür, dass sich einige ihrer dringendsten Probleme lösten, dann war das ein guter Handel. Sie freute sich bereits darauf, diese Neuigkeiten ihrer Duma zu verkünden. Sie würden Augen machen. Das, was sie nicht lösen konnten, hatte sie in einem kurzen Gespräch mit dem Botschafter aus Westheim gelöst. Sie wusste, dass sie diese Trantüten nicht brauchte.

Der Nachtisch schmeckte doppelt so gut wie sonst. Das Aroma der Wacholderbeeren vermischte sich wahnsinnig gut mit der Vanillesoße und dem zarten, wolkigen Teig des Trdelníks. Alessias Blick streifte Jelisaweta, die genüsslich kaute. Sie bemerkte ihren Blick und lächelte. Alessia erwiderte es, nur teilweise einstudiert. „Ihr solltet die Trdelníks mal im Sommer in den Palastgärten probieren. Mit einem leichten, roten Sommerwein. Das macht sie noch schmackhafter."

Jelisaweta schluckte den Bissen, an dem sie gekaut hatte, herunter. „Meine Mutter erzählte mir viel über die prachtvollen Schlossgärten des Goldenen Palastes. Ich hoffe, ich werde während meines Besuches die Zeit finden und sie selbst erkunden können."

„Ich kann sie Euch zeigen, wenn Ihr wollt." Alessia bemerkte wie sich eine Sekunde lang eine schmale Falte auf der Stirn von Jelisaweta bildete. Sie dachte nach, ob sie das Angebot annehmen oder ablehnen sollte. Oder, besser gesagt, ablehnen konnte. Alessia hörte schon die Entschuldigung, mit der sich die Frau versuchen würde herauszuwinden. Niemand wollte der Kaiserin so nahe sein. Es war gefährlich. Zwar wollten sich alle in ihrem Glanz sonnen und von ihr und ihrer Gunst profitieren, doch wenn man einer so mächtigen Person nahe war, machte man sich Feinde. Alessia wusste, dass es ein Spiel zwischen Nähe und Distanz war, es kam auf den perfekten Abstand zu ihr an, nicht zu nah um sich angreifbar zu machen und nicht zu weit weg um bedeutungslos zu sein. Der Hofstaat redete und war missgünstig. Jeder war darauf bedacht vor dem anderen einen Vorteil zu generieren, ohne dass er als solcher erkennbar war, sonst wurde man von allen geächtet. Und gemeinsam mit der Kaiserin durch die Gärten zu flanieren, wie zwei Vertraute, war definitiv ein sichtbarer Vorteil.

Doch Jelisaweta überraschte sie erneut. „Ich möchte Euch keine kostbare Zeit stehlen, Eure Majestät. Doch wäre es eine Ehre für mich, wenn Ihr mich durch die Gärten führt."

Alessia lächelte. Sie freute sich darauf, aus dem zunehmend stickigen Speisesaal zu kommen. „Gut. Dann folgt mir."

Jelisaweta sah überrascht erst in die Runde der Anwesenden, die alle in träge Gespräche vertieft waren und noch an ihrem Nachtisch knabberten, dann Alessia an. „Jetzt? Geht das?"

Die Kaiserin lächelte gebieterisch. „Ich bin die Kaiserin. Natürlich geht das." Schwungvoll erhob sie sich und die Gespräche starben abrupt. „Medames, Mesers, habt Dank für diesen erlesenen Abend. Ich fühle mich müde und das heilige, vereinte Reich braucht mich morgen wieder ausgeruht. Genießt den Abend und Euren Aufenthalt im Goldenen Palast." Als sie sich mit zwei Drushinars, ihrer Zofe Kasia und der immer noch überraschten Jelisaweta aus dem Speisesaal entfernte, beugten alle Anwesenden das Haupt.

Kaiserin Alessia zog sich den pelzbesetzten Mantel enger um die Schultern. Es war kalt geworden. Bald würde der erste Schnee fallen. Die Sonne stand schon tief, spendete aber angenehmes, rotes Licht. Sie war mit Jelisaweta über den Thronsaal in die Gärten gegangen. Die Ziergärten, mit ihren klaren, geometrischen Grundformen breiteten sich vor ihnen aus und in deren Mitte stand der zierreiche Tzelinenbrunnen, der seine Wasserfontänen plätschernd in das große Steinrund darunter spritzen ließ. Viele Schritte von Eibenspiralen und fein geschnittenen Buchsbäumen schmückten die Ziergärten. Jelisaweta sah sich aufmerksam um.

„Die Gärten sind äußerst schön, Eure Majestät." Mit schnellen Schritten ging Alessia die fein säuberlich gepflegten Kieswege entlang, die Frau des Botschafters neben sich. Sie hatte verlernt langsam und gemütlich zu gehen.

„Ihr solltet im Frühjahr noch einmal kommen, wenn die galizinischen Tulpen, Lilien und Hyazinthen blühen." Sie blieb vor einem Buchsbaum-Ornament stehen, das so groß war wie ein kleines Dorf. „Überall zwischen den Hecken blüht es dann. Oft in überwältigend kunstvollen Bildern."

Jelisaweta beugte sich etwas vor, sodass ihr eine Locke vor das Gesicht fiel, die sie anmutig wieder hinter ihr Ohr strich. „Das wäre wunderbar. Die ostgalizinischen Tulpen sind sicher genauso schön wie ihre Kaiserin."

Alessia lächelte. Es war ein höfisches, einstudiertes und berechnetes Kompliment, doch Alessia freute sich trotzdem darüber. „Fangt nicht an wie Euer Mann, Medame. Er überhäuft mich mit diesen Phrasen."

Jelisaweta lächelte und zog sich den Mantel enger um die Schultern. Ein dicker Pelzrand schmückte den samtblauen Stoff, den sie sich zum Schutz gegen die beginnende Kälte umgelegt hatte. Alessia streckte ihren angewinkelten Arm aus und Jelisaweta hakte sich ein. Gemeinsam gingen sie weiter. Schlenderten sogar. Jelisaweta bremste sie, merkte Alessia erstaunt. Ihr Apothecarius würde sich freuen. Sie überlegte, ob sie auch Kasia dazu bringen konnte, sich immer bei ihr unterzuhaken um sie zu entschleunigen. Sie schnaufte. Das wäre wohl kaum angebracht gewesen, sie war ihre Zofe, nicht ihre Freundin oder Hofdame.

Gemeinsam umrundeten sie den Tzelinenbrunnen, den Jelisaweta staunend betrachtete. Auf einem steinernen Sockel stand eine Frau aus Marmor mit betonter Weiblichkeit, die eine kunstvolle Amphore hielt, aus der eine Wasserfontäne über ein kompliziertes Pumpensystem in die Luft gespritzt wurde.

„Die heilige Tzelina. Ich habe viel über sie gelesen."

Die Kaiserin war erstaunt. Die Heiligen des Ostreiches erfreuten sich im Westreich oft nicht großer Bekanntschaft. Oder Beliebtheit. „Habt Ihr?"

Jelisaweta nickte. „In meiner Kindheit gab es ein Buch, in dem farbenfroh die Leben der wichtigsten Heiligen beschrieben wurden. Ich habe es geliebt." Jelisaweta lächelte sehnsüchtig. „Ich erinnere mich gut daran, wie ich mich im Sommer in einem kleinen Pavillon in unseren Gärten versteckte, um den ganzen Tag die Geschichten zu lesen." Alessia musste unwillkürlich lächeln. Solch einen Rückzugsort hatte sie auch gehabt. „Die heilige Iulia, die Seuchenbekämpferin, der heilige Marcus, der das Volk während den Hungerwintern mit Kartoffeln versorgte. Ihre Leben waren so spannend, so lebhaft." Sie gingen die steinerne, mit Flechten bewachsene Treppe hinter dem Tzelinenbrunnen hinauf.

„Eure Eltern habt Ihr damit sicher zur Weißglut getrieben."

Jelisaweta lachte. Leise, elegant. „Der Glaube an den Einen war in ihnen nie besonders stark. Meine Brüder hat das eher gestört."

Alessia fühlte einen Stich, als sie an ihre eigenen Geschwister denken musste. „Geschwister zu haben ist nie leicht."

Das Lächeln auf Jelisawetas Gesichtsausdruck ließ etwas nach, als sie Alessias veränderte Stimmung bemerkte. „Ja, Eure Majestät."

Alessia versuchte den Gedanken an ihre Familie beiseite zu schieben. Sie wollte sich den bisher außerordentlich wenig schlechten Tag nicht versauern lassen. „Erzählt mir von Euren Brüdern."

„Natürlich, meine Kaiserin. Vladimir hat auf sein Familienerbe verzichtet und ist Konfessor geworden. Der Glaube ist sehr stark in ihm, er hat schon früh damit begonnen zu predigen. Ich glaube meine Eltern waren recht froh, als er endlich den Familiensitz verlassen hat um dem Ruf des Einen zu folgen. Es war anstrengend." Alessia erlaubte sich ein perfekt einstudiertes Kichern. Jelisaweta fuhr fort. „Yaroslaw hat eine Medame von König Alexandrs Hof geheiratet."

Alessia schnaubte. „Hoffentlich hat er mehr Glück mit ihr, als ich mit meinen Höflingen."

Jelisaweta legte den Kopf schief. „Verzeiht meine Offenheit, Kaiserin, aber ich glaube nicht. Um ehrlich zu sein, finden wir sie alle recht anstrengend." Alessia kicherte wieder und Jelisaweta fiel mit ein. Sie ließen die Ziergärten nun hinter sich und betraten den Teil, der als Weite Gärten bekannt war. Lange, perfekt gepflegte Rasenflächen, sorgsam mit ausgewählten, einzelnen Bäumen bepflanzt. Hin und wieder war auch ein Wasserbecken oder ein kleiner Teich zu sehen. Alessia deutete auf ein längliches Gebäude, das im gleichen Stil wie der Goldene Palast gebaut war.

„Dort ist die Orangerie. Ihr müsst unbedingt einmal hineingehen, der Duft ist herrlich."

Sie steuerte allerdings in die andere Richtung, über gewundene Pfade durch die Weiten Gärten. „Was ist mit Euch? Seid Ihr gläubig?"

Jelisaweta legte den Kopf schief. „Nun, ich respektiere natürlich den Glauben und bin dankbar für die Institution der

Kirche des Einen, die so viel für die Menschen tut." Das war höfisches Gerede und das wusste Jelisaweta. Und sie wusste auch, dass die Kaiserin wusste, dass sie es wusste. Jedoch gehörte das nun einmal dazu. Wenn sie das nicht gesagt hätte, hätte ihr das als Untreue gegenüber ihrem König und seiner Kirche ausgelegt werden können und das war nicht tragbar. „Ich selbst jedoch gehe nicht oft in die Kirche und bete zum Einen. Ich bin eine, nun, weltliche Frau." Alessia lächelte. Das war schön formuliert. „Meine Brüder versuchen zwar immer mich zu bekehren, jedoch stoßen sie genauso auf taube Ohren, wie wenn ich ihnen von den Heiligen des Ostreiches erzähle. Vor allem seit Yaroslaw geheiratet hat ist er sehr missionarisch. Seine Frau ist eine sehr gläubige Person." Alessia nickte. Es war sicher nicht einfach. Laut den Informationen ihrer Inquisition waren ein Großteil der Leute im Westreich tief religiös. Nicht alle, es war keine offizielle oder ausgeschriebene Pflicht dem Einen zu huldigen, jedoch gehörte es fast schon zum guten Ton. Man machte sich gewissermaßen zum Außenseiter, wenn man es nicht tat.

Alessia deutete auf einen hölzernen Pavillon, der sich, versteckt hinter einigen Weiden und Birken, in ihr Blickfeld schob. „Seht. Der Teepavillon. Eure Erzählung hat mich an ihn erinnert. Das ist mein Rückzugsort."

Jelisawetas Gesichtszüge hellten sich auf. „Eure Majestät, es ist eine unbeschreibliche Ehre, dass Ihr das…"

Die Kaiserin winkte unwirsch ab. „Jaja, ich weiß."

Sie betraten das hölzerne Gebäude und Alessia setzte sich. Sie sah Jelisaweta dabei zu, wie sie sich an die schmucken Geländer lehnte und in alle Richtungen blickte. Der Ausblick von hier war wirklich schön, sie honorierte das viel zu selten. In der einen Richtung war der wuchtige Goldene Palast, wenn man den Blick weiter nach links schweifen ließ, hatte man einen wunderbaren Blick über die Gärten und auf die Orangerie und wenn man noch etwas weiter blickte, sah man sogar das tiefblaue Meer.

„Kasia, holt uns Wein."

Ihre Zofe, die die ganze Zeit in einigem Abstand mit Eliska Tésarik und einem weiteren Drushinar hinter ihr hergetrottet war, schreckte hoch. „Natürlich, Eure Majestät." Sie eilte davon.

Alessia lehnte sich zurück und genoss die Stille. Sie dachte an ihre wenigen, ruhigen Nachmittage im Pavillon, sie dachte an ihre Abende mit Paulina, die sie hier verbracht hatte. Erst als Kinder, dann als Jugendliche und dann als junge Erwachsene. Irgendwann war ihre gemeinsame Zeit, in der sie freundschaftlich hier gesessen, gelegen, getrunken und geredet hatten immer weniger geworden, die Ansichten waren immer weiter auseinander gegangen und die Themen immer verschiedener, bis ihr Kontakt nahezu ganz aufgehört hatte.

„Es ist wunderschön, Eure Majestät.“

Die Kaiserin nickte. Sie hätte Kasia früher Wein holen lassen sollen. Sie merkte, wie sich ihre Stimmung schon wieder verschlechterte, als sie an all die Erinnerungen dachte und an die unbeschwerte Zeit, die sie nie wieder erleben konnte. „Wie seid Ihr an den Botschafter geraten?“, fragte sie ihre unerwartete Begleitung, um sich abzulenken. Die Frage war möglicherweise ein bisschen zu direkt, doch sie war die Kaiserin. Sie konnte es sich erlauben.

Jelisaweta lächelte traurig und setzte sich zu ihr an den kleinen, runden und stilisierten Metalltisch in der Mitte des Pavillons. „Nun, wir haben uns durch meinen Vater... kennengelernt. Er und der Botschafter kennen sich noch von früher, sie haben gemeinsam am Hof des Königs gearbeitet.“ Sie stockte kurz. „Ich habe Glück, er ist eine gute Partie.“ Alessia meinte den Anflug von Unsicherheit und Verbitterung in Jelisawetas Gesicht zu erkennen, die Frau des Botschafters hatte sich jedoch einen Sekundenbruchteil später wieder vollständig unter Kontrolle. Oder war das einstudiert gewesen? Bei Hof wusste man nie.

Man konnte sich nicht immer aussuchen wen man heiratete, wenn man aus einer adeligen Familie stammte. Es ging häufig mehr um politische Gefallen, die Bindung an eine andere Familie, diplomatische Beziehungen oder Geld statt um Liebe.

„Ich verstehe. Familie van Kóvári ist sehr einflussreich und blickt auf eine lange, edle Tradition zurück. Ihr seid sicher stolz Teil ein solch großartigen Familie zu sein.“

Natürlich war sie das nicht, wenn sie dafür einen fünfzehn Jahre älteren Mann heiraten musste, den sie nie sah, dachte

Alessia. Nun gut, das war in manchen Ehen auch ein Vorteil. Eigentlich in vielen, wenn sie so darüber nachdachte. Man konnte machen was man wollte, wenn der Ehemann oder die Ehefrau nicht zuhause war. Reisen, lesen, saufen. Und für körperliche Sehnsucht fand sich auch immer eine Lösung.

„Das bin ich in der Tat. Ich hoffe ich werde ihr gerecht.“

Alessia sah ihr an, dass sie darüber nachdachte. Sie beugte sich etwas vor. „Das tut Ihr sicher, Medame. Ihr seid wunderschön, belesen und geistreich.“

Die Frau des Botschafters hob den Kopf und erwiderte den Blick der Kaiserin. „Ihr seid zu gütig, Eure Majestät.“

Alessia runzelte kurz die Stirn. Das war sie tatsächlich. Wo kam dieser Wesenszug denn auf einmal her?

Kasia unterdrückte einen Folgegedanken, indem sie mit dem bestellten Wein kam. Sie stellte zwei Silberkelche vor sie auf den Tisch und goss ihnen aus einer schweren Karaffe ein. Anschließend verließ sie den Pavillon wieder und blieb in Rufweite stehen. Alessia hob ihren Kelch und prostete der Botschafterin zu. Beide der Frauen nahmen einen tiefen Zug aus ihrem Glas.

„Wie ist das Leben als Frau des Botschafters? Begleiten tut Ihr ihn ja offensichtlich nicht oft, sonst hätte ich Euch schon früher kennengelernt.“

Jelisaweta nickte. „Ja, Eure Majestät. Ich bin häufig im Landsitz der Familie van Kóvári oder in unserem Stadthaus in Westheim und kümmere mich um die Verwaltung derselben. Oft nehme ich repräsentative Aufgaben wahr, wenn mein Mann hier in Goldhafen zugegen ist. Einweihungen von Kirchen, Bälle am Königshof und dergleichen. Hin und wieder darf ich auch geschäftliche Reisen unternehmen. Meistens aber nur innerhalb des Westreiches.“

„Nun, wie erfreulich, dass Ihr es nun einmal nach Goldhafen geschafft habt. Ich hoffe Ihr genießt die Zeit an der Seite Eures Mannes.“

Jelisaweta nickte. „Es ist… spannend ihm bei seiner Tätigkeit als Botschafter zusehen zu können. An Bällen mit ihm teilzunehmen, an Abendessen.“

Alessia trank einen Schluck Wein. Wenn sie wüsste, wie anstrengend es war dauerhaft die ewig gleichen belanglosen Gespräche zu führen, um dann, wie auf dem Goldhafener Fischmarkt, mit Diplomaten und Botschaftern zu schachern und zu feilschen. „Ist es das für Euch? Ich finde es oft lästig."

Die Frau des Botschafters antwortete schnell. „Natürlich, Eure Majestät. Nur… ist neu für mich. Das meinte ich damit."

Alessia trank einen weiteren Schluck Wein. Das Glas war schon wieder leer. „Kasia, mehr Wein", blaffte sie. Ihre Zofe kam sofort herangeeilt und schenkte nach. „Wenn Ihr das mal eine Weile macht, fühlt Ihr Euch wie eine Viehhändlerin."

Jelisaweta nahm überlegend und vorsichtig noch einen Schluck ihres Weines. „Nun, ich kam… ich kam nicht umhin vorhin dem Gespräch zwischen Euch und meinem Mann zu lauschen. Verzeiht, auch wenn es nicht für mich bestimmt war."

Alessia lachte leise. „Alles andere wäre Euch auch schwergefallen, wenn Ihr zwei gesunde Ohren habt." Jelisaweta zuckte zurück. Sie war den Umgang mit ihr nicht gewohnt. Und das sprach eigentlich für sie, dachte Alessia. Sie wusste selbst wie ihre Launen sein konnten. „Das war ein Scherz."

„Oh, verzeiht Eure Majestät." Sie setzte ein Lächeln auf. „Ich bin die höfische Rhetorik noch nicht gewöhnt."

Alessia erwiderte das Lächeln. „Das spricht für Euch." Eine kurze Pause entstand und Alessia begann in der untergehenden Abendsonne zu frösteln.

„Ich weiß nicht, ob ich das könnte, Eure Majestät. Die Tätigkeit als Botschafterin. Mit Leuten, die mir nahestehen oder meine Verbündeten sind, Verhandlungen zu führen und möglicherweise auch gegensätzliche Standpunkte einzunehmen."

Alessia zuckte die Schultern. „Das ist die Kunst daran. Ich kann mit Eurem Mann noch so harte Verhandlungen führen und dennoch weiß ich, dass wir uns gegenseitig schätzen und respektieren."

„Ich bewundere Euch sehr, Eure Majestät. Ihr seid eine beeindruckende Frau."

Alessia betrachtete ihr verschwommenes Spiegelbild, das der Weinkelch zurückwarf. War sie das wirklich? Sie war sich nicht sicher.

# Kapitel XVII

## Freundin

*Galizina, Ostreich, Goldhafen, Großes, galizinisches Opernhaus im Spätherbst 1271*

Alessia trank einen Schluck Wein. Anna Janeckovas Stimme, die von der wuchtigen, goldverzierten Holzbühne aus in hohem Sopran trällerte, erfüllte den ganzen Saal. Es war schön. Doch Alessia konnte sich nicht darauf konzentrieren, sie konnte nicht abschalten. Zu viel ging ihr im Kopf herum, zu viel, was sie erledigen musste. Die Kaiserin seufzte schwer. Die Oper, die Janeckova vortrug, war ein melancholisches Stück. Es ging um einen altgalizinischen Ritter und seine Liebe zu einer Königin, die sie niemals erwidern konnte. Kasia hatte sie daran erinnert, dass sie die Oper besuchen sollte. Für ihren Hofstaat. Um sich mal wieder zu zeigen. Als zeremonieller, höfischer Anlass.

Sie hatte Recht, als Kaiserin hatte sie sich hin und wieder ihrem Volk zu präsentieren. Zumindest der oberen Schicht ihres Volkes, diejenigen, die Geld, Macht und Einfluss besaßen. Die wichtigen Leute.

„Sie hat wirklich eine umwerfende Stimme." Botschafter van Kóvári hatte einen Ehrenplatz in der balkonartigen Loge neben ihr. Alessia lächelte kaiserlich und nickte. Sie war erstaunt festzustellen, dass es ihr lieber gewesen wäre, wenn seine Frau Jelisaweta den Platz neben ihr eingenommen hätte, doch die Etikette sah vor, dass der Ehrengast neben ihr saß und das war nun einmal der Botschafter. Medame van Kóvári saß stattdessen neben ihrem Mann.

Alessia spürte, wie immer wieder Blicke zu ihr hinaufwanderten. Sie saß mit ihrer Zofe, van Kóvarí, seiner Frau und einigen Drushinars in der Kaiserloge, einer der höchsten Logen des Opernhauses. Sie sah in einstudierter Perfektion dem Schauspiel und Gesang auf der Bühne zu. Die Architektur des Großen galizinischen Opernhauses verstärkte den Gesang nur noch. Es war eindrucksvoll. Gothische Bögen trugen die hohe, mit Heiligenbildern bemalte Decke, von der ein riesiger, goldener Kerzenleuchter hing. Über das dunkle, polierte Holz waren überall Bronzegoldbeschläge geschlagen worden, sodass der Raum eher wie eine Schatzkammer wirkte, als ein Opernsaal. Und überall saßen die Geier. Höflinge, Adelige, neureiche Städter, Generäle. Alle waren hier, um der Kaiserin ihre Präsenz zu zeigen. Es war ein lächerliches Possenspiel. Fast tat ihr Anna Janeckova leid. Wusste sie, dass kein Mensch wegen ihrer schönen Stimme und ihrem Theaterspiel hier war? Wusste sie, dass sie nur der Anlass war, um vor der Kaiserin zu buckeln, über Geschäfte und Verbindungen zu sprechen und um dem restlichen Adel aus Goldhafen zu zeigen, wie wichtig man selbst war? Vermutlich wusste sie es.

Alessia lehnte sich zu ihrer Zofe, die zu ihrer Linken saß. „Wie lange dauert das noch? Ich habe Hunger.“

„Der erste Akt ist gleich vorbei, Eure Majestät.“

Alessia atmete genervt durch die Nase. Der erste Akt. Das Stück hatte drei. Nun gut, wenn der erste Akt vorbei war, konnte sie wenigstens etwas essen und ihren Körper zumindest etwas bewegen. Ihr tat der Hintern weh, vom langen Sitzen. Mit einem letzten schmetternden Ton und einer schwungvollen Verbeugung beendete Janeckova das Spiel und die roten Samtvorhänge schlossen sich vor der Bühne. Zurückhaltendes, perfekt einstudiertes Klatschen folgte. Alessia lächelte höfisch und klatschte vornehm. Nicht zu lange und nicht zu kurz.

„Es ist ein beeindruckendes Stück, findet Ihr nicht auch Eure Majestät?“ Der Botschafter hatte sich ihr wieder zugewandt.

„Es war mir schon immer ein wenig zu plump, Meser.“

Peter van Kóvarí lächelte. „Aber darin liegt doch der Reiz, Majestät. Dieses einfache, wenig komplexe Liebesdrama ist es doch, was es so besonders macht und in so vielen Menschen die Fantasie weckt. Es ist so nahbar. Die Idealvorstellung der großen Liebe und des großen, alten Reichs.“

Alessia dachte über seine Worte nach und legte den Kopf schief. „Mit dem Unterschied, dass die Idealvorstellung der meisten Menschen wohl nicht den Tod des Ritters beinhaltet.“

Der Botschafter lachte. „Da habt Ihr wohl Recht.“

Die Kaiserin sah von ihrer Loge nach unten. Der Saal hatte sich schon weitgehend geleert. Es war ein guter Zeitpunkt jetzt zu gehen. „Begleitet Ihr mich zum Bankett, Meser?“

Der Botschafter strahlte. Wie immer. „Natürlich, Eure Majestät.“ Van Kóvarí stand von seinem gepolsterten Sessel auf und bot der Kaiserin die Hand an, die sie, der Etikette folgend, annahm. Gemeinsam mit ihm verließ sie die Loge, seine Frau und Kasia folgten hinter ihnen.

„Habt Ihr eine liebste Oper, Eure Majestät?“, fragte der Botschafter, als sie den Gang mit dem kunstvollen Geländer entlanggingen, der zu dem Prunksaal führte, der der Bühne gegenüberliegend war.

Wieder dachte Alessia nach. Sie hatte in den vergangenen Jahren so wenig Zeit für Opern und Kunst gehabt, dass sie sie nicht wirklich beantworten konnte. „Den Blutmond finde ich schön. Oder die Flötistin.“

Der Botschafter lachte auf. „Die Flötistin. Meine Frau liebt sie.“ Alessia drehte sich um und sah ihn das zurückhaltend lächelnde Gesicht von Jelisaweta. Sie erwiderte das Lächeln.

Der Gang, den sie mit zügigen Schritten durchquerten, mündete in einen weiten Raum, von dessen Seiten zwei geschwungene Treppen hinabführten. Alessia, der Botschafter und seine Frau blieben auf dem Balkon zwischen den Treppen stehen. Sie sah auf die Häupter der Speichellecker, die sich unten an den reich mit Häppchen und Wein bedeckten Tischen, die an der Seite des Raumes aufgestellt waren, bedienten. Zwei Geiger füllten den Saal mit hohen Tönen, die fast im Lärmen der Meute untergingen.

„Ihre Majestät, Kaiserin Alessia Loretta Vyrkov von Goldhafen, Kaiserin des Ostreichs unseres heiligen, vereinten Reiches Galizina“, trällerte ihr Herold, der sich seitlich neben ihr befand. Die Gespräche erstarben sofort und demütig senkten die Anwesenden ihr Haupt und murmelten Ehrbekundungen. Alessia nickte kaiserlich, als sie die Häupter wieder erhoben und hob eine Hand in winkender Geste. Sie sah in viele, falsch lächelnde Gesichter, die sich langsam wieder den Speisen und ihren Gesprächen zuwandten.

„Eure Majestät, ich sehe, dass Freunde aus Westheim zu Besuch gekommen sind, die ich gerne begrüßen würde."

Alessia sah den Botschafter fragend an. „Möchtet Ihr sie mir nicht vorstellen?"

„Mit Verlaub, Eure Majestät, ich glaube nicht, dass sie Eurem Stand entsprechen."

Alessia hob die Augenbrauen, wollte es aber dabei belassen. „Nun gut."

Das Lächeln stahl sich wieder auf das Gesicht des Botschafters. „Ich hoffe meine Frau kann so lange meine Abwesenheit kompensieren, Eure Majestät."

Alessia jubelte innerlich. Jelisaweta war eine weit angenehmere Gesprächspartnerin als ihr Gatte. Sie mochte den Botschafter, seine beinahe flapsige Art, doch war das Reden mit ihm sehr politikgetrieben. Immer und naturgemäß. Bei seiner Frau war das anders. Sie erlaubte sich ein Lächeln. „Davon gehe ich aus."

Der Botschafter verbeugte sich und ging eine der Treppen hinunter. Die Kaiserin rauschte den Balkon weiter entlang, Jelisaweta van Kóvarí und ihre Zofe Kasia im Schlepptau.

„Wartet hier", wies sie ihre Zofe an und betrat den kleinen Nebenraum am Ende des Balkons, der explizit für die Kaiserin und ihre Ehrengäste angedacht war. Auch hier standen Tische, reich gedeckt mit Speisen, die eine vierköpfige Goldhafener Familie sicherlich für eine Woche hätten ernähren können. Kleine Kuchen, Karpatka, glasierter Zupfkuchen, Teekringel, Krepli, Bublik und Zitronenkekse reihten sich an gebackene Auberginen, Rohschinkenrollen, kleine Ährenfische in Teigmantel und mit einer scharfen Creme gefüllten Pilze.

„So", begann die Kaiserin und nahm sich eine Aubergine. „Die Flötistin? Wieso?"

Jelisaweta lächelte. „Ich finde es inspirierend. Die Ausgestoßene, die nur mit ihrer Flöte und ihrer Stimme durch ganz Galizina zieht und die Herzen der Menschen erobert." Jelisaweta lehnte sich gegen einen vergoldeten Tisch und legte ihre Hände darauf ab. „Es ist so friedlich. Wie sie Ruslan kennenlernt und die beiden sich verlieben."

Die Kaiserin schnaubte. Es war naiv. Sie wusste nicht, wieso sie das als ihr liebstes Stück genannt hatte, wenn sie so darüber nachdachte, gefiel es ihr gar nicht besonders gut. „Es ist eine naive Vorstellung."

Jelisaweta lächelte sanft. „Aber eine schöne."

Alessia drehte sich ihr zu und biss in die Aubergine. „Sie ist unrealistisch."

Jelisawetas Stimme klang leidenschaftlich. „Es ist eine Idealvorstellung, aber unrealistisch finde ich sie nicht, Eure Majestät. Wieso ist es unrealistisch, dass die Flötistin ihren Ruslan heiratet?"

Alessia schnaufte genervt und winkte ab. „Weil Ehen nun mal nicht aus Liebe geschlossen werden."

Jelisaweta trank einen Schluck von dem Wein, den sie sich eingeschenkt hatte. „Das sollten Sie aber, Eure Majestät."

Alessia schürzte die Lippen. „Tun sie aber nicht. Das solltet Ihr am besten wissen."

Alessia erschrak über sich selbst. Wieso hatte sie das gesagt? Es war böse, es war garstig und es war unsensibel. Es war ihr peinlich. Sie war mit der einzig angenehmen Person, die sich seit Wochen um sie herum befand im Gespräch und schaffte es nicht einmal ihr gegenüber freundlich zu sein. Oder zumindest so zu tun. Verdammt noch mal, wann war sie so geworden?

Sie sah, wie Jelisaweta einen Moment schmerzerfüllt das Gesicht verzog, bevor sie sich wieder fing. „Medame, es… es… so war das nicht gemeint." Heilige, sie war schlecht im Entschuldigen. Die Kaiserin entschuldigte sich nicht. Normalerweise. Doch Alessia wollte das Gesagte nicht so stehen lassen.

Jelisaweta lächelte, doch Alessia erkannte, dass sie feuchte Augen hatte. „Nein, Ihr habt Recht, Eure Majestät. Es ist eine naive Vorstellung."

Alessia fasste sich mit der Linken an die Stirn. Sie hatte wieder Kopfschmerzen. „Entschuldigt, Medame. Das hätte ich nicht sagen sollen." Na also. Eine Entschuldigung. So schwer war es gar nicht.

„Ihr seid die Kaiserin. Ihr dürft sagen was Ihr wollt, Eure Majestät."

Alessia machte einen Schritt auf Jelisaweta zu und nahm deren Hände in die ihren. Jelisaweta blickte ihr erschrocken in die Augen. „Ja, das ist wohl so. Doch ich wollte Euch nicht verletzen. Ich weiß nicht, wieso ich es gesagt habe."

Jelisaweta senkte traurig den Blick. „Ihr habt Recht, Eure Majestät." Sie sprach so leise, dass ihre Stimme kaum zu hören war. „Meinen Mann habe ich nicht…"

Alessia drückte ihre Hände. „Ihr müsst das nicht sagen. Ich wollte Euch nicht bloßstellen." Sie ließ die Hände der Frau des Botschafters los und goss sich einen Kelch Wein ein. „Wie Ihr bin ich höfisch erzogen worden. Ich weiß, dass wir uns unsere Ehepartner nicht aussuchen können. Egal wen wir lieben, wenn die Verbindung nicht passt wird sie nicht eingegangen."

Jelisaweta nahm einen tiefen Zug aus ihrem Kelch. „Wir können nur das Beste daraus machen", sagte sie bitter. „Obwohl ich natürlich sehr froh darüber bin mit meinem Mann verheiratet zu sein. Er ist ein besonderer…"

Alessia winkte ab. „Jaja." Das musste sie sagen, Alessia wusste das. Es gehörte sich nicht der Kaiserin ihr Herz auszuschütten. Es gehörte sich nicht für die Frau des Botschafters mit ihrer Verbindung nicht glücklich zu sein. Alessia nahm noch einen Schluck Wein. Ihre Kopfschmerzen ließen wieder etwas nach. „Wisst Ihr eigentlich, dass Ihr eine der wenigen annehmbaren Personen bei Hof seid?"

Jelisaweta sah sie einen Moment lang irritiert an. „Da… danke, Eure Majestät." Alessia setzte erneut ihren Kelch an. Im Komplimente verteilen war sie ähnlich gut wie im Entschuldigen, wie ihr schien. „Aber Ihr habt doch sicher genug Freunde in der Duma und bei Hof, die…"

Alessia winkte ab. „Alles Schwätzer, Geier und Schauspieler. Nur auf ihr Eigeninteresse aus." Vielleicht sollte sie nicht so offen vor Jelisaweta sprechen. Sie war die Frau des Botschafters. Sie hatten eine politische Beziehung zueinander, keine freundschaftliche. Sie kannte sie kaum. Doch hatte Alessia mit ihrer Meinung der Adeligen bei Hof nie groß hinter dem Berg gehalten. Sie machte kein Geheimnis daraus und sie war sich sicher, dass die betroffenen Personen von ihrer Meinung über sie wussten.

„Ich weiß nicht wieso ich Euch das an den Kopf geworfen habe", sagte Alessia leise. Es plagte sie sehr. Es beschäftigte sie. Seltsamerweise. Normalerweise nahm sie keine besondere Rücksicht auf die Gefühle der Leute mit denen sie sich umgab. Es gab Wichtigeres womit sie sich beschäftigen musste. Doch das was sie zu der jungen Frau gesagt hatte und ihre Reaktion darauf ließ Alessia nicht los. „Vielleicht weil ich nur eine verbitterte Göre bin."

Jelisaweta machte einen Satz auf sie zu und nahm ihre, in feinen, weißen Samthandschuhen steckenden Hände in die ihren. „Nein. Sagt so etwas nicht." Erschrocken blickte sie in die Augen von Alessia, die erst ihren Blick erwiderte und ihn dann verwundert auf ihre Hände richtete, die in denen von Jelisaweta lagen. Als wären sie Freundinnen. „Eure Majestät, bitte verzeiht, ich wollte nicht…" Jelisaweta wollte ihre Hände wegziehen, doch Alessia hielt sie davon ab.

Sie lächelte sie an. „Bleibt. Bitte."

Unsicher kaute Jelisaweta auf ihrer Unterlippe, doch behielt sie die Hände der Kaiserin in ihren. „Ihr… Ihr seid eine faszinierende Person, Eure Majestät. Ihr seid lustig, ihr seid so… belastbar. Ihr wisst, wie Ihr mit den Menschen sprechen müsst."

Alessia schnaubte. „Das habe ich ja gerade bewiesen."

„Ich meine es ernst. Wenn ich mit Euch spreche, habe ich das Gefühl Ihr schätzt mich für das was ich bin, nicht für das wie ich mich gebe." Alessia musste lächeln. Sie wusste genau was sie meinte. Immer und überall verstellte man sich bei Hof. Nie konnte man das eigene Selbst sein. Außer vielleicht im Teepavillon mit Vertrauten. Doch davon hatte Alessia keine mehr. Sie konnte sie an einer Hand abzählen. Selbst wenn sie drei Finger verlieren würde, könnte sie sie noch an einer Hand abzählen.

Die Worte von Jelisaweta berührten sie. Es waren nicht die üblichen Worte, die an sie gerichtet wurden, wie schön sie war, wie kaiserlich sie war, was für eine gute Herrscherin sie war. Es fühlte sich so an, als würden sie von Herzen kommen. Und das war etwas sehr Besonderes. Alessia öffnete gerade den Mund und hob zu einer Antwort an, als es an der Tür klopfte. Schlagartig ließ Alessia die Hände von Jelisaweta los. Sie fühlte sich ertappt.

„Eure Majestät, der zweite Akt beginnt gleich“, drang die piepsige Stimme von Kasia hinter der Tür hervor.

Alessia wandte sich wieder Jelisaweta zu. „Ihr habt mir noch nicht verraten, ob Ihr meine Entschuldigung annehmt, Medame.“

„Natürlich Eure Majestät. Ihr seid die Kaiserin.“ Jelisaweta lächelte. „Doch selbst wenn Ihr es nicht wärt, hätte ich sie angenommen.“

# Kapitel XVIII

## Schwarzer Topf

*Galizina, Ostreich, Goldhafen im Spätherbst 1271*

Agatha führte den hölzernen Löffel zum Mund und probierte. Es schmeckte anders, ganz anders als in der Unterstadt. Besser, frischer, aber genau das störte sie daran. Irgendetwas fehlte. Oder war zu viel. Sie drehte sich zu der wuchtigen Arbeitsplatte, die neben dem Herdfeuer stand und betrachtete das Grünzeug, welches darauf lag. Einiges davon kannte sie von vorherigen Diensten in der Küche, die sie für Oberstädter verrichtete, anderes jedoch nicht. Agatha schmunzelte. Nichts davon war im richtigen, echten Schwarzen Topf enthalten. Prüfend rieb sie einen der Zweig der Pflanzen, einer von denen mit den gefiederten Blättern, zwischen Daumen und Zeigefinger. Sie roch daran. Es war himmlisch. Fein, ein würziger, herber Geruch, der ihr das Wasser im Mund zusammenlaufen ließ. Sie warf einen kurzen Blick zu den Medames und Mesers, die sich an dem hölzernen Tisch im Nebenraum niedergelassen hatten und versicherte sich, dass niemand zusah. Mit spitzen Fingern schob sie sich das Blatt in den Mund. Es schmeckte sogar noch besser als es roch. Agatha nahm ein ganzes Büschel davon und warf es in den köchelnden Topf.

„Anna, Vilko, ich serviere jetzt den Topf. Ihr könnt schon mal den Nachtisch vorbereiten." Die beiden nickten ihr zu. Sie machten das das erste Mal und waren sehr zurückhaltend. Agatha verstand sie. Es war, als würde man einen Palast gezeigt bekommen. Sie alle drei hausten in dreckigen Hütten in der Unterstadt, kämpften sich von Tag zu Tag, rangen sich jeden Kanten trockenen Brotes und jede Schüssel Schwarzer Topf ab und hier oben waren selbst die kleinsten Wohnhäuser wie Paläste. Alles war sauber, alles war ordentlich. Allein die Küche des

Hauses war doppelt so groß wie die Kaschemme, in der Agatha wohnte.

Agatha wollte sich die nassen Hände an ihrem Kleid abwischen, überlegte es sich dann aber anders. Sie hatte es von Ulrika Petrowna, die die Veranstalterin dieses Possenspiels war, geschenkt bekommen. Nun, geschenkt bekommen war das falsche Wort, sie hatte es bekommen um für die Oberstädter auszusehen, wie sie sich Unterstädter vorstellten. Agatha schüttelte lächelnd den Kopf. Für die Verhältnisse der Oberstädter war das Kleid einfach. Erdfarben, ein etwas unförmiger Schnitt, grobe Nähte. Und doch hatte es nichts mit der Tracht der Unterstadt gemein. Darin würde sie aussehen wie die Königin der Unterstadt. Agatha atmete tief durch und stemmte den gusseisernen Topf mit aller Kraft in die Höhe. Er war verdammt schwer, sie spürte wie sich ihre Muskeln anspannten. Sie beeilte sich in den angrenzenden Raum zu gelangen, in dem Ulrika Petrowna sie mit leuchtenden Augen und heiterem Klatschen begrüßte.

„Darf ich vorstellen? Unsere heutige Köchin Agatha.“ Es waren noch fünf andere Menschen am Tisch. Der eine war Petrownas Ehemann, einer der Gildenvorstände der Galizinischen Handelsgilde, so viel wusste sie. Die anderen beiden, wohl auch zwei wichtige Paare, kannte Agatha nicht. Sie versuchte so gut es ging freundlich zu lächeln, als sie den Topf auf den Tisch wuchtete. Der Schwarze Topf darin schwappte bedrohlich, jedoch schaffte sie es nichts davon zu verschütten. Die fünf Anwesenden starrten Agatha fasziniert an.

„Ihr seid also aus der Unterstadt?“, fragte eine der Frauen, sie hatte weiß gepuderte Wangen. Das war eine seltsame Frage. Wenn sie es nicht wäre, wäre sie wohl kaum hier.

„Ja. Medame“, sagte sie schnell. Sie war es nicht gewohnt, so hochgestochen zu reden.

„Faszinierend.“

Agatha bedachte sie mit einem Lächeln. Für diese Leute war das, was für sie Normalität war wirklich faszinierend. Sie deutete auf den großen Topf. „Ich habe Schwarzen Topf zubereitet. Es ist sozusagen das Hauptgericht der Unterstadt. Es ist einfach zu kochen, die Zutaten sind fast immer vorhanden und es schmeckt gut." Agatha lächelte warmherzig in die Runde und begann die einfachen, hölzernen Schüsseln, die extra für diesen Anlass in das Haus gebracht worden waren, zu befüllen.

Einer der Männer lehnte sich interessiert vor. „Aus was besteht dieses Gericht denn?"

Agatha lächelte ihn an, während sie weiter schöpfte. „Das erzähle ich Euch besser nicht, sonst würdet Ihr es nicht mehr genießen können."

Lachen. Agatha hatte gelernt, dass es die Oberstädter mochten, wenn sie Späße machte, wenn sie sich ungezwungen gab, sich nicht an die Etikette hielt, von denen deren Leben sonst so oft bestimmt wurde. Agatha machte sich nichts daraus, dass sie hier vorgeführt wurde wie eine Kuriosität. Sie war ihnen nicht böse. Sie hasste sie nicht, wie viele ihrer Genossen. Sie waren so geprägt worden, sie waren so erzogen worden. Es war nicht ihre Schuld, dass sie so waren wie sie waren. Doch das war für Agatha kein Grund nichts gegen die Institutionen zu tun, für die sie standen.

„Jeder macht den Schwarzen Topf etwas anders." Sie stellte die volle Schüssel vor den Fragesteller, der gebannt an ihren Lippen hing. „Ich habe Hühnerfleisch in seiner eigenen Soße angebraten. Dazu kommt Gemüse, meist Kohl und Zwiebeln. Das Ganze wird dann mit einer Soße auf der Basis von Bier zu einem Eintopf verkocht." Das war die Version, die die Oberstädter serviert bekamen. In der Unterstadt wurde zusammengeworfen was zu finden war. Die Soße war nicht auf Basis von Bier, sie war nur Bier mit Wasser vermischt und, wenn man hatte, etwas Mehl oder Milch. Hühnerfleisch gab es in der Unterstadt auch nur sehr selten, meist wurde Rattenfleisch verwendet.

„Das nenne ich mal gute Hausmannskost." Der andere Mann rieb sich den wuchtigen Bauch. „Da ist kein Schnickschnack drin, wie es häufig bei unseren Banketten der Fall ist." Er lachte dröhnend. „Vielleicht können wir von diesen Unterstädtern ja doch noch etwas lernen."

Agatha lächelte und verschwand mit dem deutlich leichter gewordenen Topf wieder in der Küche, als sie ausreichend geschöpft hatte. „Wie läufts?", fragte sie ihre beiden

Küchenhilfen. Sie schmunzelte über ihren eigenen Gedanken. Küchenhilfen.

„Die haben hier Zeug, das habe ich noch nie gesehen." Anna machte große Augen und deutete auf Brotlaibe, geräucherte Würste die von der Decke hingen, Pasteten, Fische und Kräuter, die fein säuberlich in Regalen lagen.

Agatha lächelte und legte ihr eine Hand auf die Schulter. „Ich werde Medame Petrowna fragen, ob wir ein bisschen was davon als Lohn bekommen."

Anna schüttelte irritiert den Kopf, sie beachtete Agatha gar nicht. „Wieso wollen die, dass wir denen Schwarzen Topf kochen, wenn die sowas haben?"

Agatha seufzte. Das konnte sie auch nicht so genau beantworten. „Sie wollen wissen, wie wir Armen so leben. Komm, schau dass die Armen Ritter nicht verbrennen." Sie deutete auf die Pfanne und Anna drehte die darin brutzelnden Armen Ritter um, während Vilko altes, hartes Weizenbrot in eine Pampe aus Milch, Eiern und Zucker tunkte.

„Ich… Ich bin jetzt kurz weg. Ich habe es euch ja gesagt." Vilko und Anna unterbrachen ihre Arbeit für einen Moment und starrten sie an. Anna nickte ernst. Sie war erst fünfzehn. „Ihr wisst was ihr sagen sollt, falls jemand kommt?" Der kaum ältere Vilko nickte und Agatha klopfte ihm auf die Schulter.

Ohne ein weiteres Wort zu verlieren, ging sie Treppe, die aus der Küche führte, hinauf. Sie achtete darauf, so wenig Geräusche wie möglich zu machen, auch wenn der Lärm, der aus dem Esszimmer der Petrownas hallte, eine knarzende Stufe wohl übertönt hätte. Agatha ging mit schnellen Schritten den Flur entlang, der sich ihr am oberen Ende der Treppe eröffnete. Ihr Herz schlug ihr bis zur Brust, sie war für so etwas nicht gemacht und doch die Einzige, die es schaffen konnte. Kein Anderer der Republikanischen Schar war bereits in einem Haus der Oberstadt gewesen. Kein Anderer wusste so gut damit umzugehen wie sie.

Agatha öffnete eine mit schönen Schnitzereien verzierte Tür. Das Schlafzimmer der Petrownas. Das Schloss klickte leise, als sie die Tür sanft wieder schloss. Sie sah sich auf dem Flur um und versuchte die steigende Anspannung zu unterdrücken. Jan Gabzík hatte ihr erzählt, dass sich der gesuchte Gegenstand im

Arbeitszimmer von Petrowna befand. Wo war üblicherweise das Arbeitszimmer in diesen Palästen? Gegenüber vom Schlafzimmer? Sie versuchte es. Vorsichtig öffnete sie die Tür, die ein leises Quietschen verursachte. Agatha steckte ihren Kopf hinein. Volltreffer. Ein großer Schreibtisch, beladen mit Federkielen, Schriftstücken, Wachstafeln und Büchern stand mitten im Raum. Die Wände wurden von Regalen eingenommen, die mit noch mehr Papieren beladen waren. Agatha huschte in den Raum und umrundete den Schreibtisch. Jan hatte gesagt, dass sich der Gegenstand vermutlich in einer Schublade in Griffweite befinden würde. Sie öffnete die Schublade zur Rechten des wuchtigen Stuhls, der hinter dem Schreibtisch stand. Federkiele in verschiedenen Breiten und Größen waren sorgsam darin einsortiert. Agatha schob die Schublade zurück und öffnete die darunterliegende. Leer. Sie nahm sich die linke Seite vor. Ruckelnd öffnete sich die oberste Schublade und Agatha erlaubte sich ein Grinsen. Der hölzerne Siegelstempel lächelte sie an. Sie schnappte ihn sich und steckte ihn in die Tasche, die vorne auf den Rock ihres Kleides genäht worden war. Agatha schloss die Schublade wieder und beeilte sich aus dem Raum zu kommen. Sie eilte die Treppe herunter und erschreckte damit Anna und Vilko, die die Armen Ritter auf einen großen, hölzernen Teller luden.

„Hat alles geklappt?" Sie wollte nicht, dass einer der beiden sie fragte wie es gelaufen war, also kam sie den Fragen zuvor. Die beiden nickten. Agatha ging zu ihnen und legte ihre Arme um deren Schultern. „Gut gemacht, ihr zwei." Mit einem Kopfnicken deutete sie auf die Armen Ritter. „Habt ihr euch schon was davon genommen?" Kopfschütteln. Agatha lächelte. „Dann auf, bevor die hohen Medames und Mesers mit dem Schwarzen Topf fertig sind." Anna erwiderte ihr Lächeln und stürzte sich gemeinsam mit Vilko auf die Süßspeisen. „Nur eines für jeden, sonst fällt es den anderen auf." Für die Petrownas und ihre Gäste galt Arme Ritter als der Nachtisch der Armen und Bauern. Doch Agatha hatte noch niemals jemanden in der Unterstadt einen Nachtisch essen sehen. Milch, Eier und Zucker waren oft nur sehr selten zu bekommen.

Agatha musste lächeln, als sie Anna und Vilko dabei zusah, wie sie die Süßspeise herunterschlangen. Für die beiden hatte sich der Tag schon gelohnt.

Agatha hatte ihren Lederbeutel, in dem sich ihre alten Fetzen, mit denen sie das Haus der Petrownas betreten hatte, befanden geschultert und ging unsicher auf den Eingang zur Unterstadt zu. Es hatte bereits zu dämmern begonnen. Etwas war anders. Mehr Stadtwachen standen davor und was noch viel bedenklicher war, war das Schwarz der Inquisition, das überall zu sehen war. Mindestens vier Agenten der Inquisition betrachteten alle aus- und eingehenden Personen mit raubtierhaftem Blick. Agatha beobachtete, wie einem Mann grob der Korb mit Kohlen entrissen wurde, den er auf dem Rücken getragen hatte. Achtlos durchsuchte ein Agent der Inquisition den Korb und verteilte die schwarzen Kohlen dabei um den Mann. Agatha schluckte schwer. Neben ihren alten Kleidern befand sich auch der Siegelstempel der galizinischen Handelsgilde in ihrem Beutel. Normalerweise wurde man nicht kontrolliert, wenn man in die Unterstadt wollte, doch scheinbar war etwas passiert.

„Kommt", sagte sie zu Anna und Vilko und versuchte entschlossen zu wirken. Es gab kein Zurück mehr, wenn sie jetzt umdrehte, machte sie sich nur noch mehr verdächtig. Zwei Wachmänner begaben sich von einem Feuerkorb, der in der spätherbstlichen Kälte wohlige Wärme spendete, in ihre Richtung, als sie sie kommen sahen. Wie eine Mauer aus Stahl blieben sie vor ihr stehen. Der eine blickte sie schlecht gelaunt unter seinem Eisenhut hervor an.

„Wo kommt Ihr her und wo wollt Ihr hin?"

„Ich komme von Medame Petrowna und ich möchte nach Hause."

Der Mann musterte sie. „Petrowna? Wie der Petrowna von der Handelsgilde?"

„Genau. Sie hat mich als Köchin für den heutigen Abend angestellt. Manchmal koche ich für…"

Der Mann winkte ab. „Ja, ja. Ich weiß." Er musterte sie erneut, von ihren Füßen bis zu ihrem Gesicht. „Nun gut. Ihr dürft passieren." Die beiden Wachmänner teilten sich und ließen sie durch. Agatha wollte gerade aufatmen als sie eine schneidende Stimme hörte.

„Moment." Abrupt blieb sie stehen. Ein Inquisitionsagent trat in ihr Blickfeld. „Sind das Eure?" Er deutete auf Anna und Vilko, die sie flankierten.

„Nein, Meser. Das waren meine Küchenhilfen."

Der Mann nickte. Sie sah die Verachtung in seinen Augen. Er sah die beiden Stadtwachen an, die immer noch neben ihr standen. „Durchsucht sie." Agatha blieb für einen Moment das Herz stehen. Sie sah sich bereits am Galgen baumeln. Ein Schild würde um ihren Hals hängen. ‚Diebin aus der Unterstadt'.

Der Wachmann, der sie angesprochen hatte, sah unschlüssig zwischen ihr und dem Inquisitionsagenten hin und her. „Meser, ist das wirklich notwe…"

Der Inquisitionsagent funkelte ihn aus kleinen Schweinsaugen an. „Tut es."

Der Wachmann zuckte mit den Achseln. „Tut mir leid Medame, Befehl ist Befehl." Er begann sie abzutasten, während sein Kamerad das Gleiche bei Vilko begann. Agatha merkte, wie unangenehm es dem Soldaten war. Fieberhaft überlegte sie, was sie tun konnte, doch fühlte sie sich wie gelähmt.

„Macht Euch keine Sorgen, das ist nur eine Routinekontrolle. Wir sind gleich fertig." Der Wachmann lächelte sie aufmunternd an. Er deutete ihr Zittern wohl falsch. Agatha konnte nur nicken.

„Den Beutel", schnauzte der Inquisitonsagent, als der Wachmann mit seiner Durchsuchung fertig war. Agatha drückte dem Wachmann zitternd den Beutel in die Hand. Was sollte sie sagen, wenn er den Siegelstempel entdeckte? Dass sie für die Gilde arbeitete? Das würde ihr niemand abkaufen. Dass sie ihn gefunden hatte? Quatsch, wer verlor etwas so Kostbares?

Der Mann öffnete den Beutel und griff hinein. Bis zur Hälfte zog er ihre alte, verblichene und zerfranste Kleidung heraus. „Was ist das?", fragte er sie.

„Die Oberstädter geben uns manchmal neue Kleidung, wenn wir sie bedienen." Sie deutete an sich herunter. „Dass wir nicht mit unserer alten Kleidung bedienen müssen." Ihr versagte fast die Stimme, so sehr zitterte sie. „Das ist meine alte Kleidung…"

Der Wachmann sah sie mitleidig an und ließ die Fetzen wieder im Beutel verschwinden. Er drückte ihn ihr in die Hand. „Nichts gefunden, Meser."

Der Inquisitionsagent nickte grimmig. „Nun gut. Dann verschwindet."

Agatha, Anna und Vilko beeilten sich der Aufforderung nachzukommen. Eilig gingen sie in das Dunkel des riesigen Unterstadteingangs und betraten die hölzernen Plattformen und Wege, die sie in die Tiefe führten. Erst als sie am Boden des breiten Höhlenschachtes stand, beruhigte sich die Atmung von Agatha. Bei allen Heiligen, für so etwas war sie wirklich nicht gemacht.

Agatha trat in Unrat und ärgerte sich, als er den Saum ihres neuen Kleides beschmutzte. Sie war in den engen Gassen der Hauptkaverne unterwegs, abseits der Hauptwege. Ihr Ziel war das Turmalin, ein Bordell im Nordosten der riesigen Höhle, angrenzend an Neuer Schacht. Vorsichtig sah sie um ein Hütteneck und vergewisserte sich, dass keine Häscher dahinter warteten. Die Gasse war leer, also setzte sie ihren Weg fort. Sie hatte ihren Augen kaum getraut, als sie mit Anna und Vilko auf den großen Platz in der Mitte der Hauptkaverne geblickt hatte. Überall waren schwarz gekleidete Inquisitoren mit ihren Agenten, weswegen sie auf die dreckigen Gassen ausgewichen war. Nun, alles in der Unterstadt war dreckig, sie war auf die noch dreckigeren, versteckteren Gassen ausgewichen. Anna und Vilko hatte sie nach Hause geschickt.

Agatha war jetzt nahe am Turmalin, sie sah das Dach des hohen Gebäudes über den anderen Baracken und Hütten aufragen. Das hölzerne Bauwerk sonderte sich nicht von den anderen ab. Wie die Wohnbaracken neben ihm, schmiegte es sich an die Felswand der Kaverne und reihte sich in die Häuser ein. Nur dadurch, dass es etwas höher war, ein rötlicher Schein hinter den trüben Fenstern schimmerte und durch das große Schild, das den Namen des Etablissements zeigte, stach es hervor. Agatha wollte gerade aus der dunklen Gasse, in der sie misstrauisch das Gebäude beobachtet hatte, heraustreten, als ein Inquisitor und zwei Agenten aus dem Turmalin traten. Agatha schluckte schwer.

Waren sie ihnen auf die Schliche gekommen? Eng drückte sie sich an die Hauswand und atmete flach durch den Mund.

Agatha hörte ein Platschen und einen knurrend ausgestoßenen Fluch. Einer der Agenten musste in eine Pfütze getreten sein. „Verdammt. Den Dreck kriege ich nie wieder raus“, hörte sie ihn sagen.

„Und dabei hast du die Huren noch nicht einmal angefasst.“ Knurrendes Lachen.

„Werde ich auch nicht. Danach fällt einem sicher der Schwanz ab. Wer weiß, was die alles mit sich rumschleppen.“ Wieder erklang gehässiges Lachen.

„Ruhe. Wir gehen weiter.“ Das Lachen verstummte. Agatha hörte, wie die Stimmen näherkamen. Sie presste zitternd die Augen zusammen.

„Natürlich, Inquisitor van Unrug. Müssen wir wirklich jeden Puff, jede Kneipe und jede Hütte durchsuchen?“ Kurzes Schweigen, was nur durch die matschig klingenden Schritte unterbrochen wurde.

„Das müssen wir. Bis wir sie gefunden haben. ‚Hochverrat ist ein Geschwür und die Inquisition ist die Klinge die es herausschneidet.‘ Hexenhammer, Kapitel fünf, Vers acht.“

Agatha lauschte, als die Stimmen an ihr vorüberzogen und in den Schatten der Hüttenreihen verschwanden. Sie atmete auf. Ein letztes Mal sah sie sich um und ging dann geradewegs auf den Eingang des Bordells zu. Drinnen empfing sie rauchige Luft und rotes, dunkles Licht. Sie spürte noch die Anwesenheit der Inquisition in der Luft hängen. Gäste wie Angestellte, alle saßen wie paralysiert an den runden Holztischen oder tuschelten hinter vorgehaltenen Händen miteinander. Wo sonst ausgelassene Stimmung herrschte, Musik gespielt wurde und Angestellte des Turmalins auf den Schößen der Gäste saßen, war eine lethargische Ruhe eingekehrt. Agatha steuerte auf den Tresen zu, den rote Stoffbahnen zierten und vor dem Nushka, die Besitzerin des Turmalins, Valeria, einem ihrer Mädchen, mit einem Schwamm im Gesicht herumtupfte.

„Was ist passiert?“ Agatha berührte Valeria liebevoll am Arm. Sie hatte die Mädchen und Jungen des Turmalins in den letzten Wochen, seit sie für Jan Gabzík arbeitete, liebgewonnen.

„Nicht bewegen Kind“, murmelte Nushka, als Valeria schmerzerfüllt zusammenzuckte. „Scheiß-Inquisition, das ist passiert. Keine Ahnung was die geritten hat, aber die sind auf einmal in der ganzen Unterstadt aufgetaucht.“

Agatha nickte. „Ist mir aufgefallen.“

„Die kamen hier rein, als gehöre denen der Laden. Als wäre es selbstverständlich.“ Nushka senkte die Stimme und drückte den Schwamm in einem Eimer aus, der auf dem Tresen stand. „Die haben Fragen gestellt. Du weißt schon zu was.“ Agatha nickte. Ein kaltes Gefühl machte sich in ihrem Bauch breit. „Valeria hat ihnen geantwortet sie wisse von nichts, das hat einem ihrer Schläger nicht gefallen. Hat ausgeholt und Valeria fast das Auge ausgeschlagen.“

Agatha strich geistesabwesend über Valerias Haare. „Armes Ding.“ Die Mädchen und Jungen von Nushka wussten, dass sich hinter dem Turmalin etwas verbarg. Sie mussten es wissen, so etwas blieb einem nicht verborgen, wenn man fast den ganzen Tag hier drinnen arbeitete. Jedoch wussten sie nicht was und sie fragten auch nicht. Das war eine der Regeln der Unterstadt, es war ein Segen nicht in alle Geheimnisse eingeweiht zu sein. Geheimnisse bedeuteten Probleme und Probleme endeten hier unten meistens mit dem Tod. „Und… haben sie was rausgefunden?“

Nushka sah sie lange an und schüttelte dann den Kopf. „Nein. Valeria, meine Liebe, geht es wieder?“ Valeria nickte. Ihr Auge sah schlimm aus, lila und zugeschwollen. „Nimm dir für heute frei und ruh dich aus.“

Nushka strich ihr über die Wange und nahm Agatha am Arm. Sie führte sie nach hinten, in den Lagerraum des Bordells. Große Kisten, gefüllt mit allerlei Ware, reihten sich an mannsgroße, dicke Bierfässer, die liegend auf Stützen ruhten. Die Besitzerin des Turmalins packte Agatha am Arm. „Sie wissen was. Irgendjemand muss geredet haben. Sie suchen vor allem hier, in der Hauptkaverne, und im Besonderen im nordöstlichen Teil. Sie müssen einen Hinweis bekommen haben, dass das Versteck irgendwo hier ist. Wieso wären sie sonst hier? Die Scheiß-Inquisition hat sich Jahre nicht mehr hier unten blicken lassen.“

Agatha nickte. „Ich sage es Jan.“

Nushka hatte Recht. Die Inquisition, obschon sie die Geheimpolizei der Krone war, wagte sich kaum einmal in die Unterstadt. Hier unten regierte die Pariah, und solange es einigermaßen ruhig blieb und der Strom an Traumstaub, der oben als Edelnarkotika konsumiert wurde nicht abriss, hatte niemand ein Interesse daran an den Zuständen etwas zu verändern. In Agathas Mund machte sich ein saurer Geschmack breit. Die oben kümmerte es nicht, wie schlecht es den Menschen hier unten ging, solange sie nichts davon mitbekamen.

Nushka bedachte sie noch einmal mit einem eindringlichen Blick und verschwand dann wieder in den Gastraum. Agatha machte sich am letzten der Bierfässer zu schaffen. Sie drehte den Zapfhahn und hörte das Schloss, welches sich dahinter verbarg, klicken. Sie stemmte sich gegen den schweren Fassdeckel, bis er nach innen aufschwang. Agatha kletterte durch das Fass und achtete darauf, dass es wieder gut verschlossen war. Der Boden des Fasses war ausgeschlagen worden, stattdessen führte es in einen kurzen gemauerten Gang, der sich in einen großen Raum öffnete. Es wirkte wie das Innere einer Festung. In der Mitte waren große, alte Holztische, die mit Flugblättern und Farbeimern bedeckt waren, Treppen an den Seiten führten zu weiteren Räumen. Es war das Hauptquartier der Republikanischen Schar und tatsächlich war es einmal so etwas Ähnliches wie eine Festung gewesen. Jan hatte ihr erzählt, dass sich hier einmal die Soldstelle der alten Minen befunden hatte. Hier waren die Tagessolde gelagert und ausgezahlt worden und die Wachmannschaften hatten hier ihre Lager und Schlafstätten gehabt.

„Agatha“, begrüßte sie Béla, der wohl Wachdienst hatte. „Jan wartet bereits auf dich.“

Agatha nickte ihm zu und ging weiter in den Raum hinein. Lange suchen musste sie nicht. Mit seinem typischen, strahlenden Lächeln kam Jan Gabzík eine steinerne Treppe herunter. Er hatte seinen verwegenen Schnurrbart, dessen Spitzen gekräuselt waren, mit einem Ziegenbart gepaart. Agatha musste unwillkürlich lächeln, als sie ihn sah.

„Agatha. Wie ist es dir ergangen?“

# Kapitel XIX

## Sorgen

*Galizina, Ostreich, Goldhafen, Goldener Palast im Winter 1271*

„Dadurch, dass Ihr Eure Stimme so sehr erhebt, Eure Majestät, werden unsere Tresore leider nicht voller. Wir können Euch nicht mehr Geld geben."

Kaiserin Alessia atmete schwer und stützte sich auf den Tisch im Weißen Saal, der gerade mit ihrer Faust Bekanntschaft gemacht hatte. Die Angehörigen der Duma, die rings um sie an dem rechteckigen Edelholztisch saßen, waren bemüht in andere Richtungen zu blicken, als der Sprecher der Goldhafener Bank die Nachrichten verkündete. Im Gegensatz zu ihnen, war er völlig selbstsicher und hielt ihrem zornigen Blick stand. Alessia versuchte sich zu beruhigen. Was dachte dieser Emporkömmling wer er war. Sie könnte sofort ihre Wachen rufen und den Mann verhaften lassen. Und doch tat sie es nicht. Das würde nichts ändern, sie war auf die Gunst der verdammten Banken angewiesen. Sie waren diejenigen, die sie mit Geld versorgten. Geld, das sie dringend brauchte um ihr Militär zu reformieren, um die erstarkenden Spannungen mit dem Zarenreich Levka zu kompensieren, sie brauchte es für die arkane Krise der Manifestationen, die das Land heimsuchte und sie brauchte es um ihr Ansehen beim verdammten Volk zu steigern. Alessia legte den Kopf in den Nacken und betrachtete die Decke, die, anders als die meisten Zimmer im Palast, nicht mit kunstvollen Gemälden ihrer Vorfahren, arkanen Heiligen, Schlachtenszenen oder dem Untergang des Altgalizinischen Reiches bemalt worden war. Der silberne Kronleuchter, der von der Decke hing und die winterliche Dunkelheit nicht ganz zu vertreiben vermochte, zitterte noch leicht von ihrem Schlag der den Tisch getroffen hatte. Verdammte Banken. Sie hatte Kopfschmerzen.

Reichsmarschall Jan Bartoszek wuchtete seine ausladende Gestalt aus dem kunstvoll verzierten Stuhl und sah den Bankier mit zusammengekniffenen Augen an. „Passt auf wie Ihr mit der Kaiserin sprecht, Meser“, polterte er.

Auch davon ließ sich der Mann nicht beeindrucken. „Meine Absicht ist es nicht Euch zu beleidigen, Eure Majestät. Nur kann ich ohne weitere Kreditsicherheiten keine Zugeständnisse…“

Alessia hatte das Gerede von diesem verdammten Heuchler satt. „Danke für Euren Besuch.“ Ihre Stimme zitterte vor kaum unterdrückter Wut und sie fühlte sich, als würde sie gleich platzen. Sie hatte gute Lust die Hellebarde eines der Drushinars, die die Tür zum Thronsaal flankierten, zu nehmen und alles kurz und klein zu hacken. Anwesende eingeschlossen. Sie fragte sich, wie die Anwesenden reagieren würden. Im Grunde wäre es ihr erlaubt das zu tun, sie war die Kaiserin, wer sollte es ihr verbieten. Und doch, dieser Wurm, der immer noch vor ihr stand, hatte in gewisser Weise mehr Macht als sie selbst. Es war niederschmetternd.

Er fing wieder an. „Eure Majestät, ich…“

„Verschwindet. Sofort!“ Sie gab den beiden Drushinars einen Wink und sie stellten sich bedrohlich neben den Mann, der falsch lächelnd seine samtene Kappe aufzog und sich gerade so tief verbeugte, dass ihm keine verweigerte Ehrerbietung nachgesagt werden konnte. Auf dem Absatz kehrtmachend verließ er den Raum.

Alessia seufzte und versuchte sich etwas zu entspannen. Sie ließ sich auf den goldbesetzten Stuhl fallen und setzte ihre einstudierte, kaiserliche Miene auf. Die, die sie im Lauf der Zeit so perfektioniert hatte. Reserviert, kühl, herrschaftlich und elegant.

„Eure Majestät, war das klug?“ Viktor Radzíwils rattenhafte Quiekstimme war für Alessia schwer zu ertragen. „Unsere Schatzkammern sind nicht gut gefüllt. Wir sind auf das Geld der Banken angew…“

Alessia lächelte ihm herrschaftlich zu. „Schatzmeister, Eure Sorge ehrt Euch.“ Alessia wollte den Weißen Saal so schnell wie es nur ging verlassen. Sie schwitzte unter ihrem purpurfarbenen, schweren Gewand und es war stickig. „Jedoch werden wir bald eine beachtliche Summe erhalten, die unsere Schatzkammern füllen und viele Eurer Sorgen zerstreuen wird.“

Der Schatzmeister wirkte ehrlich überrascht. „Eure Majestät, von welcher Summe sprecht Ihr?"

„Einhundertundzwanzig Millionen Kronen." Alessia sah zufrieden in die sprachlosen Gesichter, die ihr entgegenblickten. Selbst die sonst so kalte Großinquisitorin Henryka Taczanowski zog eine Augenbraue nach oben, was bei ihr einem stürmischen Gefühlsausbruch gleichkam. Alessia hatte lange gewartet, bis sie die Neuigkeiten des Baus der Kathedrale in Kostok und die damit verbundenen Gelder ihrer Duma gegenüber erwähnte. Jetzt war der richtige Zeitpunkt gekommen.

„Einhundertzwanzig Millionen?", hauchte Uriel Nowgoroda. „Eure Majestät, woher nehmt Ihr eine solche Summe?"

Alessia lehnte sich in ihrem thronähnlichen Stuhl zurück. „Das Westreich entrichtet es uns als großzügige Summe dafür, dass in Kostok eine Kathedrale des Einen erbaut wird."

Stille entstand.

Erzarkanist Jaeger Raul meldete sich zuerst. Natürlich, das hatte sie erwartet. Der Arkanistenorden des Ostreichs und die Kirche des Westreichs waren quasi direkte Konkurrenten und machten auch keinen großen Hehl daraus. „Eure Majestät, meint Ihr das Ernst? Wir verkaufen uns für diese verdammte Kirche? Ich…"

„Mäßigt auch Ihr Euren Ton, Erzarkanist Raul", donnerte der Reichsmarschall erneut. Alessia war fast gerührt, wie sehr Bartoszek sich für sie einsetzte.

Schnaufend strich sich der Erzarkanist seine Robe glatt und sah dann erneut zur Kaiserin. „Kaiserin, ich bitte Euch, überdenkt das. Unsere Stellung im heiligen, vereinten Reich haben wir nicht zuletzt der Macht des Arkanistenordens zu verdanken. Wir dürfen nicht zulassen, dass die Kirche seine verderbenden Finger ausstreckt um sich die Herzen und Köpfe der Menschen des Ostreichs zu eigen zu machen."

Die Kaiserin nickte ihm zu. „Ich verstehe Eure Bedenken, Erzarkanist. Jedoch ist es nur eine Kathedrale. Ein einziges Bauwerk, dessen Bau durch die Gelder all unsere Probleme lösen wird. Diesen Handel bin ich durchaus bereit einzugehen."

Henryk Szlachta, der Oberste Richter meldete sich zu Wort. „Eure Majestät, selbst ein einziges Bauwerk kann ein Symbol sein. Bedenkt wie die Kirche im Westreich angefangen hat. Auch dort waren es anfangs nur einzelne Bauwerke und nun beherrscht sie das Denken und Handeln von so vielen Menschen. Symbole sind gefährlich und die Kirche des Einen stützt ihre Macht darauf." Alessia funkelte den Mann an, der in den letzten Wochen überraschend still geworden war. Sonst war er bemüht in ihren Hintern zu kriechen, was hatte sich geändert?

Alessia sah zu Taczanowski. „Was meint Ihr, Großinquisitorin?"

Die Angesprochene legte die Hand an das kantige, markante Kinn. „Religion kann ein mächtiges Werkzeug sein, Eure Majestät. Jedoch nur wenn sie klug eingesetzt wird. Und nicht selten hat sich dieses Werkzeug schon gegen den Erschaffer gewandt." Sie nahm einen Schluck aus dem Silberkelch, der vor ihr stand. Nur Wasser, wie Alessia wusste. Die Großinquisitorin trank nicht. „Wir müssen vorsichtig sein. Wir müssen dafür sorgen, dass wir die Kontrolle behalten und die Kirche im Osten nicht erstarkt."

Alessia nickte. „Das werden wir. Oberster Schatzmeister, bereitet die Vertragspapiere zusammen mit Botschafter van Kóvári vor. Ich möchte, dass der Vertrag so schnell wie möglich unterzeichnet wird."

Radzíwil verbeugte sich. „Natürlich, Eure Majestät."

„Gut." Sie blickte kurz in jedes einzelne anwesende Gesicht. „Die Sitzung ist beendet."


„Kasia, lasst mir ein Bad ein." Alessia stand vor einem der großen Fenster im Bernsteinsaal und starrte auf den Hafen. Trotz des leichten Schneefalls und der fortgeschrittenen Stunde war reges Treiben zu betrachten. Die Menschen sahen von so hoch oben aus wie Ameisen, die konzentriert ihrer Tätigkeit nachgingen. Alessia war froh, dass der Goldene Palast auf einer Klippe über Goldhafen erbaut worden war. Sie mochte es von hier oben die Menschen in Goldhafen zu beobachten. Dadurch erschuf sie eine Distanz zu ihnen, die es ihr ermöglichte nüchtern und unbeeinflusst über sie zu herrschen.

Kasia verbeugte sich kurz und eilte in Richtung der Privatzimmer. Alessia seufzte. Sie hatte wieder Kopfschmerzen, das Bad würde ihr guttun. Die Kaiserin sah sich im Bernsteinsaal um. Er war mehr als doppelt so groß wie der Weiße Saal, in dem die Duma tagte, und überaus prunkvoll. Überall waren Gemälde, Wandvertäfelungen, gothische Bögen und allerlei Zierrat in goldenen Farben zu sehen. Es blendete fast das Auge. Versetzt waren sie mit Bernsteinen in allen Größen, welche dem Raum seinen Namen gaben. Alessia nutzte ihn hauptsächlich für kleinere Empfänge.

„Kommandantin Tésarik, lasst mich einen Moment alleine." Ihre Leibwache und Kommandantin der Palastgarde, der Drushinar, wirkte hin und hergerissen. Wie immer, wenn Alessia sie darum bat alleine zu sein. „Muss ich Euch erst anschreien, dass ihr geht? Wartet einfach in meinem Schlafgemach, ich komme gleich."

Tésarik salutierte und marschierte davon. Alessia schloss die Augen und lauschte den genagelten Sohlen der Kommandantin auf den großen, rötlichen Steinfliesen, bis sie das Klicken der Tür hörte, die ins Schloss fiel, was im weiten Bernsteinsaal unnatürlich laut klang. Alessia atmete tief durch. Jetzt, da sie ihre beiden Schatten losgeworden war, erlaubte sie es sich, sich etwas zu entspannten. Holte sie sich durch den Bau der Kathedrale nur mehr Probleme ein? War es richtig was sie tat? Alessia sah mit leerem Blick wieder aus dem Fenster und blickte in ihr eigenes, blasses Gesicht, dass gespiegelt zurückgeworfen wurde. Ja, es war richtig. Der Bau der Kathedrale würde bestimmt zehn Jahre dauern und sie verfügte nicht über den Luxus so weit in die Zukunft planen zu können. Alessias Kopfschmerzen wurden wieder stärker, ihr wurde schwindlig, wie so oft in letzter Zeit. Sie hielt sich mit einer Hand den Kopf und stützte sich mit der anderen stöhnend an der Wand ab, wobei sie mit ihrem ausladenden Kleid an einem kleinen Beistelltisch hängen blieb und eine sündhaft teure Vase herunterwarf, die klirrend auf dem Steinboden zerbrach. Alessias Sicht begann sich zu trüben und sie bekam Panik. Fahrig versuchte sie sich an der Wand entlang zu tasten. Alessia stöhnte wieder, als erneute Schmerzen in ihrem Kopf sie in die Hocke sinken ließen.

„Eure Majestät!" Der aufgeregte Schrei wurde von den Wänden zurückgeworfen und klingelte in ihren Ohren. Sie spürte eine Hand, die sich um ihre Schulter legte und einen Körper, der sich an den ihren drückte. Eine Person war neben ihr in die Hocke gegangen. „Eure Majestät, geht es Euch nicht gut? Ich rufe einen Apothecarius." Alessia schüttelte energisch den Kopf, was ihre Ohren klingeln ließ. Einige Haare hatten sich gelöst und hingen in ihrem Blickfeld, das sich langsam wieder aufklärte. Eine feingliedrige Hand strich sie hinter ihre Ohren.

„Ich bin hier, Eure Majestät, Ihr seid nicht allein." Alessias Kopfschmerzen ließen etwas nach und sie konnte wieder klarer denken. „Atmet tief ein und aus."

Alessia versuchte der Aufforderung nachzukommen. Stockend drang die Luft aus ihrer Lunge und wurde wieder hineingesogen. Sie fühlte sich besser. Sie wusste nicht, ob es die vertraute Berührung der Person war oder die Worte, doch fühlte sie sich mit jedem Atemzug besser. Sie blinzelte mehrmals fest und wandte ihr Gesicht dann ihrer Helferin zu.

Das besorgte Gesicht von Jelisaweta van Kóvári, die zurückzuckte und ihre Hand von Alessias Schulter nahm, als sie bemerkte, dass die Kaiserin wieder Herrin ihrer Sinne war, erschien vor ihr. In den letzten Tagen und Wochen waren sie sich nähergekommen, sie hatten gemeinsam mit Botschafter van Kóvári gegessen, waren durch die Palastgärten flaniert und hatten zusammen Opern besucht. Doch keineswegs standen sie sich so nah, dass eine solch vertraute Geste im Angesicht von höfischen Regeln angebracht gewesen wäre. Und doch war es genau das, was Alessia gebraucht hatte. „Eure Majestät, es tut mir leid, ich…"

Alessia schüttelte den Kopf und versuchte sich an einem Lächeln. Die Kopfschmerzen wirkten noch nach. „Helft mir hoch, Medame."

Jelisaweta stützte sie, als Alessia sich aufrichtete und versuchte etwas von ihrer kaiserlichen Würde wiederzuerlangen. „Habt Dank." Alessia trat an das Fenster. „Ihr habt die Angewohnheit mich aus misslichen Lagen zu retten." Alessia lächelte, als sie Jelisawetas irritierten Gesichtsausdruck bemerkte. „Sei es ein Schwächeanfall im Bernsteinsaal, ein langweiliger Empfang mit Eurem Mann oder eine Oper, die ich schon hunderte Male gehört habe." Nun musste auch Jelisaweta lächeln.

Schweigend standen sie nebeneinander und blickten aus dem Fenster. „Sprecht mit niemandem darüber." Die Worte der Kaiserin waren schlicht.

„Das werde ich nicht, Eure Majestät. Ihr könnt Euch auf mich verlassen." Wieder kehrte Schweigen ein. Alessia hatte tatsächlich das Gefühl, dass dieser simple Satz auf Jelisaweta zutraf. Sie hatte das Gefühl, sich auf sie verlassen zu können. Und das war eine absolute Besonderheit im Goldenen Palast. Vermutlich war sie die einzige Person in diesen Gemäuern, auf die das zutraf.

Diesmal war es Jelisaweta, die das Schweigen brach. „Eure Majestät, seid ihr Euch sicher, dass ich nicht nach einem Apothecarius schicken lassen soll? Ich mache mir Sorgen um Euch…"

Alessia schüttelte den Kopf. „Nein, es geht mir wieder gut. Die Sitzungen der Duma waren recht… anstrengend. Im Reich passieren viele Dinge, die mich… nun, die sehr belastend sind." Alessia machte eine kurze Pause. „Aber es geht mir gut. Es ist nur viel auf einmal."

Jelisaweta sah sie ernst an. „Ich würde Euch gerne etwas von dieser Last nehmen, Eure Majestät."

Alessia lächelte. „Habt Dank, Medame. Doch ich denke das sind Verpflichtungen, die nur die Kaiserin selbst tragen kann." Sie sah den tanzenden Schneeflocken vor dem Fenster zu und seufzte. Sie fühlte sich einsam. Sehr einsam.

„Natürlich, Eure Majestät, ich wollte mich nicht erdreisten zu behaupten das Gleiche wie Ihr leisten zu können. Wenn Ihr jedoch einmal mein Ohr benötigt, bin ich jederzeit für Euch verfügbar."

Alessia Lippen kräuselten sich zu einem Lächeln, in dem ein Hauch von Melancholie und Sehnsucht mitschwang. Sehnsucht nach Freundschaft, nach Vertrautheit. Vielleicht würde sie das Angebot von Jelisaweta van Kóvári annehmen. Es war schön zumindest eine Verbündete im Goldenen Palast zu haben.

# Kapitel XX

## Schattengeschäfte

*Galizina, Ostreich, Goldhafen, Unterstadt im Winter 1271*

Jan Gabzík stand mit verschränkten Armen vor dem Tisch. Gebannt, als würde auf dem morschen Holz ein Theaterstück aufgeführt werden, blickten er und seine Mitstreiter darauf.

„Ein erster Schritt." Borodyn stützte sich auf eine Stuhllehne und fixierte den Gegenstand, der in ihrer Mitte auf dem Tisch lag.

Lilia, die auf einem der Stühle saß, legte den Kopf schief. „Hoffentlich führt das zu was."

„Wie machen wir weiter?" Béla kam wie immer direkt zum Punkt.

Jan kratzte sich am Kinn. „Wir brauchen jemanden, der uns daraus die notwendigen Dokumente zaubert. Einen Fälscher."

Borodyn sah ihn an und wandte das Wort in seiner gewohnt tragenden, monotonen Stimme an ihn. „Haben wir so jemanden?"

Jan grinste und schüttelte den Kopf.

Lilia sah ihn argwöhnisch an. „Aber du weißt, woher wir so jemanden bekommen, oder?"

Jan nickte, immer noch grinsend.

Lilia legte den Kopf in den Nacken. „Heilige, nein. Jan! Es ist schon ein Wunder, dass sie uns gewähren lassen, das geht zu weit."

Bélas Blick huschte zwischen Jan und Lilia hin und her. „Von was sprecht ihr?"

Lilia schüttelte den Kopf. „Jan hat eine ganz schlechte Idee."

Jan zog schmunzelnd die Augenbrauen hoch und nickte Béla beruhigend zu. „Es ist eine Gute."

„Es ist eine ganz schlechte."

„Es ist eine der Besten, die ich je hatte."

„Das heißt nicht viel, bei der Qualität deiner bisherigen Ideen."

Béla sah seine beiden Genossen stirnrunzelnd an. „Klärt ihr mich auf?“

Jan nahm die Hand vom Kinn und fing an ihm Raum auf und ab zu gehen. „Es gibt da einen Fälscher, einen Informanten, einen… Beschaffer. In Neuer Schacht.“

Béla hob die Hände. „Moment Mal… Neuer Schacht. Sag mir nicht, dass er von der Pariah ist.“

Jan grinste.

„Noch besser. Er ist nicht nur bei der Pariah, er ist das persönliche Schoßhündchen von Brabek.“ Lilias Stimme troff nur so vor Verachtung.

„Jan, ist das klug?“ Borodyn dachte nach. Wie immer. Jan sah, wie sich seine Augen hinter dem hölzernen Gestell seiner Augengläser zusammenzogen. „Wir und die Pariah, wir kommen uns nicht in die Quere. Allerdings könnten sie etwas… nun, erbost darüber sein, dass sich die Inquisition seit Kurzem hier unten so zahlreich blicken lässt. Sie werden es sicher auf uns zurückführen.“

„…und damit ja auch nicht Unrecht haben. Jan, das ist Wahnsinn.“ Béla drückte sich weniger eloquent aus als Borodyn, doch dafür umso energischer.

Jan hörte damit auf im Raum umherzugehen und fasste Borodyn und Béla an den Schultern. „Meine Freunde, ich teile eure Sorge. Doch ist Brabek kein Idiot. Er weiß, dass nicht wir der Feind sind, sondern die Inquisition. Sicherlich, wir haben sie aufgescheucht, doch wird er nicht uns dafür die Schuld geben. Sein Zorn wird nicht uns treffen, sondern die Inquisition. Wir mögen keine Freunde sein, aber wir haben die gleichen Feinde.“

Jan, Béla und Lilia huschten durch die Unterstadt. Die Arbeitsstätte des Pariah-Fälschers befand sich in einem Lagerhaus in Neuer Schacht, dort wo die Pariah dieser Tage am Stärksten vertreten war. Jan rieb sich die Nase. Es stank nach Fäulnis, Exkrementen und verrottendem Holz. Aber immerhin hielt sich die Temperatur. Während es oben immer kälter wurde, je näher es auf das Jahresende zuging, merkte man hier unten nichts von der fortschreitenden Jahreszeit. Es herrschte die immerwährende, allgegenwärtige Kühle.

„Hier geht's wohl nicht weiter." Sie blickten um eine Ecke auf Inquisitionsagenten, die den Durchgang von der Hauptkaverne zu Neuer Schacht bewachten. Prüfende Blicke trafen jeden, der durch die große Öffnung im Fels gehen wollte.

Lilia spuckte aus. „Scheiß-Inquisition."

„Wird es an den anderen Durchgängen besser sein?", fragte Béla.

Jan zuckte die Achseln. „Wahrscheinlich schon. Die haben bestimmt nicht genug Leute hier unten, um jeden Zugang in jedes Viertel zu kontrollieren."

„Also gehen wir über Leichengrube?" Lilia wandte den Blick nicht ab von den Agenten ab, als sie das Wort an ihre beiden Genossen richtete.

Jan legte den Kopf schief. „Nun... der Weg über den Blutzwinger wäre sicherer. Und schneller."

Lilia drehte langsam den Kopf, bis sich ihre Augen mit den seinen trafen.

„Da sind sicher keine Inquisitionsagenten", beeilte sich Jan zu sagen. Er wusste, dass das ein sehr sensibles Thema war.

„Nein", sagte Lilia schlicht. Jan seufzte.

Béla übernahm das Wort. „Lilia... wir gehen nur durch die Kaverne. Du siehst die Arena nicht mal."

„Lieber gehen wir da einmal durch, als dass uns die Inquisition aufgreift."

Lilia schnaubte. „Die wissen doch vermutlich nicht mal nach wem sie suchen. Ich habe noch keine Steckbriefe mit unseren Gesichtern darauf gesehen."

„Das glaube ich auch nicht, aber wenn sie uns aufgreifen, und du weißt wie willkürlich die Schweine sind, dann halten sie uns fest. Und was wird dann aus unserer Sache?"

Béla nickte. „Lieber kein Risiko eingehen."

Lilia sah aus, als würde sie mit sich ringen, lenkte dann aber doch ein. „Na gut verdammt. Dann los."

Sie setzten sich in Bewegung. Der Blutzwinger lag im Südosten der Hauptkaverne, in einem kleineren Nebenarm der Höhle. Es war eine Arena, in der Kämpfe veranstaltet wurden. Manchmal bis zum ersten Blut, manchmal bis zur Kampfunfähigkeit und manchmal bis zum Tod. Mal einer gegen einen, mal Gruppen gegen Gruppen, manchmal wurden sogar Tiere mit in die Spiele integriert. Jan hatte einmal dabei zugesehen, wie sich ein Mann gegen mehrere Hunde, die auf den Straßen der Unterstadt eingefangen worden waren, erwehren musste.

Lilia und Béla gingen vor ihm. Sie streckten die Köpfe in die Seitengassen, als sie durch die Häuserschluchten der Hauptkaverne zogen. Jan sah viele der Menschen vor ihren Häusern mit den Nachbarn reden, auf den Brücken und Plattformen, die die oberen Stockwerke miteinander verbanden, rauchten, tranken und scherzten sie. Viele Kinder, rannten lachend durch die schlammigen Straßen. Er merkte, wie sie mit Blicken bedacht wurden und er wusste, dass viele der Blicke ihm galten. Es waren staunende Blicke, bewundernde Blicke. Einige der Menschen nickten ihm ehrfurchtsvoll zu, andere drehten sich kichernd weg. Er hatte einen Ruf. Einen Ruf, den er pflegte, der ihm persönlich jedoch egal war. Es ging um mehr als Selbstdarstellung.

Die sehr dicht stehenden Hütten und Baracken begannen sich etwas zu lockern. Hier, wo die Hauptkaverne in die südöstliche Nebenkavernen überging, war der Boden weniger dicht bebaut. Der Blutzwinger kam immer näher. Er bog mit seinen beiden Mitstreitern in den Durchgang ein, der sie zu der Kampfarena bringen würde. Lilia, die ihre Schritte merklich beschleunigt hatte, versuchte er nicht mehr aus den Augen zu lassen. Es war mittlerweile drei Jahre her, seit er sie von ihrem ehemaligen Herrn freigekauft hatte. Jan schnaubte. In Galizina gab es offiziell keine Sklaverei. Außer dort, wo es sie eben doch gab. Der Mann hatte sie im Blutzwinger kämpfen lassen und Lilia, die ‚Blutruferin‘, wie sie genannt worden war, war eine Berühmtheit geworden. Wenn sie gekämpft hatte, dann war das überall in der Unterstadt angekündigt worden. Jeder hatte Bescheid gewusst und viele waren zu ihren Kämpfen gekommen. Sie hatte kämpfen müssen, sie hatte töten müssen, und das auf eine möglichst spektakuläre und brutale Art, sodass der Mob zufrieden war. Jan schüttelte den Kopf. Sie wäre daran fast zerbrochen. Entweder das, oder ihr ehemaliger Herr hätte sie umgebracht, weil die Kämpfe immer noch größer, immer noch spektakulärer werden mussten. Ihr ehemaliger Herr, den man wenige Tage nach ihrer Befreiung mit dem Gesicht nach unten in der Leichengrube gefunden hatte. Es war die letzte Tötung gewesen, die die Blutruferin ausgeführt hatte.

Seit ihrer Freilassung war Lilia Jan nicht von der Seite gewichen. Sie war nicht besonders politisch, stand nicht unbedingt hinter den Idealen, die Jan vorgab zu vertreten, doch sie war ihm gegenüber unheimlich treu. Fast tat es ihm leid, all das was kommen würde.

Sie ließen die Kaverne, in der sich der Blutzwinger befand, hinter sich. Von Inquisitionsagenten war keine Spur zu sehen. Jan sah, wie schwer Lilia atmete. Er legte ihr die Hand auf die Schulter. „Das ist vorbei, Lilia. Du bist da raus…"

Unwirsch wischte sie seine Hand beiseite. „Ich weiß. Gehen wir weiter." Jan nahm Lilia ihre Grobheit nicht übel. So war sie eben.

Ihre Füße trugen sie weiter die Straßen entlang. Jan mochte Neuer Schacht fast mehr als die anderen Bezirke der Unterstadt. Es war hier trockener, da kaum Kanäle oder unterirdische Flüsse hindurchführten. Nicht wie am nassen Markt, dessen Straßen zum Teil Holzstege waren, die über dem, das Viertel durchziehenden, Kanal gebaut waren. Teilweise wurde der Kanal sogar selbst zur Straße und wurde mit Booten befahren.

Die Häuser in Neuer Schacht waren kaum anders. Die Höhlendecke war hier etwas niedriger, jedoch immer noch gewaltig hoch. Jan konnte es nicht gut abschätzen, doch waren es bestimmt fünfzig Schritt. Dicke, natürliche Felssäulen sorgten dafür, dass die Höhlendecke getragen wurde. An ihnen waren, wie Kisten, die gestapelt wurden, Häuser, Baracken und Hütten gebaut worden. Sie wirkten wie riesige Termitenhaufen, fast bis unter die Decke reichten sie und sahen aus als würden sie beim ersten Windstoß zusammenbrechen. Jan musste schmunzeln. Gut, dass es hier unten nie windete.

„Wir sind gleich da." Sie blieben an einer Kreuzung stehen. Eine Seitengasse führte sie auf das Lagerhaus zu, dessen offene Vorderseite sie quasi einzusaugen versuchte.

„Gibt's eine besondere Strategie?", fragte Béla.

„Ne. Wir sagen was wir wollen und hoffen, dass wir es bekommen." Jan grinste, Lilia schüttelte nur den Kopf.

Vorsichtig betraten sie das Lagerhaus.

„Mikolaj? Bist du da?", begann Jan zu rufen.

Es rumpelte von dem geländerlosen Balkon, der sich in das Lagerhaus erstreckte. Eine forsche Stimme antwortete. „Kommt drauf an wer fragt."

Jan grinste. „Jan Gabzík."

Oben öffnete sich eine Tür und ein dürrer Mann mit kurzen, fettigen Haaren erschien darin. Gerissen grinsend schaute er auf sie hinab. „Jan Gabzík. Was für eine Ehre, dass du mich besuchst." Seine Blicke wanderten zu Lilia. „Und dann noch mit der Blutruferin. Womit habe ich das verdient?" Lilia fletschte die Zähne, als sie ihren alten Kampfnamen hörte.

„Nur ruhig", raunte Jan und machte einen Schritt auf Mikolaj zu, der gerade über die Holztreppe an der Seite des Lagerhauses zu ihnen nach unten kam.

„Wie kann ich helfen?"

Jan holte den Siegelstempel der Handelsgilde hervor und drückte ihn Mikolaj in die Hand. „Ich brauche deine Dienste als Fälscher. Ich brauche eine Vollmacht der Handelsgilde, als Warenlieferant für den Goldenen Palast."

Mikolaj pfiff anerkennend durch die Zähne. „Der Goldene Palast? Was wollt ihr denn darin?"

Ehe Jan antworten konnte füllte eine dröhnende Stimme das Lagerhaus. „Das…" Jan und seine Begleiter drehten sich ruckartig um „…würde mich auch interessieren." Brabek stand im Eingang des Lagerhauses. Brabek, der Boss der Pariah, begleitet von sieben seiner Schläger. Jan setzte ein Grinsen auf. Er hätte damit rechnen müssen, der Pariah blieb nichts verborgen. Und sein Gesicht war zu bekannt und zu wichtig, dass man es einfach ignorierte.

„Brabek. Schön dich zu sehen." Jan ging auf ihn zu und bot ihm die Hand an. Es war besser sich nicht einschüchtern zu lassen.

Brabek grinste ihn an und schlug ein. „Jan. Ich kann von dir nicht das gleiche behaupten. Inquisition überall und ich kann mir vorstellen wen sie suchen…"

Jan legte den Kopf schief. „Sie suchen Streit, wie immer. Sie suchen die Unschuldigen, die Wehrlosen und die Menschen, die schwächer sind als sie selbst, um sie auszubeuten und zu unterdrücken. Das weißt du genauso wie ich."

Brabek lachte auf. „Immer wenn ich mit dir rede, merke ich, wieso du solche Sympathien bei den Unterstädtern genießt, Jan. Reden kannst du." Er wurde schlagartig Ernst. „Nur ändert das nichts an dem Problem, das hunderte Inquisitionsarschlöcher in meiner Unterstadt herumlungern und meine Geschäfte stören."

„Meine stören sie auch, Brabek. Aber ich werde das nicht damit kontern, indem ich Kleinkriege mit den Meinen anfange. Dann hätten sie nämlich gewonnen."

Brabek legte Jan freundschaftlich eine Hand auf die Schulter. „Weißt du was? Ich kann dich wirklich nicht besonders gut leiden. Mir gefallen deine Methoden nicht, mir gefällt deine Reputation nicht und was du und deine Gruppe von Verzweifelten wollen ist mir auch nicht ganz klar." Jan spürte wie Lilia sich anspannte. „Aber du hast Recht. Wir sind alles Unterstädter und wir müssen zusammenhalten." Er ließ Jan los und wandte sich an Mikolaj. „Hilf ihm. Mach was er verlangt." Jan entspannte sich ein wenig. Das schien ja ganz gut zu laufen. „Mich würde aber immer noch interessieren was du damit vorhast, Jan." Brabeks Zähne blitzten, als sich sein Mund wieder zu einem Grinsen verzog. „Was hast du verwegener Hund im Goldenen Palast zu schaffen?"

Jan erwiderte das Grinsen. „Das ist leider Berufsgeheimnis, Brabek. Aber glaub mir, du wirst es früh genug herausfinden. Jeder wird davon sprechen."

# Kapitel XXI

## Informationen



Emil van Unrug schniefte. Diese verdammte Unterstadt, es war nass, kalt und stickig. Und überall sah er Feinde. Er spürte ihre Blicke, hinter jedem Fensterladen, hinter jeder Ecke, in jedem Schatten, überall folgten sie ihm. Dieser Abschaum hier unten war zu lange allein gelassen worden. Die Kaiserin sollte befehlen, dass die gesamte Inquisition den Laden auseinandernahm, rebellische Gruppe zerschlug und die verdammte Pariah vernichtete. Sowas ließ sich nur mit Härte lösen. Wenn die Inquisition hier unten präsenter wäre, gäbe es diese Probleme auch nicht mehr. Er seufzte. Emil wusste, dass das Wunschdenken war. Die Inquisition hatte gar nicht die Kräfte um hier unten dauerhaft aktiv zu sein. Es würde dutzender Inquisitoren und hunderter Inquisitionsagenten bedürfen um die Unterstadt aufzuräumen.

Der Inquisitor stellte den Kragen seines dunklen Ledermantels auf und richtete seinen Hut. „Vorwärts", sagte er zu seinen vier Agenten, die ihn in Zweierreihen flankierten. Er stieß die Tür zu der Taverne auf und trat ein. Der Gestank nach Schweiß, Bier und Kohl empfing ihn. Der Lärm, der bis gerade eben noch geherrscht hatte, verstummte schlagartig. Die Gäste hörten auf sich zu unterhalten, die Musiker hörten auf zu spielen und die Schankwirte blieben wie angewurzelt stehen. Emil war versucht zu grinsen. Genau diesen Effekt erwartete er. Die Leute taten besser daran Respekt vor der heiligen Inquisition Ihrer Majestät der Kaiserin zu haben. Mehr noch als Respekt. Furcht.

Der Inquisitor trat langsam in die Mitte des Raumes, seine Adepten blieben am Eingang stehen. „Ich komme im Auftrag der kaiserlichen und königlichen Inquisition unseres heiligen, vereinten Reiches." Emil drehte sich langsam auf der Stelle und sah den Anwesenden tief in die Augen. Die meisten wichen seinem Blick aus oder senkten ihn nach einer Weile, doch andere hielten ihm stand. Grimmig, gehässig starrten sie ihn an. „In der Unterstadt hat sich ein Virus breit gemacht. Unter euch befinden sich Abweichler. Hochverräter an der Krone.“ Seine Worte füllten die Stille im gesamten Schankraum. Er hielt kurz inne um seine Worte sacken zu lassen. „Jeder, der etwas weiß und es nicht der Inquisition meldet, macht sich ebenso strafbar wie die Verräter selbst. Außerdem…“ Der Inquisitor holte ein kleines Säckchen aus seinem Mantel hervor. „…wird jeder Hinweis mit barer Münze vergolten.“ Er winkte einem seiner Adepten zu, der sich einen Weg durch die Tische bahnte und mehrere Papiere mit Hammer und Nagel an den Tresen im Schankraum schlug. Der Wirt zuckte bei jedem Hammerschlag zusammen. „Solltet ihr Aufenthaltsorte von Personen aus den Reihen der sogenannten Republikanischen Schar kennen, habt ihr diese unverzüglich der Inquisition zu melden.“ Wieder folgte eine kurze Pause. Emil van Unrug tippte sich an den Hut. „Genießt den Abend.“ Auf dem Absatz drehte er sich um und ging zielstrebig zur Tür. Auf dem Weg dahin beobachtete er die angeschlagenen Aushänge. Hässlich waren sie. Eines wies auf die kriminelle Vereinigung der Republikanischen Schar an sich hin, ein anderes zeigte ein Frauengesicht mit wilden Haaren und blutrünstigem Gesichtsausdruck. Die Blutruferin wurde sie genannt. Neben ihr hing ein verwegen aussehender Mann, mit markantem Schnauz- und Kinnbart. Der Inquisitor verzog das Gesicht. Jan Gabzík. Der Abweichler. Der Hauptgesuchte. Der, weswegen sie hier waren. Ohne ihn würde seine kleine Rebellengruppe auseinanderfallen.

Emil trat aus dem Gasthaus in die Gassen, die in ewiges Zwielicht gehüllt waren. Er trat einen losen Stein weg, der auf dem festgestampften Lehm, der sich Straße schimpfte, lag. Glaubten diese Trottel wirklich, dass sie mit ihrer lächerlichen Gruppe die Monarchie abschaffen konnten? Die Monarchie, die seit Jahrhunderten Bestand hatte? Die Monarchie, die das Reich zusammenhielt? Das Volk war wie eine Gruppe Kinder, es musste geführt werden, sonst würde Anarchie herrschen, davon war der Inquisitor fest überzeugt. Er setzte sich in Bewegung, zur nächsten Taverne. Emil van Unrug seufzte entnervt. Gerade kam er aus der dritten Taverne, die sie in Neuer Schacht betreten hatten und jedes Mal war es das Gleiche. Niemand wollte ihnen Informationen geben. Niemand. Und er konnte seine Agentin nicht erreichen. Wo bei allen Heiligen war Ruß? Sie hatte den Auftrag hier in der Unterstadt seine Augen und Ohren zu sein.

„Ich kann Euch vielleicht helfen." Emil van Unrug stockte und mit ihm seine Inquisitionsagenten. Langsam drehte er sich um. Ein ausgemergelter Mann, der fast vollständig in matschbraun gekleidet war, stand mit eingefallenen Wangen vor ihm und sah ihn prüfend an.

„Ihr seid?"

„Nikolai. Ich habe Informationen zur Republikanischen Schar."

Der Inquisitor ging langsam auf den Mann zu, der keineswegs eingeschüchtert wirkte. Das würde schon noch kommen. „Dann sprecht."

„Erst will ich Kronen sehen."

Emil verzog das Gesicht zu einem verächtlichen Grinsen. Natürlich. Dieser Abschaum war nur auf Geld aus, niemand tat irgendetwas aus Treue zur Kaiserin. „So? Wollt Ihr das?" Er wandte sich um, zu seinen Agenten. „Packt ihn." Der Inquisitor sah dabei zu, wie seine Agenten den sich windenden Mann festhielten und mit sich zerrten. Er schrie und schlug um sich, während die festen Griffe der Agenten ihn fixierten. Er würde reden. Auch ohne Kronen.

Emil van Unrug wischte sich die Hände an seinem Mantel ab, als er auf den Balkon der Hütte trat, die ihnen als Hauptquartier diente. Er hatte sie am Tag ihrer Ankunft requiriert. Viel hatte der Unterstädter ihnen nicht verraten können. Ein Treffen in einem Lagerhaus, dass wohl der Pariah zuzurechnen war. Und er hatte gesagt, wohin die Republikanische Schar danach verschwunden war, in den Nordosten der Hauptkaverne. Das deckte sich mit den Informationen, die sie schon hatten. Irgendwo dort musste das Versteck der Verräter sein.

Emil van Unrug schnaufte. Er würde sie finden.

# Kapitel XXII

## Orangen

*Galizina, Ostreich, Goldhafen, Goldener Palast im Winter 1271*

„Im Namen von König Alexandr danke ich Euch, Eure Majestät, für diese weise und großzügige Geste. Ich bin mir sicher, dass König Alexandr und der Kardinal in Westheim die Pokale auf Euch erheben werden. Es ist ein großartiger Schritt zur weiteren Annäherung unserer beider Reichshälften."

Kaiserin Alessia war sich da nicht so sicher. Der Kardinal würde sicher nicht auf sie trinken. König Alexandr vermutlich schon, allerdings nur weil er nicht verstand, welches Spiel hier gespielt wurde. Alessia lächelte Botschafter van Kóvári dünn zu. Sie saß auf ihrem wuchtigen Thron im Thronsaal, Oberster Schatzmeister Radzíwil nahm gerade das unterzeichnete Dokument vom Botschafter entgegen. „Davon bin ich überzeugt, Botschafter. Es stimmt mich glücklich, dass die Kirche ihr Wort nun auch auf ostgalizinischem Boden verbreiten kann." Das war eine Lüge. Unter besseren Bedingungen hätte sie den Botschafter mit seinem Anliegen davongejagt, allerdings brauchten sie das Geld. Alessias erzwungenes Lächeln wandelte sich nun zu einem ehrlichen. Das würde ihre Probleme lösen. Und es würde sie dazu ermächtigen die außenpolitischen Beziehungen zu den südlichen Reichen zu intensivieren.

Der Botschafter verbeugte sich. „Ihr seid zu gütig, Eure Majestät."

Alessia nickte majestätisch. „Ihr dürft gehen, Oberster Schatzmeister. Botschafter, wie ich hörte begleitet Ihr mich und Eure Frau heute nicht in den Palastgärten?"

Der Botschafter verzog den Mund. „Leider nicht, Eure Majestät, ich muss mich entschuldigen. Dringende Angelegenheiten halten mich davon ab."

Wieder nickte Alessia. „Nun gut." Sie machte eine winkende Handbewegung und die beiden Männer zogen sich unter mehrfachen Verbeugungen zurück.

Alessia wartete einen Moment und erlaubte sich ein Grinsen. Der Tag versprach gut zu werden. Schwungvoll stand sie von ihrem Thron auf und ging mit schnellen Schritten in den Westflügel. Sie steuerte auf die prunkvolle Tür zu, die sich am Ende der Westlichen Galerie befand, die sie am Kleinen und Großen Speisesaal vorbeiführte. Die beiden Drushinars, die sie begleiteten, hatten Mühe mit ihr Schritt zu halten. Alessia fühlte sich beflügelt, endlich war der Bau dieser vermaledeiten Kathedrale und die damit verbundene Zahlung an die ostgalizinische Krone in trockenen Tüchern. Und sie würde mit Jelisaweta gemeinsam den Nachmittag verbringen. Ihr Herz machte einen Satz.

„Eure Majestät, Euer Mantel." Kasia rannte fast die Galerie entlang und hielt einen schweren, purpurfarbenen Mantel mit Fellbesatz und goldenen Stickereien in ihren Armen. Sie achtete sorgsam darauf, dass er nicht am Boden schleifte. Alessia ließ sich von ihrer Zofe in den Mantel helfen. Draußen war es kalt und es schneite leicht, sie hätte fast vergessen sich entsprechend zu kleiden.

Alessia ließ die Tür von ihren beiden Wachen öffnen und trat hinaus. Es war wirklich kühl, das Fell an ihrem Kragen schmiegte sich jedoch angenehm an ihren Nacken. Jelisaweta van Kóvári erwartete sie am Fuß der steinernen Treppe, die auf die Kieswege des Palastgartens führte. „Eure Majestät." Jelisaweta machte einen formvollendeten, höfischen Knicks.

„Medame Jelisaweta. Es ist schön Euch zu sehen." Das war keine Floskel, Alessia meinte es wirklich so, wie sie überrascht feststellte.

Jelisaweta lächelte. „Das ist zu viel der Ehre Eure Majestät." Alessia streckte ihre behandschuhte Hand aus und Jelisaweta bot ihr den Arm an. Untergehakt flanierten sie durch die schneegezuckerten Gärten des Goldenen Palastes. Alessia genoss die Stille, die nur von dem knirschenden Geräusch von Schritten auf Kies unterbrochen wurde. Die Luft war wunderbar frisch und

Alessia hatte sich schon länger nicht mehr so frei gefühlt wie in diesem Moment.

„Der Vertrag ist unterschrieben, Medame", brach die Kaiserin hervor.

Jelisaweta blieb abrupt stehen und wandte sich aufgeregt Alessia zu. „Wirklich, Eure Majestät? Das ist unglaublich! Meinen Glückwunsch!"

Alessia kicherte leise über die überschwängliche Reaktion von Jelisaweta. Doch genau so wie sie sprach, fühlte sich Alessia gerade. „Vor wenigen Minuten unterzeichnet." Alessia grinste breit. Sie fühlte sich wie ein kleines Mädchen, das ihrer Freundin erzählte, dass sie den Schlüssel zur Kammer mit den Süßspeisen gefunden hatte.

Sie setzten ihren Weg fort. „Das freut mich wirklich ungemein, Eure Majestät. Ich kann mir kaum vorstellen, wie entlastend das für Euch sein muss."

Alessia nickte. Sie hatte Jelisaweta in den letzten Tagen einige ihrer Sorgen geteilt. Sie freute sich, dass sich die Frau des Botschafters so für sie mitfreute. Es war ein schönes Gefühl, das sie schon ewig nicht mehr gespürt hatte. Nur Paulina hatte ihr früher dieses Gefühl vermittelt. Und vielleicht Adriana, ihre Schwester. Doch beides war Jahre her.

Die Kaiserin lenkte die Schritte ihrer Begleiterin, bis sie vor der Orangerie standen. Ein zartes Tuch aus frischem Schnee bedeckte das Dach des, von Säulen und Bögen gesäumten, rechteckigen Gebäudes. „Erinnert Ihr Euch was ich Euch am Tag unseres Kennenlernens gesagt habe? Dass Ihr unbedingt einmal die Orangiere sehen müsst? Lasst uns das nun zusammen nachholen."

Jelisaweta betrachtete erwartungsvoll das Gebäude. Alessia öffnete die bunt bemalte Holztür und trat ein. Die schwüle, feuchte Luft, die hier drinnen herrschte, traf sie wie ein Schlag ins Gesicht, im Gegensatz zu der trockenen Kälte draußen. Sie zog ihren Mantel aus und drückte ihn Kasia in die Hand, die hinter ihr mit den beiden Drushinars die Orangiere betrat.

„Beim Einen ist das heiß hier", keuchte Jelisaweta.

„Zieht Euren Mantel aus, sonst ist das kaum auszuhalten."

Jelisaweta schälte sich aus ihrem dicken Wintermantel. Alessia bedeutete ihrer Zofe den Mantel ebenfalls entgegenzunehmen. „Lasst uns allein, wartet vor der Tür." Die Drushinars verbeugten sich knapp und gingen mit Kasia im Schlepptau, die unter dem Gewicht der beiden schweren Mäntel wankte, hinaus.

Alessia lächelte die Frau des Botschafters an. „Wollen wir?" Sie hakte sich wieder unter und gemeinsam gingen sie durch die Reihen der Pflanzen. Die Wege bestanden aus einfachen Klinkersteinen und waren sehr eng. Dicht bepflanzte Beete und Steinflächen, auf denen riesige Kübel standen, flankierten den Weg.

„Es ist wunderschön", hauchte Jelisaweta.

Alessia nickte. „Wir haben Orangenbäume aus den südlichen Reichen, Palmen, die von Händlern aus fremden Ländern gebracht wurden, Blumen, die in allen Farben des Regenbogens blühen. Es ist eine Pracht."

Jelisaweta schaute sich begeistert in der Orangerie um. „Wie schafft Ihr es, dass sie hier wachsen können?"

Alessia deutete auf die großen Dachfenster über ihnen. „Unsere Botaniker haben ein ausgeklügeltes System aus Kachelöfen und direkter Lichteinstrahlung entwickelt. Die Fenster verstärken die Wärme der Sonne, als wären sie eine Linse, so bleibt es selbst in kalten Wintermonaten warm. Wenn das nicht reicht, gibt es noch mehrere Öfen, die befeuert werden können." Alessia deutete auf einige schwere Kübelpflanzen zu ihrer Linken, die ihre gefiederten Blätter ausladend bis über den Weg streckten. „Einige der Pflanzen sind beweglich, in den Sommermonaten werden sie auf den Platz vor der Orangerie gestellt. Die Früchte, die unter der Sommersonne wachsen sind unglaublich süß."

Jelisaweta blieb kurz stehen und besah sich das riesige Blatt einer fremdartigen Pflanze genauer. „Es ist wahrlich ein Wunder, Eure Majestät."

Gemeinsam schlenderten sie weiter durch das stickige Gewächshaus. Alessia war lange nicht mehr hier gewesen. Sie hatte es gemieden. Früher hatte sie die Orangerie oft mit ihrer Schwester und ihrer Mutter besucht, doch diese Zeiten waren vorbei. Lange vorbei.

Jelisaweta löste sich von ihr und ging auf Pflanze, mit großen, weißen Blüten zu, deren Nebenkrone rot leuchtete. „Unglaublich!“ Die Frau des Botschafters sah sie lächelnd an. „Die Blüten sehen aus wie ein aufgefaltetes Kleid, findet Ihr nicht? Ich wusste nicht, dass Blüten in derart leuchtenden Farben strahlen können.“ Alessia lächelte schwach und nickte. Sie hing ihren Gedanken nach. „Eure Majestät, habe ich Euch verärgert?“

Alessia wurde aus ihren Gedanken gerissen und sah zu Jelisaweta, die sie schuldbewusst ansah. „Nein, Medame, nein, keineswegs.“ Alessia ging einen Schritt auf sie zu und begutachtete nun ebenfalls die Blüte. „Verzeiht, wenn ich den Eindruck erweckt habe. Ich war lange nicht mehr hier.“ Alessia runzelte die Stirn. Seit wann entschuldigte sie sich so viel?

Jelisaweta löste sich von der Blume und sie setzten ihren Weg fort. Ein kleiner, verschnörkelter Tisch aus Metall und zwei dazu passende Stühle ruhten gemütlich in einer kleinen Ausbuchtung vor einem Fenster. Alessia deutete auf den Tisch und ließ sich auf einen der Stühle fallen, während Jelisaweta ihr gegenüber Platz nahm. „Wie kommt es, Eure Majestät?“

„Hm?“

„Wie kommt es, dass Ihr lange nicht mehr hier wart? Es ist so schön.“

Alessia seufzte und griff nach dem Kristalldekanter, der auf dem Tisch stand. Es war mit Eiswürfeln gekühlter Wein darin. Kasia musste es vorbereitet haben. Hatte sie ihr gesagt, dass sie heute in der Orangiere sein würde? Sie wusste es nicht mehr. Alessia goss sich etwas Wein in den danebenstehenden Kelch ein und nahm einen Schluck. „Ich war früher oft mit meiner Mutter, Kaiserin Jadwiga II. und meiner Schwester Adriana hier.“

Jelisaweta lächelte sanft. „Das klingt für mich nach sehr schönen Erinnerungen, Eure Majestät.“

Die Kaiserin nickte. „Das sind sie auch. Jedoch ist es… nun, schmerzhaft daran zu denken, seit unser Verhältnis… nun, schlechter geworden ist.“ In Jelisawetas Blick schlich sich ein Hauch von Mitleid. „Nach dem Tod meines Vaters löste ich meine Mutter, die übergangsweise das Amt der Kaiserin bekleidete, recht schnell vom Thron ab. Sie hing sehr an ihm und sein Tod nahm sie sehr mit. So sehr, dass sie… nun, dass ich besser geeignet schien um die Kaiserkrone zu übernehmen."

Jelisaweta schenkte sich nun ebenfalls etwas von dem Wein ein. „Das erscheint mir sehr nobel von Euch und weise von Eurer Mutter, die Krone abzugeben."

Alessia nickte. „Das war es auch. Anfangs. Jedoch schien meiner Mutter und auch meiner Schwester meine Entwicklung in die Rolle der Herrscherin nicht zu gefallen." Alessia schnaubte. Es tat weh daran zu denken. „Als ob ich weiterhin ihr kleines Küken sein konnte. Als ob ich eine Wahl hatte. Meine Mutter, meine Schwester und mein Bruder wandten sich von mir ab. Genau wie nahezu der gänzliche Rest meiner Familie. Der Sezessionskrieg, in dem ich unser Reich gegen das imperialistische Levka verteidigt habe, tat dann sein Übriges. Sie zweifelten nicht nur an mir, sie gaben mir nicht nur Ratschläge, die sich möglicherweise von meinen Ansichten unterschieden hätten, sie verstießen mich faktisch. Nie ausgesprochen, nie wirklich gänzlich, doch sie verhielten sich mir gegenüber als wäre ich eine Ausgestoßene und nicht Teil der Familie. Verhalten, nicht verhielten, sie tun es immer noch." Alessia merkte, wie sie ihre Stimme erhoben hatte und sich immer mehr in Rage redete. Ihre Kopfschmerzen meldeten sich wieder. „Ich bin die Kaiserin. Ich hatte auf die Unterstützung aus der eigenen Familie gehofft, aber stattdessen ließen sie mich ganz allein. Schon drei Jahre nach meiner Thronbesteigung war ich fast völlig auf mich allein gestellt." Alessia atmete schwer. „Mit siebzehn Jahren!"

Jelisaweta war zurückgezuckt. Sie sah ängstlich aus, wie sie auf ihrem Stuhl saß. Alessia schloss die Augen und atmete schwer. Sie suchte nach Worten. Sie hatte Jelisaweta nicht verängstigen oder anschreien wollen. „Ich… ich…"

Unvermittelt spürte sie eine Hand auf der Ihren. „Es tut mir außerordentlich leid, Eure Majestät." Jelisaweta blickte ihr in die Augen. Es war ein Sakrileg die Kaiserin zu unterbrechen, doch Alessia war froh, dass ihre Begleiterin es getan hatte.

„Danke, Medame." Sie machte eine kurze Pause. „Ich wollte Euch nicht erschrecken."

Jelisaweta schüttelte rücksichtsvoll den Kopf. „Das habt Ihr nicht. Auch ich kenne… nun, schwierige Verhältnisse in der eigenen Familie."

Alessia hob eine Augenbraue. „Ja?"

Jelisaweta nickte. „Ich… ich weiß nicht wie ich es sagen soll, Eure Majestät und bitte versteht mich nicht falsch, Botschafter van Kóvári ist ein guter Mann aus einer edlen Familie, doch…" Alessia wusste, dass Jelisaweta das sagen musste. Vermutlich traf es sogar zu, so wie sie den Botschafter einschätzte. Er war wirklich ein guter Mann, doch konnte sie sich gut vorstellen, dass sich eine junge Frau einen anderen Mann zur Heirat gewünscht hatte. Einen jüngeren. Einen, in dessen Ehe sie nicht die meiste Zeit ihres Lebens auf dem eigenen Anwesen verbringen musste. „…doch ursprünglich war ich gegen die Hochzeit." Jelisaweta sah aus, als würde sie erwarten, dass Alessia gleich ausholte und ihr eine Ohrfeige verpasste. Und nicht zu Unrecht, es war etwas sehr Privates und im Goldenen Palast unter Adeligen nicht oft Gesehenes so vertraut zu sprechen. Schon gar nicht mit der Kaiserin.

Alessia nickte ihr verständnisvoll zu und nahm noch einen tiefen Schluck des Weines.

„Aber wisst Ihr", begann Jelisaweta erneut, wieder mit gewinnendem Lächeln. „Wenn das alles nicht so gekommen wäre wie es gekommen ist, dann wäre ich Euch wohl nie begegnet. Und das hätte ich sehr bereut."

Jelisawetas Lächeln war ansteckend. Die gute Laune der Kaiserin kehrte langsam zurück. Schwungvoll erhob sie sich aus dem Metallstuhl. Ein ehrliches Lächeln schmückte ihr Gesicht. „Wollt ihr den Rest der Orangerie sehen?"

# Kapitel XXIII

## Berührung



Kaiserin Alessia Loretta starrte auf den Stapel mit ungelesenen Papieren, der sich auf ihrem Schreibtisch in die Höhe türmte. Es war spät abends und sie war müde. Ihr Arbeitszimmer wurde von einem Kronleuchter in warmes Zwielicht getaucht. Im Gegensatz zu den anderen Räumen ihrer privaten Gemächer war ihr Arbeitszimmer schlicht, jedoch waren die Wände trotzdem voll mit Wandbehängen und Bildern. Die Decke, in deren Mitte das Bild einer arkanen Heiligen gemalt worden war, wölbte sich leicht über ihr.

Alessia schreckte hoch, als es an die Tür klopfte. „Ja?"

„Eure Majestät." Die piepsende Stimme ihrer Zofe. „Medame van Kóvári ist hier."

Die Kaiserin nahm einen Schluck aus dem Weinkelch, der auf ihrem Schreibtisch stand. „Kommt herein." Ohne sich umzudrehen hörte sie wie die Tür sich öffnete und wieder ins Schloss fiel.

„Eure Majestät", begrüßte Jelisaweta sie nach kurzem Schweigen. „Ihr wolltet mich sehen?"

Alessia drehte sich um. Jelisaweta trug ein schlicht geschnittenes, aber opulent dekoriertes, ockerfarbenes Kleid. Statt gepufften Ärmeln schmückten goldene Stickereien ihre Schultern. Alessia lächelte sie an. Es sah bequemer aus als ihr eigenes, das von der Hüfte bis zum Hals mehr an einen Uniformrock erinnerte, auf dem ein großer, goldener Adler prangte. „Ja. Ich habe unser Gespräch in der Orangerie vor zwei Tagen sehr genossen, Medame." Alessia schauderte innerlich. Es hörte sich für sie selbst so an, als würde sie einen Vertrag verhandeln oder als würde sie Worte im Thronsaal an Diplomaten oder Untergebene richten. Es hörte sich nicht so an, als würde sie es wirklich so meinen, dabei kamen ihre Worte von Herzen.

„Das habe ich auch, Eure Majestät." Jelisaweta stand etwas unschlüssig im Zimmer und hatte das Wort ergriffen, als die Kaiserin nicht mehr weitergesprochen hatte.

„Ich habe mich gefragt, ob ihr mir bei der Planung des Koleda-Festes helfen wollt." Es war kaum eine Bitte, das wusste Alessia. Der Kaiserin schlug man keine Bitte aus. Und dennoch, sie hoffte, Jelisaweta würde Spaß daran haben.

Ihr Gegenüber lächelte. „Es wäre mir eine Ehre, Eure Majestät."

Alessia deutete einladend auf eine prunkvolle, gepolsterte Bank, die neben Alessias Schreibtisch stand. Jelisaweta nahm Platz und auch den von der Kaiserin angebotenen Kelch mit Rotwein an. „An was hattet Ihr denn gedacht, Eure Majestät? Ich habe Koleda leider noch nie in Goldhafen verbringen dürfen."

Alessia legte die Stirn in Falten. „Mit dem Hochadel und einigen wichtigen Gesandtschaften aus den Oblasten oder Reichen, zu denen wir gute Beziehungen haben, wurde im Goldenen Palast immer ein opulentes Fest ausgetragen. Der Bürgeradel und einflussreiche Bewohner der Stadt waren ebenso eingeladen."

Jelisaweta nickte. „Ich verstehe."

Ihr lag etwas auf den Lippen, das sah Alessia. „Was habt Ihr?"

Jelisaweta sah ertappt aus. Sie dachte kurz nach bevor sie antwortete. „Wieso feiert Ihr nicht in der Stadt? Für alle Bürger, egal welchen Standes."

Alessia hatte auch schon darüber nachgedacht. Es würde die Gemüter beruhigen. Sie könnte Freibier ausschenken lassen und einige Schausteller engagieren. Die Menschen würden es lieben. Vermutete sie, was der Pöbel wirklich wollte, konnte man nie wissen. „Ich weiß nicht. Meint Ihr den Menschen würde es gefallen?"

Jelisaweta nickte aufgeregt. „Unbedingt, Eure Majestät. Sie wären Euch dankbar dafür. Ein Fest, von der Kaiserin selbst, überall in Goldhafen ausgerichtet. Das wird sich herumsprechen."

Alessia nickte nachdenklich. Sie hatte Jelisaweta von ihren Sorgen mit der Stimmung der Bevölkerung erzählt. Zumindest teilweise. „Ich weiß nicht. Mein Herold und die Duma werden sicherlich nicht begeistert sein. Vor allem nicht, weil das verdammte Fest schon in zwei Wochen ist."

Jelisaweta lehnte sich nach vorne und sah Alessia tief in die Augen. „Eure Majestät, Ihr seid die Kaiserin."

Sie hatte Recht. Sie war die Kaiserin, sie entscheid. Und sie musste sich nicht den Wünschen und Sorgen ihres Herolds, der Duma oder sonst wem beugen. Alessia richtete sich auf und sprach feierlich. „Ihr habt Recht, Medame. Gut. Dann wird dieses Koleda das erste, das in ganz Goldhafen ausgerichtet wird."

Jelisaweta quiekte aufgeregt und unadelig, was Alessia lachen und ihr Herz ein Stück höherschlagen ließ. Sie nahm ein Stück Papier und Feder und Tinte. „Als erstes brauchen wir einen Ort. Dort wo es Bierstände geben wird, dort wo es Schausteller und Akrobaten geben wird, quasi das Herz des Festes."

Jelisaweta biss sich nachdenklich auf die Lippe, was ihr ausgezeichnet stand, wie Alessia fand. „Ich kenne die Stadt nicht sehr gut. Wie wäre es mit dem Hafen? Viel Platz und recht zentral?"

Alessia nickte aufgeregt. „Guter Einfall."

So ging es weiter. Alessia hatte unheimlich Spaß daran mit Jelisaweta die Details des Festes zu planen. Von der Menge des Bieres, die ausgeschenkt werden musste, bis zu ihrer Ankunft auf dem Fest. Es war der Frau des Botschafters anzumerken, dass sie sich viel um die Verwaltung der Anwesen der van Kóváris gekümmert hatte, sie war in rechnerischen Dingen sehr gut. Von einer Rede der Kaiserin, die Jelisaweta unbedingt wollte, wollte Alessia nichts wissen, ließ sich jedoch dazu überreden, symbolträchtig auf einer Bühne zu erscheinen und sich als Kaiserin und Urheberin des Festes feiern zu lassen. Es war fast beängstigend, Alessia hatte lange nicht mehr so viel Spaß gehabt.

Als sie nach langen Stunden des Planens und des Lachens fertig waren, hatte Kaiserin Alessia einen Ablaufplan des Festes und die benötigten Ressourcen skizziert. Es war spät geworden. Sehr spät, Alessia hatte kaum bemerkt wie die Zeit verflogen war. „Kasia."

Weniger als fünf Sekunden später stand ihre Zofe im Raum. „Eure Majestät?“

Alessia hielt ihr das zusammengefaltete Stück Papier hin. „Bringt das zu meinem Herold. Er soll die Planung in die Wege leiten.“

Kasia sah kurz zwischen Jelisaweta und der Kaiserin hin und her. „Jetzt Eure Majestät?“

Alessia drückte das Papier der verdutzten Zofe in die Hand. „Natürlich jetzt.“ Sie wusste, dass es spät war, doch der Herold sollte es gleich bekommen. Es war nicht mehr viel Zeit zum Fest.

„Natürlich Eure Majestät.“ Kasia eilte zur Tür.

„Und geht danach schlafen. Ich brauche Euch heute nicht mehr.“

Die junge Frau drehte sich noch einmal um. „Aber Eure Majestät, Euer…“

Alessia winkte ab. Nichts was Kasia jetzt sagen würde, wollte sie hören. Keine Bekundungen, falls sie sie doch noch brauchen würde, dass sie dann bereit wäre und so weiter und so weiter. „Geht schon.“ Kasia sah sie kurz unsicher an, dann verbeugte sie sich, bevor sie die Tür hinter sich schloss.

Alessia stand auf und streckte sich wenig majestätisch. „Das hat erstaunlicherweise Spaß gemacht.“

Jelisaweta lächelte. „Das hat es wirklich.“

Die Kaiserin stand von dem Schreibtischstuhl, auf dem sie gesessen war, auf, was Jelisaweta dazu veranlasste es ihr gleichzutun. Das war ihr Signal, dass ihr Treffen sich nun dem Ende neigte. „Würdet Ihr morgen mit mir zu Mittag essen, Medame?“

Jelisaweta nickte. „Sehr gerne, Eure Majestät.“

„Der Botschafter ist natürlich auch eingeladen.“ Das war höfisches Gerede, sie hoffte sie würde alleine mit Jelisaweta sein. Ihre Gespräche waren dann immer offener und weniger von Politischem beherrscht.

„Ich teile es ihm mit, jedoch denke ich das er zu beschäftigt sein wird, Eure Majestät. Selbstverständlich kann ich ihm aber ausrichten, dass er seine Termine versch…“

„Nein. Nein, wir wollen den Botschafter nicht von seiner Arbeit abhalten.“

Jelisaweta lächelte sanft. „Nein, das wollen wir nicht, Eure Majestät."

Alessia ging zur Tür, die in ihr Schlafzimmer führte, während Jelisaweta an der Tür zur Östlichen Galerie stand. „Gute Nacht, Medame."

Jelisaweta machte einen Knicks. „Gute Nacht, Eure Majestät."

Alessia fiel schlagartig ein, was ihre Zofe ihr hatte mitteilen wollen, bevor sie sie weggeschickt hatte. Wie es mit den Kleidern des Adels nun einmal so war, konnte sie es unmöglich alleine auszuziehen. Bei allen Heiligen.

Alessia hörte wie Jelisaweta die Tür öffnete. Sie könnte Tésarik beauftragen Kasia zu suchen, doch das wollte sie nicht. Konnte sie es Jelisaweta zumuten? Alessia schnaufte. Natürlich konnte sie das, sie war die verdammte Kaiserin. Aber wollte sie es auch?

Alessia traf eine Entscheidung. „Jelisaweta."

Die Frau des Botschafters hatte die Tür hinter sich schon fast zugezogen, öffnete sie jedoch noch einmal einen Spalt. „Ja Eure Majestät?"

Alessias Herz pochte. Doch wieso? Sie forderte nur Hilfe von ihrer… von ihrer Freundin ein. Sie spürte, wie ihr warm ums Herz wurde. Jelisaweta war wirklich eine Freundin geworden. „Als ich Kasia vorhin ins Bett geschickt habe, habe ich nicht daran gedacht, dass man mindestens ein Paar Hände mehr braucht, um aus diesen verdammten Kleidern zu kommen."

Alessia schüttelte es fast, so plump klangen ihre Worte für sie, doch Jelisaweta lächelte. „Soll ich nach Ihr schicken lass…"

Alessia schüttelte den Kopf. „Helft Ihr mir."

Sie meinte zu sehen, wie die junge Frau unter ihren gepuderten Wangen errötete. Oder bildete Alessia sich das ein? „Natürlich Eure Majestät." Jelisaweta schloss die Tür hinter sich und ging auf die Kaiserin zu.

Alessia fühlte sich auf einmal sehr unsicher. „Ist Euch das unangenehm? Dann schicke ich nach meiner Zofe."

Energisch schüttelte Jelisaweta den Kopf. „Keineswegs, Eure Majestät. Ich fühle mich nur… geschmeichelt."

Alessia lächelte. Sie meinte, die Wahrheit aus den Worten der Edelfrau herauszuhören. „Gut. Dann folgt mir." Gemeinsam gingen sie durch die goldbeschlagene Tür in Alessias Schlafzimmer. Die Lichtstimmung setzte sich hier fort, warmes, gedimmtes Leuchten, das von einem wuchtigen Kronleuchter ausging, sorgte für ein angenehmes Zwielicht.

Alessia setzte ihren Fuß auf den warmen Teppich vor ihrem wuchtigen Bett und streifte achtlos ihre Schuhe ab. Jelisaweta trat nah an sie heran und schenkte ihr ein Lächeln. Das Licht spielte wunderbar mit den kleinen Lachfältchen in ihrem Gesicht. „Ich hoffe, ich bekomme das so gut hin wie Eure Zofe, Eure Majestät."

Alessia lächelte dünn. „Macht es nicht zu gut, sonst stelle ich Euch ein."

Die Frau des Botschafters lächelte warmherzig und trat hinter die Kaiserin. Sie öffnete die Verschnürungen am Rücken und lockerte die Haken an den Schulterpartien. Alessia spürte förmlich, wie sich die Einengung löste. Jelisaweta kam um sie herum und stellte sich vor sie.

„An der Taille ist noch ein Haken", sagte Alessia etwas unbeholfen. Jelisaweta nestelte an dem genannten Haken herum. Sie stand unmittelbar vor ihr. So nah, dass Alessia den Atem der etwas kleineren Frau auf ihrem Kinn spürte.

Jelisaweta fand den Verschluss und öffnete umständlich die Schließe. Leise klirrend baumelten die Metallteile von ihrem Kleid herab. Alessia spürte Jelisawetas sanfte Berührung über dem dünnen Stoff des Kleides, die nicht aufhörte, selbst als der Haken geöffnet war. Sie sah mit angehaltenem Atem an sich herunter. Die Hände von Jelisaweta lagen zärtlich um ihre Taille.

Die Kaiserin hob ihren Kopf und wollte ihrem Gegenüber ins Gesicht sehen, doch dazu kam sie nicht. Sie spürte eine warme Berührung auf ihren Lippen, als die von Jelisaweta sie trafen. Alessia war völlig perplex. Stocksteif stand sie da. Sie erwiderte den Kuss nicht, versuchte aber auch nicht sich dagegen zu wehren. In ihrem Bauch machte sich ein merkwürdiges Gefühl breit. Warm. Wunderschön. Alessia hatte sich von Zeit zu Zeit, zur Befriedigung ihrer Verlangen Menschen für körperliche

Dienstleistungen in ihr Schlafzimmer eingeladen. Doch das hier war etwas völlig anderes. Es fühlte sich unvergleichlich an. Echt.

Während Alessia noch mit der Situation kämpfte, löste sich Jelisaweta von ihr. Alessia sah, immer noch überrascht, in ihr Gesicht, das von plötzlich auftretender Panik gesäumt war. „M-Majestät, bitte verzeiht… ich weiß nicht was…"

Alessia erwachte aus ihrer Schockstarre. Beherzt nahm sie Jelisawetas Hände sanft in die Ihren. Sie wollte jetzt nicht reden. „Sagt nichts, Medame." Ihre Lippen näherten sich erneut an und diesmal war sie es, die den Kuss initiierte. Jelisaweta legte zärtlich eine Hand auf Alessias Wange, als sie den Kuss erwiderte.

Die Kaiserin löste sich sanft von Jelisaweta. „Ihr müsst mir immer noch aus dem Kleid heraushelfen", hauchte sie ihr zu. Jelisaweta lächelte, bevor sie die Kaiserin erneut küsste und das Kleid von Alessia abzustreifen begann.

# Kapitel XXIV

## Unlautere Mittel



Jan Gabzík war nervös und das war eine Seltenheit. Es gab wenige Dinge, die ihn aus der Ruhe brachten, doch mit einem geklauten Wagen voller Weinfässer mitten in den Innenhof des Goldenen Palastes zu fahren gehörte dazu. Sein Glück war, dass dicke, nasse Schneeflocken zahlreich vom Himmel fielen, so konnte er seine Kapuze tief ins Gesicht ziehen ohne Aufsehen zu erregen. Der Keller lag genau unter den Gästequartieren und der Zugang dazu zwischen denselben und der Kaserne der Drushinar. Sie passierten den Torbogen.

In einer anderen Welt, zu einer anderen Zeit, war Jan bereits hier gewesen. Doch das war lange her. Staunend betrachtete er die steinernen Figuren, die an den Wänden des Torhauses hingen. Wasserspeier, Nixen und natürlich galizinische Doppeladler. Bemalt waren sie mit goldenen Farbrändern. Es war wahnsinnig prunkvoll. Viel zu prunkvoll. Jan verzog das Gesicht. Das zeigte nur die Barriere, den unüberwindbaren Graben auf, der sich zwischen der Kaiserin und ihrem Volk befand. Es war nicht gerecht, dass Menschen, nur aufgrund ihrer Geburt in solchen Palästen residierten, während die Menschen der Unterstadt auf engstem Raum zusammengepfercht waren. Allein das Torhaus war so groß wie zwanzig Baracken der Unterstadt. Im Grunde musste es Jan aber nicht kümmern. Darum ging es nicht in seinem Bestreben. Nur half es dabei, die armen Schlucker der Unterstadt zu agitieren. Die Kaiserin sollte für all das bezahlen, was sie getan hatte.

„Halt. Papiere", sagte ein Drushinar, der im Torbogen Wachdienst schob und sich gelangweilt auf seine Hellebarde stützte. Sein Kamerad hatte ein Stängel Rauchkraut zwischen den Zähnen und saß auf einem hölzernen Hocker. Jan musste schmunzeln. Die höfische Etikette galt wohl nur, wenn jemand von Rang zusah. Und das war am späten Abend, wenn die Lieferanten ihre Waren in den Palast brachten, dass die Kaiserin und ihr Gefolge sich morgen damit wieder den Bauch vollschlagen konnten, nicht gegeben. Béla, der vorne auf dem Kutschbock saß, hielt dem Drushinar eine Lederrolle hin. Der Mann entrollte sie und warf prüfende Blicke auf das Siegel und den Schrieb. Jetzt würde sich zeigen, ob Mikolaj seine Sache gut gemacht hatte.

Argwöhnisch sah der Drushinar von dem Papier zu Béla und wieder zurück. Hatte er etwas bemerkt? „Was habt Ihr geladen?"

„Wein vor allem. Und etwas Mehl."

Prüfend ging der Drushinar um den Wagen. „Wie wäre es, wenn Ihr eines der Weinfässer gleich hierlasst und ich gebe euch ein Viertel meines Monatssoldes?" Der Mann grinste sie an.

Béla lachte auf. „Verzeiht Meser, dafür ist Euer Sold bei Weitem nicht hoch genug."

Der Soldat lachte rau. „Ihr habt vermutlich Recht. In Ordnung, Ihr könnt weiterfahren. Ihr wisst ja wohin." Béla tippte sich lächelnd an die Stirn und schnalzte mit den Zügeln. Die beiden Pferde setzten sich in Bewegung und trabten auf den weiß gezuckerten Innenhof. Nur wenige Schritt war das schräg eingebaute Tor, das in den Lagerraum führte, entfernt.

„Brrrr", machte Béla und zog an den Zügeln. Er machte das gut für jemanden, der die meiste Zeit seines Lebens in der Unterstadt, ohne Pferde, verbracht hatte.

„Dann wollen wir mal", sagte Jan zu Lilia, die neben ihm auf dem Karren gesessen hatte und eine finstere Miene zog. Jan sprang vom Kutschbock und öffnete die schweren Türen zum Keller, während Béla und Lilia die Seile lösten, die die Weinfässer gehalten hatten.

„Da seid Ihr ja endlich. Ich warte schon den ganzen Abend auf die Lieferung", empfing ihn die laute Stimme der Küchenchefin. „Los, los, helft den Leuten beim Abladen." Sie scheuchte ihre Mägde und Knechte an sich vorbei in das wilde Schneetreiben.

Jan ging nun ebenfalls zurück zum Karren und löste die Verschnürungen und Packnetze. Er spürte, wie sich eine Magd neben ihn stellte und erkannte das aschblonde Haar, das unter der Magdhaube und der Kapuze ihres Mantels verborgen war. „Bitte sag mir, dass du was für mich hast."

Die Magd wandte ihm kurz den Kopf zu und konzentrierte sich dann wieder auf den Knoten, den sie gerade löste. „In den Quartieren der Bediensteten. Im Zimmer des Herolds. Eine Liste, ein Ablaufplan für Koleda." Ihre Stimme war nur ein leises Flüstern, doch merkte Jan, wie aufgeregt sie war. „Alles bis ins kleinste Detail beschrieben. Wann die Kaiserin wo stehen wird und was sie sagen wird." Ihre Augen leuchteten, als sie Jan erneut einen Blick zuwarf. „Es wird riesig. Und in der Stadt, Jan, in der Stadt! Jeder wird es sehen!"

Jan hätte einen Freudensprung machen können. Ihr Unterfangen war so schon genial, doch hatte er gedacht, dass die Kaiserin Koleda im Goldenen Palast feiern würde. Wie die letzten Jahre. Was auch immer sie dazu bewogen hatte es dieses Mal in der Stadt zu feiern, er dankte den Umständen dafür. Jetzt würden sie zwar sehr kurzfristig ihre Pläne umwerfen müssen, doch war es das Wert. Und es würde viel Risiko herausnehmen. Es war ein Segen, dass sein Partner im Goldenen Palast ihm den Kontakt zu den Küchenmägden hergestellt hatte. Er nickte Lilia zu, die ihm gegenüberstand. Es war an der Zeit.

„Halt uns die Alte vom Leib, ja?" Er lächelte der Magd zu.

„Die traut sich eh nicht raus, bei dem Wetter. Ihr habt freie Bahn. Aber lasst euch nicht zu viel Zeit."

Jan nickte. Gemeinsam mit Lilia entfernte er sich und drückte sich an der Mauer der Drushinar-Kaserne wieder Richtung Torhaus. Die Bedienstetenquartiere waren genau auf der anderen Seite des Innenhofes, sie mussten also an den Drushinar am Tor vorbei. Jan blieb an die Wand gedrückt und riskierte einen Blick um die Ecke. Beide Drushinars saßen auf Hockern und starrten hinaus in den Schnee. Nicht in Richtung Innenhof, und wieso sollten sie auch. Von dort erwarteten sie sicher keine Gefahr. Er gab Lilia ein Zeichen und gemeinsam huschten sie am Torhaus vorbei.

Die kalten, nassen Steinmauern der Bedienstetenquartiere drückten sich nun gegen Jans Rücken. Sie waren ihrem Ziel nahe. Jan und Lilia duckten sich in den Schatten der opulenten, steinernen Treppe, die zu der doppelflügeligen Tür der

Bedienstetenquartiere führte. Ein traurig aussehendes Nadelgehölz in einem steinernen, mit kleinen Adlern verzierten Kübel, verbarg sie vor neugierigen Blicken.

„Wie kommen wir rein?", raunte Lilia ihm zu.

Das war eine verdammt gute Frage. Béla war Experte für Schlösser, die nicht geöffnet werden wollten, doch hatte er sie nicht begleiten können. Er musste den Mägden und Knechten beim Abladen helfen. Jan überlegte fieberhaft, als die Lösung in Gestalt eines Stallburschen durch den Schnee angerannt kam. Er erlaubte sich ein Grinsen. Bei all der Planung musste man auch mal Glück haben. Der Junge zog einen Schlüssel unter seinem Wams hervor und steckte ihn in das Schloss der Tür. Jetzt musste es schnell gehen. Jan machte sich bereit aufzuspringen, während Lilia die Umgebung nach weiteren Bediensteten absuchte. Es war risikoreich, während des kurzen Weges zur Tür der Quartiere waren sie wie auf dem Präsentierteller. Sollte ein Trupp Drushinar über den Palasthof marschieren, oder ein Bediensteter sich für eine kurze Pause aus dem Ostflügel stehlen, wären sie geliefert. Glücklicherweise war das Wetter auf ihrer Seite. Der Schnee bestand noch nicht aus dicken, weichen Flocken, sondern war kalt, nass und graupelig. Niemand wollte bei diesem Wetter draußen sein.

Der Stallbursche öffnete die Tür und verschwand eilig darin, um dem kalten Nass zu entkommen. Lilia und Jan sprangen fast zeitgleich auf und rannten zur Tür, die sich langsam schloss. Für Jans Geschmack nicht langsam genug, gerade so erreichten sie die Tür, bevor sie ins Schloss fiel. Jan wartete einen Moment, bevor er hindurchschlüpfte.

Selbst hier, in den Quartieren der Bediensteten, war der Reichtum zu spüren. Sie hinterließen tropfende Spuren auf großen, marmorierten Steinfliesen und die Wände waren holzvertäfelt und mit kunstvollen Bildern geschmückt. „Zweiter Stock, linke Seite", hauchte Jan Lilia zu und setzte sich in Bewegung. Es kam auf Schnelligkeit an, niemand hier durfte ihre Anwesenheit, und die Küchenchefin nicht ihre Abwesenheit, bemerken. Gemeinsam mit Béla, Lilia und anderen Republikanern hatte Jan die Pläne des Goldenen Palastes, die in ihre Hände geraten waren, studiert. Fast schon meditativ hatte er sie auswendig gelernt, er hatte das Gefühl, dass er sich hier besser auskannte als im Turmalin.

Sie eilten die prunkvolle Treppe in den zweiten Stock, bis sie vor dem Zimmer des Herolds standen. Lilia zückte ein Messer.

Jan atmete tief durch und wechselte einen Blick mit seiner Komplizin. Er hoffte, dass sie die Waffe nicht einsetzen musste. Und er wusste, dass sie es noch viel mehr hoffte. Seit er sie aus dem Blutzwinger geholt hatte, hatte sie nicht mehr getötet. Und er wusste, dass sie es nie wieder tun wollte. Leise klickte das Schloss, als Jan die Klinke herunterdrückte. Es war unverschlossen.

Leises Schnarchen drang aus der Ecke im Raum, in dem das Bett stand. Jan atmete auf. Der Herold schlief. Vorsichtig schlich er zu dem hölzernen Schreibtisch, auf dem sich mehrere Papiere stapelten. Jan überflog einige davon. Warenaus- und eingänge, Soldlisten, Termine der Kaiserin mit Schneidern, der Duma, den Militärs und viele andere Schriftstücke mehr. Es wäre eine Goldgrube für die Republikanische Schar, wenn sie sie denn plündern könnten, doch das würde zu viel Aufsehen erregen. Ein fehlendes Dokument konnte auf die Unachtsamkeit oder Vergesslichkeit eines Bediensteten zurückgeführt werden, zwei möglicherweise auch noch, doch schon bei dreien würden Rufe nach einem Einbruch laut werden. Und die Zeit die Dokumente zu kopieren, hatten sie nicht. Jan durchsuchte eilig und möglichst leise die Dokumentenstapel und wurde schließlich fündig. Eine Liste, genau wie seine Informantin im Palast sie beschrieben hatte. Detailreich wurde berichtet wann die Kaiserin wo sein würde und mit wem sie sich umgeben würde. Perfekt. Jan schob sich das Papier eilig unter das Wams. Es war an der Zeit hier zu verschwinden. Es war Zeit, den ersten Teil ihres Plans zu verwirklichen. Es war Zeit, dass die Kaiserin bezahlte.

# Kapitel XXV

## Für das Reich



Botschaftet Peter van Kóvári lächelte. Er stand auf dem Balkon seines opulenten Gästezimmers, im Westflügel des Palastes. Er trank eine Tasse mit gesüßtem Kräuteraufguss und betrachtete die morgendliche Sonne. Es lief so wie er es sich vorstellte. Die Zustimmung zum Bau der Kathedrale war gut, keine Frage. König Alexandr und der Kardinal würden zufrieden sein. Doch das war es nicht, worüber er sich freute. Viel wichtiger war etwas anderes. Es war eine brillante Idee gewesen seine Frau mit ins Spiel zu bringen. Wer hätte ahnen können, dass sie sich so gut mit der Kaiserin verstehen würde.

Der Botschafter ging zurück in sein Zimmer. Er legte den Kopf schief. Peter van Kóvári tat es nicht gern, er mochte Kaiserin Alessia. Zumindest so sehr, wie man sie eben mögen konnte. Doch war es wichtig sie nicht zum alleinigen, dominierenden Machtfaktor im vereinten Galizina werden zu lassen. Die Informationen über die arkanen Geschöpfe, die das ganze Reich begannen heimzusuchen, mussten auch beim König ankommen. Alle Informationen, nicht nur die wenigen spärlichen, die die Kaiserin gedachte mit dem König zu teilen.

Er setzte sich an den kunstvollen, runden Holztisch, der in seinem Zimmer stand. König Alexandr würde nicht gutheißen was er hier tat, doch das war auch nicht wichtig. Der König war sich nicht Gewahr, dass er von der Kaiserin überflügelt wurde. Er brauchte die Unterstützung seiner Untergebenen, ihm selbst, Erzkonfessor Theodor Polyák und all den anderen, die auf seiner Seite waren. All denen, die sich um seine Position im Reich sorgten. Der Botschafter verzog den Mund. Radikale wurden sie vielfach genannt, im Osten wie im Westen, doch Peter van Kóvári mochte diesen Begriff nicht. Er hielt die Aufteilung der politischen Strömungen im Westreich in Radikale und

Kongregaten für falsch. Sie alle waren Westgaliziner, und sie alle sollten sich darum sorgen, dass der Einfluss des Königs gleichauf mit dem der Kaiserin war.

Peter van Kóvári lehnte sich zufrieden in seinem gepolsterten Stuhl zurück. Jelisaweta würde die Informationen liefern, die die westgalizinische Inquisition nicht beschaffen konnte. Sie würde all die Pläne der Kaiserin, all die Details des Arkanistenordens über die arkanen Manifestationen und all die anderen Dinge herausfinden. Und Theodor Polyák würde sie häppchenweise und sanft in den Kopf des Königs setzen. So würden sie eine Gleichstellung der beiden Herrschenden im Reich gewährleisten. Vielleicht sogar eine Verschiebung der Macht zugunsten des Westens.

Die Tür klickte. Jelisaweta van Kóvári betrat den Raum. Sie sah nicht glücklich aus. Zweifelnd.

Der Botschafter stand auf und ging auf seine Frau zu. Er lächelte sie an. „Jelisaweta. Das hast du gut gemacht." Er nahm ihre Hände, eine Geste die sie nur zögerlich erwiderte. Sie hatte ein zu gutes Herz, doch sie würde sich anpassen. Wie die gute Ehefrau und treue Staatsdienerin, die sie war. Mit gesenktem Kopf stand sie vor ihm. „Ich hätte es kaum für möglich gehalten, aber die Kaiserin scheint großen Gefallen an dir zu finden. Es ist von unschätzbarem Wert, was du von ihr in Erfahrung gebracht hast. Und es wird weiterhin von unschätzbarem Wert für König und Kirche sein, was du noch in Erfahrung bringen wirst." Van Kóvári hob ihren Kopf sanft an. Jelisaweta lächelte. Es war ein erzwungenes Lächeln, das sah er. „Gräme dich nicht. Du tust das Richtige. Wir können nicht zulassen, dass das Ostreich noch mächtiger wird. Die Macht der beiden Reichsteile muss im Gleichgewicht sein. Nur so stellen wir Frieden, Harmonie und Stabilität sicher."

Jelisaweta nickte. „Ja, Liebster", sagte sie leise.

# Kapitel XXVI

## Jagd

*Galizina, Ostreich, Goldhafen, Unterstadt im Winter 1271*

Emil van Unrug wartete. Es stank in dieser verdammten Unterstadt. Es stank nach Fäulnis, Pisse und Verrat. Und es war feucht und kalt. Er spannte den Hahn seiner Radschlosspistole und lugte aus seinem Versteck hervor. Der alte Bretterverschlag, direkt an der Kreuzung, den er sich mit fünf Inquisitionsagenten teilte, lag genau auf der Route, an dem Gabzík und seine Bande von Kriminellen vorbeikommen würden. Zumindest hatte man ihm das versichert. Und er war gut darin Informationen einzuholen, die glaubhaft waren.

Es waren viele Menschen auf der Straße, das könnte ihnen die Sache erschweren. Der Inquisitor blickte auf die andere Straßenseite. Nichts war in den Verschlägen, Barracken, auf den Dächern und in den Schuppen zu sehen, doch er wusste, dass sich seine Agenten dort versteckten.

„Inquisitor, seht." Die Stimme der Agentin, die neben ihm kauerte, war ein leises Flüstern. Doch selbst wenn sie gerufen hätte, wäre ihre Stimme vermutlich im Lärm der belebten Straße untergegangen. Emil schnaubte. Wenn man den dreckigen Weg, der sich vor ihm erstreckte, überhaupt Straße nennen konnte.

Er folgte ihrem Fingerzeig. Tatsächlich. Drei Gestalten näherten sich seinem Versteck. Drei Gestalten, von denen zwei Gesichter überall in der Unterstadt auf Steckbriefen prangten. Jan Gabzík, die Blutruferin und eine ihm unbekannte Person. Sicher ein weiteres hohes Tier der sogenannten Republikaner. Der Inquisitor leckte sich über die Lippen. Gleich waren sie hier. Gleich würde die Falle zuschnappen. Er hatte sie.

Lilia packte Jan am Arm. „Warte."
Er sah sie irritiert an. „Was ist?"
„Irgendwas stimmt nicht."

Béla schaltete sich ein. „Was soll denn sein?“ Er war in Hochstimmung. Ihr Plan hatte funktioniert. „Komm, weiter. Ich will im Turmalin ein Bier. Unbedingt.“

„Warte, sag‘ ich.“ Lilia war stehengeblieben. Sie sah sich mit zusammengekniffenen Augen um. Fast hatten sie die Kreuzung, von der aus sie zum Turmalin gelangten, erreicht.

„Gehen wir einen anderen…“ Lilia brach ab, als eine große Gruppe an Pariah-Schlägern einen der Wege, die auf die Kreuzung führten, entlangkommen sah. Ihre Gesichter waren mit hellgrauen Tüchern und Kapuzen vermummt und sie trugen Holzknüppel. Mit grimmiger Entschlossenheit marschierten sie auf die Kreuzung zu, die Menschen beeilten sich schleunigst aus dem Weg zu kommen. Jan hätte fast vermutet, dass die Schläger ihretwegen hier waren. Dass Brabek seine Meinung geändert hatte, oder dass er Teil seiner Pläne sein wollte, doch dem schien nicht so. Die Pariah ging in die entgegengesetzte Richtung, auf mehrere Hütten und Baracken zu, die sich am Rand der Kreuzung in schwindelerregende Höhen zogen.

„Verdammt, was machen…“ Aus den Baracken strömten dunkel gekleidete Häscher, unverkennbar waren die Inquisitionsinsignien.

„Schnappt euch Gabzík und die Blutruferin“, hörte Jan eine donnernde Stimme über die Kreuzung hallen. Eine Stimme die ihm bekannt war, die er aber nicht zuordnen konnte. „Diese Trottel sind egal.“

Er schluckte. Lilia hatte Recht behalten. „Rennt, los!“, brüllte er, als mehrere Inquisitionsagenten auf ihn zustürmten.

Emil van Unrug fluchte als er, flankiert von vieren seiner Agenten, den Fliehenden hinterherrannte. Was musste sich diese verdammte Pariah auch einmischen, er hatte sie fast gehabt. Jedoch dachte er nicht daran, sich von diesem Abschaum den Fang von Gabzík und seinen Komplizen nehmen zu lassen. Aus dem Augenwinkel sah er, wie einige der Pariah-Schläger, die mit seinen Agenten rangen, sich lösten und ihm hinterherrannten. Er fluchte erneut, als er in eine Pfütze mit Unrat trat. Er war vom Jäger zum Gejagten geworden.

Gabzík und seine Begleiter zogen sich gerade an einer Barackenwand hoch, von deren Dach man auf die höher gelegenen, mit Brücken und Laufwegen verbundenen höheren Ebenen der Bruchbuden kam.

„Agenten zu mir", brüllte er. Er wies zwei seiner Leute an sich den Pariah-Verfolgern entgegenzustellen und suchte fieberhaft einen Weg nach oben. Mit seinen Agenten hinter ihm, eilte er auf eine hölzerne Treppe zu und zerrte grob die verdreckten Bewohner aus dem Weg. Gabzík hatte einen Vorsprung, jedoch kletterten einige seiner Agenten mehrere Schritt von ihm entfernt die brüchigen Buden nach oben. Wenn sie etwas Glück hatten, würden sie die Kriminellen einkreisen.

Ein Pariah-Schläger griff von unten nach seinen Beinen. Ein beherzter Tritt des Inquisitors ließ den Mann rückwärts in den Dreck fallen, wo er stöhnend liegen blieb und sich die blutige Nase hielt.

„Fangt sie!" Die Stimme des Inquisitors überschlug sich, als er sich unter beigen Stoffbahnen, die wohl vor dem tropfenden Wasser der Kavernendecke schützen sollten, hinwegduckte. Gabzík war nur etwa zehn Schritt vor ihm. Der Inquisitor rannte über eine geländerlose Brücke, die die Straße unter ihm überspannte, als er einen Schrei hinter sich vernahm. Einer der Pariah-Schläger hatte die Agentin, die vorher neben ihm gekauert hatte, mit einer Schleuder am Kopf getroffen. Sie taumelte einen Schritt zur Seite. Ihre Augen weiteten sich, als sie ins Leere trat und drei Schritt tiefer auf die Straße fiel, auf der sie reglos liegen blieb.

„Weiter, los!", spornte er seine Agenten an. Gabzík war das Ziel.


Jan musste der Pariah, auch wenn er sie für eine schäbige, kriminelle Bande hielt, einen riesigen Geschenkkorb machen. Ohne sie hätte die Inquisiton, die ihm und seinen beiden Begleitern zahlenmäßig weit überlegen war, kurzen Prozess mit ihnen gemacht. Nur weil sie die Falle aufgedeckt hatten, hatten sie entkommen können.

Jan warf einen Blick über die Schulter, als er die Schreie des Inquisitors hörte, der mit wehendem Mantel hinter ihnen herrannte. Gut, entkommen waren sie noch nicht. Die Inquisitionsagenten waren ihnen immer noch direkt auf den Fersen. Jan wich einem Loch im Dach der Baracke aus, über das sie gerade rannten. Er stieß eine dünne, brüchige Tür auf und eilte durch die dahinterliegende Küche. Gebratene Ratten und anderes Getier hingen an dicken Stangen und der Betreiber des Ladens schreckte überrascht hoch. „Was…“

Jan sprang über eine hölzerne Arbeitsplatte und verließ das Gebäude auf der anderen Seite wieder, Lilia und Béla direkt hinter ihm. Er hörte, wie die Inquisiton rumpelnd das Gebäude betrat und die Insassen desselben anschrie aus dem Weg zu gehen.

Jan schluckte, als er vor sich eine weite Fläche aus Dächern sah. Die Wände, die ihn zu den rettenden, höheren Ebenen geführt hätten, waren bei Weitem zu hoch um sie hinaufzuklettern. Sie waren gefangen, er fühlte sich wie in einem altgalizinischen Colosseum, die hohen, fast schon terrassierten Baracken links und rechts wirkten wie Käfigwände.

„Scheiße“, fluchte Béla, als er hinter ihm schlitternd zum Stehen kam.

Lilia drehte sich langsam auf dem Platz um die eigene Achse. „Das wars dann wohl. Hier kommen wir nicht raus.“

Jan überlegte fieberhaft. Er hatte kein Interesse daran in eines der Foltergefängnisse der Inquisition verschleppt zu werden.

Der Inquisitor und drei seiner Agenten betraten nun ebenfalls den Platz. Der dunkel gekleidete Mann mit dem affigen Hut zog seine Pistole und richtete sie direkt auf Jan. „Eure Aufrührerei ist hier zu Ende, Gabzík.“ Langsam näherte sich der Inquisitor ihm, während hinter dem Mann drei weitere Agenten die Häuserschlucht betraten. „Zugegeben, ich bin froh, dass ich es bin, der Euch fasst.“

Jan war irritiert. Kannte er den Mann? Er versuchte unter den breitkrempigen Hut des Inquisitors zu blicken. „Kenne ich Euch?“

Der Inquisitor lachte leise. „Das tut Ihr, mein Freund.“ Er zog die Krempe seines Huts, auf dem die Inquisitionsinsignien prangten, etwas höher.

Jan erschrak. „Emil van Unrug.“

„Lange ist es her, Gabzík.“

Jan verschränkte die Arme vor der Brust, als er in den Pistolenlauf des Inquisitors blickte. „Ihr habt Euch nicht verändert Emil. Immer noch ein Menschenjäger. Immer noch ein Unterdrücker. Immer noch jemand, der auf Menschen schießen lässt, nur wegen Vermutungen und haltlosen Anschuldigungen. Genau wie damals in Volhonia."

„Alles, was damals geschehen ist, habt Ihr Euch selbst zuzuschreiben, Gabzík. Hätte Euer Liebhaber nicht mit pro-levkischen Separatisten verkehrt, wäre das alles nicht passiert. ‚Das Feuer der Inquisition durchdringt die Dunkelheit der Häresie'." Er klopfte auf das Buch, das mit dicken Eisenketten an seinen Gürtel geheftet war. „Hexenhammer, Kapitel 1, Vers…"

Das Knarzen von Holz und die spürbare Anwesenheit von mehreren anderen Personen ließ den Inquisitor stocken. Die Blicke der Inquisitionsagenten und die von Jan und seinen Begleitern wanderten nach oben, auf die Barackendächer zehn Schritt über ihnen, die die Tribünen ihres unterstädtischen Colosseums bildeten. Eine allzu vertraute, gerissene Stimme, die wie eine Säge durch die entstandene Stille schnitt, begrüßte sie.

„Inquisitor Emil van Unrug. So sehen wir uns also wieder." Brabek war auf den Dächern erschienen. Lässig lehnte er an einer Barackenwand. Mit ihm waren mindestens zwanzig Pariah-Schläger auf die Dächer gekommen, die schussbereite Arbalesten und Jagdarmbrüste in den Händen hielten. Der Inquisitor sah aus, als würde er sich seine Chancen ausrechnen. „Jetzt schaut nicht so verbittert drein Inquisitor. Glaubt Ihr, ich weiß nicht was in meiner Stadt passiert? Ich wusste von Eurem kleinen Hinterhalt, vermutlich schon bevor Ihr selbst davon wusstet."

Der Inquisitor verzog das Gesicht. „An Euch bin ich nicht interessiert. Verschwindet einfach und lasst uns unsere Arbeit tun."

„Na, na. Ich kann doch meinen guten Freund, Jan Gabzík nicht im Stich lassen." Jan spürte, wie sich Lilia neben ihm anspannte.

Der Inquisitor schnaubte. „Euer guter Freund? Ihr seid ja wirklich ein Traumpaar. Der Kriminelle mit dem Kriminellen." Der Inquisitor machte eine kurze Pause. „Verschwindet und ich werde meine Agenten aus der Unterstadt abziehen. Mit Euch habe ich keinen Streit."

Brabek lachte auf. „Glaubt Ihr ernsthaft, ich würde das tun? Lieber helfe ich ein paar idealistischen Spinnern, als der Scheiß-Inquisition auch nur einen Gefallen zu tun." Emil van Unrug trat einen Schritt näher an Jan heran, was die Pariah-Schläger auf dem Dach dazu brachte, angespannt ihre Waffen fester zu greifen.

„Das sind keine idealistischen Spinner. Das sind hochgefährliche Kriminelle." Der Inquisitor schnaufte schwer und deutete auf Jan. „Er hat Euch nichts über seine Vergangenheit erzählt?"

Brabek lachte nur. „Ihr kennt Euch also? Welch wunderbare Dreiecksbeziehung, findet Ihr nicht?" Schlagartig wurde er wieder Ernst. „Seine Vergangenheit ist mir scheißegal. Er ist ein Unterstädter und damit einer von uns." Brabek breitete die Arme aus. „Ich schlage vor, Inquisitor, dass Ihr Eure Häscher nehmt und von hier verschwindet. Verpisst Euch aus der Unterstadt oder ich durchsiebe Euch mit Bolzen." Der Inquisitor hob an etwas zu sagen, wurde jedoch von Brabek unterbrochen. „Sofort." Emil van Unrug warf dem Anführer der Pariah einen letzten, tödlichen Blick zu, bevor er auf dem Absatz kehrt machte. „Und vergesst nicht die Überreste Eurer Freunde mitzunehmen, die unten auf der Straße liegen", schrie Brabek ihm hinterher.

Jan atmete auf, als der Inquisitor aus seinem Sichtfeld verschwand. Er sah in das grinsende Gesicht des Anführers der Pariah. „Keine Sorge, Jan, du schuldest mir nichts. Ich kann dich immer noch nicht leiden, aber das Gesicht dieses verdammten Hurensohns zu sehen, als er bemerkt hat, das er verloren hat, ist mehr wert als alles was du mir geben kannst."

# Kapitel XXVII

## Sprachlos



*Galizina, Ostreich, Goldhafen, Goldener Palast im Winter 1271*

„Ist das Euer Ernst?"

Der Herold knetete peinlich berührt seine Kappe und starrte zu Boden. „Es tut mir leid, Eure Majestät. Ich weiß nicht, wie das passieren konnte." Das wusste Alessia allerdings auch nicht. Ihr Herold war normalerweise höchst pedantisch. „Es ist jedoch nichts verloren", beeilte sich der Mann zu sagen. „Jelisaweta van Kóvári hat eine Abschrift bekommen, Eure Majestät. Ich werde sie holen."

„Das werdet Ihr nicht", donnerte die Kaiserin. Alessia war seltsamerweise berührt. Jelisaweta hatte eine Abschrift ihres Ablaufplanes anfertigen lassen. Sie war wirklich hingebungsvoll. „Ich erledige das selbst."

„Eure Majestät, Ihr müsst nicht…"

„Ich weiß, dass ich nicht muss. Ich bin die Kaiserin, ich muss überhaupt nichts." Ihr Herold sah aus als würde er gleich in Tränen ausbrechen. „Ihr könnt gehen."

Sich verbeugend ging der Mann rückwärts. „Ich bitte erneut um Verzeihung, Eure Majestät."

Als sich die Türen zum Thronsaal endlich schlossen, atmete Alessia auf. Hatte sie das Richtige getan? Sie hatte Jelisaweta seit ihrem letzten… Treffen nicht mehr gesehen und das war zwei Tage her. Sie wusste nicht, wie sie ihr begegnen sollte.

Alessia legte sich nachdenklich die Hand an ihr Kinn und erhob sich von ihrem Thron. Die Kommandantin der Drushinar und eine weitere Palastwache folgten ihr, als sie die wenigen Stufen des Podestes, auf dem ihr Thron stand, herunterging und die Westliche Galerie betrat. Sie war nervös, als sie die hohen Gänge entlangging. Sie hatte mit der Frau des verdammten Botschafters des Westreichs geschlafen. Die Frau, von der Person, die das Westreich in ihrem Palast vertrat. Die

Reichshälfte, zu der sie unbedingt gute oder zumindest passable Beziehungen halten musste. Es war grotesk. Und es fühlte sich seltsam an sich das einzugestehen. Sie hatte noch nie solche Gefühle einer anderen Person gegenüber empfunden. Alessia wusste nicht, wie sie damit umgehen sollte. Alles in ihr fühlte sich seltsam verwirrt an.

Mit jedem Schritt, den sie dem Gästeflügel näherkam, wuchs ihre Nervosität. Was wäre, wenn der Botschafter mit anwesend war? Würde er etwas bemerken? Wie würde sie reagieren? Und wie Jelisaweta? Alessia mahnte sich zur Ruhe. Der Botschafter war abwesend, er war wegen seiner verdammten Kathedrale nach Kostok gereist.

Bei allen verdammten Heiligen, was hatte sie sich dabei gedacht mit Jelisaweta zu schlafen? Und doch, wenn sie an diesen Abend zurückdachte, an all das Lachen, an all die Zuneigung, an all die Körperlichkeit, dann durchströmten sie wunderbar warme Gefühle.

Alessia rauschte durch den Gästeflügel. Ihre Schritte wurden durch den bestickten Teppich gedämpft, der auf dem Boden ausgelegt war. Die Schritte ihrer beiden Drushinar-Begleiter, die sie flankierten, hallten jedoch unnatürlich laut auf den Fliesen wider.

Alessia war überrascht, das Zimmer des Botschafters und seiner Frau mit offener Tür vorzufinden. „Medame van Kóvári?“ Niemand antwortete ihr, also warf Alessia vorsichtig einen Blick hinein. Es war ein geräumiger Raum, mit großem Doppelbett, einem wuchtigen Schreibtisch und ausladendem Esstisch. Zu Ehren des Botschafters und des Westreichs hingen Gemälde von König Alexandr und westgalizinischen Landschaften an den Wänden.

Alessia rang mit sich. Sie wusste, dass es falsch war einfach hineinzugehen, doch war es fast zu verlockend einen Blick auf das Privatleben von Jelisaweta werfen zu können. Von Jelisaweta und ihrem Mann, dachte die Kaiserin bitter.

Immer noch unschlüssig machte sie einen Schritt nach vorne. „Wartet hier“, sagte sie zu Tésarik und dem zweiten Drushinar. Die Kaiserin atmete tief durch und betrat das Zimmer. Es war ordentlich, weit ordentlicher als ihr eigenes Schlafgemach vor dem Einsatz von Bediensteten. Lediglich auf dem Schreibtisch lagen viele Bücher und Dokumente verstreut. Alessia schlenderte durch das Zimmer. Wenn die Tür offen war, dann würde Jelisaweta sicher gleich wiederkehren. Sie würde warten. Alessia war nervös, doch freute sie sich ungemein sie wieder zu sehen. Sie wollte zum Fenster des Raumes gehen und bewegte sich am Schreibtisch vorbei. Ein angefangener Brief, der ihre Aufmerksamkeit sofort einfing, lag auf dem Schreibpult.

Alessia stutzte. Sie trat näher an den Schreibtisch heran und warf einen genaueren Blick auf das Papier. Er war an Jelisawetas Mann adressiert. Alessia las die unfertigen Zeilen und ihr blieb das Herz stehen. Das konnte nicht sein. Unmöglich. Sie taumelte zurück und stieß gegen einen schmalen Beistelltisch.

„Eure… Eure Majestät?“ Die Stimme, die ihr so vertraut geworden war, erklang. Jelisaweta war in den Raum getreten.

Kaiserin Alessia drehte sich langsam zu ihr. Sie spürte, wie eine heiße Träne ihre Wange hinablief. Sie konnte sich nicht daran erinnern, wann sie das letzte Mal geweint hatte. Auf Jelisawetas Gesicht zeigte sich furchtsame Erkenntnis. Sie musste ahnen, was Alessia gefunden hatte. Und etwas anderes mischte sich mit darunter. Angst. Panische Angst. Sie hatte Angst vor ihr und das verletzte Alessia nur noch mehr. Ihre Wutausbrüche, ihre schwankende Stimmung, Jelisaweta hatte all das miterlebt. Und all das hatte Angst in ihr ausgelöst. Angst vor Alessia.

Alessia spürte wie Zorn und Trauer in ihr aufstiegen. „Wie konntet Ihr nur?“, spie sie Jelisaweta entgegen. „Ich habe Euch vertraut. Ich habe so viel mit Euch geteilt.“ Ihre Stimme versagte und wurde zu einem Flüstern. „Wie konntet Ihr nur…“

Jelisaweta wagte sich einen weiteren Schritt in den Raum hinein und auf Alessia zu. Alessia sah, dass auch sie weinte. Tränen glitzerten in ihren Augen. „Eure Majestät, ich… bitte, lasst mich erklären…“

Alessia hätte sie am liebsten geohrfeigt. Sie hatte alles mit ihr geteilt. Den Zwist mit ihrer Familie, die Sorgen um das Reich. Heilige, sogar ihr Bett. Alles. Sie fühlte sich wahnsinnig beschmutzt. „Was gibt es da zu erklären?“ Sie bebte innerlich. Jelisaweta machte noch einen Schritt auf die Kaiserin zu. Sie wollte ihre Hand greifen, doch Alessia zog die ihre weg. „Wagt es bloß nicht mich anzufassen!“

Jelisaweta liefen nun Tränen die Wangen herunter und sie schluchzte. „I-ich hatte d-den Auftrag Euch zu… Informationen von Euch einzuholen, Eure Majestät. Mein Mann hat mich dazu gebracht.“ Alessia musste sich auf dem Beistelltisch abstützen. Ihre Beine zitterten, während sie den stockenden, schluchzenden Worten von Jelisaweta lauschte. „Doch dann habe ich bemerkt was Ihr für eine Frau seid. Meine Zuneigung zu Euch ist echt, Eure Majestät, das verspreche ich Euch, ich…“

Alessia konnte nicht mehr zuhören. Jedes Wort war wie Gift. Sie spürte einen brennenden Schmerz auf ihrem Handrücken und wurde sich erst gewahr was sie getan hatte, als sich Jelisaweta wimmernd die Hand vor die Wange hielt. „Schweigt!“ Alessia atmete schwer. Es fühlte sich an, als wäre ihr Innerstes von einem Degen durchbohrt worden. „Wieso dann der Brief? Wieso führt ihr Euren Verrat fort?“

„Ich… ich weiß es nicht… Ich habe gelernt zu gehorchen.“ Jelisaweta ließ ein jämmerliches Schluchzen vernehmen. „Ich wollte meinen Mann nicht verraten.“

„ABER MICH, EURE KAISERIN?“, schrie Alessia ihr entgegen und Speicheltropfen flogen in Jelisawetas Gesicht. „Ihr seid eine verdammte Lügnerin!“

Jelisaweta heulte. „Nein, Eure Majestät, bitte. Ihr müsst mir glauben. Ich… ich habe mich in Euch verliebt.“ Alessia spürte wie sich in ihr ein Schalter umlegte. Ihre kalte, reservierte, völlig emotions- und empathielose Art übernahm. Die, die sie so lange schon anwendete. Die, die sie als Kaiserin geschützt hatte, die sie befähigt hatte Dinge nicht zu sehr an sich heranzulassen. Die, die Jelisaweta geholfen hatte aufzubrechen um wieder Freude spüren zu können. Durch Alessias Kopf rasten die Gedanken. Sollte sie sie hängen lassen? Verstoßen? Einsperren? Das würde für Spannungen zwischen den Reichen sorgen.

Eine unbändige, heiße Wut stieg ihr erneut die Kehle empor. Es war ihr egal. Diese Schlampe hatte ihre Zuneigung benutzt. Alessia hatte einen Fehler gemacht. Sie hatte erneut jemanden in ihr Leben gelassen und erneut war sie enttäuscht worden. Wie bei ihrer Mutter. Wie bei ihrer Schwester und ihrem Bruder. Wie bei Paulina.

Alessias Stimme zitterte vor kaum unterdrückter Wut. „Wachen." Eliska Tésarik und der sie begleitende Drushinar marschierten in das Zimmer. Mit zitterndem Finger deutete sie auf die schluchzende Jelisaweta. „Verhaftet diese Frau."

# Kapitel XXVIII

## Koleda



*Galizina, Ostreich, Goldhafen, Goldener Palast im Winter 1271*

Kaiserin Alessia Loretta Vyrkov von Goldhafen fühlte sich elend. Der Tag heute hätte besonders werden sollen, sie hätte Spaß haben sollen. Spaß mit und dank der Person, welche sie vor knappen zwei Wochen hatte einsperren lassen. Die letzten Tage hatte sie kaum gegessen, den Sitzungen der Duma hatte sie nur unregelmäßig und wenn dann schweigend beigewohnt und alle Empfänge und Termine mit Bittstellern hatte sie abgesagt. Nun saß sie in einer nicht allzu protzigen Kutsche, die ihr Herold für sie ausgewählt hatte und deren hölzerne Räder über das Kopfsteinpflaster des Innenhofes des Goldenen Palastes ratterten. Die Kutsche war schwarz lackiert, mit goldenen galizinischen Doppeladlern beschlagen und mehr wert als ganze Häuser in der Stadt, doch war sie die am wenigsten prunkvolle in ihrem Arsenal. Sie sollte sich volksnah geben, wenn sie das Fest schon in der Stadt ausrichten lassen wollte, hatte ihr Herold gesagt. Am liebsten hätte sie das verdammte Fest abgesagt, doch das ging nicht.

Selbst hier, im Goldenen Palast waren alle auf den Beinen. Bedienstete, Gäste, Adelige, sie alle feierten und grüßten sie mit vollen Bechern, die in der Kälte dampften. Heißer Gewürzwein und Bier, wie Alessia wusste. Sie hatte es höchstpersönlich verfügt. Sie schluckte. Sie und Jelisaweta hatten das geplant. Alessia schob den Gedanken beiseite.

Überall erklang Gesang, es wurden Volkslieder gesungen, es wurde getanzt. Die Kutsche verließ den Innenhof und ratterte die gewundene, mit nur wenigen Gebäuden gesäumte Straße hinunter, auf der einige Drushinar, die ihre Hellebarden mit bunten Bändern geschmückt hatten, standen. Ihr gegenüber in der Kutsche saßen Eliska Tésarik, die emotionslos die Umgebung begutachtete und Kasia, die begeistert in alle Richtungen sah.

Von hier oben hatte man einen wunderbaren Blick über die Dächer der Stadt. Überall stiegen kleine Rauchsäulen der Garküchen und Öfen auf, die in der Stadt aufgestellt worden waren, von überallher erklang fröhliches Stimmengewirr. Schräge Klänge von Trommeln, Concertinen, Rebecs, Tamburicas und Balalaikas klangen durch die Häuserreihen. Rauer Gesang und das Klirren von Gläsern und Bechern gesellte sich dazu.

Die Kutsche ratterte durch das Rosenviertel, vorbei an weiß getünchten Häusern, die mit großflächigen Gemälden, Verzierungen und Gurtgesimsen bestückt waren. Die Säulen- und formbetonte Struktur des Goldenen Palastes spiegelte sich hier, im Adelsviertel, im Kleinen wider. Sie kamen an ausladenden Brunnen vorbei, aus deren eisernen oder steinernen Skulpturen sich selbst im Winter Wasser ergoss. Die Menschen hier winkten ihrer Kaiserin noch eher verhalten zu, wie es sich für den Adel geziemte.

„Eure Majestät", begann Kasia schüchtern. Sie wusste um die Stimmung ihrer Herrin. „Es wäre ein schönes Signal, wenn Ihr den Bürgern zurückwinken würdet." Alessia hätte sie am liebsten an den Ohren gepackt und aus der Kutsche geworfen, doch vermutlich hatte sie Recht. Sie zwang sich zu einem Lächeln und erwiderte herrschaftlich das Winken.

Als sie das Rosenviertel hinter sich ließen und die kleinen, palastähnlichen Bauten rustikalen, eng gebauten Fachwerkhäusern wichen, wurde die Kaiserin herzlicher empfangen. Grölende Gruppen an Menschen prosteten ihr zu, als ihre Kutsche Richtung Hafen ratterte. Alessia war froh, dass eine Gruppe von fünfzig Drushinars ihre Kutsche umringte und sie vor der Menge abschirmte.

„Seht, Eure Majestät, die Bürger lieben Euch. Sie danken Euch für das Fest." Alessia wollte Kasias Bemerkung gedanklich schon beiseiteschieben, bis sie überrascht bemerkte, dass sie wohl Recht hatte. Sie sah in glückliche Gesichter, einige betrunken, andere nicht. Johlend wurde ihr zugeprostet, immer wieder drangen Hochrufe an ihr Ohr. Es war tatsächlich so. Auf die Lippen der Kaiserin stahl sich ein Lächeln. Das erste Mal seit zwei Wochen. Es fühlte sich gut an. Sie grüßte einen kleinen Jungen, der ihr begeistert, mit einem kandierten Früchtespieß in der Hand, von den Schultern seines Vaters zuwinkte.

Vor ihr war die Straße von Feiernden verstopft. Ihre Drushinar versuchten die Menge aufzulösen, dass die Kutsche weiterfahren konnte. Alessia stand von ihrer Bank auf und deutete nach vorne. „Passt auf und geht behutsam mit den Bürgern um. Sie haben das Recht hier zu feiern!", schrie sie ihren Drushinar über den Lärm hinweg entgegen und wurde dafür mit Jubelrufen aus den Reihen der Goldhafener begrüßt. Alessia lächelte. Sie hatte scheinbar das Richtige gesagt, und ausnahmsweise war es nicht einmal Kalkül gewesen, sondern tatsächlich nur schlichte Sorge um das Wohl der Anwesenden.

„Eure Majestät, bitte setzt Euch wieder. Es ist sicherer so." Alessia wischte die Bedenken von Tésarik beiseite und winkte den Menschen stehend zu, bis die Kutsche ihren Weg zum Hafen fortsetzte.


„Bist du sicher, dass das klappt?" Béla sah Jan zweifelnd an. Sie lagen im Schnee auf dem Dach eines hohen Hafengebäudes und beobachteten die feiernde Menge unter ihnen.

„Das bin ich, mein Freund. Die Dockarbeiter sind auf unserer Seite. Vertrau mir und vertraue auf den Willen des Volkes." Jan Gabzík sah zum nächsten Dach, das etwa zwanzig Schritt entfernt war. Er erkannte Freischärler der Republikanischen Schar. Dann sah er zum nächsten. Ebenso lagen Männer und Frauen der Republikaner darauf. Es war alles vorbereitet. Es würde klappen. Und es war der Stein des Anstoßes, der diese unrechte Monarchie dem Erdboden gleichmachen würde. Das war zumindest das, was er seinen Gefährten sagte. Für ihn war es der Stein des Anstoßes, der ihn näher zu dieser verdammten Mörderin auf ihrem Thron bringen würde.


Die Kutsche ratterte auf die Promenade des Hafens. Die Gebäude standen hier weit weniger dicht, Lagerhäuser wechselten sich mit Gildenhäusern, Hafenmeistereien und riesigen Verladekränen ab. Hier war der Kern des diesjährigen Koleda-Festes, entsprechend langsam kamen sie voran, als die Kutsche durch die Menschenmassen fuhr. Ein wunderbarer Duft nach Süßigkeiten und Gewürzen lag in der kalten Winterluft, überall wurde Musik gespielt und gelacht. Alessia seufzte wohlig. Es war ein Geniestreich gewesen das Fest in der Stadt austragen zu lassen. Nicht nur aus politischer Sicht. Es freute sie, in die vielen glücklichen Gesichter zu blicken, die ihr entgegenjubelten. Ein völlig betrunkener, dickbäuchiger Mann kletterte umständlich auf ein riesiges Weinfass und sang ein Loblied auf die Kaiserin, dass sie unweigerlich lachen ließ. Ein echtes Lachen, kein Palastlachen. Sie fuhren an einer Gruppe von Tanzenden vorbei, die einen typisch galizinischen Kasatschok aufführten. Kunstvoll und akrobatisch sprangen sie in die Hocke, schlugen die Absätze ihrer Stiefel zusammen, streckten die Beine in der Luft aus und winkelten sie zur Landung wieder an. Alessia war beeindruckt von den Spagatsprüngen und Hockschritten der Tanzenden und fiel mit in das Klatschen der Umstehenden ein, was die Tanzenden sich tief vor ihr verbeugen ließ. Es war herrlich, Alessia fühlte sich frei.

Die Kutsche näherte sich der Bühne, die extra für ihren Auftritt aufgebaut worden war. Eine riesige Masse von Schaulustigen drängte sich bereits davor.

Ihr Gefährt kam seitlich davon zum Stehen und ihre Drushinar-Leibwache nahm vor dem Podest Aufstellung an. Kasia half der Kaiserin aus der Kutsche und sie und Tésarik folgten ihr in respektvollem Abstand auf die Bühne. Reichsmarschall Jan Bartoszek kam von der anderen Seite auf das Holzpodest und verbeugte sich breit grinsend vor der Kaiserin. Sie hatte ihn ausgewählt, da er im Volk beliebt war. Und er hatte Charisma. Rüpelhaftes, bürgerliches Charisma, genau jenes, welches sie jetzt brauchte. Gemeinsam mit ihm, unter den Jubelrufen der Anwesenden, trat sie vor und der Reichsmarschall begann seine Rede.


„Seht sie nur an. Feiert sich dafür, dass sie einmal im Jahr etwas Essen ans Volk verteilt." Béla spuckte aus.

„Unter uns Gebildeten nennt man sowas Heuchelei." Jan grinste und zwirbelte die Enden seines Schnurrbarts. Er war in Hochstimmung.

„Konzentriert euch." Lilia war ernst, wie immer. „Ich habe keine Lust es jetzt noch zu versauen. So kurz vor dem Ziel. Wo wir sie haben, wo wir wollen."

Jan nickte. Sie hatte Recht. Es war alles vorbereitet, jeder stand bereit, jeder kannte seine Aufgabe. Es würde klappen, aber nur wenn sie sich jetzt genau an den Plan hielten. Er konzentrierte seinen Blick wieder auf die Kaiserin und bereitete sich innerlich vor.


„...der Großzügigkeit unserer geliebten Kaiserin haben wir dieses Fest zu verdanken. Dieses Fest, zu dem auch literweise Bier und Wein gehören. Doch passt auf, meine Freunde, wenn ihr nicht schnell genug seid, landet all das Bier in meinem Magen, nicht in euren." Gelächter ging durch die Menge, sie johlten Bartoszek zu. Er traf genau die richtigen Worte. Alessia lächelte nur, herzlich und herrschaftlich. „Und da ihr nun sicherlich wieder der schönen Musik, den köstlichen Speisen und dem zahlreichen Bier frönen wollt, höre ich jetzt auf zu reden." Man merkte, dass der Reichsmarschall Soldat war. Alessia konnte sich gut vorstellen, dass es gut ankam, wenn er so zu seinen Soldaten sprach. „Ein Hoch auf unsere Kaiserin, Alessia Loretta Vyrkov von Goldhafen. Möge sie ewig leben!"

Donnernde Jubelrufe erklangen, Becher wurden in die Höhe gerissen und Musik begann wieder zu spielen. Der Reichsmarschall zog sich unter mehrfachen Verbeugungen zurück. Alessia stand nun ganz allein auf der Bühne und genoss noch einen Moment die Anerkennung des Volkes. Sie hob die Hand um ein letztes Mal zu Winken, als sie etwas Warmes am Hinterkopf spürte. Einen Sekundenbruchteil später hustete sie, als eine heiße Masse über ihr gesamtes Gesicht lief und in ihren Mund drang. Sie hörte die Musik abbrechen, sie hörte erschrockenes Raunen durch die Menge gehen.

Und sie hörte, wie dieses Raunen in Gelächter umschwang.

„Schützt die Kaiserin!", drang der Ruf von Eliska Tésarik an ihr Ohr, die sofort an ihrer Seite war und einige Drushinar um sie herum zusammenzog. Alessia sah an sich hinunter. Eine zähe, schwarzbraune Flüssigkeit, die an Schlamm erinnerte, lief an ihr herunter. Die Kaiserin hob ihren Kopf und sah einen riesigen, ausgeleerten Topf an einem Seil baumeln, das an einem Verladekran befestigt worden war. Sie griff in ihre Haare. Sie war über und über mit dieser zähen Flüssigkeit bedeckt. Kein Fingerbreit ihres Oberkörpers war frei davon. Alessia sah durch die Wand der Drushinars hindurch in die Menge. Sie sah Gesichter denen Tränen vor Lachen in den Augen standen. Sie sah Finger, die auf sie zeigten, sie sah Spott und Hohn in die Gesichter geschrieben, für die sie dieses Fest organisiert hatte. Hunderte. Tausende. Und dann sah sie etwas anderes. Ein Regen setzte ein. Ein Regen aus Papier, der von den Dächern kam.

Jan Gabzík sprang auf und warf selbst eine Hand voll Flugblätter auf die Gassen weit unter ihm. Er hatte ein beiges, einfaches Wams an, das ihn als Gleichgestellten zeigen sollte. Er wusste, dass seine folgenden Worte nur die wenigsten hören würden, doch das war egal. Es ging ihm um den Auftritt, um den Symbolcharakter. Das Volk sollte sehen, dass er und seine Gruppe zu ihnen gehörte und man keine Angst vor der Kaiserin und ihren Häschern der Inquisition haben musste. Zufrieden sah er, wie rings um die Docks Banner von den Dächern gehisst wurden, auf denen Parolen standen. Parolen die, wie er hoffte, die Leute direkt ins Herz treffen würden.

„Landsleute!", brüllte er von dem Dach, auf dem er stand. „Viel zu lange leben wir unter der Herrschaft von Kaisern und Kaiserinnen, die sich nicht um uns einfache Leute scheren." Zufrieden sah er, wie die gackernden, lachenden und staunenden Bürger sich nach und nach ihm zuwandten und auf ihn zeigten. „Sie denken, sie können uns mit einem einzigen Fest auf ihre Seite ziehen und dadurch vergessen, dass wir an allen anderen Tagen im Jahr Hunger leiden, nur für sie arbeiten und uns Sorgen um unsere Zukunft machen. Wir wollen nicht mehr unter der Knute einer Herrscherin stehen, die Unrecht tut. Wir fordern Freiheit, Gleichheit und die Abschaffung der Monarchie. Wir fordern den Verzicht auf die Krone von Alessia Loretta Vyrkov."

Die Menge brach in Tumult aus. Es war unmöglich zu sagen ob es Rufe der Zustimmung, der Abneigung, der Belustigung oder nur der schlichten Trunkenheit waren. Doch es war egal. Sie hatten auf ruhiges Wasser geschlagen, und würden jetzt schauen welche Wellen es schlug. So oder so, Aufmerksamkeit hatten sie bekommen und das war genau das Ziel ihrer Aktion gewesen. Als Jan Gabzík geendet hatte, sah er hinunter zur Kaiserin, die immer noch auf der Bühne stand, umringt von ihren Gardisten. Ihre Blicke trafen sich. „Wenn wir einmal im Jahr Euer Essen kosten dürfen, Medame Kaiserin, dann dürft Ihr auch einmal im Jahr unser Essen kosten. Lasst Euch den Schwarzen Topf schmecken, vielleicht begreift Ihr dann die Zustände, die wir täglich erdulden müssen.“

Die Kaiserin deutete auf ihn und schrie etwas, das im Lärm der Menge unterging, ihr wutverzerrtes Gesicht unter den Massen an Schwarzem Topf kaum erkennbar. Jan konnte sich denken, welchen Inhalt ihr Schreien hatte. Er grinste und tippte sich grüßend an die Stirn.

„Komm jetzt, Jan. Wir müssen weg.“ Lilia zog ihn außer Sicht und sie eilten ihren vorbereiteten Fluchtweg entlang. Es hatte geklappt. Es hatte alles geklappt. Die Banner, die Flugblätter, seine Rede, die aufgebrachte Menge und vor allem der Schwarze Topf, direkt auf das Haupt der sonst so edlen Kaiserin. Jan hob eines der Flugblätter auf, welches auf dem Dach gelandet war. Er musste grinsen. Es würde noch mehr Wellen schlagen. Die Kaiserin war aufgezeichnet worden, vornübergebeugt mit hochgerafften Röcken, sodass ihr Allerwertester frei lag. Hinter ihr standen Menschen in einfacher Kleidung Schlange, um ihr selbigen zu küssen. Es war provozierend, es war Aufmerksamkeit erregend, es war gut. Jan grinste, als er mit Béla und Lilia die Dächer entlangeilte. Sie hatten es geschafft.

Alessias Zorn war verraucht und wurde durch Apathie verdrängt. Sie nahm nicht mehr richtig wahr, wie Eliska Tésarik sie in die Kutsche zerrte und sie mit ihrem Körper abschirmte. Sie nahm nicht mehr wahr wie Kasia, ihre Zofe, versuchte, ihr Gesicht einigermaßen sauber zu machen. Den ganzen Weg hinauf zum Goldenen Palast nahm sie nicht mehr richtig wahr. Wieso hatte sie gedacht, dass ein Fest die Zuneigung zum Volk stärken würde? Wieso hatte sie gedacht, dass wenn sie dem Volk Dinge schenkte, es ihr im Gegenzug Unterstützung schenken würde? Das Volk war dumm. Das Volk war zu weit gegangen. All die Zugeständnisse, all die Maßnahmen, die sie mit dem ihr durch den Bau der Kathedrale zur Verfügung stehenden Geld durchführen hatte wollen, waren vergessen. Alessias Wut kochte wieder hoch. Sie würde mit dem Volk so umgehen, wie es mit ihrer Kaiserin umgegangen war. Sie würde die gesamte Inquisition auf es loslassen. Und wenn das nicht reichte, ihr gesamtes, verfluchtes Heer. Wer glaubten diese Bauerntölpel wer sie waren? Sie war zum Herrschen geboren, es war die natürliche Ordnung. Und wer dieser widersprach würde vom Galgen baumeln.

Alessias Atmen wurde unregelmäßig und ein unglaubliches Gefühl der Scham und der Panik überkam sie, als ihr die hämischen, lachenden, schadenfrohen Gesichter der Menschen erneut ins Gedächtnis schossen. Sie würde sie alle hängen lassen.

Kaiserin Alessia spürte auf einmal wie die Kutsche zum Stehen kam. Die Kommandantin der Drushinar und ihre Zofe halfen ihr aufzustehen und aus der Kutsche zu steigen.

„Macht Platz für die Kaiserin!", schrie Tésarik. Sie wurde mitgezogen und über den nahezu leeren Palast eskortiert. Sie… sie vermisste Jelisaweta. Sie hätte hier sein sollen. Sie hätte sie getröstet. Sie hätte ihr geholfen. Wie hatte sie sich nur so täuschen lassen können? Alessia spürte, wie etwas von dem schleimigen Brei aus ihren Haaren tropfte. Sie schluchzte und merkte kaum, wie ihr die Beine wegknickten und sie nur noch von den Armen der Kommandantin ihrer Drushinar getragen wurde. Sie konnte nicht mehr. Es war zu viel.

Alessia spürte, wie sich die Schritte von Tésarik und Kasia verlangsamten. Sie waren im Bernsteinsaal. Tésarik ließ sorgsam von ihr ab und sah sie mitleidvoll an. „Eure Majestät, meine Kaiserin, wir…"

Die Türen wurden aufgestoßen und ihr Herold stürmte herein. „Eure Majestät. Wir…" Er war völlig außer Atem und hielt ein gesiegeltes Papier in den Händen. „…es gab einen Zwischenfall in Karenina. Erzkonfessor Polyák hat die Gruppe um Generalin Csorba und Nowgoroda des Hochverrats bezichtigt und angegriffen. Die Löwin ist tot. Apothecaria Maelle Dorn ebenso."

Die Reste des zusammengezogenen, schmerzenden Klumpens, der sich Alessias Herz nannte, drohten zu zerspringen. Sie ächzte unter den einsetzenden Kopfschmerzen. „P… Paulina?“, hauchte sie. Tränen füllten ihre Augen.

„In Gefangenschaft der Kirche.“

Alessia wurde schwarz vor Augen. Das letzte was sie wahrnahm war, wie Kasia aufschrie und wie die Arme von Eliska Tésarik sie davor bewahrten, auf dem Boden aufzuschlagen.

# Über den Autor

Matthias Roth, geboren 1995 in Langenau, entdeckte früh seine Faszination für die Geschichten der Vergangenheit. Nach einer Laufbahn in der Landschaftsgärtnerei und einem Wechsel in die Informationstechnik, entschied er sich 2022 für ein berufsbegleitendes Studium der Geschichtswissenschaft und Kultur. Seine Leidenschaft für Geschichte und die tiefgründige Erforschung vergangener Epochen prägen auch seine literarischen Werke.
Sein Debütroman, der erste Band einer Dark-Fantasy-Trilogie, entführt die Leser:innen in die fiktive Welt von 'Galizina'. In dieser komplexen Welt verweben sich politische Intrigen, persönliche Schicksale und soziale Konflikte. Seine Werke sind geprägt von einer detailreichen, historischen Authentizität, tiefgründigen Interaktionen verschiedener Charaktere und persönlichen Dramen.

Neben dem Schreiben widmet sich Matthias Roth auch der Musik. Als Bassist in einer Alternative-Band und Betreiber eines kleinen Independent-Musiklabels bringt er seine kreative Energie und seinen Sinn für harmonische Komplexität in verschiedene künstlerische Ausdrucksformen ein.